W. SIUDMAK

TRÊVE A BAKURA

CHEZ POCKET

STARWARS : LA TRILOGIE

1. LA GUERRE DES ÉTOILES, *par George Lucas*
2. L'EMPIRE CONTRE-ATTAQUE, *par Donald F. Glut*
3. LE RETOUR DU JEDI, *par James Kahn*

LA CROISADE NOIRE DU JEDI FOU, par Timothy Zahn

1. L'HÉRITIER DE L'EMPIRE
2. LA BATAILLE DES JEDI
3. L'ULTIME COMMANDEMENT

L'ACADÉMIE JEDI, par Kevin J. Anderson

1. LA QUÊTE DES JEDI
2. SOMBRE DISCIPLE
3. LES CHAMPIONS DE LA FORCE

LA TRILOGIE CORELLIENNE, par Roger McBride Allen

1. TRAQUENARD SUR CORELLIA
2. ASSAUT SUR SELONIA
3. BRAS-DE-FER SUR CENTERPOINT

LE CYCLE DE STARS WARS

DANS L'ORDRE CHRONOLOGIQUE DE LA GUERRE

AN 1 George Lucas, *La guerre des étoiles* (Pocket)

AN 3 Don Glut, *L'Empire contre-attaque* (Pocket)
Steve Perry, *Les ombres de l'Empire* (Presses de la Cité)
Christopher Golden, *Les ombres de l'Empire*, version junior (Pocket Junior, mars 1997)

AN 4 James Kahn, *Le retour du Jedi* (Pocket)

AN 5 Kathy Tyers, *Trève à Bakura* (Presses de la Cité)
Paul & Hollace Davids, *La Saga du prince Ken* (Pocket Junior) :
1. Le gant de Dark Vador
2. La cité perdue des Jedi
3. La vengeance de Zorba le Hutt
4. Le prophète Suprême du Côté Obscur
5. La reine de l'Empire
6. Le destin du prince Jedi

AN 8 Dave Wolverton, *Le mariage de la princesse Leia* (Presses de la Cité)

AN 9 Timothy Zahn, *La croisade noire du Jedi fou* (Pocket) :
1. L'héritier de l'Empire
2. La bataille des Jedi
3. L'ultime commandement

AN 11 Kevin J. Anderson, *L'Académie Jedi* (Pocket) :
1. La quête des Jedi
2. Sombre disciple
3. Les champions de la force

AN 12 Barbara Hambly, *Les enfants du Jedi* (Presses de la Cité)

AN 14 Vonda McIntyre, *L'étoile de cristal* (Presses de la Cité)

AN 18 Roger McBride Allen, *La trilogie corellienne* (Pocket) :
1. Traquenard sur Corellia
2. Assaut sur Selonia
3. Bras-de-fer sur Centerpoint

AN 23 Kevin J. Anderson & Julia Mœsta, *Les Jeunes Chevaliers Jedi* (Pocket Junior) :
1. Les enfants de la Force
2. L'académie des Ténèbres
3. Génération perdue

SCIENCE-FICTION

Collection dirigée par Jacques Goimard

KATHY TYERS

LA GUERRE DES ÉTOILES

TRÊVE A BAKURA

PRESSES DE LA CITÉ

Titre original :
Star Wars-The Truce at Bakura

Traduit par Michel Demuth

ISBN 2-266-08044-X

Il m'est impossible de penser à *La Guerre des Etoiles* sans me rappeler la fanfare d'ouverture du générique. Je ne peux évoquer le long profil triangulaire du super-destroyer de l'Empire sans entendre les rythmes menaçants des triolets. Et qui pourrait imaginer la taverne de Mos Eisley sans cet inimitable orchestre de jazz ?

C'est avec reconnaissance et admiration que je dédie ce roman à l'homme qui a composé la musique des trois premiers films de *La Guerre des Etoiles :* John Williams.

1

Au-dessus d'un monde mort, une lune habitable était suspendue comme une turquoise voilée de nuages. La main éternelle qui maintenait la chaîne de son orbite avait poudré le fond velouté de l'espace d'étoiles brillantes, et les énergies cosmiques dansaient sur les plis spatio-temporels, sur la même musique éternelle. Là, il n'était pas question de l'Empire, de l'Alliance Rebelle, et encore moins de leurs petites guerres mesquines.

Mais c'était pourtant à l'échelle mesquine du genre humain qu'une flotte de vaisseaux s'était placée en orbite autour du monde dont cette lune dépendait. Des stries de carbone marquaient les flancs de plusieurs vaisseaux. Lancés dans des travaux de réparation, des droïds s'activaient autour de certains. Des éclats métalliques qui avaient appartenu à des composants électroniques, des corps étrangers et humains tournaient autour de la flotte. La bataille qui avait abouti à la destruction de la seconde Etoile Noire de l'Empereur Palpatine avait fait payer un lourd tribut à l'Alliance Rebelle.

Luke Skywalker franchit la baie du croiseur, les yeux rouges, mais le visage encore marqué par l'excitation de la fête avec les Ewoks, après la victoire. Il dépassa un groupe confus de droïds et reçut en pleine figure une bouffée d'odeurs de lubrifiants et de liquides de refroidissement. La douleur lui rongeait les membres après le plus long jour de son existence. Aujourd'hui – mais non, cela remontait à la veille – il avait affronté l'Empereur. Il avait bien failli payer de sa vie la foi qu'il avait eue en son père. Pourtant, déjà, l'un des passagers qui s'étaient trouvés avec lui dans la navette durant le trajet entre le village Ewok et le croiseur lui avait demandé s'il avait réellement tué l'Empereur – et Dark Vador – en combat singulier.

Luke n'était pas encore prêt à révéler que « Dark Vador » avait été en réalité Anakin Skywalker, son père. Néanmoins, il répondait avec fermeté que c'était *Vador* qui avait tué l'Empereur Palpatine. C'était Vador qui l'avait précipité vers le cœur central de l'Etoile Noire. Luke se dit qu'il était voué à répéter cette explication durant des semaines. Pour l'heure, il n'avait qu'une idée en tête : vérifier l'état de son aile X.

A sa grande surprise, il découvrit qu'une équipe d'entretien était déjà au travail. Derrière lui, une grue géante déposait D2R2 dans son habitacle, à l'arrière du cockpit.

– Ça se passe comment ? demanda Luke après avoir retenu son souffle une seconde.

Un homme de l'équipe, en tenue kaki, déroulait un tuyau de ravitaillement en carburant.

– Commandant, votre pilote de relève va effectuer une sortie. Le capitaine Antilles est revenu par la première navette et est parti immédiatement en patrouille. Il a intercepté un drone impérial – l'une de ces antiquités qui véhiculaient des messages avant les Guerres Cloniques. Il venait de sortir de l'hyperespace.

Un drone en arrivée. Quelqu'un avait dû envoyer un message à l'Empereur. Luke sourit.

– Je parie qu'ils ne l'ont pas encore reçu. Wedge a besoin de compagnie ? Je ne suis pas vraiment fatigué. Je peux y aller.

L'homme de l'entretien ne répondit pas à son sourire.

– Malheureusement, je dois vous dire que le capitaine Antilles a enclenché un cycle d'autodestruction en essayant d'extraire les codes du message. Et il bloque manuellement un intervalle critique.

– Annulez le pilote de relève ! lança Luke.

Wedge Antilles était son ami depuis la première bataille de l'Etoile Noire qu'ils avaient menée ensemble. Sans attendre de plus amples informations, il se précipita vers la salle de briefing. Dans la minute qui suivit, il enfila à nouveau une tenue pressurisée.

Les hommes de l'équipe d'entretien s'écartèrent devant lui. Il escalada les échelons de son chasseur, s'installa dans le siège rembourré, enfonça son casque et enclencha le générateur à fusion du vaisseau. La plainte familière de l'énergie à haute puissance s'éleva dans le cockpit.

L'homme qui l'avait prévenu le rejoignit.

– Commandant, je crois que l'amiral Ackbar voulait vous voir d'urgence.

– Je n'en ai pas pour longtemps, dit Luke.

Il rabattit la verrière du cockpit et tapota les touches de contrôle de vitesse des systèmes et des instruments de l'Alliance. Rien d'anormal.

Il ouvrit son comlink.

– Rogue Leader : paré à décoller.

– J'ouvre l'écoutille, commandant.

Il enclencha la fusion. L'instant d'après, la douleur sourde qu'il ressentait fit place à une souffrance intense. Toutes les étoiles qui se trouvaient dans son champ de vision se changèrent en binaires et tourbillonnèrent. Il perçut les voix confuses des équipes au sol. Avec une sensation de vertige, il chercha tout au fond de lui-même ce centre paisible que Maître Yoda lui avait appris à trouver. Et à toucher...

Oui, il était bien là.

Frémissant, il mesura la maîtrise qu'il avait sur la souffrance. Et les étoiles se rétrécirent en simples phares lumineux. En simples étoiles. Quelle qu'ait été la cause de cette douleur, il devrait attendre pour s'en occuper. Il lança la Force et découvrit Wedge. C'est presque sans effort que ses mains jouèrent sur les commandes de l'aile X et qu'il plongea en direction de la Flotte.

Il eut une première vision des ravages de la bataille, des droïds de réparation dispersés dans l'aire de combat et des vaisseaux remorqués. Les supercroiseurs Mon Calamari étaient blindés et protégés par des écrans contre tous les coups directs, mais ils n'étaient plus aussi nombreux qu'au début de l'engagement. Il s'était battu pour survivre, pour son père et pour son honneur dans la salle même du trône impérial, et la Force ne lui avait pas transmis le déchirement de toutes ces morts. Il n'espérait qu'une chose : qu'il ne s'y accoutumerait pas.

– Wedge, tu me reçois ? lança-t-il par-dessus la fréquence subspatiale.

Il se frayait un chemin entre les grands vaisseaux de la Flotte. Les scanners lui indiquaient que le transporteur lourd le plus proche se détachait prudemment d'un bâtiment bien plus léger. Des ailes A le frôlèrent.

– Wedge, tu es dans le coin ?...

Une voix ténue lui répondit.

– Désolé. Je suis presque hors de portée. Tu vois, il faut que je... (Sa voix se perdit, puis il reprit en grommelant :) Il faut que je maintienne ces deux cristaux séparés. C'est une espèce de dispositif d'autodestruction.

– Des cristaux ? demanda Luke, pour obliger Wedge à parler, car il avait deviné la douleur dans sa voix.

– Des cristaux conducteurs d'électrite. Des restes des jours anciens de cette bonne vieille « élégance ». Le mécanisme essaie de les rapprocher. Et dès qu'ils seront en contact... *Pouf!* Ce sera la fusion totale.

En dérivant lentement au-dessus de la surface bleue et luisante d'Endor, Luke repéra l'aile X de Wedge. Un cylindre de neuf mètres de long était accolé à son flanc. Il portait les marques de l'Empire, il avait les dimensions de l'aile X, et le moteur à fusion occupait presque toute sa longueur. Le genre de vaisseau drone que l'Alliance ne pouvait pas encore s'offrir. Pour une raison que Luke ignorait, la vision du drone éveilla en lui un pressentiment sinistre. L'Empire ne se servait plus de ce genre d'antiquité. Pourquoi ceux qui l'avaient envoyé n'avaient-ils pas emprunté les canaux impériaux standard ?...

Luke siffla.

– Non, personne ne tient à ce qu'un moteur de cette taille explose.

Pas étonnant que le transporteur lourd ait commencé à s'éloigner.

– D'accord.

Wedge était agrippé à une extrémité du long cylindre,

en tenue pressurisée, rattaché à son aile X par une attache vitale. Il avait dû faire sauter son cockpit à la seconde même où il avait eu conscience qu'il avait déclenché accidentellement le détonateur du drone. Avec sa tenue et son casque, il pouvait survivre encore plusieurs minutes.

– Wedge, tu es là depuis combien de temps?

– Je ne sais pas. Mais peu importe. On a une vue magnifique d'ici.

En se rapprochant, Luke inversa les moteurs avec précaution. Wedge avait une main plongée à l'intérieur d'un compartiment. La porte d'accès était montée sur gonds. Il pencha la tête pour observer les manœuvres subtiles de Luke, qui se stabilisait auprès du drone en jouant sur des impulsions très brèves.

– Je dois avouer qu'un coup de main ne serait pas de trop.

Si le ton restait railleur, il ne parvenait pas pour autant à dissimuler une tension extrême. Wedge devait avoir la main à demi écrasée.

– Et qu'est-ce que tu fais là?

– Je profite de la vue, moi aussi, rétorqua Luke en soupesant les différentes options.

Les pilotes des ailes A avaient décéléré et restaient à distance, se disant sans doute que Luke savait ce qu'il faisait.

– D2, quelle est la longueur de déploiement de ton bras manipulateur? Si je me rapprochais suffisamment, est-ce que tu pourrais m'aider?

La réponse apparut aussitôt sur son écran :

Non : il me manquerait 2,76 m en supposant un angle optimal.

Il plissa le front. Il avait besoin de quelque chose de petit, de solide et qu'il pouvait sacrifier. S'il n'agissait pas très vite, il perdrait son ami. Déjà, il sentait vaciller les sens de Wedge dans le champ de la Force.

Son regard se posa sur la poignée de son sabrolaser. Il n'allait quand même pas sacrifier *ça.*

Même pour sauver la vie de Wedge? Et puis, il serait peut-être capable de le récupérer... Prudemment, il glissa le sabre dans le tube d'alimentation de la valve d'éjection.

Il le lâcha avant de le contrôler par la Force pour l'envoyer en direction de Wedge, à dix mètres de là. Quand il atteignit sa cible, il tordit le poignet, et la lame à l'éclat blanc-vert se matérialisa dans le vide. Les grands yeux bruns de Wedge la fixaient derrière la visière du casque.

– A mon signal, dit Luke, tu te dégages.

– Mais Luke, je vais y laisser mes doigts.

– Tu *sautes*, sinon tu vas y laisser plus que tes doigts.

– Tu n'aurais pas un truc de Jedi pour bloquer les nerfs ? Ça fait un mal de chien.

La voix de Wedge était de plus en plus faible. Il ramena les genoux contre sa poitrine et s'apprêta à se dégager.

En un pareil instant, c'est tout juste si on ne regrettait pas les bonnes vieilles corvées d'irrigation de l'Oncle Owen sur Tatooine.

– Je vais essayer, dit Luke. Montre-moi les cristaux. De près.

– O.K.

Wedge se retourna pour regarder à l'intérieur du sabord. Luke laissa le sabre à la dérive et porta la Force vers la présence amicale de Wedge. Il espérait qu'il ne lui résisterait pas, qu'il le laisserait faire...

Par ses yeux, tout en luttant contre la douleur atroce de Wedge, Luke entrevit deux cristaux aux multiples facettes – l'un était fiché dans la paume de Wedge, l'autre enfoncé dans le dos de sa main, à l'extrémité du dispositif à ressort. Ils étaient tous deux gros comme le poing et reflétaient les éclats du sabre sur la tenue orange de Wedge. Luke doutait que le gant spatial pût maintenir les deux cristaux suffisamment séparés, sinon il aurait dit à Wedge de l'ôter. Un instant de dépressurisation n'était pas réellement dangereux pour les extrémités.

Si Wedge sautait maintenant, Luke disposerait d'une seconde au maximum pour libérer un des cristaux, et d'un rien de temps avant que Wedge ne perde conscience. Il avait encore son attache vitale et il pourrait continuer à respirer, mais il risquait de perdre beaucoup trop de sang. La vision des deux cristaux se faisait floue à la périphérie.

Luke pinça mentalement les transmetteurs de douleur de son ami.

Mais l'exercice commençait à devenir trop difficile. Luke ne maîtrisait plus complètement sa propre souffrance.

– J'y suis, grinça-t-il.

– Où ça? articula Wedge, au seuil de l'inconscience.

– Je les vois bien. On compte jusqu'à trois et tu sautes. Et *vite.* Un...

Wedge n'émit aucune objection. Luke, les dents serrées, se remit au diapason de son sabrolaser. Aussi longtemps qu'il le maîtriserait, il garderait le contrôle.

– Deux...

Il sentait parfaitement le sabre, les cristaux, l'intervalle critique comme autant de parties intégrées à l'univers.

– Trois.

Il ne se passa rien.

– Wedge, saute!

Faiblement, Wedge se dégagea. Luke plongea. Un cristal jaillit en tourbillonnant, projetant un kaléidoscope vert sur l'aile X.

– Ooh! grommela Wedge. Joli coup.

Il tournait sur lui-même dans le vide, en serrant sa main droite.

– Wedge, remonte l'attache!

Pas de réponse. Luke se mordit la lèvre. Il stabilisa le sabre en vol et désactiva la lame. L'attache de Wedge était à bout de course, maintenant, loin au-dessus de l'aile X. Et Wedge avait les bras et les jambes ballants.

Luke déclencha la balise de détresse.

– Rogue Leader à Home One. Explosifs désactivés. Demande évacuation médicale d'urgence!

Un médic express se détacha immédiatement du groupe d'ailes A qui attendait hors de la zone dangereuse.

Le corps de Wedge Antilles plongeait et remontait à chaque souffle à l'intérieur de la cuve de fluide guérisseur bacta. Luke avait été soulagé en apprenant qu'on pourrait lui sauver les cinq doigts. Le droïd chirurgical 2 1B effectua les derniers réglages sur le panneau de contrôle avant de se tourner vers Luke. Il agita ses membres fins aux articulations complexes au-dessus de son corps étincelant.

– Maintenant, commandant, je vous prierai de passer derrière ce scanner.

– Mais je vais très bien, protesta Luke en faisant basculer son tabouret contre la paroi. Je suis seulement un peu fatigué, c'est tout.

Mais D2R2, à son côté, émit un bip soucieux.

– Je vous en prie, commandant. Ça ne prendra qu'un instant.

Avec un soupir excédé, Luke passa derrière le panneau.

– Ça va ? demanda-t-il. Je peux y aller ?

– Encore un instant, dit le droïd. (Il émit quelques cliquetis métalliques de mauvais augure.) Un instant... Avez-vous eu une double vision récemment ?

– Eh bien...Oui. Mais ça n'a duré qu'une minute.

Ce petit tour de Jedi n'avait certainement rien de redoutable.

Le panneau de diagnostic se rabattit dans la paroi, et un lit médical flottant apparut près de 2 1B. Luke recula instinctivement.

– Qu'est-ce que ça veut dire ?

– Que vous n'êtes pas en bonne santé, commandant.

– Je suis seulement fatigué.

– Commandant, je viens de diagnostiquer une calcification brutale et importante de votre squelette. Elle est d'un type rare, induit par une exposition intense à des champs électriques ou énergétiques.

Des champs énergétiques. Hier. Il se souvenait des étincelles bleues qui avaient jailli des doigts de l'Empereur Palpatine tandis que lui, Luke, se débattait désespérément sur le pont. La sueur perla sur son front. Il avait bien cru mourir dans l'instant. Il *mourait.*

– La chute brutale du taux de minéraux dans le sang a provoqué des micro-apoplexies dans tous vos muscles, commandant.

C'était donc pour ça qu'il avait mal. Ce n'était que depuis une heure à peine qu'il avait eu l'occasion de s'en rendre compte. Abattu, il leva les yeux vers 2 1B.

– Mais les lésions ne sont pas permanentes, n'est-ce pas ? Vous n'allez pas me faire de greffes osseuses ?

A cette seule pensée, il frissonna.

– Cela pourrait devenir chronique si vous ne vous reposez pas et ne m'autorisez pas à vous traiter, rétorqua mécaniquement le droïd, implacable. A moins de vous mettre en cuve bacta.

Luke se tourna vers le bac. *Ah, non! Il n'allait pas recommencer.* Quand on l'avait sorti du bacta, il en avait gardé le goût pendant une longue semaine. A regret, il enleva ses bottes et s'allongea sur le lit flottant.

Il s'éveilla en tressaillant quelque temps après.

La face de métal de 2 1B était penchée sur lui.

– Un analgésique, commandant?

On avait toujours dit à Luke que les humains avaient trois petits os à l'intérieur de l'oreille. Il le croyait réellement, maintenant. En fait, il devait y en avoir beaucoup d'autres.

– Je me sens encore plus mal. Vous n'avez rien fait ou quoi?...

– Le traitement est achevé, commandant. A présent, vous devez vous reposer. Puis-je vous offrir un analgésique ?

– Non, merci, grommela Luke.

En tant que Chevalier Jedi, il devrait apprendre à contrôler ses sensations. Tôt ou tard. La douleur allait lui en donner la chance.

D2 bippa une question.

Luke devina la traduction.

– Tout ira bien, D2. Tu montes la garde. Je vais faire une autre petite sieste.

Il se tourna sur le côté. Lentement, sous son poids, le lit s'adapta aux contours de son corps. Voilà le revers de la médaille, quand on est un héros. Mais ç'avait été bien pire quand il avait perdu sa main droite.

Justement, il se dit que sa main bionique ne le faisait pas souffrir.

C'était au moins un point positif.

Il était grand temps de recréer l'art ancien de la guérison Jedi. Les quelques esquisses de leçons de Yoda laissaient beaucoup de place à l'imagination.

– Je vais vous laisser à présent, commandant, annonça 2 1B en pivotant. Essayez de dormir. Appelez si vous avez besoin d'aide.

Une ultime question vint à l'esprit de Luke.

– Comment va Wedge ?

– Sa guérison s'annonce bien, commandant. Il devrait être sur pied demain.

Luke ferma les yeux et tenta de se rappeler les leçons de Yoda. Des bruits de bottes rapides, au-dehors, devant l'écoutille. Il était déjà concentré sur la Force et perçut une présence dans le couloir, inquiète et pressée. Il écouta encore plus attentivement, mais sans parvenir à identifier la personne. Yoda lui avait dit que ce genre de distinction entre les différents êtres – y compris les étrangers – viendrait avec le temps, quand il apprendrait peu à peu à lire dans le silence du moi qui permettait à un Jedi de séparer les différentes ondulations du champ de la Force.

Il se tourna une fois encore. Il voulait dormir. On le lui avait ordonné.

Pourtant, il était toujours Luke Skywalker. Et il devait savoir ce qui avait alarmé ce soldat. Avec précaution, il se redressa et posa maladroitement les pieds sur le sol. La douleur était localisée dans une extrémité de son corps, et il pouvait la faire diminuer en souhaitant que ses pieds n'existent pas... ou quelque chose d'approchant. La Force était difficile à expliquer. C'était une chose que l'on utilisait... quand on le pouvait. Même Yoda n'avait pas tout vu.

D2 siffla sur un ton d'alerte. 2 1B roula vers lui en agitant ses tubes.

– Commandant, recouchez-vous, je vous prie !

– Une minute ! (Luke pencha la tête dans le couloir et lança :) Stop !

Le soldat rebelle se figea sur place.

– Est-ce qu'ils ont décodé le message du drone impérial ?

– Ils travaillent dessus, commandant.

En ce cas, il fallait qu'il se rende à la salle de guerre. Il recula et reprit son équilibre en posant la main sur le dôme bleu de D2.

– Commandant, insista le droïd médic, étendez-vous. Si vous ne vous reposez pas, la situation deviendra rapidement chronique.

Luke s'imagina noué par la douleur pour le restant de ses jours, ou plongé une nouvelle fois dans l'infect liquide bacta... et il se rassit sur le lit flottant avec des gestes nerveux. C'est alors qu'une pensée le traversa :

– 2 1B, je parie que vous avez...

La salle de guerre du vaisseau-amiral pouvait contenir cent personnes et elle semblait presque vide. Un droïd de service glissa le long d'un banc incurvé, entre un tube luminescent et les parois blanches et lisses. Près de la table de projection circulaire qui se dressait au centre de la salle, au côté d'un technicien de service, Mon Mothma – la femme qui avait fondé l'Alliance Rebelle et qui désormais en avait pris la tête – venait de se joindre au général Brix Madine. Mon Mothma était visiblement rayonnante pour tous les regards, et même invisiblement au travers de la Force. Quant au général barbu, sa confiance avait à l'évidence grandi depuis la victoire d'Endor.

Tous deux regardaient Luke avec une expression perplexe. Il leur adressa un sourire forcé tout en s'agrippant aux accoudoirs du fauteuil à répulseur qu'il avait emprunté à l'unité médicale. Il s'avança vers eux.

Le froncement de sourcils du général se détendit quelque peu.

– Ainsi, vous n'apprendrez jamais, n'est-ce pas ? Vous devriez être dans l'aile médicale. Cette fois, nous allons être obligés de demander à 2 1B de vous assommer pour de bon.

Luke esquissa un sourire.

– Et ce message ?... Un généralissime de l'Empire a dépensé largement un quart de million de crédits pour ce drone antique.

Mon Mothma acquiesça, tout en réprimandant silencieusement Luke de son regard placide. Une console latérale s'illumina et une projection holographique de l'amiral Ackbar apparut, avec ses yeux immenses sous le grand dôme de sa tête rougeâtre. Même si le Calamarien avait dirigé toute la bataille d'Endor depuis le siège placé à la gauche de Luke, dans la salle de guerre du vaisseau-amiral, il semblait nettement plus à l'aise à bord de son propre croiseur où les conditions vitales étaient plus adaptées aux normes calamariennes.

– Commandant Skywalker, chuinta-t-il tandis que les vrilles de ses moustaches tremblotaient sous sa mâchoire, vous devriez prendre des risques... avec un peu plus de prudence.

– Amiral, c'est ce que je ferai. Quand je le pourrai.

Luke redressa le dossier de son siège et s'arrêta contre la table. Un sifflement électronique s'éleva instantanément de l'écoutille : D2 R2 ne l'autorisait pas à s'échapper du faisceau photorécepteur pendant plus de trente secondes. Le droïd à casque bleu accourait. Tout en éclipsant les mini-balises lumineuses de ses instruments, il traversa le haut de l'ordinateur central pour gagner une plate-forme de descente. Ensuite, il roula jusqu'à Luke pour lui délivrer un long chapelet de réprimandes – qui provenaient sans doute de 2 1B.

Et le général Madine eut un rictus derrière sa barbe.

Luke n'avait pas compris un seul des sifflements de D2, mais le message lui semblait clair.

– D'accord, D2. Rentre donc tes roues. Tu vois, je suis assis. Et ce qui va suivre devrait être intéressant.

Le jeune lieutenant Matthews se dressa auprès de la console, tourna la tête et annonça :

– Ça arrive.

Madine et Mothma se penchèrent ensemble sur l'écran. Et Luke dressa la tête pour mieux voir.

Du gouverneur impérial Wilek Nereus du système de Bakura à son très excellent maître impérial Palpatine : ses salutations hâtives.

Là-bas, ils ne savaient pas encore. Des mois, des années sans doute passeraient encore avant qu'une bonne part de la galaxie comprenne que le règne de l'Empereur avait pris fin. Luke lui-même, d'ailleurs, avait encore du mal à le croire.

Bakura est actuellement attaquée par une force d'invasion étrangère en provenance de l'extérieur de notre domaine. Nous l'estimons a cinq croiseurs, plu-

SIEURS DIZAINES DE VAISSEAUX DE SOUTIEN, PLUS DE MILLE CHASSEURS LÉGERS. TECHNOLOGIE INCONNUE. NOUS AVONS PERDU LA MOITIÉ DE NOTRE DISPOSITIF DE DÉFENSE ET TOUS NOS AVANT-POSTES. NOS TRANSMISSIONS HOLONET AU CENTRE IMPÉRIAL N'ONT PAS REÇU DE RÉPONSE ; URGENT. JE RÉPÈTE : URGENT. ENVOYEZ COMMANDOS.

Madine s'avança vers le lieutenant Matthews et appuya sur les touches d'un panneau.

– Complément d'informations ! ordonna-t-il. Nous devons en savoir plus.

La voix d'un droïd de renseignement résonna sur le comlink.

– Général, nous disposons de documents visuels corroboratifs, si vous le souhaitez, ainsi que de données codées destinées à l'Empire.

– J'aime mieux ça, commenta Madine. (Il tapota l'épaule du lieutenant Matthews.) Passez-moi les visuels.

Au milieu de la salle, l'unité de projection s'éleva en ronronnant. Et la scène qui se dessina sous leurs yeux déclencha une montée d'adrénaline chez tous ceux qui étaient présents. *Yoda me taperait sur les doigts,* songea Luke. *L'excitation... L'aventure... Un Jedi ne doit pas se laisser aller à ces choses.* Aussi s'efforça-t-il de retrouver le calme Jedi. Un monde sous l'emprise de la terreur avait besoin de secours.

Au centre apparaissait l'image d'un patrouilleur impérial d'un type inconnu, projeté sous l'apparence d'un faisceau tridimensionnel de lignes orangées. Il se pencha pour observer plus attentivement les emplacements des lasers, mais, à cet instant précis, le vaisseau cracha une salve de capsules jaunes d'évacuation. Une image orange et menaçante jaillit dans le champ de vision, plus vaste que le patrouilleur, plus trapue que les croiseurs mon calamari des Rebelles – plus ou moins ovoïde, mais couverte de marques pareilles à des cloques.

– Vérifiez le dessin de ce vaisseau, ordonna Madine.

Trois secondes après environ, la voix monotone du droïd de renseignement lui répondit :

– Ce dessin n'est utilisé ni par l'Alliance ni par l'Empire.

Luke retint son souffle. L'image du bâtiment d'assaut grandissait et il pouvait repérer maintenant plus de cinquante batteries... ou bien n'était-ce que des antennes de rayonnement ? Le vaisseau ne tirait pas. Puis, six chasseurs Tie écarlates se placèrent en vecteur d'approche, basculèrent simultanément et ralentirent. Et c'est alors que les capsules d'évacuation et les chasseurs furent de plus en plus rapidement attirés droit vers le vaisseau étranger, à l'évidence happés par un rayon tracteur. L'image se rétrécit : celui qui avait enregistré la scène s'était replié en hâte.

– Ils font des prisonniers, murmura Madine, visiblement troublé.

Mon Mothma se tourna vers un petit droïd qui attendait en silence.

– Accédez aux données encryptées. Utilisez les codes impériaux les plus récents. Il faut localiser ce monde : Bakura.

Luke éprouva un sentiment de soulagement soudain : le leader reconnu de l'Alliance demandait de l'aide pour localiser un système.

Le droïd se dirigea en tournant sur lui-même vers la table, connecta son bras à la prise centrale, et la scène de combat s'estompa. Des étoiles apparurent. Luke reconnut leur configuration : elles se situaient dans la Frange.

– Voici, madame, annonça le droïd avec révérence. (Un point clignota en rouge.) Selon ce dossier d'archives, l'économie de Bakura dépend essentiellement de l'exportation de composants de répulseurs, de confiseries à base de fruits exotiques et de liqueurs. La colonie a été installée par une société minière dans les dernières années des Guerres Cloniques, et l'Empire s'en est emparé environ trois ans plus tard, attiré par la production de champs répulseurs.

Mon Mothma posa une main fine sur le bord de la table de projection.

– Un monde qui se souvient encore de son indépendance. Maintenant, comparons les positions relatives de Bakura et d'Endor.

Un point bleu apparut. D2 sifflota doucement derrière l'épaule de Luke. Bakura était considérablement plus éloignée du Noyau qu'Endor.

– C'est pratiquement au seuil des systèmes de la Frange, observa Luke. Même en hyperespace, il faudrait compter des jours et des jours pour arriver là-bas. L'Empire ne peut pas les aider.

C'était étrange de penser que quelqu'un pût songer à demander de l'aide à l'Empire. Il était évident que la victoire décisive des Rebelles à Endor condamnait les Bakurans à un destin encore inconnu, puisqu'ils ne pouvaient compter sur une quelconque force de l'Empire, brisé par l'Alliance.

La voix de Leia résonna à gauche de Luke.

– Quelle est l'importance des forces impériales dans ce système ?

Leia se trouvait encore sur Endor, dans le village des Ewoks. Luke n'avait pas pensé qu'elle pouvait être à l'écoute. Il lança la Force, effleura sa sœur, sa présence douce et tiède, et devina sa tension. Leia se reposait en compagnie de Yan Solo. Elle avait été brûlée à l'épaule par un tir de blaster, et elle aidait aussi les petits Ewoks à enterrer leurs morts. Il plissa les lèvres : durant tous ces jours, il avait tellement adoré Leia, il avait souhaité si fort... Mais tout cela appartenait au passé. Le droïd de renseignement répondit à Leia par relais comlink-subspatial :

– Bakura est défendue par une garnison impériale. L'expéditeur de ce message a ajouté en annexe, à l'intention de l'Empereur Palpatine, que les forces dont ils disposaient étaient obsolètes, vu la situation lointaine du système.

– Il est évident que l'Empire n'avait prévu aucune opposition dans ce secteur, commenta Leia d'un ton dédaigneux. Et il n'y a aucune flotte sur place. Il faudra des semaines aux Impériaux pour se réorganiser, et Bakura sera déjà tombée devant cette force d'invasion –à moins que l'Alliance, ajouta-t-elle d'un ton plus vif, ne vienne en aide aux Bakurans, puisque les Impériaux ne le peuvent pas.

L'amiral Ackbar, sous le coup de la surprise, porta ses mains palmées vers le bas de son torse et demanda :

– Votre Altesse, qu'entendez-vous donc par là ?

Leia s'adossa au mur en clayonnage revêtu de torchis de la cabane arboricole ewok et leva les yeux vers le faîte étroit du plafond de chaume. Yan s'allongea auprès d'elle et se dressa sur un coude en faisant rouler une brindille entre ses doigts.

Elle brandit son comlink.

– Si nous envoyons de l'aide à Bakura, dit-elle à l'amiral Ackbar, il est possible que Bakura ne se considère plus comme redevable envers l'Empire. Et que nous puissions les libérer.

– Et récupérer leur technologie des répulseurs, marmonna Yan.

Leia ne s'était que brièvement interrompue.

– Cette seule chance mérite que nous investissions une petite force d'intervention. Et tu auras besoin d'un négociateur de haut rang.

Yan se laissa aller en arrière, les bras croisés derrière la tête, et murmura :

– Tu poses le pied sur un monde impérial, et tu figures dans le registre des comptes de quelqu'un. Ta tête est mise à prix.

Elle fronça les sourcils.

– Est-ce que nous pouvons vraiment nous permettre d'envoyer des troupes ? intervint Ackbar sur le comlink. Nous avons perdu vingt pour cent de nos forces rien qu'en affrontant une partie de la flotte impériale. N'importe quelle unité de combat de l'Empire ferait mieux que nous à Bakura.

– Oui, mais l'Empire garderait le contrôle du système. Nous avons besoin de Bakura autant que d'Endor. Nous avons besoin de chaque monde que nous pouvons faire entrer dans l'Alliance.

Elle fut surprise en voyant Yan s'emparer du comlink.

– Amiral, dit-il, je doute que nous puissions *ne pas* intervenir à Bakura. Une force d'invasion aussi importante représente un danger pour tout ce secteur de la galaxie. Et Leia a raison : c'est à nous d'y aller. Vous feriez bien de nous trouver un vaisseau rapide, au cas où les Impériaux commenceraient à avoir des idées.

– Et ta petite tête de laser, à combien est-elle mise à prix ? chuchota Leia.

Yan couvrit le micro.

– Mais tu ne partiras pas sans moi, Votre Altesse...

Avec la Force, Luke étudia l'expression de Mon Mothma et ce qu'elle ressentait.

– Il faut un petit groupe, dit-elle calmement. Mais un seul vaisseau ne suffira pas. Amiral Ackbar, il va falloir choisir quelques chasseurs de soutien pour le général Solo et la princesse Leia.

Luke leva la main.

– Mais que font ces non-humains ? Pourquoi capturent-ils autant de prisonniers ?

– Le message ne le dit pas, fit Madine.

– Alors, il vaudrait mieux envoyer quelqu'un pour le savoir. Ça peut être important.

– Pas vous, commandant, et de toute façon il ne me semble pas que nous pourrions attendre jusqu'à ce que vous soyez rétabli. Cette équipe devrait partir dans un délai d'un jour standard.

Luke ne voulait pas être tenu à l'écart... même s'il avait la certitude que Yan et Leia étaient capables de se défendre seuls.

Et cependant, il devait guérir avant de se lancer dans cette mission ; en effet, il voyait maintenant en double le général Madine. Ses nerfs optiques l'avertissaient ainsi qu'il lui fallait s'allonger au plus vite, sinon il risquait l'humiliation d'un évanouissement au beau milieu de la salle de guerre. Il avait les yeux fixés sur la rambarde qui séparait les rangées de bancs, et se demandait si son siège à champ répulseur lui permettrait de la franchir.

D2 gazouilla d'un ton paternel.

Luke pianota sur les touches de contrôle de son fauteuil et déclara :

– Je retourne à ma cabine. Tenez-moi au courant.

Le général Madine croisa les bras sur son uniforme kaki.

– Je doute que nous vous envoyions vers Bakura, dit

Mon Mothma dans un froissement de robe. Nous devons tenir compte de votre importance au sein de l'Alliance.

– Commandant, chuinta l'amiral Ackbar, elle a raison.

– Mais si je reste couché, je ne suis plus utile à qui que ce soit.

Néanmoins, s'il désirait conserver le respect de la Flotte rebelle, il avait intérêt à se débarrasser de sa réputation de témérité. Yoda lui avait donné pour mission de transmettre son enseignement. Dans l'esprit de Luke, cela signifiait reconstruire l'Ordre Jedi... dès qu'il en aurait la possibilité. N'importe qui d'autre pouvait piloter un chasseur de combat. Mais personne hormis lui ne pouvait recruter et former un autre Jedi.

Le front plissé, sur le seuil de l'ascenseur, il fit pivoter son fauteuil et lança à l'adresse de Mon Mothma et de l'amiral Ackbar :

– Je peux au moins vous aider à rassembler une force d'intervention.

2

La conférence au sommet se poursuivit tandis qu'il flottait en direction d'un sas. Le garde à toison grise, un Gotal, tressaillit en le saluant. Luke se souvint que les Gotals ressentaient la Force comme une sorte de bourdonnement dans leurs cornes de perception, et il accéléra afin d'éviter un mal de tête sévère au loyal Gotal.

D2 glapit derrière lui. Luke ralentit afin de laisser le droïd le rattraper. D2 agrippa la barre de stabilisation gauche et remorqua le fauteuil tout en crachotant des bruits de statique.

– Oui, D2...

Luke tendit la main vers le dôme bleu de la tête de l'astromécano. Il se laissa conduire avec reconnaissance vers le département médical. Il avait à l'esprit l'image d'un millier de vaisseaux étrangers convergeant tous vers un monde... qu'il ne parvenait pas encore à imaginer. Il devait l'observer par son œil mental.

Et il devait savoir pour quelle raison ces non-humains faisaient des prisonniers.

Dès qu'il se retrouva dans la clinique du vaisseau, il ôta ses bottes et s'allongea sur le lit flottant. Son contact lui sembla extraordinairement doux. Après avoir jeté un regard en direction de la cuve bacta de Wedge, il ferma les yeux et imagina qu'il pouvait entendre les conversations dans la salle de guerre.

Qu'ils s'inquiètent donc. Il était hors service pour un bon moment.

D2 bippa une question empressée.

– Répète ? demanda Luke.

Le droïd roula jusqu'à l'écoutille, leva un bras manipulateur, et le battant coulissa pour se refermer.

– Oh, merci bien.

D2 estimait qu'il devait se déshabiller en privé.

Il était évident qu'il ne se rendait pas compte que son maître était trop épuisé pour le faire seul. Luke posa les jambes sur le lit.

– D2, demande un écran portable à 2 1B. Accède à ces codes encryptés du message du drone. Je vais y jeter un coup d'œil en me reposant.

D2 émit un commentaire désapprobateur qui tomba dans le vide. L'instant d'après, il était de retour avec un chariot qu'il installa à côté du lit de Luke. Il se connecta à la machine.

– Bakura, lui dit Luke. Toutes les données.

L'ordinateur analysa son empreinte vocale pour la sécurité d'accès, puis Luke s'étira et cligna des yeux. Jamais il n'avait autant désiré voir normalement, clairement.

Un monde bleu parsemé de nuages apparut sur l'écran.

– Bakura, annonça une voix de femme d'un ton ferme. Mission d'observation Impériale 6-0-7-7-4.

La couverture nuageuse de la planète bleue se rapprochait en tournoyant lentement. Luke la transperça du regard et découvrit une vaste chaîne de montagnes couvertes de verdure. Dans une vallée encaissée, deux fleuves coulaient en parallèle, venus des montagnes, avant de se rejoindre dans un delta émeraude. Luke imagina les senteurs, riches, vives, humides, comme celles d'Endor.

« Salis D'aar, la capitale, est la résidence du gouverneur impérial. Bakura contribue à la sécurité de l'Empire par une modeste production de métaux d'importance stratégique... »

Un monde tellement verdoyant. Tellement humide. Luke ferma les yeux. Et sa tête s'inclina.

Il était étendu sur le pont d'un étrange vaisseau spatial. Un non-humain reptilien géant, aux écailles brunes, avec une tête aplatie et hors de proportion, avançait sur lui en agitant une arme. Luke activa son sabrolaser. Mais, alourdi par les empreintes de l'Empereur, il lui échappa des doigts. C'est alors qu'il reconnut l'« arme » du grand lézard : un verrou de neutralisation Possesseur, dont on se servait pour maîtriser les droïds. En riant, il se mit en position de garde. Le Possesseur du lézard vrombit. Et Luke se figea sur place.

– Quoi ?

Incrédule, il baissa les yeux : il avait un corps de droïd articulé. Et, une fois encore, le non-humain leva son Possesseur...

Luke se débattait pour émerger dans la conscience. Dans la Force, il avait décelé une présence puissante, et il s'assit trop vite : des marteaux invisibles lui cognèrent les tempes.

L'écran demeurait sombre. Au pied de son lit flottant, il vit Ben Kenobi, assis dans sa robe écrue immaculée, qui luisait doucement dans les faibles reflets nocturnes de la cabine.

– Obi-wan ? murmura Luke. Que se passe-t-il à Bakura ?

L'air ionisé dansait autour de la silhouette du Jedi.

– Tu vas aller à Bakura.

– C'est si grave ? demanda Luke d'un ton brusque, sans vraiment espérer de réponse.

Ben ne répondait que rarement. Il semblait venir le plus souvent pour le réprimander, tout comme un professeur qui continuerait de harceler son étudiant préféré bien après qu'il eut acquis ses diplômes. Mais Ben Kenobi était resté jusqu'au terme de son éducation.

Le Chevalier Jedi se déplaça jusqu'au lit, mais le lit ne bougea pas car l'apparition n'avait rien de physique.

– L'Empereur Palpatine a établi un premier contact avec les non-humains qui attaquent Bakura. Durant l'une de ses méditations dans la Force. Il leur a proposé un marché, qui ne peut être honoré plus longtemps.

– Quel genre de marché ? Quel danger courent les Bakurans ?

– Il faut aller là-bas. Si tu ne t'y rends pas en personne

– en personne, Luke –, Bakura, ainsi que tous les mondes de cette galaxie, qu'ils relèvent de l'Empire ou de l'Alliance, encourra un désastre que tu ne peux imaginer.

Ainsi, la situation était bien aussi sérieuse qu'ils l'avaient pressenti. Il secoua la tête.

– Il faut que j'en sache plus. Je ne peux pas me précipiter là-bas aveuglément, et de plus je suis...

L'air se fit plus lumineux à l'instant où l'image disparaissait dans un vent soudain.

Luke grommela. Il allait lui falloir convaincre le comité médical de le libérer, et l'amiral Ackbar de lui confier cette mission. Il promettrait de se reposer et d'achever son traitement pendant le vol en hyperespace. S'il y parvenait. Soudain, la perspective de la bataille ne l'excitait plus autant.

Il ferma les yeux avec un soupir. Maître Yoda serait satisfait.

– D2, appelle l'amiral Ackbar.

Le droïd gargouilla.

– Oui, je sais qu'il est tard. Présente-lui mes excuses. Dis-lui que s'il ne tient pas à venir jusqu'à l'aile médicale, nous pourrons toujours discuter dans la salle de guerre.

– Ainsi, voyez-vous...

Luke leva la tête. La porte de l'aile médicale s'ouvrit. Yan et Leia se tenaient sur le seuil. Ils s'installèrent entre le général Madine et Mon Mothma, assise sur une unité de stase.

– 'excuse, marmonna Yan.

2 1B avait accepté cette conférence à la seule condition que Luke ne quitte pas le secteur. La petite chambre blanche était maintenant comble, d'autant plus qu'elle était utilisée pour le stockage des unités de stase froide. Le « siège » de Mon Mothma contenait un Ewok mortellement blessé qui était en animation suspendue en attendant que l'Alliance puisse le faire évacuer vers une unité médicale disposant de tout l'équipement nécessaire.

Yan s'appuya contre la paroi. Et Leia s'assit auprès de Mon Mothma.

L'image miniature de l'amiral Ackbar brillait sur le sol, non loin de D2, qui se tenait immobile, au garde-à-vous.

– Poursuivez, dit l'amiral. Le général Obi-wan Kenobi vous a donné des ordres ?

– C'est cela même, amiral.

Luke aurait aimé que Yan et Leia n'aient pas interrompu ses explications à l'instant le plus impressionnant.

L'amiral Ackbar palpa les vibrilles de son menton de sa main palmée.

– J'ai étudié l'offensive de Kenobi. Un coup de maître. Je ne crois guère aux apparitions, mais le général Kenobi était l'un des Chevaliers Jedi les plus puissants, et on doit se fier à la parole du commandant Skywalker.

Le général Madine affichait un air préoccupé.

– Le capitaine Wedge Antilles devrait être parfaitement rétabli quand la première unité de combat ralliera Bakura. J'avais pensé à lui en confier le commandement – n'y voyez surtout pas d'offense, général, ajouta-t-il en adressant un faible sourire à Yan.

– Certainement pas, dit Yan d'un ton nonchalant. Détachez-moi de mon poste auprès de l'ambassade, et je renoncerai à mon grade.

Luke dut porter la main à sa bouche pour dissimuler un brusque sourire. Mon Mothma avait d'ores et déjà nommé Leia afin de représenter l'Alliance sur Bakura, ainsi qu'auprès des représentants impériaux, et elle lui avait demandé d'essayer d'entrer en contact avec les non-humains. Et elle avait ajouté d'un ton de mise en garde : « Imaginez ce que deviendrait la solidité de l'Alliance face à l'Empire si nous pouvions nous adjoindre cette force militaire non humaine. »

– Mais le commandant Skywalker est dans une condition plus précaire, insista Ackbar.

– Je ne le serai plus, quand nous atteindrons Bakura.

– Il nous faut tenir compte de toutes les contingences. Avant tout, nous devons défendre Endor, à présent, et nous avions promis notre soutien au général Calrissian afin de libérer la Cité des Nuages...

– Je me suis entretenu avec Lando par comlink, l'interrompit Yan. Il dit qu'il a ses propres idées sur la question et qu'il nous remercie.

Les forces de l'Empire s'étaient emparées de la Cité des Nuages de Bispin lorsque Lando Calrissian – baron-administrateur – s'en était enfui avec Leia et Chewie, sur les traces du chasseur de primes qui était parti avec Yan, prisonnier d'un bloc de glace carbonique. Et Lando avait dû laisser de côté la Cité des Nuages pour conduire l'attaque contre Endor. Ils lui avaient promis tous les chasseurs qu'ils pourraient récupérer.

Mais Lando avait toujours été un joueur invétéré.

– Alors, nous allons expédier vers Bakura une force d'intervention réduite mais puissante, décida Ackbar. Afin de soutenir la princesse Leia dans son rôle de leader des négociations. Les combats que nous devons prévoir auront sans doute lieu dans l'espace, pas au sol. Cinq avisos corelliens et une corvette escorteront le plus léger de nos croiseurs-porte-chasseurs. Est-ce que ce sera suffisant, commandant Skywalker ?

Luke sursauta.

– Vous m'en confiez le commandement, général ?

– Je ne crois pas que nous ayons le choix, dit Mon Mothma tranquillement. Le général Kenobi vous a parlé. Vos états de service au combat n'ont pas d'égal. Vous allez intervenir dans le système de Bakura et rejoindrez immédiatement la Flotte.

Transporté par cet honneur, Luke la salua.

Tôt le lendemain, il prit connaissance des statuts du nouveau porte-chasseurs de l'Alliance, le *Rafale.*

– Il est prêt à prendre l'espace, conclut-il.

– Tout à fait prêt, et l'équipage est paré, commandant, appuya le capitaine Tessa Manchisco en lui donnant un coup de coude.

Elle venait à peine de sortir de la Guerre Civile sur Virgill et portait ses longs cheveux noirs coiffés en six lourdes tresses qui tombaient dans le dos de son uniforme crème. Elle avait été ravie d'être assignée à la mission Bakura. Le *Rafale* était un petit croiseur – porte-chasseurs peu conventionnel reconverti avec tous les composants impériaux que les Virgilliens opportunistes avaient pu voler pour les entasser à bord. L'équipe de passerelle était composée de Manchisco, de trois humains, et d'un Duro aux yeux rouges et sans nez au poste de navigation. Dans les hangars, l'amiral Ackbar avait fait charger vingt ailes X, trois ailes A et quatre ailes B anti-croiseurs. Le maximum que l'Alliance avait pu rassembler.

En se penchant vers la baie triangulaire du *Rafale*, Luke repéra deux des avisos corelliens. Et à l'arrière, à une volée de tir au-dessus du croiseur – même dans l'espace, sous gravité zéro, on maintenait toujours un « fond » dans n'importe quel dispositif –, suivait le cargo le plus trafiqué de ce quadrant de la galaxie, le *Faucon Millenium*.. A bord duquel Yan, Chewbacca, Leia et D2R2 avaient embarqué moins d'une heure auparavant.

L'exaltation que Luke avait éprouvée en se voyant confier le commandement s'était déjà estompée. C'était une chose que de piloter un chasseur sous les ordres de quelqu'un d'autre, avec la Force pour alliée. Mais la stratégie, c'était bien différent. Désormais, il était responsable de chaque vaisseau, de chaque vie.

Néanmoins, il avait étudié des textes à propos de la tactique et de la stratégie. Et à présent... A vrai dire, il devait se l'avouer, il attendait presque avec impatience de mettre à l'épreuve ce qu'il avait appris...

Aïe! Brusquement, il avait éprouvé un élancement douloureux dans les phalanges. Il entendit ou crut retrouver le souvenir du rire de Maître Yoda.

Il ferma les yeux et se relaxa. Il était encore habité par la douleur, mais il avait promis à 2 1B de se reposer autant que possible et de guérir. Pourtant, il aurait aimé se sentir un peu mieux.

– Paré pour l'hyperdrive, annonça le capitaine Manchisco. Commandant, il faudrait peut-être vous harnacher.

Luke se tourna vers l'étroite passerelle hexagonale : à trois postes de son siège de commandement, les tableaux de combat venaient de s'assombrir pour le transit. L'habitacle du droïd D2 était occupé par l'unité de bord virgillienne. Il boucla sa ceinture en se demandant quel genre de « désastre » les attendait à Bakura s'il n'intervenait pas personnellement, ainsi que le lui avait demandé Wan Kenobi.

Sur le pont extérieur d'un immense croiseur de combat appelé le *Shriwirr*, Dev Sibwarra posa sa main frêle et brune sur l'épaule gauche du prisonnier.

– Tout ira bien, fit-il doucement. (La peur de l'humain flagellait l'esprit de Deb Sibwarra comme un fouet à triple lanière.) Vous ne souffrirez pas. Une merveilleuse surprise vous attend.

Merveilleuse, oui : une vie sans avidité, sans froid ni désir égoïste.

Le prisonnier, un Impérial à la peau nettement plus claire que celle de Dev, était effondré dans le siège de technition. Il ne protestait plus et sa respiration était haletante. Des attaches pliantes lui maintenaient les bras, le cou et les genoux – mais à seule fin qu'il garde l'équilibre. Son système nerveux avait été déionisé à hauteur des épaules et il était hors de combat. Un fin cathéter intraveineux distillait une solution magnétisante bleu pâle dans chacune de ses carotides dans le bourdonnement léger des minuscules servo-pompes. Il suffisait de quelques millicubes de solution pour syntoniser les champs électromagnétiques fluctuants du cerveau humain sur les ondes du dispositif de technition ssi-ruuvi.

Derrière Dev, Maître Firwirrung trilla une question en ssi-ruuvi.

– Il est calmé ?

Dev esquissa une révérence et passa du langage humain au ssi-ruuvi.

– Suffisamment, chantonna-t-il. Presque prêt.

Firwirrung mesurait deux mètres de l'extrémité de sa queue musculeuse au bec de son museau. Son corps souple était couvert d'écailles rousses, et une crête en V noire et saillante marquait le milieu de son front. Il n'était pas d'une très grande taille pour un Ssi-ruu, mais sa croissance se poursuivait, et les écailles de son torse superbe commençaient à peine à se séparer. Firwirrung leva un arc de captation large et luisant qu'il abaissa sur le prisonnier, le couvrant du nez à la poitrine. Dev ne put que risquer un regard par-dessus : il vit les pupilles de l'humain se dilater. A n'importe quel instant, désormais...

– Allons-y, lança-t-il.

Firwirrung toucha un contact et sa queue frémit de plaisir. Aujourd'hui, la flotte avait fait de bonnes prises. Et Dev, en compagnie de son maître, travaillerait tard dans la nuit. Avant la mise sous technition, les prisonniers étaient bruyants et dangereux. Ensuite, leur énergie vitale rechargeait les droïds choisis par les Ssi-ruuk.

L'arc de captation bourdonnait en montant vers la mise en phase. Dev recula. Dans ce crâne humain et rond, le cerveau saturé de solution magnétisante perdait tout contrôle. Maître Firwirrung avait assuré Dev que le transfert de l'énergie vitale s'opérait sans douleur, mais tous les prisonniers hurlaient à cet instant. Sans exception.

Comme celui-ci, quand Firwirrung déclencha l'arc de captation. L'arc émit une vibration sympathique à la seconde où l'énergie du cerveau de l'humain sautait au diapason de la solution magnétisante. Et la Force porta un ululement d'angoisse indescriptible.

Dev vacilla et se cramponna à la connaissance que ses maîtres lui avaient instillée : les prisonniers *croyaient* éprouver de la souffrance. Et *lui seul* pensait qu'il pouvait percevoir leur souffrance. A l'instant où le corps délivrait ce hurlement, toutes les énergies du sujet avaient déjà sauté vers l'arc de captation. Et le corps qui criait n'était déjà plus qu'un cadavre.

– Transféré.

Ce simple sifflement flûté de Firwirrung portait la trace d'un amusement discret. Cette attitude paternelle à son égard dérangeait Dev. Il était un inférieur. Un humain. Tendre et vulnérable, pareil à une larve tremblotante et blanche avant sa métamorphose. Il n'avait qu'une envie : s'asseoir à son tour pour la technition et transférer son énergie vitale dans un droïd de combat. Et il maudit en silence les talents qui l'avaient condamné à attendre.

Le bourdonnement de l'arc se fit plus fort. Il était à pleine charge maintenant, plus « vivant » encore depuis que le corps sans vie s'était affaissé. Firwirrung se tenait face à une cloison blindée gravée d'écailles métalliques hexagonales.

– Vous êtes prêts, là en bas ?

Il avait posé sa question en un sifflement labial qui allait crescendo pour s'achever en un claquement de son bec denté et deux sons sibilants qui moururent net dans sa gorge. Il avait fallu à Dev des années pour maîtriser le ssiruuvi, plus d'innombrables séances de conditionnement hypnotique pour l'aider à prendre plaisir à aider Firwirrung, qui dirigeait la technition.

Les tâches de technition n'avaient jamais de fin. L'énergie vitale, comme toute autre, pouvait être stockée dans n'importe quel genre de pile. Mais les longueurs d'ondes d'activité électrique, qui accompagnaient l'énergie vitale qui se déversait dans le droïd, induisaient parfois des harmonies destructrices. Et il arrivait que les circuits de contrôle essentiels d'un droïd « meurent » sous l'effet d'une psychose fatale.

Cependant, les énergies vitales humaines duraient plus longtemps que celles de toutes les autres espèces sous technition, qu'elles soient asservies à des circuits de vaisseaux ou à des dispositifs de motivation de droïds de combat.

Un sifflement monta en réponse du Pont Seize du croiseur. Firwirrung posa sa triple serre avant sur un bouton. L'arc de captation se tut. L'énergie vitale de l'humain étincelait maintenant dans une bobine de réserve derrière un amas pyramidal de senseurs de droïds de combat. Désormais, il serait capable de discerner plus loin dans les longueurs d'ondes et dans toutes les directions. Jamais plus il n'aurait besoin d'oxygène, de contrôle thermique, de nourriture ou de sommeil. Libéré du poids pénible de la volonté, de la nécessité de prendre des décisions, dans son nouvel habitat, il répondrait à tous les ordres des Ssiruuk.

La parfaite soumission. Dev courba la tête : il aurait tant aimé être à la place de ce prisonnier. Les vaisseaux droïds ne connaissaient pas plus la souffrance que la tristesse. C'était une métamorphose glorieuse, qui durait jusqu'au jour où un coup de laser ennemi venait à détruire la bobine... Ou bien l'une des harmonies psychotiques destructrices qui déstructurait les circuits de contrôle.

Firwirrung dégagea l'arc de captation, les cathéters et les sangles. Dev enleva le corps du siège de technition et le porta jusqu'à la trappe d'évacuation hexagonale. Le cadavre de l'humain disparut dans l'obscurité.

La queue paisible, à présent, Firwirrung s'écarta de la table. Il se versa une tasse de ksaa rouge tandis que Dev s'emparait d'une lance d'arrosage et nettoyait le siège afin d'éliminer les dernières traces organiques de la séance de technition.

Puis il remit le tuyau en place et déclencha le séchage.

– Prêt, siffla-t-il.

Il se porta d'un pas décidé vers l'écoutille.

Deux jeunes P'w'ecks de petite taille amenaient déjà un autre prisonnier, un humain au visage ridé avec huit rectangles bleus et rouges sur le devant de son uniforme impérial gris-vert. Ses cheveux blancs étaient hirsutes. Il se débattit pour échapper aux griffes de ses gardes et sa tunique le protégea de façon pitoyable : le sang ruisselait déjà sur ses manches lacérées.

Si seulement il avait su à quel point cette résistance était inutile. Dev s'avança.

– Ça ira.

Il cachait son rayonneur ionique en forme de palette – un instrument médical qui pouvait s'avérer une arme de défense efficace à bord du vaisseau – dans les plis bleus et verts de sa longue tunique.

– Ça n'est pas du tout ce que vous pensez.

L'homme ouvrit les yeux, révélant la sclérotique d'un blanc presque obscène autour des iris.

– Ce que je pense ? fit-il, et ses émotions déclenchèrent un tourbillon de panique dans la Force. Qui êtes-vous ? Qu'est-ce que vous faites ici ? Attendez : vous êtes celui qui...

– Je suis votre ami, dit Dev.

Il gardait les yeux à demi fermés. Il n'avait que deux paupières, à la différence de son maître qui, lui, en possédait trois. Il posa la main droite sur l'épaule de l'homme.

– Je suis ici pour vous aider. N'ayez pas peur. *Je vous en prie,* ajouta-t-il en silence. *Cela me fait tellement mal quand vous avez peur de moi. Et vous avez de la chance. Tout ira vite.* Il appuya son rayonneur sur la nuque du prisonnier et le fit descendre le long de son échine sans lâcher la détente de l'activateur.

Les muscles de l'officier impérial se relâchèrent. Les gardes le laissèrent tomber sur les dalles du pont.

– Maladroits!

Firwirrung se dressa sur ses pattes arrière massives, la queue soudain roidie tandis qu'il apostrophait les petits P'w'ecks. Mis à part leur taille et leur tenue, ils ressemblaient beaucoup au maître ssi-ruuk... si l'on n'y regardait pas de trop près.

– On respecte les prisonniers, ajouta Firwirrung.

Il était sans doute jeune pour un commandant, mais il exigeait le respect.

Dev aida les deux P'w'ecks à soulever l'humain baigné de sueur. L'homme, pleinement conscient – l'arc de captation aurait été autrement inefficace –, bascula du siège. Dev le maintint par les épaules en se tordant lui-même le dos.

– Du calme, souffla-t-il. Tout ira bien.

– Ne faites pas ça! hurla le prisonnier. J'ai des amis puissants. Ils paieront pour qu'on me libère!

– Nous aimerions bien les rencontrer. Mais nous ne devons pas vous priver de la joie qui vous attend.

Dev laissa le centre de son esprit dériver vers la peur de l'étranger comme une couverture douillette. Dès que les P'w'ecks eurent fixé les attaches, il relâcha son emprise et se massa le dos. Firwirrung avança une serre et mit en place les cathéters. Il n'avait pas pris la peine de stériliser l'aiguille. Ça n'était pas nécessaire.

Enfin, le prisonnier fut prêt, et à leur merci. Un liquide clair s'écoulait de l'un de ses yeux et de sa bouche. Les servo-pompes ronronnèrent en injectant le fluide magnétisant dans les cathéters.

Un autre esprit libéré, un autre vaisseau droïd prêt à participer à l'invasion de l'empire humain.

Dev essaya d'ignorer le visage luisant de terreur du prisonnier et posa sa main brune sur son épaule.

– Tout ira bien. Vous ne souffrirez pas. Une merveilleuse surprise vous attend.

Enfin, tous les captifs de la journée furent passés en technition – à l'exception d'une femelle qui avait réussi à échapper aux P'w'ecks et s'était fracassé la tête contre la paroi avant que Dev soit parvenu à la maîtriser. Après plusieurs minutes de tentative de réanimation, Maître Firwirrung avait baissé la tête et sa queue était devenue flasque.

– Inutile, avait-il dit d'un ton chargé de regret. Quelle perte. Recycle-la.

Dev avait tout nettoyé ensuite. La technition était une tâche noble, et c'était un honneur pour lui que d'y participer, même si son rôle se limitait à n'être qu'un serviteur doté de la Force, qui pouvait apaiser les sujets. Il glissa son rayonneur sous une étagère de rangement, avec son côté plat vers le haut, avant d'introduire l'extrémité de projection dans la fente jusqu'à ce qu'il entende le cliquetis. La poignée moletée avait été spécialement dessinée pour ses cinq doigts.

Firwirrung précéda Dev au long des larges corridors jusqu'à leurs quartiers et versa deux tasses généreuses de ksaa. Dev but quelques gorgées avec reconnaissance, bien installé dans l'unique siège de la cabine circulaire. Le Ssiruu n'avait nul besoin de mobilier : en sifflant sa satisfaction, Firwirrung se posa sur sa queue charnue.

– Dev, est-ce que tu es heureux ? demanda-t-il.

Ses yeux noirs, liquides, cillèrent au-dessus de sa tasse, reflétant la couleur rouge de l'infusion amère et tonique.

Il lui proposait ainsi de le soulager. Dès que Dev éprouvait de la tristesse, dès qu'il regrettait le sentiment d'absolu qu'il avait quand la Force sa mère était en phase avec lui, Firwirrung l'emmenait consulter le Doyen aux écailles bleues, Sh'tk'ith, pour une thérapie de restauration.

– Je suis très heureux, dit Dev, totalement sincère. Ç'a été une bonne journée. Très agréable.

Firwirrung acquiesça avec sagesse.

– Très agréable, approuva-t-il. (Ses langues olfactives dardèrent de ses narines, flairant la présence de Dev, ses senteurs intimes.) Dev, déploie–toi. Que discernes-tu cette nuit dans l'univers caché ?

Dev esquissa un sourire. Pour le Maître, c'était un compliment. Tous les Ssi-ruuk étaient aveugles et sourds à la Force. Dev savait maintenant qu'il était le seul sensitif, humain ou non, qu'ils aient jamais rencontré.

A travers lui, le Ssi-ruuk avait appris la mort de l'Empereur quelques instants après. La Force existait dans toute vie, et il avait senti par Dev l'onde de choc qui s'était propagée dans l'espace autant que dans les esprits.

Des mois auparavant, Son Omnipotence le Shreeftut avait aussitôt réagi lorsque l'Empereur Palpatine lui avait proposé des prisonniers en échange de ses petits droïds de combat. Palpatine ne pouvait savoir combien de dizaines de millions de Ssi-ruuk vivaient sur Lwhekk, dans leur lointain amas stellaire. L'amiral Ivpikkis avait capturé et soumis à la question plusieurs citoyens impériaux. Il avait ainsi appris que cet empire humain s'étendait sur des parsecs de distance. Et tous ces systèmes stellaires qui s'offraient à lui étaient autant de nids de sable propices à l'implantation de la race ssi-ruuvi.

Mais l'Empereur était mort. Et il n'y aurait pas de marché. Les humains traîtres les avaient abandonnés pour rejoindre leurs mondes aussi vite que possible, alors que les ressources d'énergie de la flotte étaient presque épuisées. L'amiral Ivpikkis s'était alors avancé à bord du croiseur *Shriwirr*, accompagné d'une petite force d'appoint : une demi-douzaine de bâtiments d'attaque pourvus de l'équipement de technition nécessaire. La flotte était demeurée à l'arrière, dans l'attente de nouvelles de réussite ou d'échec.

S'ils s'emparaient d'un monde majeur, la technition – qui était le domaine de Maître Firwirrung – leur livrerait tout l'empire humain. Et Bakura, dans sa chute, leur fournirait toute la technologie nécessaire pour fabriquer des dizaines et des dizaines de sièges de technition. Chaque Bakuran technitionné alimenterait ou protégerait un droïd de combat ou revitaliserait n'importe quel composant critique de n'importe quel croiseur. Dotée de dizaines d'équipes de technition bien équipées et surentraînées, la flotte ssi-ruuvi serait capable de mettre la main sur les mondes humains archipeuplés du Noyau. Ils avaient devant eux des centaines de planètes à libérer. Tant de bonté à donner.

Dev en était arrivé à adorer le courage de son maître qui s'avançait aussi loin et prenait autant de risques pour le seul bien de l'Imperium ssi-ruuvi et la libération des races étrangères. Si un Ssi-ruu trouvait la mort loin de son monde consacré, son esprit rôderait à jamais entre les galaxies.

Dev secoua la tête.

– Dehors, je ne perçois que les vents tranquilles de la vie. Et à bord du *Shriwirr*, la douleur et la confusion de nos enfants nouveaux.

Firwirrung lui tapota le bras, et ses trois serres opposables rougirent faiblement sous la peau dépourvue d'écailles. Dev lui répondit par un sourire, en totale empathie avec son maître. Firwirrung n'avait pas d'amis de couvée à bord, et la vie militaire supposait de longues heures de solitude ainsi que de terribles risques.

– Maître, demanda Dev, est-ce qu'un jour... peut-être... nous pourrons retourner sur Lwhekk ?

– Dev, il se peut que toi et moi nous ne retournions jamais chez nous. Mais, bientôt, nous aurons un autre monde consacré dans ta galaxie. Et nous y enverrons nos familles...

Firwirrung détourna son regard vers un puits de repos, et Dev reçut en plein visage une bouffée acide de son souffle de reptile.

Il n'eut aucune réaction. Il s'était accoutumé à l'odeur des Ssi-ruuk. Sa propre odeur incommodait les reptiliens, et il se baignait et buvait des solvants spéciaux plusieurs fois par jour. Pour les occasions spéciales, il lui arrivait même de se raser le crâne.

– Une couvée à vous, murmura-t-il.

Firwirrung inclina la tête et l'observa d'un œil noir.

– C'est ton travail qui me rapproche jour après jour de cette couvée. Mais, pour l'heure, je me sens fatigué.

– Oui, c'est ma faute : je vous force à veiller, dit Dev, repentant. Je vous en prie : reposez-vous. Je reviendrai bientôt.

Lorsque Firwirrung fut niché dans ses piles d'oreillers, le corps réchauffé par les générateurs du pont inférieur, les paupières refermées, Dev prit son bain du soir et avala sa médication déodorante. Afin d'oublier les crampes abdominales qui s'ensuivaient toujours, il poussa son fauteuil jusqu'à un comptoir incurvé, prit un livre inachevé dans la bibliothèque et le glissa dans son lecteur.

Depuis des mois, il travaillait sur un projet qui serait sans doute plus utile à l'humanité que tout ce qu'il faisait maintenant. (En fait, il redoutait que les Ssi-ruuk ne le technitionnent dans des circuits afin d'achever son travail plutôt que dans l'un de ces droïds de combat qu'il espérait bien mériter un jour.)

Il avait su lire et écrire avant d'être adopté par les Ssi-ruuk. Langue et musique. En combinant ces symbologies, il était parvenu à mettre au point un système pour écrire le ssi-ruuvi à l'usage des humains. Sur la portée musicale, il notait les diapasons. Les symboles qu'il avait inventés correspondaient à des labiales, des linguales, des semi-linguales et des sifflements gutturaux. Les lettres montraient les voyelles et les mixages des diverses finales claquantes. Le *ssi-ruu* exigeait une instruction complète : le sifflement semi-lingual montait jusqu'à une quinte parfaite tandis que la bouche formait la lettre *e*. Ensuite, un sifflement en labiale serrée, pour descendre en tierce mineure. *Ssi-ruu* indiquait le singulier. Quant au pluriel, *ssi-ruuk*, il s'achevait toujours par un claquement d'arrière-gorge. Le ssi-ruuvi était complexe mais séduisant. Pour Dev, il évoquait le doux chant des oiseaux de la planète de sa jeunesse, G'rho, sur les avant-postes de la Frange galactique.

Dev avait une excellente oreille, mais cette tâche complexe finissait immanquablement par lui coûter bien trop de son temps libre.Dès que les crampes et les nausées eurent cessé, il éteignit le lecteur et rampa dans l'ombre vers le puits de repos, le nid à l'odeur vaguement fétide de Firwirrung. Avec son sang trop chaud d'humain, il dut comme d'habitude empiler des oreillers pour s'isoler de la chaleur qui montait du pont. Ensuite, il se recroquevilla aussi loin que possible de son maître et laissa ses pensées dériver vers sa maison.

Il avait attiré l'attention de sa mère très tôt dans son enfance sur Chandrila. C'était une apprentie Jedi qui n'avait pas achevé son éducation, et elle lui avait enseigné les rudiments de la Force. Il avait même réussi à communiquer ensuite avec elle à travers l'espace.

Puis, l'Empire s'était installé. Une purge des Jedi était survenue et la famille de Dev avait dû s'enfuir vers la planète G'rho.

Ils s'y étaient à peine installés que les Ssi-ruuk avaient fait leur apparition. La Force avait diminué chez la mère de Dev. Il était désormais loin de chez lui, terrifié, désemparé devant les vaisseaux des envahisseurs. Maître Firwirrung lui avait constamment répété que ses parents l'auraient certainement tué s'ils l'avaient pu, plutôt que de le laisser adopter par les Ssi-ruuk. Cette seule pensée était terrifiante : quoi, ils auraient été capables d'assassiner leur propre enfant !

Mais, dans un cas comme dans l'autre, Dev avait échappé à la mort. Et les éclaireurs ssi-ruuvi avaient fini par le découvrir caché au fond d'un ravin. Il avait alors dix ans. Fasciné par les lézards géants aux grands yeux noirs, il avait accepté qu'ils le nourrissent, il s'était abandonné à leur affection. Ils l'avaient envoyé sur Lwhekk, où il avait vécu durant cinq ans. Ses pouvoirs mentaux inhabituels faisaient de lui un éclaireur idéal pour approcher d'autres systèmes habités par les humains. On lui avait également appris à apaiser les sujets soumis à la technition. Il aurait tellement aimé se rappeler ce qu'il avait pu faire ou dire pour révéler ses talents aux Ssi-ruuk.

Il leur avait appris tout ce qu'il savait de l'humanité, de sa mentalité jusqu'à ses coutumes et ses vêtements (y compris les chaussures, ce qui avait beaucoup amusé les Ssi-ruuk). Il les avait déjà aidés à s'emparer de plusieurs avant-postes humains. Bakura serait le monde-clé... et ils étaient en train de gagner ! Bientôt, les impériaux bakurans seraient à court de vaisseaux et les Ssi-ruuk s'abattraient sur les centres peuplés de la planète. Une dizaine d'unités d'atterrissage p'w'eck s'apprêtaient à larguer des conteneurs paralysants.

Par-dessus la fréquence d'arraisonnement, Dev avait déjà annoncé aux Bakurans la bonne nouvelle : ils allaient bientôt être délivrés de leurs contraintes humaines. Maître Firwirrung avait dit que leur résistance était normale. A la différence des Ssi-ruuk, les humains craignaient l'inconnu. La technition était un changement dont nul ne revenait pour le raconter.

Dev bâilla longuement. Ses maîtres le protégeraient de l'Empire et, un jour, ils le récompenseraient. Firwirrung lui avait promis d'être auprès de lui et de tenir lui-même l'arc de captation.

Au seuil du sommeil, Dev se toucha la gorge. C'est là qu'il enfilerait les cathéters... Là, et là... Un jour...

Il enfouit la tête entre ses bras et s'endormit.

3

Les stries des étoiles se rétrécirent sur l'écran triangulaire à l'avant du *Rafale* et les sept vaisseaux d'escorte sautèrent hors de l'hyperespace.

Dès qu'il eut vérifié les boucliers déflecteurs, Luke fit pivoter son siège pour prendre connaissance du rapport de l'ordinateur principal sur le statut de bord. Pendant ce temps, l'officier des communications scannait les diverses fréquences d'interpellations standard de l'Empire.

Luke se sentait un peu mieux, pour autant qu'il se déplace lentement.

Les scanners révélaient huit planètes, dont aucune ne se trouvait au point orbital déterminé par le Maître Navigateur de l'Alliance. Il était heureux que Manchisco soit parvenue à maîtriser son impatience et à établir ses plans avec soin pour quitter la vitesse luminique dans le système extérieur. Elle lui lança un regard significatif. Il porta un doigt à son sourcil, puis inclina la tête à l'intention du navigateur Duro, qui cligna ses grands yeux rouges tout en émettant un gargouillement incompréhensible.

– Il dit que vous êtes le bienvenu, traduisit Manchisco.

Une demi-douzaine d'ovoïdes couverts de cloques étaient regroupés au large de la troisième planète, entourés d'une véritable poussière de petits chasseurs. Ils étaient tous marqués en rouge « menace », mais, sur tous les écrans, ils manœuvraient de façon insensée, rompant sans cesse leur formation pour se regrouper ensuite. Tantôt ils s'approchaient, tantôt ils fuyaient. A l'évidence, ils n'étaient pas tous du même bord.

Luke jeta un regard sur le jouet préféré du général Dodonna : l'Ordinateur Analyseur de Combat. Il avait accepté d'avoir un OAC à bord, et il avait maintenant besoin qu'on charge les données.

– On se croirait à la fête, dit la voix de Yan, tout près de son coude.

– Pour l'instant, on essaie d'entrer en contact avec les Impériaux. Il n'y a aucune raison de...

– Commandant, l'interrompit l'officier des communications.

– Reste sur la fréquence !

Il se redressa et eut immédiatement une crampe. Oui, il ne tarderait pas à être guéri. Bientôt.

– Vous avez un contact ?

Le jeune Virgillien aux épaules larges lui désignait un voyant vert qui clignotait sur la console. Quelqu'un avait donné l'ordre de transmission. Luke s'éclaircit la gorge. Avant de quitter Endor, Leia lui avait proposé une liste de différentes déclarations. Mais aucune n'était dans son style.

Et puis, il n'allait pas avoir à faire à un politicien ou à un diplomate. Mais à un commandant de flotte engagé dans une bataille, qui n'avait devant lui que quelques secondes pour prendre une décision.

– Flotte Impériale, dit Luke, ici un groupe de combat de l'Alliance. Nous arborons le drapeau blanc. Il nous semble que vous avez besoin de secours. Accepterez-vous notre aide, en tant qu'êtres humains ?

Bien sûr, dans les rangs des Rebelles, il y avait Chewbacca et aussi le Duro qui était le navigateur de Manchisco. Et l'un des avisos comptait dix-sept Mon Calamari dans son équipage. Mais cela, les racistes impériaux n'avaient pas besoin de le savoir. Pas encore.

Une rafale de craquements monta du haut-parleur.

Luke pouvait facilement imaginer quelque vétéran de la Flotte Impériale en train de chercher frénétiquement un conseil pour la procédure de contact avec une unité rebelle. Il se régla sur la fréquence de l'Alliance.

– A tous les chasseurs : maintenez la formation de défense. Boucliers activés. Nous ne savons pas encore ce qu'ils vont faire.

Des fragments de musique et des voix brouillées éclatèrent sur la passerelle du *Rafale*, puis :

– Groupe de combat de l'Alliance, ici le commandant Pter Thanas, de la Flotte Impériale. Veuillez annoncer vos intentions.

La voix était autoritaire et agressive.

Durant les trois jours d'hyperespace, Luke avait hésité entre feindre l'ignorance ou admettre la situation réelle.

Le capitaine Manchisco haussa un sourcil interrogateur.

– Nous avons intercepté un message adressé par le gouverneur Nereus à la Flotte Impériale qui est... euh... encore en cours de décryptage. Mais, apparemment, vous avez de sérieux ennuis. Et comme je l'ai dit, nous sommes venus pour vous aider si cela est possible.

Il coupa la communication et réalisa, aux spasmes douloureux qui torturaient ses mollets, qu'il venait de se redresser. Furieux, il se laissa retomber dans le fauteuil. Il s'était pourtant largement reposé durant le passage dans l'hyperespace.

Les avisos annoncèrent leur position en touches bleues sur le pupitre noir de statut du bord. Ils s'étaient reformés en couples.

Il entendit la voix douce de Leia qui l'appelait depuis le *Faucon* :

– Luke, joue fin. Nous avons affaire aux Impériaux. Ils vont nous considérer comme une présence hostile et nous chasser.

– Pour l'instant, on dirait bien qu'ils ne chassent pas grand-chose. Ils sont même sur le point d'être nettoyés par...

La voix cassante du commandant Thanas l'interrompit :

– Pas étonnant que personne n'ait réussi à accrocher la fréquence standard de détresse. Groupe de combat de l'Alliance, nous acceptons votre soutien avec reconnaissance. Je vous code en rapport sur vingt cycles au-dessous de la fréquence.

– Très bien, parfait, commenta Yan.

Seul un homme qui se considérait déjà comme pratiquement vaincu aurait accepté le renfort d'éléments qui s'étaient identifiés comme marginaux. Luke jeta un bref regard à Delckis, l'officier des communications, qui se réglait sur la fréquence indiquée par le commandant Thanas. En quelques instants, les taches tourbillonnantes du pupitre de statut de bord passèrent au jaune d'or pour indiquer les unités impériales. Luke émit un sifflement léger : les six bâtiments ovoïdes ainsi que la tempête de sable des chasseurs restaient dans le rouge menaçant.

L'OAC se mit à débiter des informations. Le commandant Thanas disposait de moins de puissance de feu que les envahisseurs, dont quatre-vingts pour cent concentrés sur un unique croiseur de classe *Carrack*. Ce n'était pas un bâtiment particulièrement important : il n'avait que le cinquième de l'équipage d'un superdestroyer, mais il avait plusieurs fois la puissance du *Rafale*.

– Vous êtes certain de ce que vous allez faire ? s'inquiéta Tessa Manchisco.

Luke effleura un bouton qui allait lancer tous les pilotes dans les échelons d'accès à leurs postes. Les chasseurs avaient été ravitaillés et ils étaient parés au combat depuis la dernière journée en hyperespace.

– J'ai bien reçu votre formation, déclara-t-il à l'intention de son homologue de l'Empire.

Il n'était pas encore certain de la façon dont il devait procéder. Il s'apaisa et explora la Force. En quête d'une intuition, comme disaient les autres...

Thanas dit :

– Pouvez-vous... tenir prêts...

Un gazouillement étrange noya ses paroles.

Luke tapota nerveusement sur la console. Lorsque la voix du commandant impérial revint, elle était toujours aussi nette et maîtrisée.

– Désolé. Un brouillage. Si vous parveniez à lancer une formation en cône entre les trois croiseurs des Ssi-ruuk, au centre, il se pourrait qu'ils battent en retraite. Ce qui nous ferait gagner du temps.

Des Ssi-ruuk. Luke rangea le nom des envahisseurs au

fond de son esprit. Et, du sous-niveau de sa conscience, une suggestion monta enfin.

– Commandant Thanas, nous allons plonger depuis le nord polaire droit sur eux.

Et il ajouta à l'intention du navigateur du *Rafale* :

– Réglez le cap.

Les lèvres caoutchouteuses du Duro gargouillèrent en standard à l'intention du pilote virgillien :

– Valtisss : mets-toi au huit-sept norrrd, en sixxx de plongée.

Valtis transmit les coordonnées à son ordinateur. Et Luke sentit le *Rafale* s'éveiller. Tous les panneaux de la passerelle vibraient soudain sous son siège. L'écoutille d'accès se ferma brusquement.

Thanas les appela à nouveau.

– C'est là que nous avons besoin de vous, groupe de l'Alliance. Arrivez vite... et merci. Attention au puits gravifique.

– Dis, Junior, qu'est-ce que tu penses de ça ? demanda Yan. Ça ne me paraît pas très bon.

– Il faut que j'aille sur Bakura, intervint Leia. Je dois convaincre le gouverneur Nereus de déclarer une trêve officielle. Sinon, ils n'ont aucune raison de collaborer avec nous. Nous ne pouvons pas bloquer toute la Flotte Impériale.

– Yan, dit Luke, est-ce que tu as enregistré la manœuvre qu'on va essayer ?

– Oh, ça oui, fit Yan avec une trace d'amusement dans la voix. Bonne chance, mon héros. Je crains néanmoins que la seule diplomate expérimentée que nous ayons avec nous ne soit pas de la fête.

– Excellente idée, dit Luke.

– Quoi ? s'exclama Leia. Qu'est-ce que ça veut dire ? De quoi parlez-vous ?

Luke sentit les points d'exclamation violents qui suivaient ses questions.

– Excuse-nous.

Il devina Yan en train d'expliquer de façon raisonnable une vérité désagréable à une fille Skywalker particulièrement têtue. Il était urgent que son frère intervienne.

– Leia, regarde l'écran. Bakura est sous blocus. Toutes les communications sont brouillées. Nous n'avons pas réussi à capter un seul signal, si l'on excepte quelques fréquences de divertissement. Tu es trop précieuse pour te hasarder dans la zone de combat.

– Et pas toi ? Il faut que je parle au gouverneur. Notre seul espoir est de le convaincre que nous ne venons pas en tant qu'agresseurs.

– Je suis d'accord, et le *Faucon* nous serait bien utile dans un balayage d'attaque, mais on ne peut pas se permettre de te faire courir le moindre danger.

Un silence de plomb persista plusieurs secondes. Luke lança une série d'ordres : le groupe devait se placer en formation horizontale souple en vue de la difficile manœuvre de saut intrasystème.

– D'accord, acquiesça Leia d'une voix sourde. La sixième planète n'est pas très éloignée de ce vecteur. Nous allons mettre le cap dessus. Si elle paraît sûre, nous nous poserons pour attendre le rendez-vous.

– La Planète Six me semble bien, Leia, dit Luke en sentant l'indignation de sa sœur.

Elle n'en voulait pas qu'à lui seul. Elle et Yan devaient apprendre à résoudre leurs désaccords. A développer un système mutuel d'entente.

Il se détacha du champ de perception mentale de Leia.

– Yan, on reste en contact. Utilise les fréquences standard de l'Alliance. Mais contrôle celles des Impériaux.

– Affirmatif, Junior.

Luke ne quittait pas l'image du petit cargo sur son écran. Il le vit quitter la formation, l'arc lumineux et bleuté de ses moteurs se détachant nettement sur le noir de l'espace. Il revint à son pupitre de statut : les pilotes des chasseurs étaient tous prêts. Wedge Antilles faisait l'appel des escadrons. Il se dit que sa place n'était pas ici. Son aile X était remisée dans un hangar obscur, et D2 était relégué dans ses quartiers, uniquement relié au *Rafale* par le lien de l'OAC. Il se dit que la prochaine fois, peut-être, il parviendrait à bricoler D2 pour qu'il dirige les opérations depuis son chasseur tout en restant en liaison avec la passerelle de commandement du croiseur... Mais où pourrait-il installer le dispositif de contrôle et les pupitres de statut ?

– Paramètres affichés, annonça-t-il. Préparez-vous à sauter.

Les témoins des scanners passèrent du bleu au vert. Il se cramponna à son siège.

– On y va!

Yan ne quittait pas des yeux les senseurs du *Faucon Millenium.* Ils s'éloignaient de la formation. Il avait suffisamment d'expérience pour ne pas se laisser prendre dans le ressac du saut hyperspatial, et il ne put s'empêcher d'observer le croiseur de Luke à l'instant où il disparaissait. Le gamin commandait toute une unité d'intervention. Il se tourna vers Leia qui venait de tressaillir.

Yan se dit qu'il avait enfin retrouvé sa place : à bord du *Faucon.* Les équipes de réparation de l'Alliance n'avaient pas perdu de temps pour remettre en état son cher petit cargo après que Lando l'avait esquinté dans l'assaut de la deuxième Etoile Noire. *(Mais surtout, Lando, n'aie pas de remords : c'était pour la bonne cause.)* Oui, sa place était dans ce cockpit et nulle part ailleurs, avec ce bon vieux Chewie dans le siège de copilote.

Mais rien n'était exactement pareil. Leia était assise derrière le grand Wookie, en tenue de combat grise. Elle était penchée en avant comme si elle convoitait le poste de copilote du Wookie. C'est vrai qu'elle avait merveilleusement bien piloté le *Faucon* dans des circonstances difficiles. Mais il y avait certaines choses qu'un ex-contrebandier ne pouvait accepter.

C-3PO était installé à côté de Leia, et il ne cessait de pencher sa tête dorée d'un côté puis de l'autre.

– Je vous suis tellement reconnaissant d'être revenu sur votre décision, Maîtresse Leia. Quoique mon jugement puisse être de bien négligeable importance dans ces systèmes éloignés, votre sécurité demeure pour moi d'une importance absolue. Puis-je suggérer...

Yan roula des yeux et proféra d'un ton faussement menaçant :

– Leia ?...

Elle enfonça le bouton de blocage sur la nuque du droïd de protocole qui se figea instantanément.

Yan poussa un long soupir de soulagement. Quant à Chewbacca, il roucoula un rire grave et sourd tout en secouant sa tignasse couleur cannelle.

Yan se pencha vers le panneau de contrôle :

– Moins sept minutes avant l'approche.

Leia défit son harnais de sécurité et s'avança. Elle pressa sa jambe contre la sienne, appréciant sa chaleur.

– Les Impériaux ne sont sûrement pas loin. Que disent les scanners ?

Il leva la main et les activa. Les images de la Sixième Planète se déployèrent sur les écrans. Chewbacca aboya quelques grondements suivis de *breups* sonores.

– De la terre nue et de la glace, traduisit Yan. Le système de Bakura s'est formé autour d'une unique géante gazeuse accompagnée d'une traînée de comètes d'accrétion. (Il ménagea une pause.) Si le *Faucon* est assez chaud, il va s'enfoncer jusqu'à la surface.

– Regarde, l'interrompit Leia. On dirait bien qu'il y a une base à proximité du terminateur.

– Je la vois. (Yan se dirigea vers le groupe de constructions aux formes régulières.) Pas de communications ni de satellites de défense. On ne capte aucun message.

Chewie confirma d'un grondement.

Ils voyaient distinctement les dômes, à présent. Yan passa au grossissement maximum et repéra aussitôt des murailles fracturées derrière des cratères aux bords dentelés.

– Quel désastre ! fit Leia.

– A dix contre un, je parie que nos mystérieux étrangers ont déjà frappé.

– Parfait, dit Leia.

Surpris, il se retourna, et elle ajouta :

– Ça signifie qu'ils ne reviendront probablement pas.

– Tu veux dire qu'ils ont rayé l'objectif de leur liste ?

– Oui, et ils vont maintenant s'attaquer au gros morceau. J'espère que Luke va être prudent.

– Mais bien sûr. O.K., Chewie, l'endroit me paraît bien

agréable et tranquille. Mais on ferait mieux de se poser... histoire de nous confondre avec les rochers. Tu coupes les moteurs et on descend lentement. On garde juste assez de puissance pour résister à la gravité. On va se mettre au frais.

Il évita d'ajouter que la manœuvre serait loin d'être facile. Les senseurs indiquaient une gravité de O.2 g à la surface de cette boule de glace, et il n'y avait pas d'atmosphère dont la friction aurait permis de réchauffer leur vaisseau. Mais perdre de la température, ça n'était pas simple. La chaleur était encore élevée après leur saut hors de l'hyperespace et, même dans le vide, à l'extérieur du système, ils avaient rencontré un facteur de friction avec les milliards d'ions et d'atomes isolés. Yan déclencha un contrôle qu'il n'utilisait que rarement et poussa les radiateurs dorsaux au maximum. Il aurait aimé avoir des refroidisseurs pour les supports d'atterrissage, mais ça, c'était du domaine du rêve. Autant imaginer que des Calamariens donnent des ordres au quartier général de l'Alliance.

Immédiatement au-delà du terminateur, il repéra un cratère suffisamment long et large pour que le *Faucon* s'y niche. Il coupa les radiateurs et descendit vers la surface. Il immobilisa un instant le *Faucon* en point fixe. Pas question d'utiliser les fusées de freinage...

A la seconde où il s'apprêtait à descendre, il remarqua une flaque sombre et brillante qui se formait dans le cratère.

Ce n'était pas de l'eau produite par la fonte de la glace, mais de l'ammoniaque ou quelque autre produit volatil qui fondait même sous cette température extrêmement basse.

Que faire ?

Chewie ronfla une suggestion.

– Oui, répondit Yan, bonne idée ! Une orbite synchrone.

– Parce qu'on ne se pose plus ? s'inquiéta Leia à l'instant où le *Faucon* reprenait de l'altitude.

Chewbacca geignit : il avait soudain détecté un petit problème.

– Mais non, ça marche, fit Yan.

– Qu'est-ce qui marche ? insista Leia.

Yan se tourna vers Chewie avec un froncement de sourcils.

Merci, mon pote.

– Le tracking du *Faucon*. Il se maintient sur la même orbite en autopilote. Il est asservi à un circuit qui normalement n'est pas efficace dans ce genre de situation.

– Pourquoi ?

Il eut un rire bref.

– On ne peut pas faire toutes ces modifications sur un simple cargo sans craquer divers circuits. Le tracking fonctionne assez bien, mais... Chewie veille à ce que nous ne dérivions pas de notre cap. Aussi longtemps que nous le maintiendrons, personne ne pourra nous repérer. (Yan enclencha un senseur.) On dirait que Frère Luke passe dans le camp de ces chers Impériaux. Je suppose que tu tiens à le surveiller.

Leia plissa le front.

– Avec ces scanners, il est impossible de savoir de quel côté sont les gens. Et puis, cette situation me met mal à l'aise.

Est-ce qu'il devait prendre cette allusion aux scanners du *Faucon* comme une insulte ?

– Ah, oui, je comprends, fit-il d'un ton enjoué.

Ils allaient peut-être disposer d'une heure de répit. Leur prétendue détente après la grande fête chez les Ewoks n'avait servi à rien : Leia était absolument épuisée. Mais, pendant leur saut dans l'hyperespace, tandis que tout le monde était occupé et que C-3PO s'agitait un peu partout, il avait aimablement demandé à Chewie de faire quelques transformations dans l'habitacle principal du *Faucon*. D'un genre qui n'était nullement mentionné dans le *Guide Cracken.*

Il n' espérait qu'une chose : que le Wookie s'en soit sorti à peu près correctement. C'était un maître en mécanique, mais son sens de l'esthétique n'était pas... pas vraiment humain.

Yan ne s'était pas uniquement lancé dans ce pique-nique par le seul goût de l'effort de guerre.

Leia prit C-3PO par le cou et le réactiva avant de suivre Yan vers l'arrière. Après la bataille d'Endor, ils s'étaient parlé durant des heures. Derrière le masque du contrebandier cynique, elle avait découvert un homme qui nourrissait les mêmes idéaux qu'elle. Ils s'étaient trouvés brusquement rapprochés. Et elle avait vécu dans l'effroi de se retrouver seule depuis que Luke lui avait appris la terrifiante nouvelle : Dark Vador avait été leur...

Non.

Son esprit s'était bâti ses propres défenses. Et en assistant à l'anéantissement d'Alderaan depuis l'Etoile Noire, elle avait cru voir périr toute sa famille. Alors qu'en vérité, son père s'était trouvé...

Non ! Jamais elle n'accepterait qu'il ait pu être son père. Contrairement à Luke.

Elle se courba pour éviter un tuyau qui pendait dans le vide. Si elle devait passer plusieurs heures à attendre, elle devrait utiliser ce temps. Elle avait gaspillé beaucoup trop de jours à récupérer. Elle se massa l'épaule droite. Les tissus synthétiques ne faisaient pas complètement oublier la pénible démangeaison d'une brûlure de blaster en voie de cicatrisation. Elle l'avait dit à Yan : c'était supportable... mais difficile à oublier.

Yan s'arrêta près de la rampe d'entrée. Elle prit appui contre la paroi et le regarda.

– Encore quelque chose à réparer ?

Le *Faucon* était le premier amour de Yan. Plus vite elle admettrait cela, moins il se hérisserait. Et puis, c'était stupide d'être jalouse d'un cargo spatial, même reconverti.

Yan ôta les mains de ses hanches.

– Tout sera calme pendant quelques heures au moins, dit-il. Et Chewie est de garde.

Brusquement, Leia prit conscience que ce n'était plus exactement la lueur du combat qu'elle lisait dans ses yeux.

– Je croyais qu'il y avait quelque chose à réparer. Allons, il n'y aurait pas une nouvelle modification à tester sur le terrain ?

– Oui. Par là, dans la cale.

Il la précéda dans la coursive, écarta le panneau verrouillé, et descendit dans la réserve arrière du *Faucon*. Il ouvrit une écoutille qui accédait au compartiment tribord.

– C'est là que nous avons installé les générateurs de boucliers.

L'air ambiant était étouffant. Elle suivit Yan à l'intérieur.

– Et tu fais le trafic de quoi ?...

– C'est quelque chose que j'ai ramené d'Endor.

– Que *nous* avons ramené d'Endor, corrigea-t-elle.

Des caisses étaient empilées sur toute la paroi, au fond du compartiment. Yan en écarta une et ouvrit un placard qui pouvait être une unité de réfrigération. Il y plongea le bras et brandit une bouteille en verre.

Impassible, elle la prit. Du verre primitif avec un bouchon en écorce d'arbre. Rien de très hygiénique.

– C'est quoi ?

– Un cadeau du guérisseur ewok. Tu t'en souviens ? Celui qui nous a faits membres honoraires de la tribu ?

– Oui, bien sûr. (Leia s'appuya contre les caisses et lui rendit la bouteille.) Mais ça ne répond pas à ma question.

Yan tirait sur le bouchon.

– Une sorte de... de vin de baies, dit-il dans un halètement. (Le bouchon vint enfin.) Bâton d'Or [1] a failli y perdre un résistor de traduction, mais, pour l'essentiel, ce que l'autre hirsute a dit se résumait à : « Ça embrase le cœur qui commence à se réchauffer. »

C'était donc à ça qu'il voulait en arriver, se dit-elle.

– Hé, attention : nous sommes en guerre.

– Nous serons toujours en guerre. Mais quand est-ce que tu vivras ?

Elle sentit la chaleur monter dans ses joues. Elle préférait encore discuter, se disputer avec Yan, se quereller avec lui plutôt que de se cacher pour boire... quoi ?... du vin de baies ? Alors qu'une bataille se déroulait. Ainsi que l'avait déclaré Bail Organa, cet homme n'était pas digne d'une fille de sa lignée. Tout ce qu'il savait faire, c'était

1. Sobriquet de C-3PO. *(N.d.T.)*

résoudre ses problèmes à coups de blaster. Elle était une princesse d'adoption, sinon de sang.

Une fois encore, l'ombre pesait sur ses pensées : Vador. Elle l'avait haï depuis le début, et de bon droit.

Une goutte de vin violet, épais, éclaboussa les dalles. Ça ne semblait pas être un grand millésime.

– Il ne faut pas... commença-t-elle, sans achever sa phrase.

Elle avait d'ores et déjà décidé qu'elle ne serait pas très utile à Luke en restant accrochée à la fréquence subspatiale.

– Mais à quoi penses-tu ? s'exclama Yan en lui tendant une coupe. De quoi aurais-tu peur ?

– De trop de choses.

Elle choqua doucement sa coupe contre la sienne.

– Toi ? Tu aurais peur ?

Elle ne put s'empêcher de sourire. Inutile d'être toujours courageuse et téméraire. Elle but une gorgée, puis huma le vin et décida :

– Trop doux.

– Je ne crois pas qu'ils sachent faire autre chose. (Il posa sa coupe sur une palette.) Viens par ici.

Il lui avait pris la main et l'entraîna entre les caisses. Elle posa sa coupe près de la sienne.

– Je...

Il s'arrêta.

Leia baissa les yeux sur le nid douillet d'oreillers autogonflants.

– Chewie, grommela Yan en lui lâchant la main. Je crois que c'est assez évident. Jamais je n'aurais dû faire confiance à un Wookie.

Leia s'était mise à rire.

– Parce que c'est lui qui a installé ça ?

– Attends que je tombe sur ce tas de fourrure avec sa truffe humide...

Leia riait toujours quand elle le poussa en arrière.

Il lui prit la main et tomba en se débattant.

4

Chewbacca espérait s'en être correctement tiré. Après tout, le sens de l'esthétique de Yan n'avait rien de... vraiment civilisé. Mais ses intentions étaient honnêtes. Et Leia le comprendrait certainement. Elle semblait être une femelle distinguée.

C-3PO babilla dans son dos. Chewbacca continua de se débattre avec les contrôles de communications, s'assurant à l'occasion de l'évolution de la bataille de Luke. Dans le chaos, il avait complètement perdu le *Rafale*.

– Et puis, c'est un refuge plutôt précaire, ajouta C-3PO. La Sixième Planète n'a même jamais reçu de nom. Ça n'est qu'un gros morceau de glace, après tout. Pas la moindre colonie, rien que ces ruines d'un avant-poste militaire. (Il s'interrompit brusquement.) Chewbacca, c'était quoi ? Diminue de quelques kilobits.

Chewie haussa les épaules et suggéra à C-3PO de dégager.

– Non, je refuse de « dégager », comme tu dis, espèce de gros piège à puces, couina le droïd de protocole. J'ai clairement perçu des appels de créatures vivantes, si je me fie à mon expertise. J'ai nettement entendu quelque chose quelque part.

Ici, aux limites du système ? Chewie résista à l'envie soudaine d'arracher un des bras dorés de C-3PO. Ce droïd maniéré méritait bien ça. Oui, mais après, il faudrait qu'il ressoude lui-même toutes ces connexions.

– J'ai vraiment détecté un phénomène qui n'a rien de

naturel ni de courant, insista Bâton d'Or. Diminue de quelques kilobits.

Bon, après tout, c'était possible. Tout en appuyant plus fort son casque sur une oreille, Chewbacca enclencha le scanner de basse fréquence et balaya à plusieurs reprises l'espace proche. Quelque chose bourdonna brièvement, mais le signal était trop faible pour accrocher le scanner. Chewie appuya sur la touche d'amplification. Quelques secondes de réglage minutieux, et il ne capta plus qu'un murmure électronique.

C-3PO inclina la tête et prit une pose autoritaire.

– Chewbacca, c'est vraiment étrange. On dirait une sorte de code de transmission d'ordres comme ceux que les droïds utilisent pour communiquer. Mais que pourraient bien faire des droïds dans ces parages? Il s'agit peut-être d'un survivant mécanique de cet avant-poste de l'Empire abandonné, ou d'une machine encore en fonction. Je te suggère de prévenir le général Solo ou la princesse Leia par comlink.

Yan avait laissé clairement entendre qu'il ne souhaitait pas qu'on le dérange, à moins d'une baisse de pression catastrophique. C'est ce qu'exprima Chewie.

– Bien, fit C-3PO, mais je ne serai pas rasséréné jusqu'à ce que nous ayons localisé l'origine de ces signaux. Après tout, nous avons pénétré dans une zone de combat. Nous courons un danger énorme. Attends!... (La tête de C-3PO bascula.) Ce code n'est pas en usage dans l'Alliance ni dans aucun dispositif impérial.

Les envahisseurs? Sans hésiter, Chewie ouvrit le comlink.

... Et le comlink de Yan bipa dans sa poche de chemise.

– Général Solo! (C'était le bêlement musical familier de C-3PO.) Général Solo!

Leia s'agita entre ses bras.

-J'en étais sûr, marmonna-t-il. (Juste au moment où Leia commençait à se détendre. Il sortit son comlink et grinça:) Quoi?

– Général, je viens de capter une communication à distance critique. Une unité de contrôle droïd semble opérer à proximité. Je n'en suis nullement certain, mais la source se rapproche.

– Oh, oh! souffla doucement Leia contre son épaule. Elle se redressa.

– D'accord, Chewie, on arrive! lança Yan sur un ton qui semblait plus proche de la menace que de l'acquiescement.

L'air amusée, Leia versa le contenu de sa coupe dans la bouteille et la reboucha. Avant de courir vers la coursive, elle écarta les mains et répéta d'un ton sépulcral ce que Yan avait dit :

– Ça n'est pas de ma faute!

Yan venait à peine de surgir dans le cockpit qu'un glapissement électronique s'éleva de la console principale.

– Ça veut dire quoi? fit Leia.

Parfait. Magnifique. Déjà, Chewie avait lancé l'énergie vers les moteurs.

– Rien de très bon, ma belle. On vient de se faire repérer.

– Mais par qui?

Elle se laissa tomber sur son siège.

– Oui, par qui? répéta Yan à l'intention de C-3PO.

– Général, je n'ai pas encore de confirmation de...

– O.K., coupa Leia. Tais-toi! Là! (Elle pointait le doigt vers le centre de l'écran.) Regardez! C'est quoi?

Huit ou neuf objets de forme réduite venaient d'apparaître à l'horizon courbe et gelé de la Sixième Planète, se dirigeant droit sur le *Faucon*.

– Je n'ai pas envie d'attendre pour le savoir, grogna Yan. Chewie, charge les canons.

Chewbacca aboya pour confirmer.

– Nous savons que ces non-humains font des prisonniers, murmura Leia. Je ne tiens pas à ce que nous entamions les négociations sur ce pied d'inégalité.

– Mais non. Allez, Chewie! Toi et moi, on va se partager les batteries quad. On va bientôt savoir de quoi ils sont faits, nos camarades. Leia, emmène-nous n'importe où. Tout à coup, tu vois, je n'ai plus vraiment confiance en cette planète...

Leia s'installa dans le siège de pilotage. Est-ce qu'il n'avait pas toujours refusé qu'elle prenne les commandes du *Faucon* à sa place ou à celle de Chewie ?

Oui. Bien sûr. Mais là, tout était différent. Dans la seconde où il s'éclipsait, elle surprit l'appel étouffé de C-3PO :

– Le *Faucon Millenium* est sûrement mieux conçu pour la fuite que pour affronter des chasseurs ennemis...

Yan grimpa dans la tourelle, se jucha sur son siège et déclencha un tir de proximité.

– Ils s'approchent très vite ! lança-t-il dans son micro. Est-ce que Bâton d'Or a capté des données ? Qui sont-ils ?

C-3PO risqua le premier une réponse :

– Eh bien, général Solo...

Mais Leia le coupa :

– Des droïds spatiaux. C'est tout ce qu'il sait.

Les droïds firent un premier passage. Trois d'entre eux plongèrent vers le cargo en déclenchant une salve d'impulsions énergétiques droit sur ses moteurs.

– Bâton d'Or, analyse-moi ces rayons ! cria Yan. Des lasers ou quoi ?...

Chewbacca gronda dans ses écouteurs.

– Oui, pour des vaisseaux de cette taille !

– Quoi ? demanda Leia. Qu'est-ce qu'ils ont de particulier qui...

– Des boucliers très puissants.

Il bloqua sa visée sur un unique droïd et garda le doigt sur la détente de sa batterie. A ce stade, un chasseur Tie impérial aurait déjà implosé. Finalement, la chose éclata.

Le *Faucon* fut secoué par le tir d'un nouvel assaillant. Yan se détendit. C'était toujours le même jeu. Un autre droïd frôla le *Faucon*, à la limite extrême de son champ de visée.

– Petits malins, murmura-t-il. Ils apprennent vite.

Brusquement, la vision s'inclina, et il tint enfin le droïd, déclenchant un long tir suivi jusqu'à ce qu'il explose.

– C'est mieux ? demanda Leia.

– Nettement mieux.

Deux autres arrivaient, dirigeant à nouveau leurs tirs

sur les moteurs et non pas sur les tourelles de combat. *Oui, c'est bien ça : ils veulent faire des prisonniers.* En ce cas, où était leur gros vaisseau-mère ? Ou alors, ces petits engins méchants étaient autoprogrammés ?...

Comme si elle venait de lire dans ses pensées, Leia lui souffla :

– Tu paries qu'ils proviennent de ce qui restait de l'attaque étrangère sur cet avant-poste ?

Yan réussit une troisième fois à surcharger le bouclier du droïd le plus haut, tandis que son collègue partait en vrille dans une vague de débris.

– Bien vu, dit-il d'un ton crispé.

Silence.

– Chewie, est-ce qu'ils étaient tous là ?

Grondement affirmatif.

Haletant, Yan redescendit dans le cockpit.

– On met le cap sur quoi ? demanda-t-il à Leia.

Elle tira une manette de contrôle.

– Sur le système. Il y a un risque pour qu'il y en ait quand même d'autres ici. Je ne sais pas ce que tu en penses, toi, mais je me sentirais plus en sécurité avec les autres. (A l'instant où elle se redressait, le son des moteurs s'éteignit dans une plainte et l'éclairage déclina.) Qu'est-ce qui se passe encore ? Je ne sais jamais quel sera le prochain coup de ce pauvre tacot spatial surgonflé.

Et de son capitaine trop confiant ? Allons, princesse : dis-le. Yan donna un grand coup sur une console. Les lumières clignotèrent et les moteurs se remirent à ronronner. Il se laissa tomber sur son siège avec une désinvolture exagérée.

– C'est parti.

Leia croisa les bras avec un air méfiant.

– Vu la façon dont nous nous sommes *protégés*, nous ferions tout aussi bien de rendre service à Luke.

– Alors, accroche-toi, ma douce. Ça va secouer.

Seuls les yeux de Luke bougeaient. Son regard alla de l'écran à l'Ordinateur Analyseur de Combat. Les vaisseaux impériaux du commandant Thanas se repliaient.

Non parce que Luke arrivait : à l'évidence, son unité de combat avait surgi de l'hyperespace à l'instant précis où les Ssi-ruuk accentuaient leur pression sur Bakura. Ce qui impliquait qu'ils avaient diminué leur arc d'assaut pour s'avancer. Un croiseur léger se trouvait ainsi pratiquement sans défense, ménageant une zone que la petite force d'intervention de Luke n'eut aucune difficulté à occuper.

– Delckis, mettez-nous en contact avec les commandants d'escadrons.

Dès que le premier sifflement retentit dans son casque, il le régla, et les microtransmetteurs s'enfoncèrent dans son oreille.

– Bien, on va les prévenir. (Il effleura un panneau de l'OAC pour transmettre ses évaluations aux ordinateurs de visée des autres unités et leur désigner le croiseur solitaire.) Gold Leader et Rogue Un, il est à vous.

– Bien reçu, *Rafale*, répondit la voix assurée de Wedge Antilles. Groupe Rogue, mettez-vous en position d'attaque.

Luke se sentit soudain vulnérable dans le *Faucon Millenium* : le cargo était une cible bien trop repérable.

– Red Leader, divisez votre escadron. De Red Un à Quatre, ouvrez un cône de repli derrière les groupes Rogue et Gold. On va les entraîner à l'écart de la planète.

Chaque bit d'information que les senseurs du vaisseau expédiaient dans l'OAC lui serait précieux pour analyser les capacités du vaisseau non humain.

Il secoua la tête en songeant que les points jaune d'or qui brillaient sur son écran étaient autant de chasseurs impériaux – et qu'il les défendait.

– Red Cinq et tous les autres : restez avec le *Rafale*.

Le capitaine Manchisco fit pivoter son siège surélevé et se détourna de l'ordinateur principal. Trois de ses tresses dansèrent autour de son front.

– Merci, commandant, dit-elle.

Il perçut tout à coup sa présence vivante dans le champ de la Force : elle était décidée, prête au combat, avec une totale confiance en elle-même, dans son vaisseau et son équipage.

Les escadrons Gold et Rogue fondirent sur l'arrière-garde des attaquants, semant la confusion. Luke lança la Force, à peine conscient de ses sensations physiques. Et il perçut soudain les pilotes comme autant d'insectes dépendant d'une ruche. Il tenta de déceler une présence étrangère, mais en vain : les esprits non familiers étaient toujours difficiles à contacter.

Il se prépara. Wedge se rapprochait d'un minuscule chasseur ennemi : l'OAC le signalait à moins de deux mètres maintenant. Un engin d'une si petite taille ne pouvait être qu'un drone téléguidé. A moins que les non-humains aient la taille de lutins...

Wedge atteignit sa cible. Quelque chose de faible et d'inexplicablement putride lança un cri suraigu d'angoisse, très bref, avant de grésiller et de mourir. Luke ravala un rire. Il avait cru sentir deux présences dans ce cri. Il tapota sur sa console. Les chasseurs ennemis n'étaient pas de vrais drones, mais des engins pilotés. D'une certaine manière. *Quelque chose* venait de mourir.

Avant qu'il ait pu enchaîner sur cette pensée, une nouvelle ligne de chasseurs ennemis surgit en scintillant derrière Gold Leader. Cette fois, Luke s'ouvrit délibérément. Et décela une spirale en cascade de souffrance distordue, faible comme un soupir... mais humaine, indéniablement.

Mais il ne parvenait pas à imaginer des pilotes humains sur des chasseurs étrangers de cette taille. Encore moins s'ils opéraient en tandem.

L'OAC bipa. Troublé, Luke porta son regard vers le cercle rouge qui indiquait le croiseur adverse et qui clignotait. A présent, l'autre était vulnérable.

– *Rafale* à Rogue Un. Attaquez ce croiseur.

– J'y vais, coassa Wedge, à peine audible sur un fond étrange de sifflement à deux tons.

Les ailes X frôlèrent la baie de vision du *Faucon.*

Et brusquement, plusieurs escadrons de minuscules pyramides étincelantes jaillirent d'une extrémité du croiseur.

– Wedge, arrête la manœuvre! cria Luke. Ils viennent de lancer une autre vague!

– Oui, c'est ce que je constate.

Le sifflement s'intensifia. Ils étaient brouillés. Mais Wedge n'avait pas du tout l'air de s'inquiéter. Ses ailes X s'étaient dispersées en couples, prêtes à l'engagement.

Wedge n'était à l'aise qu'au combat. Ses talents étaient inutiles sur une passerelle de commandement.

Un autre bip : l' OAC déversait une chaîne de symboles. Il avait dénombré et déterminé la position des vaisseaux adverses, observé et évalué leur puissance de feu, l'énergie de leurs boucliers de défense, leur vitesse, ainsi que divers autres facteurs. La retraite des forces de l'Empire se transformait en une contre-attaque sur le flanc inférieur le plus éloigné du front ennemi. A l'évidence, Pter Thanas était un stratège de première classe. Luke se tourna vers son officier de communications. Une onde vaguement menaçante au sein du champ de la Force éveilla des picotements dans sa nuque.

Il se pencha plus avant sur l'OAC. Wedge avait emmené son escadron dans une boucle d'attaque et revenait droit sur le croiseur léger. Ça semblait correct : les forces impériales s'étaient renforcées de quinze pour cent. C'était même excellent.

Mais non.

Un aviso ennemi, bien plus petit que le croiseur mais sans aucun doute lourdement armé, venait de se détacher du site de la bataille. Il venait sur l'escadron de Wedge à six heures par le bas, derrière la couverture du croiseur, suivant un angle et une trajectoire de proximité que Wedge n'avait aucune chance de prendre pour une manœuvre d'esquive. Il se dit que le capitaine de l'aviso avait dû attendre Wedge et ses collègues pour battre en retraite.

– Rogue Un! lança Luke. Wedge : attention derrière toi. Des batteries lourdes rappliquent. (Et il ajouta :) Red Cinq : dégagez et descendez-moi ces chasseurs qui sont au cul de Wedge!

– C'était quoi, ça?

Il distinguait à peine la voix de Wedge dans le brouillage. Les ailes X s'éparpillaient. Deux d'entre elles plongèrent droit dans le champ du vaisseau de protection. L'écran de Luke fut traversé d'éclairs violents.

Deux tirs et l'angoisse lui tordit le ventre avant de se changer en un long frisson qui courut le long de son échine : deux pilotes de l'Alliance venaient de mourir. *Wedge est indemne.* Mais ses frères humains étaient morts. *Ils avaient eu des amis. Des gens vont les regretter. Les pleurer.*

Il maîtrisa ses sens et s'efforça de se protéger de tels sentiments. Il était encore bien trop tôt pour le chagrin. L'écho rouge du vaisseau de protection, sur l'écran de l'OAC, serrait toujours de près l'aile X de Wedge.

Luke entendit le capitaine Manchisco s'éclaircir la gorge.

– Excusez-moi, commandant, mais, comme ça, vous exposez le *Rafale* à toutes les...

Il tournait la tête à la seconde où la console de l'OAC émit un message d'alerte écarlate : le *Rafale* lui-même allait être attaqué. Déjà, les premiers chasseurs ennemis s'engouffraient sous la baie de vision dans des jets d'éclairs insensés.

– Ça, il est évident qu'ils nous ont vus, dit Luke. Manchisco, c'est votre équipage...

Les yeux noirs de Manchisco se firent plus brillants. Elle pivota et aboya toute une série d'ordres. Le Duro gargouilla une question tout en tendant ses longues mains noueuses vers les commandes de navigation. Manchisco gargouilla en réponse. On trouvait tous les peuples des étoiles à bord du *Rafale* : des artilleurs aux opérateurs de boucliers. Luke décida de se concentrer sur le danger que courait Wedge et d'occulter celui qui le menaçait.

Les microchasseurs ennemis avaient presque cerné l'escadron de Wedge, qui était maintenant pris dans le piège d'une sphère de boucliers énergétiques et de batteries à haute puissance de feu. Luke lutta contre la panique et canalisa toute son énergie émotionnelle dans la Force. Autour de lui tout comme à l'intérieur de lui.

Il projeta son propre point de présence directement sur le minuscule vaisseau adverse qui fuyait devant l'aile X de Wedge. Au premier contact, il perçut distinctement la présence de deux consciences presque humaines. Et leur distorsion torturée, répugnante. Il les balaya : l'une contrôlait les boucliers, et l'autre était maîtresse de toutes les fonctions du microvaisseau. C'est sur cette seconde présence que Luke se riva, dirigeant l'énergie de la Force droit sur elle. Elle était faible, ténue, et la résistance qu'elle lui opposa était douloureuse, déchirée. La souffrance intense la poussait vers le désespoir : personne ne méritait de vivre libre, disait-elle. Luke comprit alors qu'il ne pouvait rien pour sauver Wedge – pas plus que lui-même – et rien non plus pour les humains qui se trouvaient à bord du vaisseau ennemi. Ils étaient tous condamnés.

Il s'efforça de percer la vision de l'étranger. La totalité de la sphère d'espace s'ouvrit à lui. Ses sens furent soudain surchargés. Il dut rétrécir son champ de vision pour repérer l'aile X de Wedge. De part et d'autre de la projection de sa conscience, une pyramide flottait, apparemment immobile, chacun des vaisseaux restant en formation parfaite. Au centre de chaque côté triangulaire, un amas de senseurs/scanners explorait l'espace comme un œil composite. Des canons lasers scintillaient dans les angles.

La peur, la colère, l'agression : tel est le côté sombre. Yoda lui avait appris que ses méthodes étaient aussi critiques que ses motivations. S'il se servait de la force sombre, le prix que paierait son âme pouvait être désastreux.

Il se relaxa dans la Force. Il lutta pour maintenir son contrôle, pour épargner son âme et sa santé mentale. Et amplifia la pitoyable conscience, qui revint culminer dans l'humain : victoire sans espoir pour cet esprit torturé. Qui avait vécu librement – jadis. Qui se savait condamné et qui aspirait d'autant plus fort à vivre.

Luke renvoya une suggestion en guise de réponse. *Mais une bonne mort est encore préférable à une existence vouée à la haine, et la paix vaut mieux que l'angoisse.*

Avec une soudaineté qui le surprit, le vaisseau adverse modifia son cap pour se porter droit vers l'un de ses compagnons d'escadron. Il accéléra en vecteur de collision. Alors, Luke s'arracha à la volonté de l'autre humain et se rencogna dans son siège, le souffle court, la gorge serrée. Il rejeta ses cheveux en arrière.

Un *woup!* soudain lui traversa le cerveau. Il lui fallut encore une seconde pour se concentrer à nouveau sur la passerelle du porte-chasseurs, pour recentrer sa vision et calmer son estomac convulsé.

L'aile X de Wedge venait de franchir la brèche dégagée par la collision des deux vaisseaux ennemis.

– Commandant, s'inquiéta le capitaine Manchisco. Est-ce que vous allez bien ?

Il secoua la tête pour essayer de retrouver totalement son équilibre.

– Oui, ça ira. Donnez-moi une minute.

– Nous ne disposons sans doute pas d'une minute, commandant.

L'OAC clignotait toujours dans le rouge et le *Rafale* était encore secoué par des tirs intenses. Les servants des lasers avaient concentré leur feu sur une formation dense de microchasseurs, mais d'autres approchaient derrière, avec trois unités de protection. Sur un coin de la console, six triangles rouges signalaient une rapide érosion des boucliers. L'ennemi se concentrait sur eux, c'était clair. Luke chassa l'ultime bouffée de désespoir.

– Les machines ne peuvent nous donner plus de puissance, dit Manchisco. Est-ce que vous avez d'autres tours dans votre manche... commandant ?

Elle voulait dire par là : est-ce que le célèbre Jedi pouvait les aider à sortir de ce merdier ? Elle était toujours aussi effrontée, mais elle aussi puisait dans sa réserve d'adrénaline.

Le navigateur gargouilla.

– Non, fit-elle, à l'évidence inquiète. Reste à ton poste.

Il passa sa longue main sur le cuir grisonnant de sa tête.

– A tous les escadrons, lança Luke. Le *Rafale* a besoin de renforts !

Le vaisseau roula une fois encore et les éclairages de la passerelle clignotèrent.

– Et voilà, annonça un homme d'équipage depuis une coursive de flanc. Les boucliers ont cédé. Maintenant, on va bien voir si la coque tient le coup.

Des pyramides de deux mètres passèrent en tourbillonnant au-delà de la baie. Luke serra le poing. Des idées le traversaient, toutes inutiles.

Il surprit un scintillement au centre de la bataille. La forme ovoïde asymétrique d'un cargo venait de surgir de l'hyperespace au milieu de l'essaim de chasseurs ennemis. Un vaisseau de protection se trouvait à proximité. Il fut effacé dans l'instant.

– On s'est dit que vous deviez avoir besoin d'aide! fit une voix familière.

– Merci, Yan, murmura-t-il. C'est très gentil de ta part.

Les chasseurs, l'un après l'autre, décrochèrent et disparurent dans l'espace. Les témoins d'alarme passèrent du rouge à l'ambre.

– Junior, tu me dois combien, maintenant?

– Ça commence à faire pas mal.

Il se dit dans le même temps qu'il était également redevable à Leia. Elle devait commencer à se servir des enseignements de la Force.

Le tourbillon de la bataille ralentit doucement. Des chiffres et des coordonnées apparaissaient sur l'OAC, mais Luke les ignora. Plus tard, il les utiliserait sans doute pour briefer ses pilotes sur les capacités des vaisseaux adverses. Mais pour l'heure, tourné vers la baie, il essayait d'évaluer la situation. S'abandonner à la Force, c'était aussi réfléchir en toute conscience.

– Escadron Red, ordonna-t-il enfin, placez-vous derrière ce croiseur. Rabattez-vous sur son étrave. Déviez-le sur l'intérieur du système.

Il passa nerveusement son pouce sur un doigt, attendant que le grand bâtiment se détourne. Sa main serra sa cuisse. Lentement, l'écho rouge se mit en rotation sur sa console. Le croiseur s'avançait, aveugle à la présence de l'escadron Red, ainsi qu'il l'avait escompté. Encore un peu plus loin, et l'escadron pourrait...

– Red Leader? appela Luke.

– On arrive.

La voix était jeune, aiguë, et Luke crispa la main sur la console. La prochaine fois, il veillerait à ce qu'Ackbar mette quelqu'un d'autre au commandement. Tout cela était ridicule. Il détestait donner des ordres. Dès qu'il en aurait l'occasion, il renoncerait à son grade.

La Force lui transmit l'impact de la destruction du

croiseur. Quelques millisecondes après, le rayonnement illumina la baie du vaisseau.

– Parfait! coassa Wedge. Beau travail, Red Leader!

Luke imagina le benjamin des commandants de chasseurs souriant sous sa verrière noircie par l'explosion.

– Oui, beau travail, dit-il en écho. Mais ça n'est pas le moment de fermer les yeux. Ils sont encore nombreux dans le coin.

– Bien reçu, *Rafale*.

L'essaim bleu des ailes X éclata en quatre et les scanners de toutes les unités se chargèrent des nouvelles données à transmettre aux consoles de bataille de la flotte. Luke eut une pensée pour l'inventeur de l'OAC : *Bien vu, Dodonna*. Les circuits de l'ordinateur étaient à la fois aussi utiles et aussi limités que ceux des ordinateurs de tir des chasseurs.

– Commandant ? (Le lieutenant Delckis venait de se porter à ses côtés.) Un peu d'eau ?

– Merci, dit Luke en prenant le bulbe à fond plat. Soudain, une nouvelle configuration attira son regard sur l'OAC. Quelqu'un, dans la formation ennemie, venait sans doute de donner un ordre important, car les échos rouges disparaissaient de l'écran.

– A tous les leaders : ils s'apprêtent à sauter. Restez à l'écart, mais descendez tous ceux qui tenteraient de vous attaquer.

Il avait accru sa maîtrise de la Force : déjà, il choisissait l'intimidation plutôt que l'annihilation. Surtout avec une force de combat qui pourrait éventuellement être utilisée contre l'Empire miné. Il changea de fréquence.

– Commandant Thanas, est-ce que vous avez vu cela ?

Pas de réponse. Mais Thanas était sans doute occupé, lui aussi. Luke contempla avec soulagement les formations ennemies qui se retiraient.

– Excellent, murmura-t-il. Pour l'instant, nous avons gagné. Delckis, activez les scanners périphériques. Je pense qu'ils ne vont pas aller très loin.

– Oui, commandant.

Luke avala une gorgée d'eau recyclée. Il avait la gorge desséchée. Trop longtemps, il avait eu le souffle court. *La prochaine fois,* se promit-il, *tu te domineras un peu mieux.*

– Commandant, annonça Delckis, vous aviez raison. Ils viennent de sortir de l'hyperespace, juste à l'extérieur du système.

– Mmm...

Luke réfléchit : c'était bien d'avoir raison, mais il aurait quand même préféré que les autres retournent chez eux.

Il s'étira. Et maintenant ?... Il posa son bulbe d'eau sur l'OAC.

– Delckis, codez-moi un message destiné à l'amiral Ackbar. Nous avons besoin d'autres vaisseaux en renfort. Envoyez en même temps les données de l'OAC concernant l'engagement. Il verra contre qui nous nous battons. Est-ce que ça peut être fait dans la demi-heure qui suit ?

– Très facile, commandant.

Il remercia en silence la Force pour les transpondeurs de contrebande de l'Empire.

– Bien, alors, allez-y.

Autre chapitre : ravitaillement et repos.

– A tous les leaders d'escadrons : ici le *Rafale* . Félicitations. Maintenant, vous rentrez.

Manchisco eut un long soupir, secoua ses nattes, et donna une lourde claque sur l'épaule du Duro.

Les échos bleus des unités de l'Alliance convergeaient sur eux. La radio de Luke émit un crachotement.

– Commandant de l'Alliance, ici le commandant Thanas. Avez-vous un système holonet ?

– Oui, mais il est plutôt lent. Accordez-nous cinq minutes.

Déjà, le lieutenant Delckis abaissait des manettes et dérivait l'énergie du vaisseau vers les nouveaux composants récemment rajoutés. Luke se glissa dans son siège et se mit en position de réception.

– Dites-moi quand vous serez prêt.

– Prêt pour communication bilatérale.

Sur un écran, apparut l'image d'un homme qui pouvait avoir cinquante ans, le visage mince, avec des cheveux bruns qui commençaient à s'éclaircir.

– Merci, et félicitations, dit l'hologramme du commandant Thanas.

– Ils ne sont pas allés très loin.

– Oui, j'ai pu le constater. Nous devons rester vigilants. Il se pourrait que... vous désiriez vous retirer de la zone de combat. Ces vaisseaux étrangers laissent des débris à haut niveau.

– A haut niveau ?

Luke porta son regard vers les indicateurs de température et d'ambiance.

– Les drones ssi-ruuvi brûlent des matières de fusion thermonucléaire lourdes.

Ssi-ruuvi : un terme nouveau. Mais la question la plus importante consistait à savoir pourquoi les non-humains, s'ils avaient l'intention d'investir Bakura, dispersaient leurs centres radioactifs dans le système.

Et pour quelle raison Thanas s'était-il donné autant de peine pour mettre en place un holonet pour cette brève conversation ?

L'image du commandant impérial s'effaça et Luke resta perplexe. Ou bien Thanas avait particulièrement désiré connaître son homologue, ou alors, sachant que les Rebelles disposaient d'holonets, il avait soupçonné qu'ils avaient dérobé d'autres équipements à l'Empire.

Il observa un instant les échos dorés des nouveaux « alliés », et demanda à l'OAC :

– Analyse.

La lecture apparut très vite. Le croiseur impérial dérivait, manifestement endommagé. Les forces restantes avaient dégagé la zone de combat pour établir un dispositif de défense autour du croiseur... et de Bakura.

Il se dit qu'il ne pouvait faire confiance à des Impériaux qui prétendaient lui venir en aide. Ce problème de confiance mutuelle, c'était pour Leia.

Il passa sur leur fréquence privée.

– Encore merci, *Faucon.* Ça s'est bien passé, sur la Sixième Planète ?

– On t'en parlera un de ces jours, répondit Leia.

5

Le sénateur impérial bakuran Gaeriel Captison, assise, remuait les orteils tout en composant des schémas en pianotant sur son clavier. La chambre du Sénat Impérial de Bakura était silencieuse sous le plafond de mosaïque voûté qui culminait au centre – si l'on exceptait le ruissellement de la pluie dans les piliers. Eclairés du bas, ils scintillaient sous la pulsion liquide de la biosphère de Bakura.

Ce matin même, Gaeriel était sortie pour observer la pluie qui faisait danser les feuilles des pokktas. Elle l'avait laissée pénétrer sa peau, ses cheveux et ses vêtements. Elle inspira longuement une bouffée d'air humide, apaisant, et croisa les mains sur la table. Le Centre Impérial était désormais le seul monde où un étudiant pouvait travailler au sein du gouvernement, après avoir obtenu ses diplômes – l'un des moyens qu'utilisait l'Empereur afin d'avoir la certitude que sa philosophie se répandait jusqu'aux plus lointains des mondes vassaux. Après l'année obligatoire d'endoctrinement au Centre, elle était revenue le mois dernier. Confirmée désormais au poste de sénateur qu'elle avait acquis plus jeune, elle se trouvait présente pour sa première intervention d'urgence du soir.

A sa gauche, en haut des marches, le siège à répulseur du gouverneur Nereus, avec son rembourrage mauve, était encore vide. Le Sénat, dont les pouvoirs déclinaient chaque année, attendait son bon plaisir.

Au bas des marches qui accédaient au siège du gouverneur, deux tables avaient été disposées au niveau moyen, où se tenait Gaeriel. Plus bas, au troisième niveau, deux autres tables délimitaient un espace libre. Orn Belden, sénateur doyen, leva un doigt.

– Mais ne voyez-vous donc pas? grinça-t-il à l'adresse du sénateur Govia. Comparés aux systèmes que l'Empereur désire réellement contrôler, nos installations et nos vaisseaux sont... disons que les vaisseaux sont plus vieux que moi, et que les installations manquent sérieusement de personnel. Quant à notre état-major, c'est un dépotoir de tout...

– On se lève! aboya une voix depuis le seuil de la chambre.

Un garde en pourpoint et haut-de-chausses violets frappa le tapis de la hampe de sa lance. Gaeriel glissa précipitamment les pieds dans ses chaussures et se redressa en même temps que les trente-neuf autres sénateurs. Seuls les gardes impériaux saluèrent. Elle émit intérieurement le vœu que cette nouvelle session ne leur coûte pas de nouveaux impôts. Ça n'était guère le moment, avec la menace que faisaient peser les Ssi-ruuk.

Le gouverneur impérial Wilek Nereus s'avança, flanqué de quatre soldats de la flotte au casque noir. Pour Gaeriel, ils ressemblaient à des insectes à grandes pattes. Le gouverneur arborait un uniforme spécial, lourdement ornementé de galons et de tresses d'or, avec un spencer qui marquait la taille et renforçait les épaules, ainsi que des gants noirs et fins qui lui avaient valu une certaine réputation de préciosité hautaine. Il avait les traits lourds, à l'exception de ses lèvres minces au dessin efféminé, et il plastronnait avec une science toute impériale.

– Assis, déclara-t-il.

Gaeriel lissa sa longue jupe bleue avant d'obtempérer. Le gouverneur restait immobile près de l'entrée. Il était plus grand que n'importe quel sénateur et se servait de cette différence pour les intimider. Elle l'avait toujours détesté, mais, après une année au Centre Impérial, elle était devenue plus tolérante – par comparaison.

– Je ne vous retiendrai pas longtemps, commença Nereus en baissant son visage au nez allongé. Je sais à quel point vous êtes occupés par le maintien de la paix dans vos secteurs respectifs. Certains d'entre vous s'en sortent bien. D'autres non.

Gaeriel fronça les sourcils. Les habitants de son secteur avaient abandonné leurs tâches diverses afin de creuser des abris, mais la construction de bunkers était au moins un travail productif.

Elle jeta un regard à son oncle, le Premier ministre Yeorg Captison. Ici même, à Salis D'aar, Captison avait réprimé des révoltes et avait utilisé la police de Bakura pour empêcher Nereus d'envoyer des commandos de la garnison.

Nereus leva sa main gantée pour faire taire les derniers conciliabules. Dès qu'il eut retenu totalement leur attention, il tourna lentement la tête en s'éclaircissant la gorge.

– Des vaisseaux de l'Alliance Rebelle viennent d'arriver dans le système de Bakura.

Pour Gaeriel, ce fut un choc qui la laissa glacée. Les Rebelles ? Jamais l'Empire n'autorisait la moindre dissension. Depuis que Bakura avait rejoint l'Empire, trois ans auparavant, deux révoltes mineures avaient été rapidement écrasées. Gaeriel avait un souvenir trop vivace de cette période. Ses parents étaient morts, parce qu'ils s'étaient trouvés au mauvais endroit lors d'une bataille entre les insurgés et les troupes de l'Empire. C'était ensuite qu'elle était allée vivre avec son oncle et sa tante. Elle espérait ne plus avoir à connaître de tels événements, et encore moins les purges sanglantes qui avaient suivi.

Mais ces importuns de la Rébellion ne voulaient probablement que l'usine de composants de répulseurs du district de Belden. Les forces de Nereus étaient-elles en mesure de les protéger des Ssi-ruuk et *aussi* des raids de la Rébellion ?

– Le *Dominateur*, notre seul croiseur, a subi de lourdes avaries, poursuivit Nereus. Suivant l'avis de mon état-major, j'ai donné l'ordre à nos forces de se retirer du front principal de la bataille pour protéger Bakura. Je vous demande d'approuver cet ordre.

Belden se redressa et se pencha vers l'amplificateur accroché sur sa poitrine.

– Vous désirez que nous couvrions vos traces, gouverneur ? Afin que si quoi que ce soit tournait mal, vous puissiez nous rendre seuls responsables ? Je me demande qui maintient les Ssi-ruuk au large ?...

Il n'était guère prudent d'attirer sur soi l'attention du gouverneur, mais Belden semblait sérieusement décidé. Gaeriel songea que si elle avait cent soixante-quatre ans comme lui, avec un deuxième cœur greffé et un pied dans la tombe, elle aurait sans doute eu son courage.

Brusquement distraite du débat, elle regarda l'heure. Elle avait promis au sénateur Belden de rendre visite à sa vieille épouse dans la soirée. La dame de compagnie d'Eppie, Clis, avait pris son congé pour la nuit, et Gaeriel avait proposé à Eppie de rester avec elle pendant que le sénateur clôturait un meeting. L'esprit impétueux de la petite Eppie commençait seulement à s'user à cent trente-deux ans. (S'user ?... Mais non : il s'était noyé dans la mer trois ans auparavant.) Seuls le dévouement d'Orn Belden ainsi que l'affection authentique de ses anciens amis, telle Gaeriel, la soutenaient encore dans cette vie. Eppie avait été la première amie « adulte » dans l'existence de Gaeriel.

Le gouverneur Nereus passa la main dans ses cheveux noirs. Il s'efforçait d'imiter les attitudes classiques d'un politicien de l'Ancienne République et ne se servait que d'un minimum de menaces pour contenir la population. Par conséquent, il avait bâti une nouvelle suzeraineté très éloignée des courants de force du Noyau Impérial, avec le moins de violence ouverte possible... si l'on oubliait le bain de sang, trois ans auparavant.

Nereus eut un sourire amène.

– L'action que j'ai ordonnée n'a pour but que de nous assurer que les Rebelles ne frapperont pas Bakura.

– Les Rebelles ont-ils neutralisé le *Dominateur*, ou bien est-ce le fait des Ssi-ruuk ?

– Je n'ai pas encore l'ensemble des rapports, sénateur Belden. Il semble que – pour le moment, tout au moins – votre usine ait été épargnée. Je vais dépêcher trois nouvelles escouades de défense de la garnison.

Ce qui ne plairait guère à Belden. Le Premier ministre

Captison se redressa. Les larges épaules de sa tunique vert sombre semblaient flotter. Lorsqu'elle était entrée à l'Université, Gaeriel avait été stupéfaite en découvrant ses cheveux blancs. L'attitude noble du Premier ministre était une réponse à la démonstration de Nereus. Et ce dernier claqua des doigts sur la couture de son pantalon, en signe de conciliation. Apparemment, Belden comprit. Il s'assit lentement, attentif à ce qu'allait dire son Premier ministre.

– Je vous remercie, sénateur Belden, dit Captison. Il est évident que, désormais, les Rebelles sont entre nous et les Ssi-ruuk. Ce qui est sans doute pour eux la meilleure position.

Il promena les yeux autour de la table. Quarante sénateurs, tous humains, à l'exception de deux Kurtzen pâles venus du district de Kishh, soutinrent son regard. Tout comme l'ensemble du Sénat, le Premier ministre Captison perdait toute autorité chaque fois qu'il se mettait en travers des volontés impériales.

– Soutenons le gouverneur Nereus, acheva-t-il sans trop d'enthousiasme. Et confirmons son ordre de retrait de nos unités.

Il appela le Sénat à voter. Gaeriel leva la main, paume ouverte, avec la majorité. Seuls Belden et deux de ses collègues fermèrent le poing.

Gaeriel soupira. Belden n'avait aucune foi en l'Equilibre Cosmique. Il ne pouvait s'empêcher de croire que lorsqu'il permettait au destin de le diminuer, cela exaltait les autres. La roue ne cessait de tourner, et ceux qui s'inclinaient devant le présent recevraient un jour leur récompense.

– Je vous remercie de votre soutien, ronronna Nereus.

Et ses gardes insectiformes le raccompagnèrent.

Gaeriel le suivit du regard. Avant l'arrivée de l'Empire, Bakura avait été gouvernée par le Sénat et son Premier ministre – et jamais plus de trois représentants du gouvernement n'avaient su se mettre d'accord sur un programme. Lorsque Gaeriel avait commencé ses études sur Bakura, les écoles fonctionnaient sur une demi-année. Elles étaient très vite passées à un programme « bimestriel d'urgence », avec un mois de congé sur trois. Avant que quelqu'un ne mette le tout au rebut : si le gouvernement ne parvenait pas à fixer un calendrier scolaire, même un enfant pouvait en conclure qu'il ne s'accorderait sur quoi que ce fût. Et Gaeriel, en tant que fille de sénateur et nièce de Premier ministre, avait eu vent de machinations sans fin sur d'autres sujets : justice, statut social, exportation de répulseurs et impôts.

Mais le plus grave, c'est qu'il n'y avait jamais eu deux sénateurs pour s'entendre sur une stratégie de défense commune. Et, par conséquent, Bakura était très vite tombée aux mains de l'Empire.

Elle se raidit. Cette conquête facile expliquait probablement pourquoi le gouverneur Nereus avait laissé la majeure partie du gouvernement en place.L'expérience qu'elle avait vécue au Centre Impérial lui avait enseigné à se taire à propos de ce qui se passait au sein du Sénat de Bakura. Car certains citoyens du système étaient vivement opposés à son existence.

La paix impériale compensait l'autonomie que Bakura avait perdue. C'était du moins ce que Gaeriel avait admis à travers ce qu'elle avait vécu depuis trois ans. La paix avait mis un terme au chaos, aux guerres civiles, tout en intégrant les exportations bakuranes au circuit commercial interstellaire.

Néanmoins, il se trouvait encore certains sénateurs pour ne pas être d'accord, et quand ils s'exprimaient paisiblement, Gaeriel les écoutait.

Du coup, son esprit revint aux dissidents et elle se dit qu'elle ferait bien de se hâter vers l'appartement des Belden. Elle remit ses chaussures – une seconde fois – et se dirigea vers la baie du toit.

La plupart du temps, Dev passait les heures de bataille dans les quartiers de son maître Firwirrung : il travaillait fiévreusement à la traduction de son projet destiné à éviter de percevoir la peur des chasseurs ennemis lorsque les rayons tracteurs les capturaient. Aujourd'hui, pourtant, Maître Firwirrung lui avait demandé de porter un plateau repas ainsi que des bulbes de boisson de la cambuse à la passerelle de commandement.

L'amiral Ivpikkis, qui se concentrait entièrement sur la bataille, avait commandé que l'on énergise les droïds de combat additionnels plutôt que de recharger le complément normal de serviteurs droïds internes du *Shriwirr.* A l'exception des droïds de sécurité qui gardaient la passerelle. C'était ainsi que Dev se retrouvait au rang de serviteur, ce qui était bien différent de son poste habituel. Le commandant du *Shriwirr* soutenait une bataille, il protégeait les vies ssi-ruuvi tout en maintenant les lignes de communication qui les reliaient à la flotte principale par le relais des balises subspatiales.

Dès que l'on amenait de nouveaux prisonniers humains à bord, Dev, en secret, se consolait en leur compagnie... pour quelque temps. Car ils étaient bien vite sous technition et leur présence dans son champ de Force focalisée dans les droïds de combat. Mais il ne pouvait leur refuser ce bonheur pour son unique réconfort psychologique. Pourtant, en secret, égoïstement, il en était attristé. Echappant à la surveillance de ses maîtres, il lui arrivait parfois de lancer la Force au cœur des batailles et de jouer avec les présences humaines. Et c'est ce qu'il fit en cet instant, poussé par son instinct, dominé par un sentiment de culpabilité...

Et il rencontra le pouvoir. Agrippé aux surfaces de gouverne de son chariot à répulseur, il demeura immobile. Quelqu'un – quelque part à proximité du *Shriwirr* – disposait de ce pouvoir profond et paisible qu'il avait toujours associé à sa mère dans ses pensées. Des larmes lui vinrent aux yeux. Mais elle n'avait certainement pas pu revenir pour le retrouver ?... Non ?... Il avait entendu parler de certaines visitations, mais là...

Non. S'il était en contact avec les sens d'un humain – et cet humain n'était pas natif de Bakura ou du secteur, à l'évidence –, alors, en ce cas, il s'agissait d'un ennemi. Et son pouvoir était plus fort que celui de sa mère. Il avait entendu l'amiral faire une discrète allusion à un nouveau groupe adverse, comme si on voulait le lui cacher, mais cet ennemi-ci lui faisait penser à... à la maison. L'Etranger se concentrait sur les combattants, également, mais sa passion n'avait pas le même ton que celle que Dev ressentait. Il essaya de pénétrer plus avant. Cette similitude entre eux l'attirait et le séduisait. L'Etranger ne semblait pas déceler son approche.

Dev donna une poussée à son chariot. Il devait s'interdire de pareilles pensées. Il espérait que ce sentiment ne reviendrait pas.

Il s'avança. Il avait presque atteint la passerelle lorsqu'un trille aigu lui parvint. Le système d'alerte général : harnachement d'urgence pour réorientation.

Surpris, il se dégagea de son chariot, s'engouffra dans l'écoutille la plus proche et repéra très vite plusieurs hamacs d'urgence, accrochés du sol au plafond. Un grand Ssi-ruu rouquin et deux petits P'w'ecks bruns s'agitaient déjà dans les harnachements voisins. Dev vit un hamac libre, sauta vers le cordage rouge qui pendait à sa portée et le serra contre son torse avant de pivoter rapidement. Plus que jamais, il aurait aimé avoir la charpente massive d'un Ssi-ruu. Il était trop fluet et dépourvu de queue, et il dut tourner encore une bonne dizaine de fois sur lui-même avant que le filet ne le protège vraiment.

Il disposa de quelques secondes pour réfléchir au milieu des sifflements d'alerte. Il tentait de se rappeler s'il avait bien rangé les oreillers du nid ce matin. Et il avait aussi abandonné un chariot plein dans la coursive.

Pire, l'invincible *Shriwirr* était inopinément entré en phase d'accélération pour passer dans l'hyperespace. Pourtant, il était impossible qu'ils battent en retraite. Ils avaient été au bord de la victoire, et...

Tout bascula. La paroi se changea en pont, puis en plafond. L'estomac de Dev protesta avec violence. Puis, l'accélération le précipita en avant, et il plongea le visage dans six couches de filet amortisseur. Incapable de retrouver sa stabilité, il s'accrocha aux mailles et se mit à tournoyer, les yeux fermés, suppliant pour que la torture prenne fin.

Lorsqu'il reprit pied sur le pont habituel, l'alerte se tut simultanément. La tête encore vacillante, il déroula le hamac.

– Mais qu'est-ce qui se passe ? demanda quelqu'un. Je ne me souviens pas qu'on se soit réorientés depuis Cattamascar.

Une voix familière, dérangeante, répliqua :

– Nous avons perdu un croiseur. Et presque la totalité de nos nouveaux chasseurs drones. Nous avons dû sacrifier des humains afin de protéger nos vaisseaux encore indemnes. Nous devons analyser la tactique des nouveaux adversaires avant de retourner au combat. Ce groupe est différent. Les vaisseaux aussi, de même que le style de leur commandement stratégique.

Un commandement stratégique ? Ce nouveau groupe adverse disposerait d'un commandant doué de la Force ? Peut-être même... d'un Jedi authentique qui serait en mesure de parachever l'entraînement que sa mère avait à peine commencé ? songea Dev.

Mais l'Empire avait éliminé tous les Jedi. Il les avait pourchassés jusqu'au dernier.

Et l'Empereur était mort. Un vrai Jedi devait avoir de l'audace pour apparaître ainsi.

Mais ce n'était qu'une supposition. Dev réussit enfin à s'extraire des mailles du hamac. Et il découvrit en face de lui le colossal Ssi-ruu qui était responsable de ses « renouvellements » agréables, et qui le contemplait de ses grands yeux noirs : Sh'tk'ith, l'un des Doyens qu'ils avaient respectueusement surnommé « Ecaille Bleue ». Il provenait d'une souche ssi-ruuvi différente de celle de Firwirrung : ses écailles bleues étaient luisantes, son visage étroit et sa queue plus longue. La race d'Ecaille Bleue régnait sur le monde natal des Ssi-ruuk, tout comme Firwirrung sur l'univers militaire.

Dev se dit qu'il devait sans doute parler à Ecaille Bleue de ce qu'il venait d'éprouver... mais ce serait confesser alors ses coupables habitudes. Il inclina la tête.

– Je vous salue, Doyen...

– Qu'est-ce qui ne va pas ? demanda Ecaille Bleue.

Ses langues noires palpitèrent, goûtant l'air ambiant. De tous les Ssi-ruuk, il était le plus sensible aux fluctuations d'odeurs des humains sous l'effet du stress.

– Tous ces droïds que nous avons perdus... quelle tragédie, risqua prudemment Dev. Ces pauvres humains – toutes ces vies neuves, ces bonheurs nouveaux. Tout ça, tranché brutalement. Je... je pleure mes frères humains, Doyen. Je suis tellement triste pour eux. Tellement triste...

Il fut bouleversé par l'énormité de son mensonge, de son audace.

Les trois paupières d'Ecaille Bleue clignèrent. Le Ssiruu émit un son guttural, l'équivalent d'un « humm » humain. Et, tout en tapotant des serres sur la paroi, Ecaille Bleue répondit :

– Plus tard. Quand tu auras admis leur mort, reviens me voir. Je te renouvellerai pour que tu sois plus heureux dans ton service.

– Je vous remercie, Doyen, fit Dev d'une voix chevrotante, tout en battant en retraite. Il faut que j'aille débarrasser la coursive. En travaillant, je trouverai le temps de penser.

Ecaille Bleue leva une serre pour lui donner congé.

Dev enfila l'écoutille. Il se sentait plus coupable que jamais. Est-ce qu'il avait fait courir un danger à la force avancée ? Certainement pas. L'amiral Ivpikkis allait triompher. Le problème immédiat, pour Dev, était de dissimuler cet attouchement sur sa mémoire avant qu'Ecaille Bleue l'appelle pour se confesser.

Il se hâtait vers le fond du vaisseau, vers un placard de ravitaillement. Les aliments froids jaillissaient sur les parois, et la boisson des bulbes se répandait sur les dalles grises du pont. Les P'w'ecks étaient chargés de l'entretien, mais il se sentait quand même responsable. Jamais il n'était parvenu à tromper Ecaille Bleue. Etait-ce une trahison que de dissimuler ses pensées ? Ses maîtres l'avaient sauvé de la famine et de la mort. Il leur devait tant.

Pourtant, il avait maintenant un motif plus fort. Son esprit avait touché une âme sœur. Et il ne devait rien révéler de cela.

Il ouvrit précipitamment le placard, s'empara d'un plateau de cambuse et repartit à grands pas vers l'autre extrémité du vaisseau, en quête de la plus proche gouttière.

6

– Acheminement de sécurité vers Salis D'aar, capitale planétaire. Les contrôleurs vous donneront les instructions d'atterrissage, annonça une voix ténue dans le cockpit du *Faucon.*

– Merci, dit Yan avant de couper la communication.

Leia soupira.

– Bien. Et maintenant, nous allons pouvoir nous mettre au travail.

Yan haussa un sourcil. Il avait l'impression qu'ils s'étaient déjà sérieusement mis au travail.

Leia ne s'en aperçut pas.

– Il faut décider de ce que nous allons faire ensuite, ajouta-t-elle en lissant une de ses nattes.

– Parfait. (Il était satisfait de la voir raisonner avec une telle logique.) Est-ce que nous acceptons ce guide pour nous poser sur Bakura, oui ou non ? Ils ont l'air en meilleure forme. C'est peut-être le bon moment pour débarquer nos troupes.

Elle observa la passerelle du *Faucon* en silence avant de répondre.

– Ce n'était pas exactement à ça que je pensais, mais tu as raison. Je ne peux pas m'empêcher de me demander si nous allons pouvoir traiter directement avec les Impériaux.

Luke intervint depuis le *Rafale :*

– Leia, il y a quelque chose ?...

Elle s'éclaircit la gorge tout en se penchant vers la console.

– Je me sens mal à l'aise, Luke. Je commence peut-être à raisonner comme Yan. Cette situation ne me plaît pas. Je suis plus nerveuse que jamais.

Yan jeta un coup d'œil à Chewie, qui émit un « wouf ! » assourdi en réponse. Mais oui, elle se découvrait peut-être cet instinct de défense dont les Skywalker semblaient dépourvus à leur naissance.

– Nous sommes tous nerveux, dit Luke. En dehors de ce que nous pouvons observer en surface, il se passe quelque chose, ici. Et il faut que je sache quoi, exactement.

Yan se pencha vers la baie pour observer le *Rafale*. Il évoluait à proximité du *Faucon*, selon un cap hésitant, en orbite de parking, à la lisière du réseau de défense impérial.

– Tu es certain de ce que tu dis, gamin ? demanda-t-il. Parce que ce serait le moment idéal pour foncer tout droit.

– J'en suis sûr. Leia, c'est toi qui es responsable des négociations. Est-ce que tu veux permuter pour te poser dignement à bord du somptueux *Rafale* ?

Yan se redressa.

– Une minute ! Il n'y a que le *Faucon* qui se pose. Je tiens à ce que cette vieille caisse soit au sol. Au cas où nous devrions décoller d'urgence.

– Encore ? s'exclama Luke. Qu'est-ce qui s'est passé ?

Leia claqua des doigts.

– On verra ça plus tard. Mais quel effet allons-nous faire en nous posant... Je veux dire : essaie de penser à l'impression que donne le *Faucon* quand on le voit comme ça, sans le connaître...

Merci beaucoup, Votre Altesse, se dit Luke avant de répondre :

– Que c'est du pur camouflage.

Elle leva les mains.

– Et voilà l'impression que notre groupe va donner aux Bakurans, Yan. Nous voulons nous en faire des alliés. Réfléchis-y à long terme.

– Oui, d'accord, mais à court terme, nous devons survivre.

– Jamais le *Faucon* ne tiendra dans le hangar de chargement du *Rafale*, intervint Luke. Il est archicomble.

Leia lui adressa un regard prolongé et sombre.

– D'accord, Luke. Rapplique ici. On va se poser avec le *Faucon*.... Mais à la seule condition que chacun de nous s'habille pour la circonstance.

Yan serra le poing.

– Mais moi, je ne suis pas du tout prêt...

– Capitaine, tu ne fais pas partie de la cérémonie, l'interrompit Leia, la voix douce et le regard mauvais. Il est à toi, ce vieux rafiot interstellaire, après tout. Tu te contenteras de regarder.

Quelque temps plus tard, Leia put contempler à travers la baie le jeu des nuages sur un monde d'azur stupéfiant. Chewie inspecta les consoles et, apparemment satisfait, se dirigea vers la coursive.

Luke fit son apparition, les cheveux encore humides et emmêlés. Il avait écouté le récit que Leia lui avait fait de leur séjour sur la Sixième Planète avec beaucoup de calme avant de parler vaguement d'une toilette prolongée.

– Tu te sens mieux ? demanda-t-elle.

– Tu parles. (Il se laissa tomber dans le siège immense réservé à Chewbacca.) Voyons si nous pouvons réveiller le commandant Thanas encore une fois.

– Moi, je continue de penser que ça sent le piège à plein nez, dit Yan en prenant place dans le siège de pilote. Peut-être que Thanas se dit qu'il est vraiment gentil de nous laisser pénétrer cette couverture défensive. Mais si nous divisons nos forces, nous serons à moitié à la merci d'un coup des Impériaux, et à moitié en alerte sur le secteur où ils devraient se trouver.

Luke tapa une séquence sur la console.

– Leurs vaisseaux devront rester plus longtemps en cale de réparation que les nôtres. Ceux que j'ai pu voir avaient été durement touchés.

– Et nous ne savons toujours pas ce que veulent ces non-humains, acheva Leia. (Elle coula un long regard en biais en direction de Luke. Elle aurait juré qu'il en savait bien plus qu'il ne voulait leur dire.) Je sens tout cela très mal.

– Nous sommes comme les Bakurans, dit Yan. Nous avons la corde au cou.

– C'était l'idée au départ. Pour leur prouver que nous étions avec eux en partageant le même danger.

– Forces de l'Alliance ? grommela la voix du commandant Thanas.

Leia se pencha sur l'épaule de Luke. Il avait les cheveux presque secs, à présent, et cela lui faisait comme une auréole.

– Je vous écoute, commandant Thanas.

– J'ai ouvert la couverture de défense afin que les vaisseaux de l'Alliance se mettent en position ainsi que vous l'aviez demandé, pendant que vous négocierez à Salis D'aar. En attendant le plaisir de vous rencontrer en personne.

– Ce sera mutuel, dit Luke. Ici l'Alliance : terminé.

Il attendit une seconde avant de changer de fréquence.

– Vous avez tout enregistré ?

– C'est dans l'OAC, dit la voix du capitaine Manchisco. Amusez-vous bien.

– Luke, dit Yan avec un sourire contraint, il va bien falloir dire aux Impériaux qui tu es, tôt ou tard.

Leia fut sur le point de s'écrier : *Non, tu ne peux pas!*

– Je le ferai face à face, fit Luke, calmement.

Mais oui, se dit Leia. Il n'était question que de décliner son nom, et non pas ses ascendants. Du coup, elle vint à son secours.

– Yan, tu sais, il maîtrise mieux son... son sens du discernement. Il saura deviner une ruse, s'il y en a une.

Yan se roidit.

– Ça ne me plaît toujours pas. Ça ne sent pas bon.

Mais il se consacra tout de même aux commandes et Luke quitta le siège de Chewie pour s'installer derrière.

– Et puis, c'est un Jedi, ajouta Leia.

Il hocha la tête.

– On va garder les yeux bien ouverts.

Le *Faucon* quitta son vecteur pour se placer sur orbite de parking en direction de la capitale bakurane, Salis D'aar. En franchissant le rideau de défense, Leia repéra une gigantesque station de défense : elle était de forme lenticulaire et non sphérique. *Grâce à Dieu!* songea-t-elle, avec le souvenir encore vif de l'Etoile Noire.

Yan engagea le *Faucon* en une descente accentuée, presque à la verticale. Entre Chewie et Yan, Leia put observer l'écran du scanner, à défaut d'avoir une vue panoramique sur Bakura.

Entre les deux fleuves jumeaux, une énorme éminence de rocher d'un blanc pur scintillait dans la lumière basse du soleil, et elle dut détourner le regard.

Yan mit en place un filtre visuel.

– Ça va mieux?

– Regarde ça! souffla-t-elle.

Sur la face orientée au sud-est, s'étageait une cité entière. Et, immédiatement au sud, Leia nota deux anneaux – deux vastes cratères – de part et d'autre d'une haute tour métallique. Le Spatioport civil, sans doute.

Elle porta à nouveau son regard vers le nord et la cité. Le réseau routier apparaissait comme une toile d'araignée, et le trafic aérien était intense entre les tours qui s'érigeaient au centre.

– Quelle est l'heure locale? demanda-t-elle.

– Nous sommes juste après l'aube, fit Yan, songeur. La journée va être longue.

Des touches de verdure irrégulières se révélaient être des parcs luxuriants qui avaient poussé dans les quelques poches de terre arable.

Luke pointa le doigt vers un point situé à un kilomètre au sud du Spatioport. D'énormes tourelles de turbolasers avaient été disposées dans un cercle noir de sol artificiel pour défendre un complexe hexagonal.

Leia croisa les bras et diagnostiqua :

– Le dispositif standard pour une garnison impériale.

– Les commandos doivent grouiller là-dessous, commenta Yan.

C-3PO les interpella alors :

– Comment? Quelqu'un a aperçu des commandos?

– On ne surcharge par les circuits, gronda Yan. Des commandos, il va y en avoir partout.

C-3PO se répandit en lamentations :

– Oh, Seigneur! Oh, Seigneur!

Luke ôta son harnachement et se glissa hors du cockpit.

Chewbacca grommela.

– Luke doit penser qu'on va se poser en douceur, fit Yan. Je ne vois pas pourquoi il en serait autrement, d'ailleurs.

Leia décida de rester assise et lissa un pli de sa jupe blanche. Elle avait demandé qu'on lui fasse une copie de sa robe de Sénat usée jusqu'à la trame. Elle avait encore l'espoir d'effacer la réputation de canaille attachée aux Rebelles, pour autant que ce soit possible après une arrivée à bord du *Faucon*.

Par deux fois, Yan fit le tour de la cité de Salis D'aar, accrochée au rocher blanc qui divisait les deux fleuves.

– Personne ne nous tire dessus. Je pense qu'on ferait bien d'y aller.

Les contrôleurs leur donnèrent les instructions pour se poser dans un cratère libre, à l'extrémité ouest du port. Le soleil matinal projetait les ombres allongées des portiques mobiles sur le sol blanc et rugueux.

– C'est quoi, exactement ? demanda Leia à l'instant où ils amorçaient leur approche finale.

Il consulta un scanner.

– Apparemment, le rocher de Salis D'aar est en quartz quasiment pur. La surface devrait être comme du verre, mais on a dû l'éroder.

Le *Faucon* se posa doucement.

– Tu vois ? fit Yan à l'adresse de Chewie. Il n'y a rien à craindre.

En réponse, le Wookie éructa en levant une main velue et Leia se pencha : une vingtaine de personnes étaient rassemblées autour d'un monte-charge à répulseur, près d'un des portiques de réparation, au bord du cratère où ils venaient de se poser.

– Luke, on se dépêche ! lança Yan.

– J'y vais, répondit Luke d'une voix haletante.

Leia se précipita pour le rejoindre.

C-3PO donna son agrément à la tenue de vol blanche, sans insigne de rang, que Luke avait adoptée. Sous le regard impitoyable de Leia, il passa un ceinturon d'argent auquel étaient fixés un blaster, trois poches de recharge, et son sabrolaser.

– Ça ira comme ça ? demanda-t-il en fixant Leia de son innocent regard bleu.

– Je suppose que c'est ainsi que les Jedi doivent s'habiller.

Et elle songea : *J'aimerais quand même que tu paraisses plus âgé.*

Il adressa un regard anxieux à Yan, qui haussa les épaules. Du coup, Leia se mit à rire.

– Mais quelle différence ça fait pour toi, ce qu'il pense ?

– Maître Luke, intervint C-3PO, vous êtes magnifique. Mais vous, général Solo, vous êtes plutôt mal vêtu. Croyez-vous que ce serait minimiser le danger que nous courons si je... ?

– Chewie, l'interrompit Yan. Tu veux rester à bord ?

La question était d'importance. Car Chewbacca représenterait valablement l'Alliance en étant présent. Par principe, les Impériaux méprisaient tous les non-humains, mais les humains et non-humains persécutés avaient fondé ensemble l'Alliance.

En réponse au grognement de Chewie, Yan acquiesça :

– Bien. Deux yeux de plus nous seront utiles. Il faut être sur nos gardes.

Leia eut l'impression que C-3PO hennissait, pour autant que ce fût possible. Quant à D2, il gazouillait avec enthousiasme.

– Parfait, trancha Luke. On y va.

Leia se plaça au centre du groupe, Luke à sa droite, Yan à sa gauche, et Chewie derrière eux, flanqué de D2 et C-3PO. C'est lui qui déclencha le déploiement de la coupée. Leia s'y engagea d'un pas mesuré, inspirant une première bouffée de l'air humide et frais de Bakura, chargé de parfums végétaux exotiques.

En posant le pied sur la surface du Spatioport, elle la sentit craquer et tourna la tête. Le *Faucon* était posé en sécurité sur un lit satiné de roc blanc et de poussière grise.

Autant pour l'exploration. Au travail, songea-t-elle.

Et elle s'avança à la rencontre du groupe d'Impériaux qui les attendaient près d'une navette.

– Oh, que c'est beau, toutes ces armures blanches, ricana Yan.

– Tais-toi, fit Leia. D'ailleurs, moi aussi je suis en blanc.

Elle se remémorait soudain le temps où elle avait fait partie du Sénat de l'Empire, du double jeu auquel elle dut se soumettre entre la coterie de l'Empereur et l'Alliance naissante pour laquelle son père avait trouvé la mort.

Son *vrai* père, Bail Organa, qui l'avait élevée, éduquée, et qui lui avait donné le sens de la valeur et du sacrifice.

L'homme qui se trouvait au centre du groupe qui les recevait devait être le gouverneur de Bakura, Wilek Nereus. Il était grand, les cheveux sombres, les traits épais, et portait un uniforme kaki qu'il avait dû emprunter au Grand Moff Tarkin, ainsi que des gants noirs. Ceux qui l'accompagnaient ne le quittaient pas du regard. C'était à l'évidence le porte-parole.

Laisse le calme se répandre en toi, se dit Leia. *C'est là que se situent tes pouvoirs, qui suivent un chemin différent de celui de Luke.*

La délégation de Nereus se plaça en demi-cercle autour de lui.

– Princesse Leia d'Alderaan, fit-il en s'inclinant. C'est un honneur que de vous recevoir.

Elle lui retourna son salut en veillant à ne pas s'incliner plus bas que lui.

– Gouverneur Nereus... c'est un honneur pour moi que de me trouver ici.

– Au nom de l'Empereur, bienvenue sur Bakura.

Elle n'aurait pu espérer un meilleur protocole d'ouverture.

– Je vous remercie, dit-elle d'un ton placide. Vous allez me trouver affreusement grossière, mais je suis dans l'obligation de corriger vos paroles amènes. Il se trouve qu'il n'est plus légal de nous accueillir au nom de l'Empereur Palpatine. Ce dernier est mort depuis plusieurs jours.

Nereus haussa un sourcil brun et fourni avant de croiser brusquement les mains dans le dos et de s'avancer d'un pas.

– Ma chère princesse, ne seriez-vous venue sur Bakura que pour répandre des rumeurs et des mensonges ?

– Mieux que cela, Votre Excellence : l'Empereur a été tué par son disciple, Dark Vador.

Nereus se dressait devant elle et, quand il reprit la parole, elle devina son dégoût, un sentiment qu'elle comprenait parfaitement.

– Vador, répéta-t-il. Sa Majesté impériale n'aurait jamais dû faire confiance à un seigneur sith. J'étais sur le point de ne pas vous croire, Votre Altesse. Mais je peux aisément admettre que Vador soit un assassin.

– Votre Excellence, le Seigneur Vador est mort également.

Elle discerna brièvement le mouvement de menton de Luke, à la limite de son champ de vision. Elle savait ce qu'il voulait ajouter. Vador avait certes trouvé une fin héroïque, mais dix minutes de contrition ne pouvaient compenser des années d'atrocités.

Le gouverneur se détourna pour conférer à mots couverts. Leia en profita pour reprendre l'initiative :

– Gouverneur, puis-je vous présenter mon escorte ? Tout d'abord, le général Solo.

A ce stade, Yan était censé s'incliner, ou au moins tendre la main. Mais il resta immobile, avec une expression de désapprobation absolue. Pour l'heure, il n'avait rien d'un diplomate.

– Son copilote, Chewbacca de Kashyyk.

Chewie, lui, fit la révérence en grommelant.

Les Wookies avaient été totalement trahis par l'Empire et Leia espérait de tout son cœur que Chewie n'allait pas s'oublier et arracher les membres des Impériaux.

Elle lança alors sa carte maîtresse avec brio :

– Et le commandant Skywalker de Tatooine, Chevalier Jedi...

Luke fit une révérence impeccable – elle l'avait longuement entraîné – et Nereus se roidit. Avant de répondre au salut.

– Jedi... Il va nous falloir prendre garde.

Luke croisa les mains. *Bien!* se dit Leia. Il lui laissait le soin de répondre, ainsi qu'elle le lui avait demandé.

– Excellence, dit-elle, nous avons l'intention de remettre sur pied l'Ancienne République, y compris l'ordre des Chevaliers Jedi. Et le commandant Skywalker préside cet ordre.

Elle se demanda ce qu'elle pouvait bien ajouter : que Luke était l'unique chevalier de l'ordre ? *Oh, Luke,* supplia-t-elle en silence. *Ne prends pas cet air humble !*

– Commandant Skywalker, répéta Nereus d'un ton onctueux. Mais oui, je connais très bien votre nom, commandant. Heureusement pour vous, la balance budgétaire de Bakura est parfaitement équilibrée. Vous savez sans doute que, depuis quelques années, on offre une somme... je dirais astronomique, pour votre capture. Vivant, j'entends. Ce doit être un titre honorifique au sein des forces rebelles, non ?...

– J'en suis tout à fait conscient, répliqua Luke.

– Je vois aussi deux droïds parmi vous, ajouta Nereus. Ils devront être munis de verrous de neutralisation durant leur séjour sur Bakura.

C'était la procédure standard sur la plupart des mondes, et elle était obligatoire dans l'Empire et les stations de bataille.

– Nous allons faire le nécessaire, acquiesça Leia.

Désormais certaine qu'elle s'était acquis le respect de Nereus, elle se lança.

– Gouverneur, les forces de l'Alliance ont intercepté votre demande de secours. La Flotte Impériale n'est plus omniprésente dans cette région de la galaxie. Nous sommes venus afin de vous aider à repousser les envahisseurs. Quand ce sera fait, nous nous retirerons. C'est à Bakura de choisir son destin. Nous ne ferons rien pour tenter d'imposer nos vues à votre... au peuple bakuran.

Nereus afficha un demi-sourire glaçant. Le côté gauche de son visage se contracta, étirant la commissure de ses lèvres. Mais le côté droit demeura rigide comme du fer.

Luke restait sur ses gardes. Nereus arborait deux expressions, et ses pensées suivaient des cours divers. Il serait difficile pour un tel homme d'accepter les Rebelles en tant qu'alliés.

Sa compulsion à dominer les autres était très nette, et sa délégation restait sur le qui-vive. Luke connaissait ce genre de personnage : il n'y avait que ce qu'il pensait qui comptait. Tous ceux qui s'opposaient à lui ne pouvaient retenir son attention que jusqu'à ce qu'il les écrase : il était la quintessence d'un gouverneur impérial type.

Luke restait perceptif à toute velléité. Les ondes de nervosité qui agitaient la Force étaient si nombreuses qu'il avait du mal à maîtriser son apparente sérénité. Il ne tenait pas à être grillé sur place par un commando un peu trop vif avant que Leia ait réussi à discuter d'un accord.

Il la laissa poursuivre sa conversation tendue avec le gouverneur tout en lançant la Force un peu plus profondément. Leia était tranquille, elle se maîtrisait, nullement intimidée par Nereus. Le gouverneur, lui, n'offrait qu'une face faite d'attitudes depuis longtemps acquises, le désir de dominer et – en profondeur – une terreur déchirante. *Qui ne s'explique pas par notre présence.* L'esprit de Luke revint alors à ces présences sombres et désolées, plus tout à fait humaines, qu'il avait décelées sur le vaisseau ssi-ruuvi. Avait-il été en contact avec des Bakurans capturés par l'ennemi ?

A l'évidence, Nereus était prêt à se jeter sur la première proposition de protection. Pour aussi hostile qu'il se montrait devant ses hommes, il pouvait passer très vite dans le camp de l'Alliance.

Temporairement.

Quand ils se retrouvèrent à bord de la navette civile que l'on avait mise à leur disposition pour gagner la cité, Luke expliqua à Yan ce qu'il avait ressenti.

– Oui, murmura Yan. Il pourrait passer de notre côté. Ou alors, il pourrait tout aussi bien tenter de nous torpiller. Tu paries sur quoi ?

Le pantalon d'apparat de Luke lui collait péniblement aux jambes dans l'atmosphère moite de Bakura. Leia était en face de lui, adorable dans sa robe blanche. Elle scrutait le paysage par la baie de la navette somptueusement aménagée. Il était clair que le Sénat de Bakura avait décidé de siéger d'urgence.

Brusquement, elle se redressa et demanda :

– C-3PO, que faut-il que je sache concernant leur protocole ?

– Je crains que cela ne figure pas dans mon programme, déclara le droïd de protocole qui portait déjà son verrou de neutralisation.

Sa voix était plus geignarde que jamais et D2 les interrompit d'un trille électronique.

– Quoi ? Maître Luke aurait déchargé les données de cette sonde de tes banques de mémoire ? Pourquoi ne pas l'avoir dit, espèce de vieux cylindre recyclé et saturé ?...

D2 poursuivit sa diatribe d'un ton suraigu et, enfin, C-3PO répondit à Leia :

– Tout ce dont je suis certain, c'est que Bakura a été autrefois gouvernée par un Sénat et un Premier ministre, mais que l'autorité réelle est entre les mains du gouverneur.

– Dis-nous quelque chose qu'on ne sache pas déjà, marmonna Yan.

Leur guide-pilote bakuran les dirigeait à basse altitude vers une grande structure dans laquelle s'ouvraient deux larges arcades de verdure.

– Voici le complexe de Bakura, annonça son assistante en passant un bras autour de la barre d'argent du stabilisateur.

Elle observait Chewbacca, et Luke se dit qu'elle voyait sans doute un Wookie pour la première fois de sa vie.

Le complexe semblait couvrir plusieurs hectares entre deux autoroutes radiales, à la frange du parc qui occupait le centre de la cité, au sud.

– Ici se trouvent toutes les résidences d'hôtes, les bureaux impériaux, un important centre médical. Ce grand bâtiment que vous apercevez près du parc était le siège de notre gouvernement au temps de la Société de Bakur.

Leia gardait les yeux baissés, affectant d'admirer les arbres géants couverts de vigne qui défilaient sous eux. En fait, devina Luke, elle récapitulait mentalement le protocole impérial. La liberté de Bakura dépendait de son habileté à négocier une trêve. Yan, assis à côté d'elle, jouait machinalement avec son blaster.

Ils se posèrent sur le toit du complexe. Un tramway à répulseur les emporta ensuite à vive allure. Leur guide commenta cette visite éclair du complexe en concluant :

– L'aile de la société du Mémorial de Bakura a été construite il y a plus de cent ans. Elle domine le Parc Statuaire, au centre de la ville. Je vous prie de demeurer assis jusqu'à l'arrêt complet.

Le tramway venait de ralentir sous une arcade enveloppée de vignes.

Yan se leva.

– Leia, attends.

Luke descendit de son côté. Leia obéit durant quelques secondes.

C-3PO s'était penché au-dehors.

– J'estime que cette arcade constitue une protection suffisante, dit-il. Néanmoins, il nous faut être certains de notre sécurité.

Leia tourna la tête vers Luke.

– Ecoute. S'ils ont l'intention de nous tuer maintenant, toute la mission a d'ores et déjà échoué.

– Oui, je suis d'accord, appuya Yan en parcourant le tramway du regard.

Luke se précipita à l'arrière du tram pour dégager D2 de son chariot. Le droïd déploya son tricycle porteur en sifflant d'un ton effronté. Yan et Chewie sortirent les premiers, précédant Leia et C-3PO. Luke ferma la marche avec D2. Des gardes en pourpoint violet brodé d'or et haut-de-chausses leur ouvrirent les portes d'un immense hall aux tentures noires. Des filigranes d'or couraient comme des veines sur les colonnes à double feuillure et se perdaient dans le plafond en voûte.

– Du marbre rouge, murmura Leia.

– En contrebande, ça vaut une fortune, lui souffla Yan.

Il venait d'emboîter le pas à l'un des gardes en l'imitant mais, quelques secondes plus tard, il redevint vigilant, explorant la moindre zone de pénombre entre les colonnes. Luke, quant à lui, sondait sans cesse la Force, guettant d'éventuels signes avertisseurs. Leia s'avançait en toute sérénité avec son droïd protocolaire.

Leur guide en tenue violette venait de franchir une

nouvelle arcade de pierre blanche scintillante. Une paroi de bois brut la bloquait en partie. Des scanners évoluaient de part et d'autre sur des répulseurs silencieux. Quatre soldats commandos de l'Empire montaient la garde sur le seuil. En les découvrant, Luke ne put réprimer une soudaine bouffée d'adrénaline.

– Leur présence ici est illégale, murmura Leia. Nous sommes les représentants dûment mandatés de cette galaxie sur Bakura.

– Tu n'as qu'à le leur dire, fit Yan en décochant un regard noir aux commandos.

Luke, lui, avait braqué le regard sur l'objectif noir d'un scanner. Et le dôme de D2 pivotait nerveusement.

– Contrôle des armes. (Un soldat s'était approché et s'adressait à Leia d'une voix métallique.) Veuillez les déposer sans exception dans un placard de sécurité.

Leia tendit ses mains vides en un geste de soumission ironique. Luke franchit l'arcade, choisit un placard à verrou digital et y déposa son blaster dès qu'il s'ouvrit.

– Yan, viens, dit-il.

Yan l'avait suivi, mais la situation ne semblait guère lui plaire. Il choisit pourtant un cubicule et accepta d'y ranger son arme sans protester.

Leia s'éclaircit la gorge.

Yan la regarda brièvement, comme s'il voulait la griller sur place, et consentit enfin à sortir le mini-blaster glissé dans sa manchette, ainsi que sa vibrolame. Chewbacca, quant à lui, ôtait son carquois et son arc quand Luke, obéissant à une impulsion subconsciente, souffla une suggestion :

– Chewie, tu restes près du placard. Et toi aussi, D2.

Les babines du Wookie se retroussèrent de plaisir et son nez se plissa. Il n'appréciait guère la politique et ne faisait pas confiance aux Impériaux. Monter la garde, ça lui plaisait.

Leia les précéda.

– Arrêtez-vous ici, dit le commando impérial en désignant le sabrolaser de Luke. Il s'agit d'une arme.

Luke déploya une mince vrille sensible de Force avant de répondre d'un ton sec :

– Il s'agit d'un symbole honorifique. Non pas d'une arme d'attaque. Vous devez l'accepter.

– Laissez passer, fit le commando du même ton, sobre, avant d'ajouter : Je préférerais que le droïd reste à la porte. Les défaillances de droïds ont failli anéantir la première colonie de Bakura.

– Monsieur, commença C-3PO, ma fonction est de...

– Merci beaucoup, le coupa Leia d'un ton inflexible. C-3PO nous attendra à l'intérieur.

Ils n'avaient pas oublié l'ordre spécial concernant les verrous de neutralisation.

Un garde clama alors :

– La Princesse et sénateur Leia Organa Solo d'Alderaan, et... (il agita vaguement la main) son escorte !...

7

Leia gravit en tête les quatre marches majestueuses qui accédaient à une vaste salle carrée. Luke imita Yan, pas après pas. Il espérait n'avoir pas agi inconsidérément en conservant son sabrolaser. Il ne tenait pas à se mettre à dos tout le Sénat de Bakura, mais il y avait une chance pour qu'ils ne considèrent pas son sabre de Jedi comme dangereux. Et puis, Leia l'aurait arrêté si elle avait estimé que c'était important pour leur mission.

Le revêtement du plafond était en mosaïque et, aux quatre angles de la salle se dressaient de hautes colonnades de verre. La plupart des sénateurs présents étaient humains, à deux exceptions près : des individus de grande taille, à la peau absolument blanche, le crâne nu et plissé. Luke s'ouvrit à la Force. Et se retrouva plongé dans un tumulte bavard, dans la texture de cinquante esprits agités. Il rétrécit son faisceau de perception et le dirigea droit sur un fauteuil à répulseur, tout d'or et de pourpre, si l'on exceptait les deux pupitres de contrôle insérés dans les accoudoirs. Wilek Nereus avait dû emprunter une navette rapide car il siégeait déjà, et son esprit double fonctionnait plus intensément que jamais.

Luke laissa son attention dériver vers la gauche, pour lire les réactions des sénateurs à l'apparition de Leia. Il décela de la curiosité teintée d'hostilité, mais aussi un courant profond de peur qui avait gagné toute la salle du Sénat. Ce monde était assiégé.

– C-3PO, reste ici, dit Leia du haut des marches avant

de faire face à Nereus. Je vous salue à nouveau, gouverneur.

Ses épais sourcils se baissèrent et il déclara :

– Approchez. Descendez.

Ils obtempérèrent et gagnèrent le rectangle central. Les jointures des boiseries révélaient l'endroit précis où une trappe pouvait s'ouvrir. Un souvenir fulgura brusquement dans l'esprit de Luke : un piège dans lequel il était tombé, et l'image d'un Rancor dégoulinant de salive qui avait bien failli le dévorer. Il la repoussa et continua d'explorer la salle du regard. Les sénateurs de Bakura affichaient toutes les couleurs de peau, révélant un mélange racial complexe.

Un personnage athlétique aux cheveux drus et blancs, assis immédiatement au-dessous du gouverneur, leva la main.

– Bienvenue sur Bakura. Je suis le Premier ministre Yeorg Captison. Dans des circonstances normales, vous auriez eu droit à un discours d'introduction protocolaire, et je dois m'excuser pour la façon précipitée dont cette rencontre a été organisée, mais je suis certain que vous comprendrez.

Leia, qui avait à peine hoché la tête à l'adresse du gouverneur Nereus, fit une révérence au vieil homme. Luke le sonda. Le charisme du Premier ministre était comme un scintillement dans le tissu de la Force, à peine moins intense que celui de Mon Mothma. Luke revint à Nereus en se demandant pour quelle raison le gouverneur n'avait pas supprimé ce redoutable concurrent. Ou alors, Captison s'était montré *particulièrement* prudent. A moins qu'il n'ait des relations haut placées avec l'Empire ?...

– Je vous en prie, ne vous excusez pas, répondit Leia. Nous sommes dans une situation d'urgence.

Un autre homme se leva à son tour.

– Blaine Harris, ministre de la Défense. Vous n'avez pas vraiment idée de l'urgence que nous affrontons. Tous les avant-postes des autres planètes de ce système ont été détruits. Nos équipes de secours ont rapporté qu'elles n'avaient retrouvé aucun cadavre et pas un seul survivant.

Ces quelques paroles déclenchèrent un frisson de

crainte chez Luke. Il balaya rapidement la table, enregistrant des échos de frayeur, d'espoir... et d'hostilité. Ensuite, il focalisa la Force sur la droite, vers la table supérieure.

Une jeune femme au menton volontaire attira son attention. Il s'interrompit, surpris par l'intensité de sa résonance à la Force.

C'était comme un tambourinement lent et profond, elle lui renvoyait en écho les ondes de la Force, enrichies. La Force n'émanait pas d'elle-même – du moins, il ne le pensait pas – mais de l'effet qu'il engendrait en elle. Jamais encore il n'avait affronté cela. Il referma vivement ses perceptions, ne conservant que ses cinq sens humains. Il ne devait pas se laisser distraire par la jeune femme.

La voix stridente de Nereus retentit dans toute la salle : il avait placé son trône à un point acoustique focal.

– Princesse Leia, comprenez-vous à quoi vous êtes confrontée ?

Elle leva la main.

– Non. Nous sommes venus en réponse à un appel de détresse, afin de montrer que l'Alliance n'avait pas d'animosité envers les mondes régis par l'Empire, mais seulement contre l'Empire lui-même.

Nereus retroussa les lèvres.

– Je ne le pensais pas. (Il leva la main.) Ellsworth, montrez-nous les enregistrements de Sibwarra. Votre Altesse, venez me rejoindre avec votre escorte.

Tout en montant les marches derrière Leia, Luke ne put s'empêcher de détourner le regard vers la gauche. La jeune femme leva les yeux, l'observant d'un air songeur, le menton au creux de sa main.

Son visage avait le satiné pâle d'une fleur sous les mèches châtain clair de ses cheveux soyeux. Elle avait une expression intense et, bien qu'elle fût penchée en avant, elle conservait une attitude altière, ses épaules graciles bien droites. A tel point qu'il ne se risqua pas à la toucher avec la Force une nouvelle fois. Pas encore, du moins. Mais sa seule présence était électrisante. Eblouissante. Pas seulement superbe, mais éblouissante. *Maîtrise-toi!* se dit-il. *Tu n'es ici que pour aider Leia!*

Il perçut le ronronnement des servo-moteurs à l'instant où Leia pivotait en même temps que le trône du gouverneur. Il s'installa sur la marche inférieure et prit la même attitude qu'elle. De l'autre côté de la salle, il découvrit la silhouette rutilante de C-3PO. En même temps qu'une projection holographique, qui se matérialisa à l'endroit précis où ils s'étaient tenus l'instant d'avant, il vit un jeune humain mâle, la peau ocre, les cheveux courts et noirs, avec un visage avenant aux pommettes saillantes, vêtu d'une robe à rayures horizontales bleues et vertes.

Etait-ce un homme ou un adolescent?

– Humains de Bakura, réjouissez-vous! Je suis Dev Sibwarra de G'rho. Je vous adresse les sincères salutations de l'Imperium ssi-ruuvi, une fédération de mondes nombreux qui vient pour entrer en contact avec vous. Notre vaisseau-amiral est le puissant *Shriwirr*, ce qui, en ssi-ruuvi signifie « Riche en œufs ». Nous avons pénétré dans votre galaxie à la requête de votre propre Empereur.

Luke coula un regard vers la jeune femme. Dès que l'image des envahisseurs était apparue, elle avait eu un mouvement de recul, les doigts crispés sur sa table, collée au dossier de son fauteuil. Prudemment, il l'effleura avec la Force. Il ressentit sa peur et sa répulsion, mais, immédiatement sous ces émotions sombres, il découvrit une sensation profonde. Une fontaine vive de couleurs précieuses. Stupéfait, il secoua la tête. Cela n'avait pas de sens. Mais c'était pourtant en elle. Il le lisait clairement.

Il avait perçu tout cela en une fraction de seconde. L'image holographique continuait :

– Bakurans, nous sommes heureux! La joie que nous vous apportons va bien au-delà du simple sentiment de bonheur. Vous allez avoir le privilège d'aider les Ssi-ruuk à libérer les autres mondes de la galaxie. (Le garçon referma les mains en un geste qui évoquait plus l'emprise que la libération.) Vous serez les premiers, le fer de lance! Quel honneur! En tant qu'humains, vous avez une valeur inestimable pour mes maîtres. Ils vous donneront des vies sans chagrin, sans besoin et sans peur.

– Regardez bien, murmura Nereus.

L'image venait de changer. Plusieurs non-humains au

corps de saurien brun terne étaient rassemblés autour d'une pyramide métallique que Luke identifia immédiatement. Des antennes et des canons laser étaient dardés aux quatre angles. Des impulseurs garnissaient les quatre faces, entourés des habituelles batteries de scanners / senseurs. La pyramide reposait sur une sorte de console de commande.

Tout devint clair dans son esprit. Il reconnaissait également ces créatures... il les avait vues dans le rêve qui l'avait tourmenté sur Endor.

Le garçon reprit son commentaire :

– Voici maintenant les plus beaux bâtiments de combat de la galaxie. Même si vous n'avez jamais rêvé de voler entre les étoiles, nous avons un de ces vaisseaux pour chacun d'entre vous. Vos énergies vitales se déverseront à plein dans ces droïds de combat et vous voltigerez alors vers les autres planètes...

Les énergies vitales. Luke se souvenait des présences humaines qu'il avait effleurées, de leur angoisse, de leur désespoir. Il se pencha plus en avant.

L'image du garçon revint sur l'écran.

– Afin d'apaiser vos craintes, permettez-moi de vous montrer une séquence de la procédure de technition. Et, le temps venu, vous pourrez ainsi accepter avec joie le destin qui est le vôtre.

Une image réduite apparut en incrustation. Celle d'un homme assis sur un siège, maintenu en place par des attaches transparentes, la tête inclinée. Luke plissa les yeux. Est-ce qu'il ne distinguait pas des tubes qui plongeaient dans sa gorge ? Une troisième image encore plus réduite : le garçon en robe abaissait un arc de métal blanc et luisant sur l'homme.

– Voici la joie. Voici la paix. Voici la liberté. C'est le présent que nous vous offrons.

En plein écran, à nouveau, le garçon ouvrait la main.

Ainsi, se dit Luke, ils s'étaient battus contre des humains. Il serra les poings. Les Ssi-ruuk n'étaient pas des esclavagistes ordinaires, mais des voleurs d'âmes...

En frissonnant, le sénateur Gaeriel Captison réajusta son châle bleu pâle sur ses épaules.

– Qui croit-il abuser? souffla-t-elle.

– Ils l'ont capturé jeune, fit son collègue de droite. Regardez-le. Il se comporte comme un Flutie. Il doit même penser comme un Flutie.

Gaeriel ne regardait plus l'hologramme. Elle l'avait déjà vu une bonne dizaine de fois depuis qu'il était apparu soudainement sur tous les écrans tri-D de Bakura, sur les moniteurs et toutes les fréquences. Le Sénat l'avait analysé, disséqué, en quête de la moindre nuance de sens... et d'espoir. Mais la seule conclusion avait été qu'ils devaient repousser ces non-humains ou affronter un atroce destin.

Les Rebelles étaient-ils vraiment venus pour les aider, ainsi qu'ils le prétendaient? Si leur intention avait été de s'emparer des bobines de champs répulseurs, alors ils étaient tombés dans le piège ssi-ruuvi. Et maintenant, ils devaient venir au secours des Bakurans s'ils voulaient s'échapper.

Gaeriel observa les délégués rebelles. La princesse sénateur Leia Organa, qui avait son âge, était connue dans tout l'Empire comme un des principaux meneurs de la Rébellion. Il se pouvait qu'elle soit une âme perdue, abusée, se battant pour une cause perdue, tout comme Eppie Belden à son âge, mais elle était néanmoins le leader de la Rébellion.

L'homme brun qui l'accompagnait, par contre, n'avait rien d'un idéaliste. Il scrutait tout et tous ceux qui étaient présents, s'attachant particulièrement à trouver un éventuel chemin de retraite. Selon les données que le gouverneur Nereus avait adressées en hâte à son oncle Yeorg, ce Solo était un contrebandier au passé douteux, avec un dossier criminel, et dont la tête avait été plusieurs fois mise à prix.

Mais le jeune homme blond n'était pas mentionné dans les données. Il émanait de lui un calme intense auquel on pouvait aisément se laisser prendre. Il s'était penché en avant pour mieux se concentrer sur l'image de Dev Sibwarra qui continuait son bavardage sur les joies de la technition. Gaeriel le baptisa Escorte Numéro Deux sans cesser d'observer sa posture équilibrée.

Une rafale de trilles aigus ramena brusquement l'attention de Gaeriel sur l'hologramme. L'image de l'ennemi. Un lézard géant avec un V noir sur le crâne venait d'apparaître dans le champ et les fixait d'un regard sombre et calculateur.

– Mes amis, reprit Dev Sibwarra, voici mon maître Firwirrung qui m'a constamment traité avec la plus grande douceur.

Le voisin de Gaeriel grommela sourdement :

– Ces Fluties ont les pattes pleines de sang.

– Et maintenant, je vous dis au revoir dans l'attente de rencontrer personnellement chacun de vous. A bientôt.

L'image disparut.

Leia savait maintenant ce que les Ssi-ruuk faisaient de leurs prisonniers et son visage était aussi blanc que sa robe. Elle effleura le bras de son compagnon contrebandier, et il pencha la tête pour écouter ce qu'elle lui chuchotait. Brusquement, Gaeriel prit conscience que c'était son fiancé et son consort au sein de la Rébellion. L'autre, le plus jeune, balaya l'assistance du regard, très lentement.

Il était temps de prendre la parole.

– Vous avez vu ? demanda Gaeriel sans se lever. Nous affrontons une menace contre laquelle nous n'avons ni expérience ni défense.

Le jeune homme acquiesça. Il avait compris, à l'évidence, le péril qui pesait sur eux.

Le droïd doré qui les accompagnait prit soudain la parole, de l'autre bout de la salle.

– Si je puis me permettre, j'ai trouvé ce spectacle effroyable. Les Mécaniques de toutes espèces seront choquées par cette démonstration perverse de...

Des sifflements jaillirent de toutes parts et noyèrent la diatribe du droïd. Les projecteurs s'éclipsèrent dans le sol, et la délégation de la Rébellion demeura immobile au pied du fauteuil du gouverneur. La princesse Leia descendit une autre marche et lança :

– Bakurans, quoi que vous puissiez penser des droïds, vous allez m'écouter à présent. Je vais vous raconter ma propre histoire.

Gaeriel posa le menton au creux de sa main. La princesse rebelle levait la main à la manière d'un orateur classique.

– Mon père, Bail Organa, était vice-roi et premier président du système d'Alderaan. C'était un fonctionnaire important de la République au temps des Guerres Cloniques.

» Lorsque le sénateur Palpatine se proclama empereur, mon père travailla à un projet de réforme. Le changement se révéla impossible. L'empereur n'avait jamais été intéressé par une éventuelle réforme. Il ne voulait que la richesse et le pouvoir.

Gaeriel plissa les lèvres. C'était une version certes orientée mais assez vraie. Le système impérial décourageait tout changement tout en édifiant la stabilité économique.

– J'étais presque encore une enfant quand j'entrai au service de mon père en tant que déléguée diplomatique avant de me retrouver dans le Sénat impérial. (Elle risqua un regard en direction du gouverneur Nereus.) Déjà, la Rébellion se montrait active et, ainsi que l'empereur s'en doutait, je n'étais pas la seule parmi les jeunes sénateurs à en faire partie. A peine mon père avait-il pris ma défense que je fus capturée par l'homme de main de l'empereur, le seigneur Dark Vador, et conduite à bord de la première Etoile Noire.

» L'empereur prétend qu'Alderaan a été détruite à titre d'exemple pour les mondes en rébellion. Ce n'est que partiellement vrai. J'étais sur l'Etoile Noire. Je l'ai vu donner l'ordre d'anéantissement. Il a fait cela afin que je sois terrifiée au point de révéler tout ce que je savais.

Nereus se pencha vers elle.

– Princesse Leia, il suffit – à moins que vous ne teniez à être arrêtée ici même pour vos crimes.

Elle leva la tête d'un air de défi.

– Gouverneur, je n'ai fait que renforcer votre position. L'Empire gouverne par la peur. Je viens de donner aux Bakurans une raison de plus de vous craindre.

Et non pas de le respecter, songea Gaeriel en croisant les jambes, prête à écouter tout ce que la princesse avait à dire, à défaut de la croire. Le sort d'Alderaan aurait pu être celui de Bakura si les Rebelles n'avaient pas détruit l'Etoile Noire. Et elle surprit deux sénateurs qui observaient le gouverneur Nereus d'un air soupçonneux.

– Après la destruction d'Alderaan, reprit la princesse d'une voix douce, je me suis enfuie pour rejoindre l'état-major de l'Alliance. J'ai vécu avec ses leaders. Nous nous déplacions sans cesse devant les attaques de l'Empire qui cherche toujours à nous exterminer. Nous sommes ici pour vous aider, sincèrement. Et l'Alliance vous a envoyé l'un de ses chefs militaires les plus capables, le commandant Skywalker, de l'Ordre des Jedi.

Un Jedi ? Surprise alors qu'elle avait abaissé toutes ses défenses, Gaeriel porta la main à son collier, cherchant l'anneau noir et blanc de l'Equilibre Cosmique. Selon sa religion, les Jedi avaient dérangé l'univers du seul fait de leur existence. A chaque crête devait correspondre un creux. Elle avait la conviction que chaque fois qu'un individu parvenait à maîtriser une pareille puissance, l'équivalent vulnérable en était d'autant diminué, quelque part dans la galaxie. Les Jedi avides de pouvoir avaient joué avec leurs dons sans se soucier des vies inconnues qu'ils détruisaient. Leur disparition était devenue un conte moral, et la mort de ses parents avait affermi la foi profonde de Gaeriel. Au moins, elle trouvait du réconfort dans l'Equilibre Cosmique.

Mais se pouvait-il que certains Jedi aient survécu ? Le commandant Skywalker semblait si jeune. Il ne correspondait guère à l'idée qu'elle se faisait d'un Jedi, si ce n'est par l'intensité de son regard. A la manière dont il l'avait fixée quand elle s'était exprimée, elle aurait pu croire qu'il lisait dans ses pensées.

Le pouvoir d'un unique Jedi pouvait-il être si fort que le cosmos avait envoyé les Ssi-ruuk à seule fin de réduire les humains à l'état de circuits vivants pour leurs droïds et de rétablir la balance des forces ?

Il se tourna vers elle et ses yeux bleus la sondèrent une fois encore.

Elle cilla, furieuse, et décida de ne pas détourner le regard. Elle eut ainsi la satisfaction de constater sa gêne.

Quand ses yeux revinrent sur elle, il dansa d'un pied sur l'autre d'un air incertain, avant de fixer le sol.

Elle en était venue à bout, mais elle l'observa encore un instant : il y avait en lui quelque chose de son oncle Yeorg.

Chewbacca était appuyé contre un placard de coffres, soutenant le regard sombre de six commandos impériaux. Il croyait deviner leur intention : confisquer les armes de leur groupe pour qu'ils soient à leur merci. L'un d'eux avait déjà fait une tentative pour s'avancer quelques minutes auparavant, mais un seul grondement et une démonstration de crocs bien pointus avaient suffi à le faire reculer. Cela ne durerait guère. D2 se tenait près de l'arche, avec son antenne en rotation permanente, mais un astromécano ne valait pas grand-chose au combat.

Chewbacca, pourtant, ne s'inquiétait pas du rapport des forces. Un Wookie contre six commandos impériaux, c'était d'égal à égal.

Il entendit un bruit de bottes. Un autre soldat impérial traversait le hall de marbre rouge. Il portait la tenue kaki des officiers. Les commandos se rassemblèrent autour de lui et se lancèrent dans un conciliabule apparemment tranquille.

Chewie palpa son arbalète-blaster.

Les chuchotements et les regards obliques en direction de Luke n'avaient pas échappé à Leia. Elle se dit que elle aussi provoquerait cet effet sur les autres quand elle serait une Jedi éduquée. Luke lui avait proposé de la former, mais elle pensait encore que ce n'était pas une très bonne idée. C'était l'héritage de Vador : même les dons de Luke, qu'il utilisait au service de la liberté et de la justice, suscitaient la frayeur.

Il fallait qu'elle retienne à nouveau l'attention de l'assemblée. Elle fit un pas de côté en direction du fauteuil de Nereus.

– Gouverneur Nereus, ne comprenez-vous donc pas ?

Il vous faut accepter l'aide de la Rébellion, sinon vous mettrez en danger toute la population de ce monde. Nous sommes votre unique espoir. Acceptez que nous vous aidions à repousser les Ssi-ruuk. Nous ne constituons pas une force très importante, mais nous sommes parfaitement coordonnés et nos bâtiments d'assaut sont mieux équipés que ceux que l'Empire vous a laissés.

Luke lui avait montré les relevés de l'OAC.

Nereus serra les lèvres en une expression efféminée.

– Si nous tenons compte de l'aide que vous nous avez apportée jusqu'à présent, nous sommes prêts à vous laisser quitter le système de Bakura sans dommage pour que vous retourniez à Endor sans perdre de temps.

Un sénateur se dressa brusquement.

– Si l'Alliance est prête à nous porter assistance, pourquoi n'a-t-elle pas envoyé plus de vaisseaux ?

Luke écarta les mains.

– Nous faisons ce que nous pouvons sans...

– Comprenez-nous bien, l'interrompit Leia, soucieuse de ne pas éveiller leurs craintes. Les forces présentes à Endor désirent regagner leurs bases. Elles sont sans doute déjà reparties.

Nereus était agrippé à ses accoudoirs, savourant leur désaccord.

– Mais nous avons cependant demandé des renforts à Endor, insista Luke.

L'attitude de satisfaction sombre de Nereus s'accentua et cela ne plut guère à Leia.

– Nos unités d'Endor sont épuisées. Il se peut que des renforts nous arrivent sous quelques jours, ou pas du tout.

Luke, cesse de me contredire !

Yan leva alors le bras en un geste impératif.

– L'important est que nous soyons ici afin de vous aider. Il me semble que vous devriez saisir l'occasion.

– Est-ce que vous êtes prêts à nous transmettre vos données ? ajouta Leia, vivement. En ce qui concerne les Ssi-ruuk, bien entendu, et sur Bakura, dans la mesure où ça ne compromet pas votre sécurité ?...

Le gouverneur Nereus porta une main épaisse à sa bouche. Leia, avec le sentiment d'être un insecte sur une coupelle laser, s'efforça mentalement de le convaincre de coopérer. Si leur entretien se prolongeait sans une promesse d'assistance mutuelle, ils étaient fichus.

Un homme âgé, de haute taille, se leva d'une des tables des rangs inférieurs.

– Nereus! Il faut profiter de l' aide qui vous est proposée! Tous les habitants de cette planète savent pourquoi les Rebelles sont venus. Si vous refusez leur secours, vous risquez de déclencher un soulèvement.

– Je vous remercie, sénateur Belden. (Sous ses paupières lourdes, les yeux de Nereus s'étrécirent.) Très bien, princesse Leia. Vous aurez vos données. Elles seront transmises au centre de communications de votre appartement. Avez-vous d'autres requêtes à formuler avant que votre guide ne vous conduise à vos appartements?

– Vous ne désirez pas conclure cette trêve? demanda Leia en se rasseyant, la gorge serrée.

– Vous avez exprimé votre position. Nous en discuterons.

– Très bien. (Elle se leva et se dirigea vers la table du sénateur Captison, auquel elle tendit la main.) Monsieur le Premier ministre, j'espère que nous pourrons discuter plus avant.

Elle précéda sa délégation sur le rectangle central.

– Dépêche, Bâton d'Or, souffla Yan quand ils passèrent devant C-3PO. Et ferme ta boîte vocale.

Il se précipita vers le placard où étaient enfermées leurs armes et Chewie l'accueillit avec un râle amical avant de le prévenir que les commandos avaient tourné autour de lui.

– Tu ne crois pas que c'est dommage qu'ils n'aient pas foncé? jeta Yan en récupérant son blaster.

Luke s'écarta, son sabrolaser au poing. Il le gardait désactivé en position oblique. Sur ses gardes. En voyant son regard intense, Yan intervint :

– Tout va bien. Cet officier contrôle parfaitement ses hommes.

– Qui est-ce? fit Leia.

Elle se tourna vers les Impériaux et les observa longuement.

– Il est d'Alderaan, souffla-t-elle. Je le vois à la manière dont il parle.

– Hon, hon, fit Yan.

Ce n'était guère rassurant. Il s'assura de la présence de sa lame dans sa botte et de son mini-blaster.

– Est-ce qu'il y a une chance pour qu'il garde une conscience alderaane sous cet uniforme ?

– Pas vraiment, fit-elle en regardant Luke.

Yan se redressa. L'officier brun était une cible, au même titre que les autres Impériaux. Il quitta ses hommes et vint vers eux. Yan rapprocha la main de son blaster. Luke, par contre, rengaina son sabre et son blaster en s'avançant à la rencontre de l'officier impérial. Leia le suivit, laissant Chewie en compagnie des droïds.

Yan glissa au Wookie :

– Tu nous couvres.

Et il emboîta le pas à Luke et Leia.

– Votre Altesse, ronronna l'officier en s'inclinant devant Leia. C'est un honneur que de vous rencontrer enfin. Je suis le capitaine Conn Doruggan, à votre service.

Yan l'aurait éliminé sans regret, mais Leia avait retrouvé ses bonnes manières de sénateur.

– Capitaine Doruggan, je vous présente le commandant Skywalker, Chevalier Jedi. (Elle consentit à tourner les yeux vers Yan.) Et le général Yan Solo.

Luke serra la main de Doruggan, mais Yan n'esquissa pas un geste. Il détourna le regard vers Chewbacca qui les épiait, l'air sombre.

– A présent, dit Leia, nous devons nous retirer. Je vous remercie de vous être présenté.

Le capitaine leva la main. Yan avait déjà la paume sur son blaster, un doigt sur la détente.

Mais Leia accepta la poignée de main de l'Impérial. Aussitôt, Luke regarda Yan avec un geste discret. Il avait dû se servir de la Force : la jalousie de Yan reflua de quelques degrés, sans pourtant s'effacer vraiment. Leia les précéda en direction du toit.

Yan décocha un regard noir à Luke.

– Ne recommence pas. Jamais.

Naguère, il avait été jaloux de Luke, bien à tort. Là encore, il devait se tromper.

– Navré, dit Luke. Il fallait que j'intervienne. Nous ne pouvions pas te permettre d'agir.

– Je sais me contrôler. *Merci.*

Leia se rapprocha d'eux.

– Que se passe-t-il, Luke ?

Elle s'adressait à son frère. Pas à Yan.

– Oh, rien. Je... je voudrais m'entretenir avec quelques-uns de ces sénateurs. Et puis, le commandant Thanas m'a promis de me contacter aujourd'hui. Allons donc consulter d'abord nos données.

8

Le même guide les raccompagna à bord du tramway qui traversait le complexe de Bakura, et les conduisit jusqu'à un appartement situé au second étage. Dès que la porte coulissa derrière Chewie, Yan se retourna. A son expression amère, Leia devina ce qu'il allait dire.

– Tu leur en as trop dit. Surtout à propos de nos forces d'Endor. Ces Impériaux n'avaient pas à savoir que nos hommes sont épuisés. Ils vont rassembler tous les vaisseaux disponibles sur des parsecs pour tenter d'anéantir la Flotte.

– Non, ils ne le peuvent pas. Ils ne sont plus en mesure de contacter qui que ce soit. Ils ont essayé.

Soulagée, elle avait posé les mains sur son torse et le fixait, droit dans ses yeux noirs. Elle s'était attendue à ses remontrances à propos du renégat alderaanien. Un instant, pour elle, le monde mort avait été vivant à nouveau et des souvenirs amers ou très doux lui étaient revenus. La politique de l'Empire avait toujours été mise en cause sur Alderaan. Il fallait une espèce rare et suspecte d'individu pour se porter volontaire au service de l'Empire.

– Pourtant, insista Yan, tu leur en as trop dit.

– Mais ils vont supposer que...

– Un instant, les interrompit Luke. Est-ce que quelqu'un d'autre a bien entendu cet humain à la solde des envahisseurs déclarer qu'ils étaient venus « à la requête de *votre* Empereur » ?... Parce que ces Bakurans semblent l'ignorer.

– Oui, j'ai bien entendu cela, dit Leia en s'écartant de Yan. Et j'essaie de trouver de quelle façon nous en servir.

– Parfait.

– Mais est-ce que tu as... commença-t-elle.

– Attends.

Yan fit le tour de la pièce principale, explorant le sol et le plafond avec soin. Revêtue de lambris de bois naturel jaune pâle, elle ne possédait qu'une unique fenêtre haute qui ouvrait sur l'une des oasis de verdure. Le centre était occupé par une alcôve hexagonale en creux garnie de coussins verts et bleus. Yan les retourna tous, un par un, avant de tapoter les parois.

– Je dois dire que je préfèrerais passer la nuit à bord du *Faucon*.

– Pas moi, soupira Leia.

C-3PO se tenait immobile près du seuil, la main posée en un geste plein d'affliction sur son verrou de neutralisation. Quelquefois, son programme pseudo-émotif amusait Leia.

– Commandant, les droïds n'ont nul besoin de repos. Puis-je suggérer que vous autres, humains, dormiez quelque temps ? D2 montera la garde...

D2, campé sous un luminaire, l'interrompit d'un *hou!* de dérision.

Yan s'était arrêté devant une paroi incurvée qui semblait s'ouvrir sur une véritable forêt. L'image était en temps réel et les feuillages se ployaient sous un vent intangible. Il examina tous les détails, mais Leia secoua la tête : bien sûr que les Impériaux les écoutaient. Ils avaient sans doute disposé des senseurs qui pouvaient capter leurs voix depuis l'autre extrémité du complexe.

– Le gouverneur Nereus représente le véritable pouvoir sur Bakura, dit-elle. Mais il essaie de calmer les Bakurans en les laissant jouer à des jeux de gouvernement.

Yan se retourna et s'adossa à la forêt mouvante.

– Bien sûr. Et il est drôlement emmerdé d'avoir laissé pénétrer des vaisseaux de combat rebelles dans ce système.

– Mais pas la population, insista Leia.

– Non, dit Luke. Les gens ne souhaitent qu'une chose : survivre. Et Nereus aussi.

– Donc, quand il pensera s'en être sorti, conclut Yan, il se retournera contre nous pour tenter de nous liquider – si nous ne sommes pas sur nos gardes.

– Nous le serons. (Luke se tourna vers le centre de communications et annonça d'un ton surpris :) Nous avons un message.

Il s'avança et effleura une touche.

Ils se penchèrent tous trois sur l'écran.

L'image en relief d'un officier impérial apparut. Il avait les traits minces, les cheveux bouclés.

– Commandant Skywalker, il est nécessaire que nous nous parlions, comme convenu. Dans combien de temps pouvez-vous me rejoindre à mon bureau ?

Sur ce, l'écran redevint noir.

– Le commandant Thanas, marmonna Luke.

– Où se trouve son bureau ? demanda Yan.

– Sans doute ici-même, dans le complexe. Je vais le trouver.

Leia avait reculé.

– Viens, Yan.

Elle ne pourrait pas supporter de voir un autre Impérial avant plusieurs minutes. Cet endroit commençait à lui porter sur les nerfs. Chaque fois qu'elle se retournait, elle s'attendait à voir une cape noire. Mais Vador était mort ! Anéanti ! Elle ne devait pas se laisser distraire de ses devoirs par des souvenirs sombres.

Luke demandait :

– Je crois que le commandant Thanas m'a laissé un message...

Un silence, puis :

– Oui, ce sera parfait. Je serai là d'ici une heure environ.

Il revint vers eux.

– Eh bien ?... demanda Leia.

Il croisa les mains dans le dos.

– D'autres vaisseaux ssi-ruuvi viennent nous rendre visite. Thanas pense qu'ils établissent une sorte de blocus, juste à l'extérieur du réseau de défense rapprochée. Disons sur l'orbite de la seconde lune de Bakura. Il m'a aussi... euh... invité à visiter la garnison impériale.

– Seul ? s'écria Leia.

Il acquiesça.

– N'y va pas, fit Yan. Arrange-toi pour que vous vous rencontriez dans un endroit neutre.

Luke haussa les épaules.

– Bakura n'est pas un monde neutre. Thanas dispose certainement d'installations plus sophistiquées pour discuter stratégie que nous n'en avons ici, dans le complexe.

– Alors, fais-toi accompagner par Chewie. Ce Thanas peut te faire arrêter simplement parce que tu es un Jedi. Sans compter que tu as liquidé l'Empereur.

– Mais je n'ai pas...

– Ils croient toujours que l'Empereur n'est pas mort, les interrompit Leia. Mais il faut quand même que Chewie aille avec toi. Même sans arme, il est redoutable.

Yan jouait avec la visée de son blaster.

– En combien de temps tu peux appeler du renfort ?

– J'ai mon comlink. Disons que je pourrais avoir un détachement du *Rafale* en orbite dans l'heure qui suit.

– Ce qui pourrait être trop tard, insista Leia.

Et le Wookie grommela son agrément.

– Je pense que je devrais demeurer ici, suggéra C-3PO.

– Ecoutez-moi. Toi, Leia, Yan, Chewie... Je peux m'en sortir seul. (Il se laissa tomber sur une masse de coussins.) Plus nous semblerons leur faire confiance, plus ils nous aideront. Leia vient juste de faire quelques pas dans cette direction avec le Sénat.

– Mais pas assez. Un accord honnête est notre seul espoir d'établir un traité durable qui pourrait attirer dans notre camp des Impériaux désenchantés.

– Mais oui, protesta Yan. Dis-moi que ça te plaît de travailler avec ces gens. Mais regarde-moi droit dans les yeux.

– Eh bien... (Elle lança un regard désespéré à Luke, qui se contenta de hausser un sourcil.) Je dois dire que non.

– Mais... non, moi non plus, dit Luke. Ça ne me plaît pas. Je suis sur le qui-vive.

– Très bien. Mais le seul fait de se sentir mal à l'aise ne peut interférer sur nos négociations avec eux. Il faut bien démarrer quelque part. Alors, que ce soit ici, sur Bakura.

Luke ajouta alors :

– Je prendrai quand même D2 avec moi.

Du coin de la salle où il attendait, ignoré, D2 émit un *bee-doup* intrigué.

– Pour trier les informations, expliqua Luke.

– Oh... fit Leia. (Si Luke avait échafaudé un plan, il n'était pas question de le faire changer.) Parle-nous des sénateurs. Tu les as sentis comment ?

Elle s'assit près de Luke et sentit l'effet du champ répulseur comme un liquide invisible.

– Ils étaient hostiles. Ils pensaient, tout au début : « Qui êtes-vous ? Qu'est-ce que vous faites ici ? Est-ce que ça vous regarde ? » Au début. Et puis, ce vieux Bleden est intervenu. Il m'a paru vraiment heureux de nous rencontrer. Et d'autres aussi. D'autres... (Il jeta un regard à Yan qui s'était éloigné d'eux en direction de la fenêtre.) Le récit de Leia les a ouverts. Leur attitude a totalement changé.

– J'en suis vraiment *ravi*, lança C-3PO depuis son poste de droïd de protocole près de la porte. Mais je préférerais retourner auprès de notre peuple aussitôt que possible.

D2 gargouilla ce que Leia traduisit comme un assentiment sincère.

– Tu vois ?... demanda Leia en se tournant vers Yan. Je sais que c'est dur de se retrouver comme ça, à découvert, après tant d'années de clandestinité. Mais c'était nécessaire.

Il se retourna, les pouces dans son ceinturon.

– Tu sais, c'est comme de montrer ta main trop tôt dans une partie de sabacc [1]. Les cartes peuvent tout changer. Je n'aime pas ça. Je n'aime pas ces gens. Et encore moins Nereus.

Leia acquiesça fermement.

– C'est un bureaucrate impérial parfaitement normal. Mais, Luke, qu'est-ce que tu as senti d'autre ? Comment ont-ils réagi vis-à-vis de toi ?...

Il s'assombrit.

1. Jeu de cartes très prisé des contrebandiers, sorte de poker. *(N.d.T.)*

– Comme tu as pu le prévoir, du moment qu'ils avaient été prévenus. Pourquoi ?

Elle chercha les paroles exactes, mais il les trouva avant elle :

– Tu penses encore à Vador, n'est-ce pas ? Il t'obsède.

Choquée, elle pointa le doigt sur lui.

– Je ne veux en rien avoir affaire avec Vador.

– Je descends de lui, Leia...

Elle serra les poings.

– Alors, laisse-moi seule.

Il se tut avant de proférer les mots qu'elle redoutait d'entendre : *Et toi aussi.* Oui, il aurait pu lui dire ça, car il ne choisissait pas toujours son moment pour la blesser. Elle regrettait déjà sa réaction. Ça ne lui ressemblait pas de perdre son contrôle aussi vite.

– Hé ! lança Yan. Un peu de calme, princesse. Il veut seulement nous aider.

Elle se leva soudain.

– Qu'attends-tu de moi ? Que je prenne ça calmement ? Que je l'annonce à Mon Mothma ?

– Ah, non, pas encore ça, marmonna Yan.

Leia posa les mains sur ses hanches. Ou bien elle aimait cet homme, ou bien elle allait le tuer sur place.

– Pas encore ça ? murmura Luke.

– Ecoute, fit Yan. Personne ne va révéler ton secret. Même pas Luke. N'est-ce pas, Luke ?

Il haussa les épaules.

– Nous nous sommes mis d'accord. Pour un temps, au moins, nul autre que nous ne doit connaître les rapports que tu as avec *qui que ce soit.*

Il tendit la main et Leia la prit. De façon inattendue, Yan s'avança et fit le même geste, scellant le triangle. Leia entendit un grondement derrière elle. La main velue de Chewie se posa sur son épaule. Il continuait à s'agiter en criant.

– Qu'est-ce qu'il raconte ? demanda-t-elle.

Le Wookie venait de poser son autre main sur la tête de Yan.

– Que nous sommes sa Famille d' Honneur. (Yan fit une tentative pour échapper à Chewie.) C'est la cellule de base de la société des Wookies. Une preuve ultime de loyauté, Leia.

Pas de petit nom, pas de taquinerie. Il avait dit *Leia*, tout simplement.

C'était son ultime preuve de loyauté à lui.

– Très bien, dit-elle calmement. Nous avons du travail. Nous devons tirer profit de chaque minute jusqu'à l'heure du rendez-vous de Luke, ou jusqu'à ce qu'on nous appelle pour une autre session.

Chewbacca grommela. Luke retira sa main et se dirigea vers le dispositif de communications.

– Bien, dit Yan en se dégageant enfin de son copilote. Chewie va s'occuper des réparations du *Faucon*. On a déjà repéré l'Aire Douze sur le spatioport. Elle est libre.

Luke pianotait déjà sur la console.

– Voilà nos dernières données. D2, vérifie. Compare avec ce que nous avons appris sur le drone d'attaque.

D2 gazouilla, heureux et excité.

– Hé, Junior, garde les yeux bien ouverts! lança Yan.

– Et prudence! ajouta C-3PO.

Une navette de l'Alliance attendait Luke sur le toit. D2 s'installa dans le compartiment arrière. L'instant d'après, la ville défilait sous eux, perchée en cercles concentriques sur son incroyable rocher blanc.

Luke craignait que son état de tension nerveuse n'ait mis Leia à bout, mais il n'avait pas osé lui dire quoi que ce fût, pas plus qu'à Yan. Lui seul savait quelle était la souffrance des humains sous technition, et le danger qu'ils couraient si Bakura venait à tomber. Si ce premier monde tombait aux mains des Ssi-ruuk, avec sa population et l'ensemble de ses ressources, les non-humains, à partir de là, pourraient conquérir un autre monde, puis d'autres encore, récupérant à chaque fois un peu plus de vies pour équiper leurs droïds de combat. Cette réaction en chaîne pourrait très vite gagner les mondes du Noyau.

Les Ssi-ruuk avaient peut-être l'intention d' annihiler toute l'humanité – ou de maintenir quelques mondes sous élevage. Luke n'aurait pas été surpris d'apprendre qu'ils disposaient d'autres formes de droïds qui fonctionnaient également sous énergie humaine. De même que Thanas et Nereus, il ne pouvait être certain d'affronter l'ensemble de la flotte ssi-ruuvi.

Et dans une telle situation de crise, se dit-il, il ne pouvait se laisser distraire par le sénateur Gaeriel Captison.

Pourtant, il éprouvait encore en esprit les réactions qu'elle avait eues en devinant qu'il la sondait. Et cette soudaine bascule. Jamais encore il n'avait senti un changement d'une telle violence, de l'attrait à la répulsion. Il devait absolument lui parler. Si elle s'opposait aux Jedi avec une telle véhémence, elle pouvait mettre en péril les quelques chances qu'avait Leia d'entamer des pourparlers de conciliation. Mieux valait risquer son opposition absolue que l'ignorer. Du moins dans un premier temps.

Avant même qu'il se sente prêt, la navette se posa à la lisière de la garnison impériale, surface sombre et artificielle. Le pilote de l'Alliance, particulièrement nerveux, aida Luke à débarquer D2 avant de s'éloigner vers le nord du spatioport.

Luke observa les alentours. Au-delà d'une clôture électrique crépitante, des commandos patrouillaient sur des passerelles entre d'énormes tours de surveillance. Un champ de force étincelant bloquait l'espace entre les deux tours du corps de garde. Des patrouilles de droïds convergeaient droit sur lui depuis plusieurs directions.

C'était ça, l'Empire. Il s'avança d'un pas décidé vers l'entrée principale.

– Allez, D2, viens.

Deux marines en casque noir se portèrent à leur rencontre. Le champ de force s'effaça.

– Commandant Skywalker ? demanda l'un des hommes, la main sur son blaster.

Je viens en paix. Luke croisa les mains sur sa poitrine.

– Je viens pour parler avec le commandant Thanas.

– Et le droïd ?

– C'est un simple dépositaire d'informations.

Le marine eut un rire bref.

– Un espion, quoi.

– Je vais sans doute livrer plus d'informations au commandant Thanas que je n'en recevrai de sa part.

– Attendez ici.

Le marine disparut à l'intérieur du corps de garde.

Luke observa l'intérieur du périmètre. Un bipode AT-ST passa. Tête géante de métal gris portée par deux pattes aussi épaisses que des piliers. La garnison impériale se déployait sans doute sur une superficie « standard », mais Luke n'en avait jamais vu d'aussi colossale. Elle devait compter au moins huit étages. Des tourelles de turbolasers brillaient à chaque niveau et il repéra deux rampes de lancement déployées vers le ciel. Il se demanda combien de chasseurs Tie pouvaient être stockés dans les hangars. Jamais il ne se serait attaqué à un pareil dispositif avec un escadron d'ailes X. Seul, il se sentait un peu plus en sécurité. Du moins, il l'espérait.

Le marine revint avec un Possesseur de neutralisation et un disque répulseur muni de tendeurs jumeaux.

– Nous allons mettre le droïd sous le disque et le fermer. Vous pouvez conserver votre Possesseur personnel, mais toute réactivation non autorisée sera considérée comme un acte d'hostilité.

D2 émit un bip angoissé.

– Mais non, tout ira bien, dit Luke.

Il laissa le marine désactiver le convertisseur principal de D2. Quand le droïd enfin silencieux fut bouclé dans le disque répulseur, il vérifia les attaches afin de s'assurer que son camarade métallique ne pouvait pas tomber. Puis, il toucha son propre Possesseur, accroché près de son sabrolaser, ce qui lui rappela une fois encore le mauvais rêve qu'il avait eu sur Endor.

Mais, de toute façon, il n'avait jamais aimé les verrous de neutralisation. Le gouverneur Nereus en avait sans doute également, ce qui pouvait lui permettre de commander D2 et C-3PO en dépit de leur programmation prioritaire.

– Suivez-moi, dit le marine en les précédant vers un esquif.

Luke choisit le siège du milieu et amarra le câble du disque de D2 à son côté. Ils décollèrent. Le terrain de la garnison, qui lui avait semblé si sombre, se révélait être un simple permabéton gris. *Ça, c'est bien la bureaucratie impériale : masquer tout ce qui peut sembler naturel.*

La navette passa entre deux poternes blindées qui séparaient deux tours monstrueuses avant de pénétrer dans un hangar où régnait l'odeur familière des moteurs et des carburants.

L'esquif se posa enfin sur un ponton d'entretien encombré de speeders et de techniciens, et Luke sentit les courants de curiosité affluer vers lui. *Désolé, je ne suis pas un prisonnier. Pas encore.* Il désangla D2 et sentit la curiosité se muer en hostilité. Il leva alors un doigt et projeta une vrille de Force : quelque chose tomba du ponton. Les techniciens se retournèrent tous vers la source du bruit, et Luke s'éloigna, suivant le marine qui traînait D2 dans son disque répulseur. Ils suivirent un couloir étroit aux parois nues. Le plafond se fit encore plus bas comme ils avançaient. Ils entrèrent enfin dans un turbolift et Luke sentit son estomac remonter dans sa gorge l'espace d'une seconde.

Ils sortirent dans un nouveau couloir. Tout était gris et il n'eut aucun mal, après un instant, à remarquer les contrastes. Un officier en noir qui passait d'une porte à l'autre. Des commandos en armure blanche. Luke ne ralentit pas le pas, tout en balayant l'espace environnant à 360 degrés, la main à portée de la poignée de son sabrolaser.

Ils approchaient d'un espace de réception circulaire et il repéra aussitôt l'homme qui venait vers eux du couloir opposé. Il se tenait très droit et s'avançait d'un pas mesuré. Ses traits étaient minces, ses cheveux bouclés.

– Commandant Thanas, dit Luke.

– Commandant Skywalker.

Thanas avait des yeux pénétrants au-dessus de son nez aquilin.

– Veuillez me suivre.

A l'instant où il se détournait, agile et sûr de lui, Luke eut la confirmation que les yeux de l'Empire les observaient de toutes parts. Il évalua le nombre des armes visibles dans le couloir tout en suivant Thanas avec le disque répulseur de D2.

Thanas entra dans un bureau à l'aspect dépouillé, et dont le revêtement de sol évoquait un épais tapis de mousse. Ici, il n'était nullement question de confort ou de plaisir, mais uniquement de travail. Sur les parois grises, il n'y avait même pas de notes, comme si Thanas n'avait pas de passé à gérer. Et, sur la table rectangulaire, il n'y avait qu'une unique console.

– Prenez place, dit Thanas en désignant une chaise à répulseur. Vous désirez boire quelque chose ? La liqueur de ce pays est étonnamment délicieuse.

Luke eut une brève hésitation. Même si la liqueur n'était pas droguée, elle pouvait être suffisamment forte pour lui obscurcir les idées.

– Non, merci.

Thanas s'assit sans se servir lui-même. Il croisa les mains.

– Je vous avoue, Skywalker, que je ne m'attendais pas à ce que vous veniez. J'étais certain que vous demanderiez à me rencontrer ailleurs.

Luke haussa les épaules.

– Votre proposition m'a semblé plus pratique.

Il sonda Thanas. Il était vigilant, avec une trace d'admiration, suspicieux mais sans arrière-pensée : fiable pour l'instant, avec une certaine bonté sous-jacente.

– C'est exact.

Thanas se pencha sur un pupitre. Une antenne se déploya au-dessus de la table. Un globe bleu-vert apparut.

– Voulez-vous observer cette bataille que vous avez interrompue avec tant de bravoure ?

– Ce serait parfait. (Luke désigna D2 avec son Possesseur.) Puis-je ?...

– Mais certainement.

Il réactiva le petit droïd. Le dôme de D2 ne tourna qu'une fois avant de s'immobiliser, son photorécepteur bleu orienté vers l'hologramme de Thanas.

La bataille avait commencé par un assaut de front des lignes ssi-ruuvi. C'était, comme Luke l'avait interprété, une ultime offensive contre un adversaire affaibli, qui précédait l'invasion planétaire. Les Rebelles étaient intervenus juste à temps.

Les points bleus se regroupaient pour contre-attaquer, et il demanda :

– Puis-je revoir cela ?

Thanas, avec un haussement d'épaules, revint en arrière de quelques secondes.

– Est-ce une manœuvre standard ?

Thanas joignit les doigts.

– Pardonnez-moi, mais je ne puis vous répondre.

Luke acquiesça et, mentalement, classa cette information comme ultra-secrète.

– Dites-moi, fit Thanas, mes scanners auraient-ils fait erreur ou bien vos pilotes ont-ils fait intervenir un cargo dans cette bataille ?

Un sourire effleura les lèvres de Luke. Ce que Thanas ignorait à propos du *Faucon*, il n'avait pas l'intention de le lui révéler.

– N'oubliez pas qu'une bonne partie du soutien de l'Alliance se situe à la lisière de la légalité.

– Des contrebandiers ?

Luke haussa les épaules.

– Un cargo probablement modifié bien au-delà des normes légales.

– Le matériel impérial volé se revend à prix d'or.

– C'est seulement après avoir posé la question que j'ai compris pourquoi votre vaisseau-amiral avait un dispositif holonet.

Ils en avaient fini avec ce sujet, et Luke demanda :

– Etes-vous conscient de l'enjeu ? (Il rapporta à Thanas ses conclusions personnelles sur les intentions des Ssi-ruuk.) Pourquoi l'Empereur les a-t-il contactés ?

– Si je le savais, je n'aurais pas le droit de vous le dire.

– Mais vous l'ignorez.

Thanas lui retourna son regard sans répondre. Si la trêve se faisait, elle serait bien fragile.

– Nous devons discuter de la situation tactique en cours, proposa Luke. Selon mes données, nous disposons entre nous de deux croiseurs, sept avisos moyens, et environ une quarantaine de chasseurs, les deux tiers étant déployés dans le réseau de défense, le dernier tiers se trouvant au sol pour avaries. Vos estimations concordent-elles ?

Thanas ne put réprimer un vague sourire amusé.

– Excellentes données. Il faut aussi y inclure ce cargo plutôt irrégulier.

– Oui, également. (Luke se pencha sur son siège à répulseur.) Avez-vous été en mesure de déterminer les forces des Ssi-ruuk ?

Thanas acquiesça brièvement.

– A l'intérieur du système, ils disposent de trois croiseurs. Deux unités moyennes se tiennent en retrait jusque-là, à proximité de l'orbite de la Planète Quatre. Nous pensons qu'il s'agit de vaisseaux d'assaut planétaires. Il y a encore quinze gros transporteurs au-delà du réseau dispositif de défense. Plus je ne sais combien de ces mini-chasseurs. Nous ne savons même pas à partir de quel croiseur ils sont largués. Peut-être de tous.

Ainsi exposée, la situation semblait mauvaise.

– D'où tenez-vous ces informations ? demanda Luke, tout en s'interrogeant sur le fait que Thanas pût lui révéler quoi que ce soit sur les services de renseignements intrasystème.

Thanas haussa un sourcil.

– De sources standard. Et vous ?...

– De ce que j'ai pu voir.

Leur entretien se poursuivit ainsi, ponctué d'impasses, mais, lorsque Luke se leva enfin, deux heures plus tard, il avait une vue plus précise de la situation tactique et des vecteurs défensifs, plus quelques idées qu'il avait stockées dans son esprit ainsi que dans les banques de mémoire de D2.

– Commandant Skywalker, demanda alors Thanas d'une voix très douce, je me posais la question : me feriez-vous la faveur d'une démonstration de votre sabrolaser. J'en ai beaucoup entendu parler.

– Je ne pense pas, fit Luke, poliment. Je ne voudrais pas alarmer vos soldats.

– Mais ils ne seront pas alarmés. (Thanas effleura une touche. La porte coulissa et deux commandos en armure blanche s'avancèrent.) J'aimerais garder votre astromécano. Vous autres : emparez-vous de lui.

– Moi, je préfère conserver D2 avec moi.

Luke ne pensait pas que Thanas parlait sérieusement, mais il dégaina son sabre et l'activa d'un seul geste.

Thanas savait parler, certes, mais il pensait toujours comme un Impérial. Il voulait une démonstration ? Il allait l'avoir.

Les deux commandos ouvrirent le feu avec quelques millisecondes de décalage. Luke pivota et balaya les tirs qui se dispersèrent en flammèches sur les parois grises.

– Cessez le feu, dit Thanas en levant la main. Retirez-vous.

– Je ne comprends pas, dit Luke, gardant son sabre activé au poing. Vous auriez pu perdre deux de vos hommes.

Thanas avait les yeux fixés sur la lame verte ardente et bourdonnante.

– Je n'ai pas pensé une seconde que vous les tueriez. Si tel avait été le cas, j'aurais dû vous faire prisonnier. Je me demande si vous seriez prêt à vous frayer un chemin à travers toute la garnison.

Luke se concentra sur le point focal de la Force avant de répondre.

– Si j'avais à le faire, oui.

Il perçut l'amusement de son aîné. Thanas était sans doute hostile plus par habitude professionnelle que par réelle fidélité à l'Empire, mais il ne pouvait encore lui faire confiance. Il désactiva son sabre et déclara :

– Commandant, je dois aller m'assurer des dommages causés à mes unités.

Thanas hocha la tête

– Certes, vous pouvez partir, commandant. Avec votre droïd.

Luke planta les pouces dans son ceinturon d'outillage.

– Ma navette est retournée au complexe bakuran. J'apprécierais qu'on me reconduise jusqu'à l'Aire Douze, au spatioport.

Thanas n'eut qu'une brève hésitation avant de retrouver le sourire.

– Mais oui.

Après tout, s'il avait l'intention d'interdire à Luke et aux siens de quitter Bakura, les occasions ne lui manqueraient pas.

Un sous-officier accompagna Luke jusqu'à un petit

engin à répulseur. Il retrouva ses soucis. Oui, la journée serait vraiment très longue. Il dressa mentalement une liste des urgences : avant tout, contacter Leia pour lui dire qu'il avait quitté la garnison sans accroc, ensuite s'assurer de l'état réel du *Faucon*, vérifier que tous les chasseurs avaient été réparés et ravitaillés et que les pilotes se reposaient...

Brutalement, il prit conscience qu'il n'avait pas pensé à cette fascinante jeune femme qui siégeait au Sénat depuis plus de deux heures. Son image lui était revenue soudain, ainsi que le souvenir de la façon dont elle avait réagi à la Force. Difficile d'oublier en l'absence d'Impériaux. Ce n'était ni le lieu ni le moment de se laisser distraire par des affaires d'ordre personnel.

Pourtant, la première Etoile Noire ne s'était pas présentée comme l'endroit idéal pour nouer une idylle, et l'amour désespéré qu'il avait voué à Leia avait déclenché tant de choses...

Si seulement Gaeriel Captison avait besoin d'être secourue...

Peu après que la navette de Skywalker eut décollé de la garnison, Pter Thanas cessa de tapoter nerveusement son canif en nacre d'Alzoc sur son bureau. Il avait suivi à la trace le cargo illégal jusqu'à l'Aire Douze du spatioport civil. Les informations recueillies étaient exactes, mais pas essentielles.

Il ouvrit son canif et le posa sur son index. Jamais il n'aurait avoué au jeune Skywalker à quel point il avait souhaité voir un sabrolaser en action. Lorsque Vador et l'Empereur avaient effacé les Jedi, il avait abandonné tout espoir. Cette façon qu'avaient les sabrolasers de dévier les tirs de laser était fascinante. Au combat, leur efficacité devait être limitée, mais leur seule apparition avait un effet tétanisant.

Et ce jeune rebelle qui maniait le sabre était lui aussi impressionnant. Il comprenait maintenant pourquoi l'Empire offrait une récompense fabuleuse pour sa capture.

Thanas imaginait aisément ce qu'il pourrait faire d'une telle somme. S'il se trouvait coincé ici, sur Bakura, c'était parce qu'il avait refusé d'anéantir un village de mineurs esclaves talz sur Alzoc III.

Il n'avait pas voulu jouer au héros. Simplement augmenter l'allocation alimentaire de ses mineurs. La plupart des êtres travaillaient mieux s'ils étaient mieux nourris, et les hangars à provisions étaient pleins. Sans le lui faire savoir, les Talz à fourrure et à quatre yeux avaient reconnu en lui leur bienfaiteur. Un jour qu'il visitait les mines, il avait fait un pas de trop vers un puits. Trois Talz avaient bondi, lui sauvant la vie.

Six mois standard plus tard, un colonel dont la cupidité l'emportait sur le sens commun avait à nouveau réduit les portions. Le contremaître des Talz lui avait adressé une lettre de protestation en termes mesurés. Et le colonel avait ordonné la destruction totale du village à titre d'exemple. Thanas avait refusé d'exécuter cet ordre. Le colonel avait lancé lui-même ses commandos et convoqué Thanas à bord de son vaisseau de commandement pour une « nouvelle affectation ».

Thanas eut un sourire amer. On lui avait dit qu'il avait eu de la chance – s'il avait fait une chose pareille en présence du Seigneur Vador, il serait mort par strangulation. Mais il s'était retrouvé sur Bakura, un monde isolé, avec une solde réduite et bien peu d'espoir de regagner les mondes du Noyau.

Il repensa à sa retraite anticipée tout en caressant le manche iridescent de son canif. Il pourrait peut-être se remarier et vivre paisiblement sur un monde non aligné, quelque part. La récompense pour la capture de Skywalker était tentante, mais si quiconque sur Bakura la réclamait, ce serait inévitablement le gouverneur Wilek Nereus.

L'air sombre, il replia son canif et le glissa dans sa poche. Pas question de retraite anticipée pour lui. Il n'avait pas su repousser les envahisseurs étrangers sans renfort. Et ce renfort était venu de l'Alliance Rebelle. Jamais il ne quitterait Bakura vivant.

Leia enregistra le message de Luke et passa au dossier suivant. Une mémoire photographique lui aurait été très utile. Il lui faudrait des semaines avant d'intégrer toutes ces données à l'état brut. Grâce à D2, elle avait déjà appris que Bakura disposait d'une technologie au niveau informatique, de fabriques de bobines de répulseurs destinées à l'exportation (ce qui s'expliquait par les riches gisements miniers des montagnes situées au nord de Salis D'aar), d'arbres namana, une essence tropicale qui apportait à la planète des profits substantiels. Autre information, plus récente : les descendants du premier capitaine de la Société Bakur avaient toujours été nommés à des postes clés dans le gouvernement. Et aussi : c'était le Sénat, et non le bas peuple, qui élisait les sénateurs destinés à remplacer ceux qui mouraient ou donnaient leur démission.

C'était en fait un organe de soutien pour le gouverneur impérial, Wilek Nereus. Elle avait bien envie d'interroger discrètement quelques citoyens pour déterminer à quel degré les Rebelles pouvaient compter sur un sentiment anti-impérial.

Elle réprima un bâillement, s'étira et bascula son fauteuil. Elle aperçut alors les pieds de Yan derrière la porte entrouverte de sa chambre. Leur appartement comportait quatre chambres privées, deux avec de véritables fenêtres, et deux autres avec des fresques d'animation. Si Yan s'était endormi par terre en analysant les données de D2, peu lui importait.

Elle sentit monter sa tension. Quelle insolence! Insinuer qu'elle essayait de séduire un ex-Alderaanien passé à l'Empire. Un renégat.

Chewbacca semblait avoir disparu. D2 était sans doute resté là où elle l'avait planté, branché sur le centre de communications principal, près de l'entrée. Quant à Luke...

Quand il était parti, elle s'était calmée. Elle ne devait pas exploser ainsi à la seule idée que Vador était son père. Yan lui-même n'avait pas émis le moindre commentaire insidieux quand elle avait dû ravaler son humiliation sur Endor et lui révéler la vérité à propos de Vador. Il n'avait pas dit un mot, il s'était contenté de la serrer dans ses bras. Après tout ce que Vador lui avait fait – après qu'il eut envoyé la pire racaille de la galaxie à sa poursuite, après s'être servi de lui comme cobaye pour tester une unité de congélation carbonique, après avoir grillé son vaisseau favori sous les coups de laser d'un chasseur Tie –, il était évident que Yan ne pouvait en vouloir à Leia ou Luke. Pour autant qu'elle évite de faire allusion à quoi que ce fût qui pouvait lui rappeler Dark Vador ou la Force.

Un vrai bonheur, dans une pareille expédition. *Maîtrise-toi,* se dit-elle.

– Maîtresse Leia ?

C'était la voix de C-3PO.

Elle s'avança vers la porte de la chambre.

– Oui. De quoi s'agit-il ?

– Un message pour vous. Le Premier ministre Captison.

– Passe-le-moi sur le terminal de la chambre.

Elle se dirigea vers le central Tri-D. Il lui suffit d'esquisser un geste pour que la porte s'ouvre. Elle n'avait jamais vécu dans un monde avec autant de mini-répulseurs.

Elle s'assit. Elle aurait reconnu le Premier ministre sans même l'annonce de C-3PO.

– J'espère que votre Sénat s'est prononcé en notre faveur, dit-elle après s'être respectueusement inclinée.

Il eut ce même sourire triste et autoritaire qu'elle avait toujours lu sur le visage de Bail Organa.

– Rien n'est encore déterminé. J'espère que vous êtes bien logés, vous et les vôtres ?

– Je suis ravie de pouvoir parler si ouvertement à votre peuple, mais nous allons avoir quelque mal à convaincre les militaires de l'Empire que nous ne sommes ici que pour accomplir une mission avant de regagner nos bases.

– Votre Altesse... (Il y avait une infime note de réprobation dans le ton du Premier ministre.) Vous n'êtes pas exactement là pour cette raison, n'est-ce pas ? (Il leva la main.) Non, écoutez-moi. Notre peuple a besoin d'une distraction. Depuis plus d'une semaine, il ne pense qu'aux Ssi-ruuk.

– Je comprends. Mais que puis-je pour vous, monsieur le Premier ministre ?

– Vous et votre suite pourriez me rejoindre à mon domicile ce soir. Le dîner est prévu à sept heures.

Elle se dit qu'elle avait tellement sommeil, tellement envie de poser la tête sur un oreiller, mais...

– Ce sera avec grand plaisir. (Mais oui, cela pourrait être un moment de distraction merveilleux, une vraie découverte.) Au nom du général Solo et du commandant Skywalker, j'accepte.

Mais Chewie ? se demanda-t-elle soudain. Il ne serait pas à sa place. Pas si l'on considérait l'attitude des Bakurans vis-à-vis des non-humains. Bon, elle essaierait de le lui faire comprendre. Après tout, il pouvait quand même dormir de temps en temps...

– Je vous remercie.

– Je vous enverrai une escorte vers six heures trente, et...oh... j'ai également convié le gouverneur Nereus. Ce sera une chance pour vous de communiquer en dehors des entretiens officiels.

Une chose était certaine : ça la tiendrait éveillée.

– C'est une attention que j'apprécie, monsieur le Premier ministre, et je vous en remercie.

Une occasion parfaite, songea-t-elle. Il était grand temps de demander aux Impériaux ce qu'ils pensaient des intentions de l'Empereur Palpatine et de ce qui avait pu l'inciter à demander aux Ssi-ruuk de pénétrer à l'intérieur de la galaxie.

Elle espérait que Luke reviendrait à temps du spatioport pour s'habiller.

En vérité, elle n'espérait qu'une chose : qu'il revienne.

9

Une heure s'était écoulée quand ils eurent fini de nettoyer les détritus nauséabonds des évacuations des cuisines. Dev se dit qu'il devait faire son rapport à Sh'tk'ith – Ecaille Bleue – avant de prendre son bain de milieu de service. Il ne désirait pas vraiment une séance de renouvellement, mais si jamais le vieux Ssi-ruu pensait que Dev l'évitait, il se mettrait à fureter un peu plus. Il était incroyablement sensible aux changements d'odeur de Dev. Et puis, il avait un certain talent pour le contrôle hypnotique, même s'il était aussi aveugle devant la Force que tous les autres. Dev devait être capable de lui résister : après tout, la simple hypnose était très proche de la Force. Mais il ne la maîtrisait pas encore suffisamment bien, et personne ne pouvait lui donner des cours.

Il avait décelé la présence d'un être semblable à lui. Et s'il y avait *réellement* un Jedi quelque part dans l'espace ? Pour les Ssi-ruuk, ce serait d'un intérêt vital, mais Dev ne voulait pas qu'Ecaille Bleue soit au courant. Pas encore.

D'un autre côté, ça pouvait ne pas être aussi grave qu'il le craignait. Ils se lanceraient à la recherche de celui qui lui ressemblait, et Dev aurait ainsi un ami humain...

Non, l'Etranger était plus puissant dans l'art de la Force – un concept que sa mère lui avait enseigné bien avant ce jour fatal de l'invasion. Dev perdrait l'attention de ses maîtres. Pourtant, il aurait droit à la technition, à terme. Il remontait la large coursive d'un pas léger, croisant au passage des Ssi-ruuk venus de toutes les directions.

Ils se hâtaient et leurs énormes têtes ballottaient au rythme de leurs pas. Quelques-uns portaient des rayonneurs, au cas où certains P'w'ecks se retourneraient contre leurs maîtres sous le stress de la bataille.

Il était également possible – il ralentit le pas – qu'ils veuillent techniser l'Etranger. Sur le siège de technition, les humains hurlaient. Un être dont la Force était aussi grande pouvait très bien tuer Dev dans sa souffrance.

Mais non, mais non : seul le corps souffrait.

Mais s'il s'agissait d'un Jedi parfaitement formé ?

Dev s'engouffra dans un turbolift et monta vers la station de travail d'Ecaille Bleue, sur le pont des droïds de bataille. Mais il ne s'y trouvait pas. Plusieurs petits P'w'ecks bruns étaient penchés sur les pyramides surmontées d'antennes qui recouvraient le faisceau tracteur. Ils étaient encore jeunes, avaient la queue courte, et travaillaient avec des gestes saccadés. Dès qu'ils auraient terminé leurs réparations, les droïds seraient prêts pour la nouvelle séance de technition de prisonniers.

Dev les observa une minute. Chaque P'w'eck s'acquittait de sa tâche sans montrer le moindre signe de satisfaction. Ces êtres serviles et obtus ne ressemblaient que de loin à leurs maîtres musculeux. Leur peau flasque et leurs yeux au regard lourd révélaient que même les plus jeunes P'w'ecks ne se nourrissaient guère. Par comparaison, les droïds de bataille étaient étincelants.

Il grimpa jusqu'à la passerelle et expédia l'un des droïds cylindriques de sécurité à la recherche d'Ecaille Bleue. Il attendit à l'extérieur. Un réseau de protection à haute conductibilité protégeait la passerelle. Il était assez puissant pour stabiliser les champs gravifiques et repousser les flux d'énergie au cours d'un combat. Tout comme un réacteur, il pouvait supporter les surcharges, et un coup direct d'un vaisseau ennemi important suffirait à surcharger le réseau de défense et à transformer la passerelle en un piège mortel. L'amiral Ivpikkis faisait le nécessaire pour qu'aucune unité adverse ne se place à portée de feu du *Shriwirr*.

Mais le droïd, lui non plus, ne parvint pas à trouver Ecaille Bleue. Dev, de plus en plus inquiet, se rendit jusqu'à la salle de technition de Maître Firwirrung.

Il trouva Ecaille Bleue dans le couloir, en train de donner des instructions à une équipe de P'w'ecks. Il resta à une distance respectueuse et, dès que les P'w'ecks se retirèrent, il s'avança.

– Doyen, vous avez requis ma présence...

Ecaille Bleue ouvrit une écoutille.

Dès qu'il fut à l'intérieur, Dev regarda autour de lui, méfiant. Ce n'était pas un des postes de travail habituels d'Ecaille Bleue. Dans un coin, des rails à hauteur de taille et de genoux entouraient un creux d'environ un mètre carré. Une porte était ouverte. Dès qu'Ecaille Bleue la soulèverait, elle délimiterait un enclos. Ça ressemblait tout à fait à une cage pour P'w'eck. Parfois, on les soumettait à des châtiments. Jamais il n'y avait assisté et il commença à paniquer.

– Là ?

– Oui.

Ecaille Bleue se glissa jusqu'à une petite table. Incapable de réagir, Dev le suivit.

Ecaille Bleue posa quelque chose de dur sur son épaule.

– Si tu le veux, tu peux t'appuyer à la rambarde, dit-il.

Habituellement, Ecaille Bleue commençait les renouvellements en lui demandant de s'étendre confortablement sur le pont, ce qui enlevait un peu de l'aspect discipline de la chose. En partie...

– Que désirez-vous ? siffla Dev, tendu. Que puis-je pour vous plaire ?

– Me parler. (Ecaille Bleue installa son corps impressionnant et luisant à son côté.) Comment avance ton projet ?

Brusquement ravi de l'attention que lui portait l'ancien, Dev se laissa aller de tout son poids sur le rail supérieur.

– Très bien. Je travaille depuis quelque temps sur la traduction du message que nous avons transmis à Bakura, il y a quelques semaines...

– Arrête, fit Ecaille Bleue.

Il pencha sa tête massive tout contre le visage de Dev et le fixa d'un œil.

Dev répondit en souriant avec fierté.

– Tu es humain, continua Ecaille Bleue. Pense un instant à ce que cela signifie.

Dev releva une manche et contempla son bras mince, sans couleur.

– Ça signifie... être inférieur.

– En es-tu certain ?

Troublé, Dev ferma les yeux. Des recoins les plus profonds de son émotion, il extirpa quelque chose qu'il avait réprimé, dominé. Une chose haïssable et répugnante et...

Le grand lézard s'approcha encore plus près. En hurlant, Dev le frappa sur l'avant-bras.

– Plus fort, siffla Ecaille Bleue. Tu peux faire mieux que ça, chétive créature.

En grinçant des dents, Dev cogna de toutes ses forces.

– Vous avez détruit mon monde. Vous avez anéanti mes parents, et tout mon peuple. Ils ont tous disparu. Ils ont été tués, mutilés, annihilés...

Eperdu, il se mit à sangloter.

– Rien d'autre à ajouter aux raisons de ta fureur ?

Dev leva les poings devant sa poitrine. Que voulait le gros lézard ? Lui faire cracher des informations ? Il n'aurait rien, cette fois.

Il recevait son haleine fétide en pleine figure.

– Tu aimerais bien le crever, cet œil, n'est-ce pas ?

Dev le regarda. L'œil semblait devenir plus grand et l'envelopper de noir. Il l'aspirait. Il sombra dans ses profondeurs, se cramponnant désespérément au rebord fuyant de la liberté.

Il bascula.

Horrifié, il se recroquevilla sur les dalles grises et froides. Il avait trompé Ecaille Bleue. Son destin était par trop évident.

– Dev, dit le Ssi-ruu doucement, tu ne devrais jamais dire de pareilles choses.

– Je sais, dit-il, misérable.

Un trille profond et doux comme un ronronnement monta de la gorge du lézard.

– Tu nous dois tant.

Comment pouvait-il penser autrement ?

– Dev, siffla Ecaille Bleue.

Il leva la tête.

– Nous te pardonnons.

Il eut un profond soupir, s'agenouilla et s'agrippa au rail inférieur.

Ecaille Bleue levait un hypospray.

– Tiens, Dev.

Reconnaissant, soulagé, Dev présenta son épaule pour une nouvelle injection. Et sa honte se dissipa comme par magie.

– C'est délibérément que j'ai provoqué ta colère, Dev. Pour te prouver que ton émotion est juste en dessous de la surface. Il ne faut jamais montrer ta colère.

– Je ne le ferai plus. Merci. Je suis désolé.

– Qu'est-ce qui a pu te perturber à ce point cet après-midi, Dev ?

Il se souvenait vaguement d'avoir espéré ne pas le révéler, mais il ne savait plus pourquoi. Les Ssi-ruuk le protégeaient et répondaient à tous ses besoins. Ils lui donnaient du plaisir, même lorsqu'il ne le méritait pas.

– Une chose remarquable, dit-il. J'ai senti quelqu'un d'autre qui se servait de la Force. A proximité.

– Qui se servait de la Force ? répéta Ecaille Bleue.

– Quelqu'un comme moi. Ce n'est pas que je me sente seul, mais on cherche toujours son semblable. J'aimerais le trouver, mais je crois que c'était un ennemi de la flotte, puisqu'il est arrivé avec les nouveaux. Et j'en ai été triste.

– Etait-ce un mâle ?

Dev fit un effort pour lever la tête et sourire à Ecaille Bleue. Il ne savait pas ce que l'autre lui avait injecté, mais il était tellement assoupi qu'il avait du mal à se mouvoir.

– Je vais peut-être rêver de lui, murmura-t-il avant de se laisser glisser, inerte.

Gaeriel était suspendue au-dessus de son lit circulaire à répulseur. Un couvre-lit de tricot la couvrait des épaules aux genoux. Le lit flottait à quelques centimètres d'un tapis aux couleurs estompées. La demeure de Yeorg et Tiree Captison était l'une des plus belles de Bakura. A ce qu'elle avait entendu dire, du moins, mais avec l'augmentation des impôts déjà lourds de l'Empire, même le Premier ministre avait dû renoncer aux travaux d'entretien et de réparation. Le nouveau salaire de Gaeriel leur permettait de tenir. Peu lui importait la renommée de la maison : elle se préoccupait avant tout d'oncle Yeorg et de tante Tiree.

Depuis des mois, elle éprouvait le besoin de faire une sieste dans l'après-midi, mais cela n'avait guère diminué sa fatigue. Elle se réveillait toujours brutalement, glacée de peur, et le lit à répulseur ne faisait qu'intensifier le froid qu'elle éprouvait. Le Jedi Luke Skywalker lui était apparu dans un rêve agité. Il survolait son lit, porté par un champ répulseur qu'il générait par ses pouvoirs de Jedi. Avant même qu'elle parvienne à s'extirper du sommeil, sa peau s'était assombrie et ses cheveux étaient devenus bruns. Il était maintenant l'envoyé des Ssi-ruuk, Dev Sibwarra. Il avait dérivé vers le bas, s'était glissé sous le couvre-lit, et il s'était mis à aspirer sa vie...

Effrayée, elle sortit du lit et appuya sur une touche de contrôle murale. L'Orchestre Symphonique Impérial déversa une mélodie apaisante dont les notes se diffusaient dans tout l'espace de la chambre aussi bien qu'à l'intérieur de ses oreilles. C'était pour son anniversaire qu'oncle Yeorg avait fait installer ce système dans tous les murs. Chaque surface, y compris la fenêtre, était ainsi changée en haut-parleur, et des fluides circulaient lentement entre les panneaux pour amplifier et répartir harmonieusement les sons. C'était ainsi que sa chambre rectangulaire était devenue un ovale parfait régi par l'acoustique.

Néanmoins, Wilek Nereus était le seul sur Bakura à posséder les matrices des enregistrements. Toutes les informations, les reproductions littéraires ou musicales devaient transiter par son bureau. Jusque-là, elle avait considéré cela comme une espèce de mécénat. Mais le gouverneur Nereus ne faisait rien gratuitement.

Les cuivres assourdis ouvraient la mélodie. Bakura avait peut-être une autre chance de repousser l'invasion avec les renforts des Rebelles. Les pensées de Gaeriel dérivaient paresseusement : elle se souvenait de l'attrait qu'elle avait ressenti pour le Jedi Skywalker avant qu'elle sache qui il était. Si elle avait eu dix ans de moins, elle aurait probablement souhaité qu'il soit quelqu'un d'autre, qu'il séjourne plus longtemps parmi eux... Ou alors, elle pouvait retourner dans le passé pour désapprendre ce qu'elle savait.

Mais la Roue Cosmique tournait toujours dans le même sens, construisant la tension et l'équilibre, la construction puis l'équilibre.

Une sonnerie retentit. Gaeriel s'assit à l'instant où la porte coulissait lentement. Sa tante Tiree entra, élégante comme à son habitude dans sa tunique bleue décorée d'un torque d'or.

– Tu te sens mieux, Gaeriel ? Ta migraine est passée ?

Elle se sentit obligée de dire la vérité.

– Oui, merci.

– Parfait. Nous avons des invités pour le dîner, tard dans la soirée. C'est très important. Je compte sur toi pour être élégante.

– Qui y aura-t-il ?

Elle baissa le niveau sonore. Ça ne ressemblait guère à tante Tiree. D'ordinaire, elle la prévenait par l'intercom ou envoyait une domestique.

Elle se tenait aussi immobile qu'un mannequin. Tout comme oncle Yeorg, elle était au service de Bakura depuis trente ans. Son attitude altière était devenue son image de marque.

– La délégation de l'Alliance Rebelle et le gouverneur Nereus doivent s'entretenir sur terrain neutre. Il est de notre devoir de leur permettre de le faire.

– Oh...

Au diable ! Les Rebelles *plus* Nereus ? Pour la seconde fois en deux minutes, elle souhaita se retrouver dix ans en arrière. On l'aurait excusée.

– Chérie, nous comptons sur toi pour qu'ils ne se querellent pas.

Elle était venue en personne afin de s'assurer que Gaeriel comprendrait l'importance de ce dîner. Bakura avait besoin des Rebelles pour repousser les Ssi-ruuk, mais la moindre rebuffade contre Nereus pourrait provoquer de nouvelles purges au sein du Sénat.

– Je comprends.

Elle était assise sur le bord du lit, pieds nus. Depuis combien de temps n'avait-elle pas couru pieds nus dans le parc aux statues ?

– Je serai là. Et je m'habillerai pour la circonstance.

Surprise, elle vit tante Tiree venir s'asseoir à son côté.

– L'attention que te porte Nereus nous inquiète aussi, fit-elle d'un ton confidentiel. Il n'a pas fait grand-chose jusqu'à présent – du moins à ce que tu nous as dit –, mais l'occasion se présente de nous en débarrasser une fois pour toutes.

– Je suis d'accord, acquiesça Gaeriel, soulagée.

– Je te placerai à côté de la princesse Leia, à moins que quelque chose ne dérange mes plans de table.

Ce qui signifiait qu'oncle Yeorg avait d'autres idées.

– Vous devriez peut-être inviter le sénateur Belden. Un visage amical et une voix réconfortante lui rendraient peut-être la tâche plus facile.

– C'est une bonne idée, ma chérie. Je vais demander s'il est libre. Toi, commence à t'habiller.

Tante Tiree lui tapota l'épaule avant de se retirer rapidement.

Gaeriel bâilla en se rallongeant un bref instant sur son lit. Bakura avait besoin d'elle. Elle était l'enfant d'une société, commise à des devoirs envers l'Empire, Bakura et la famille Captison.

Mais pas dans cet ordre. Et puis, jamais elle n'aurait accepté une autre existence. Il était temps de se mettre au travail.

– Ils sont là, Luke.

– Je me dépêche !

Il se mit sous le jet d'eau et se frotta consciencieusement. Il s'était mêlé du réglage des moteurs et il avait eu droit à une petite douche de lubrifiant. Cette journée était interminable !

Il ne tenait pas à pleurnicher comme C-3PO, mais il avait rêvé d'un bon vieux bain dans une très ancienne baignoire. Il était né sur Tatooine, après tout, et la pluie ne serait jamais pour lui une chose évidente – pas plus qu'un plongeon dans une piscine. Malheureusement, Leia l'attendait à son retour et elle lui avait annoncé la bonne nouvelle du dîner qui les attendait.

– Je vais essayer de les retarder, promit-elle sur le comlink.

Luke se précipita pour passer sa tenue blanche avant de rejoindre Leia et Yan dans la pièce centrale. Leia était resplendissante dans sa longue robe rouge, une épaule dénudée. Yan, lui, avait revêtu un uniforme noir satiné avec des broderies d'argent de style militaire. Luke se demanda d'où il avait déniché un tel accoutrement.

C'est alors que Leia sortit sa main droite de derrière son dos. Un bracelet massif fait de longues vrilles en boucle était passé à son poignet. Ses incrustations et ses tourbillons happaient la lumière pour renvoyer des milliers de reflets.

Elle leva le bras.

– C'est le chef des Ewoks qui me l'a offert. J'ai essayé de refuser. Ils avaient si peu de métal – c'était à l'évidence un trésor pour leur tribu, et pour tous les étrangers à leur monde. Mais ils ont insisté. Tous.

Luke comprenait. Souvent, on était obligé d'accepter un présent trop ostentatoire si l'on ne voulait pas blesser l'autre dans sa générosité sincère.

Chewie, soigneusement brossé, impeccable, surgit à côté de Luke. Une femme d'âge académique qui se tenait sur le seuil de la porte principale recula brusquement.

– Oh... Mais... votre ami est également le bienvenu.

Luke glissa un regard vers Leia et Yan. S'il comprenait bien, la présence de Chewbacca au dîner avait posé quelques problèmes. A l'évidence, Yan avait gagné la bataille mais il était en train de perdre la guerre – car Leia, qui avait rejeté ses cheveux en arrière en une longue cascade qui semblait vivante, regardait tout le monde sauf Yan. Luke remarqua alors que Yan semblait avoir abandonné son holster. *Caché quelque part,* devina-t-il. *A cause de la tenue de soirée.*

– Allons-y, dit Leia. Nous sommes en retard. C-3PO, tu enregistres mes messages.

Leur escorte les conduisit jusqu'au niveau du sol et non pas vers le port du toit. Un speeder blanc à répulseur les attendait dans un garage situé près de l'autoroute radiale est. Dès qu'ils furent montés à bord, le pilote stabilisa le véhicule et décolla.

Luke leva les yeux. Ils flottaient à quelques centimètres du sol dans un léger ronronnement. Deux lumières intenses, blanc-bleu, étaient suspendues au coin de la rue. La rue elle-même apparaissait du même ton. *Mais la pierre blanche reflète toutes les couleurs,* se dit Luke. Alors qu'ils passaient entre deux tours, une file d'aérocars les croisa en sifflant. Immédiatement après, ils tournèrent à gauche dans une avenue qui s'incurvait pour suivre les cercles de la ville.

Luke gardait le cou dressé. Ici, les lumières des carrefours étaient jaunes. A l'instant où il faisait cette constatation, ils s'engagèrent dans une allée qui s'achevait par un portique précédé de colonnades qui répandaient une clarté douce. Le bâtiment de pierre qui se dressait au-delà était bien moins haut que les tours de Salis D'aar. C'était un grand manoir particulier, incongru sur ce monde où les édifices empilés jusqu'au ciel semblaient être la norme. Il se dit qu'il essaierait peut-être de s'éclipser pendant la soirée pour voir comment ces gens pouvaient occuper autant de pièces.

Un homme et une femme en combinaison militaire vert foncé ouvrirent les portes et s'écartèrent : ce n'étaient certainement pas des Impériaux, se dit Luke. Plus probablement ce qui subsistait des forces bakuranes d'avant l'Empire.

Il sortit le premier. Il se retourna et hocha la tête à l'intention de Yan. Déjà, Leia et Chewbacca débarquaient.

– Vous voilà! Bienvenue!

La voix était féminine et elle montait des colonnades du portique.

Il sentit la panique de Leia et, la main sur la poignée de son sabrolaser, il sonda les ombres de l'entrée, guettant la moindre menace.

Le Premier ministre Captison, en tunique militaire vert

sombre rebrodée d'or des épaulettes au plastron, s'inclina devant Leia.

– Mon épouse, Tiree, dit-il.

Madame Captison portait une robe longue à capuche d'un noir d'ébène incrustée de perles. A part la capuche noire, elle ne ressemblait en rien à Dark Vador.

– Tiree, reprit Captison, je te présente...

Leia s'inclinait, tout en luttant pour maîtriser sa peur. Luke s'assombrit. Elle était trop perturbée par le souvenir de Vador.

La cérémonie des présentations mettait une chose en évidence : la présence de Chewbacca le prenait au dépourvu. Leia, qui se dominait à nouveau, décocha un regard fulminatoire à Yan, mais madame Tiree Captison, l'air ravie, posa la main sur le bras velu de Chewie et annonça :

– Venez, entrons. Tout est prêt. Ou presque.

Leia, ignorant délibérément Yan, accepta le bras du Premier ministre. Luke sentit l'irritation de Yan.

– Du calme, murmura-t-il en emboîtant le pas à Leia. Fais-nous une démonstration de ton charme.

Yan leva la tête.

– Oui, c'est ça. Du charme.

De part et d'autre du couloir, à l'intérieur de la demeure, on retrouvait ces mêmes colonnades luisantes d'eau de pluie qu'ils avaient découvertes dans la salle du Sénat. Mais, ici, elles étaient plus élancées et, derrière elles, des vignes aux fleurs colorées couvraient des murailles de pierre blanche irrégulières.

Leia s'arrêta pour effleurer de la main une colonnade et sourit au Premier ministre.

– Je n'ai jamais vu de maison aussi belle depuis que j'ai quitté Alderaan.

– Elle a été construite par le capitaine Arden, le fondateur de la ville. Mais attendez de voir la table que mon grand-père a rajoutée.

Il haussa un sourcil blanc.

Luke maintenait Yan à l'arrière, à quelques pas de distance.

– Ça n'est que de la politique, tu sais.

– Oui, je sais. Mais je n'aime pas ça. Je préfèrerais une bonne bagarre honnête.

Ils rejoignirent Leia à l'entrée du hall de réception entourée d'arbres aux feuillages languides. D'autres murs blancs couverts de vignes tissaient des trames de fleurs entre les troncs. Au centre, Luke repéra une table plus ou moins triangulaire, dont chacun des angles avait été émoussé afin d'accueillir des hôtes supplémentaires.

Puis il baissa les yeux. Et découvrit les rides d'une eau bleu-vert sous le sol transparent. Des projecteurs révélaient les ombres de poissons et, parfois, d'une créature serpentiforme.

Au centre de la table, une montagne miniature gravée dans un minéral translucide était éclairée de l'intérieur tout comme les colonnades de pluie. De minuscules torrents bleus couraient dans les infimes ravines.

Mû par sa vieille habitude, Luke sonda la pièce. Et, à mi-distance de la table, il ressentit...

Elle était là. Ou alors, il y avait deux femmes sur ce monde qui pouvaient l'électriser sans même qu'il rencontre son regard. Elle avait déjà pris place à table, tournant le dos à la porte.

– Splendide, murmura Leia.

Madame Captison tourna la tête.

– Merci, ma chère.

Elle s'avança dans la salle et, dans un grand tourbillon, présenta sa cape à un serviteur. A l'instant où elle posait le pied sur le sol transparent, des arbres levèrent leurs branches en un étrange salut végétal. Luke se demanda s'il suffisait d'un simple mouvement ou d'un geste particulier, s'ils étaient réellement flexibles. Ou encore s'ils appartenaient à une forme de vie animale primitive ou artificielle.

Il s'avança, irrésistiblement attiré. Des domestiques se dispersaient. Ils avaient dû s'occuper en hâte de trouver une place pour Chewbacca. Il se dit qu'il n'avait pas encore aperçu un seul droïd sur ce monde. Captison conduisait Leia vers un siège voisin du sien. Tout près, Luke remarqua un homme âgé qui portait une boîte vocale sur la poitrine : le sénateur Belden.

– Vous allez vous placer juste à côté de lui, mon cher, dit madame Captison à Chewbacca.

Luke ne put retenir un sourire. *Mon cher* n'était pas à priori un terme que l'on appliquait à un Wookie. Chewbacca pencha la tête avec un gloussement discret. En fait, on lui avait accordé presque tout un côté de la table. Pas question de sièges à répulseur en un tel lieu : le décor était ancien et strict.

– Vous avez fait du bon travail, hier, dit le vieux sénateur à Luke. Je profite de cette occasion pour vous remercier. Vous savez, quand vous êtes intervenus, nous étions prêts à nous réfugier dans les collines.

Yan avait pris place à côté de Leia au deuxième angle de la table. Ce qui ne laissait à Luke que le dernier siège, immédiatement à gauche de cette personne qui irradiait la Force. Il s'assit lentement, se maîtrisa, et tourna la tête.

Gaeriel Captison se tenait aussi roide et distante que possible. Elle avait jeté sur sa robe d'un vert profond un châle doré étincelant qui couvrait ses frêles épaules.

– Notre nièce, Gaeriel, commandant, dit le Premier ministre. Je ne suis pas certain qu'elle vous ait été présentée au Sénat. Nous étions tous tellement pressés.

– Mais tout va bien, oncle Yeorg, fit-elle. (Et avant que Luke ait pu ouvrir la bouche, elle se tourna vers Chewbacca.) Si vous préférez être avec les vôtres, nous pouvons changer de place.

Luke suggéra à Chewbacca sur le mode subliminal qu'il préférait qu'il reste où il était. Chewie renifla.

– Il dit qu'il se trouve très bien où il est, traduisit Yan. Faites attention, madame Captison : les amis que se font les Wookies sont pour la vie.

– Mais j'en suis très honorée.

Dès que les conversations coururent autour de la table, il se tourna vers Gaeriel Captison. Surpris, il découvrit en l'observant de près, qu'elle avait des yeux vairons : l'un vert, l'autre gris.

– Vous allez bien, commandant Skywalker ?

– La journée a été bien longue, répondit-il d'un ton paisible, atténuant la Force pour échapper à la séduction de sa présence.

L'arrivée d'un nouvel invité lui évita d'en dire plus. Flanqué de deux soldats en uniforme noir, le gouverneur Nereus s'installa au troisième angle de la table, et ses hommes d'escorte se placèrent derrière lui en position de combat.

Tout cela était terriblement chic et distingué. Et une odeur délicieuse flottait dans la pièce. Luke sentit son estomac gronder et redevint plus que jamais un gamin de la campagne.

Magnifique, se dit-il. *Parfait pour me rendre ridicule devant ces gens. Et mettre Leia dans l'embarras.* Il regrettait d'avoir refusé ses leçons de diplomatie, alors que tous les invités rassemblés autour de cette table semblaient parfaitement au courant de l'étiquette. Car il y avait une trêve en jeu.

Le gouverneur Nereus coula un regard onctueux sur la tablée.

– Bonsoir, Captison. Votre Altesse. Général. Commandant. Oh... bonsoir, Gaeriel !

Mais le potage arrivait en premier service, et Gaeriel ne fut pas obligée de répondre. Et quand Luke put s'adresser à nouveau à Gaeriel, le sénateur Belden était en grande conversation avec madame Captison, Leia et le Premier ministre. Nereus se pencha vers un de ses deux gardes qui lui chuchota quelques paroles à l'oreille. Quant à Yan, il ne quittait pas Leia des yeux.

Donc, seule Gaeriel Captison était disponible. Luke prit son souffle – rien à gagner, rien à perdre.

– Il semble que vous ayez de solides préjugés à l'encontre des Jedi.

Elle cligna des paupières sur ses yeux étranges. Des plis assombrirent son front.

– Voyez-vous, enchaîna rapidement Luke, ce matin, dans la chambre du Sénat, j'ai fait un effort maximum pour deviner qui était prêt à travailler avec l'Alliance. Je ne le nie pas.

– Commandant, j'ai été formée dans le corps diplomatique de l'Empire. (Gaeriel effleura ses lèvres de sa serviette en jetant un bref regard à Belden.) Il est très possible que certains autres sympathisent avec la Rébellion. Ou qu'ils se laissent dévoyer.

Il se dit qu'il devait absolument avoir un entretien avec le sénateur Belden.

– Nous voulons vous aider à vous protéger contre les Ssi-ruuk, dit-il discrètement. Ce matin, j'ai passé deux heures à la garnison à discuter de stratégie avec le commandant Thanas. Temporairement, il accepte notre présence. Et vous, vous ne le pouvez pas ? Pour la sauvegarde de votre peuple ?

– Nous sommes reconnaissants envers l'Alliance pour son assistance.

Décidé à poursuivre l'approche directe, il posa sa cuiller.

– Sénateur Captison, vous pensez peut-être que je peux lire dans votre esprit. Mais je ne peux que déceler vos émotions, et encore seulement lorsque j'essaie de le faire. La plupart du temps, je me comporte normalement, tout comme vous.

– Ce n'est pas vraiment le problème... (Il la sentit s'apaiser, quelque part au fond d'elle. Elle porta la main à un pendentif émaillé retenu par une chaînette d'or.) J'ai... quelques difficultés d'ordre religieux avec les gens tels que vous.

Il eut l'impression de recevoir un coup violent au creux de l'estomac. Ben et Yoda lui avaient enseigné que la Force embrassait toutes les religions.

– Et l'Alliance ?

– Vous avez raison. Etant donné les circonstances, nous avions besoin de tous les secours possibles. (Elle crispa son petit poing sur la table.) Pardonnez-moi si je me montre ingrate. Les Ssi-ruuk nous ont terrifiés, mais à long terme, si nous acceptons votre aide, les répercussions risquent d'être déplaisantes.

– Tout comme pour Alderaan, souffla-t-il. Je comprends. L'Empire gouverne au gré de vos craintes.

Elle se pencha sans répondre sur son assiette. Il décela de l'émoi en elle : elle luttait pour trouver une réponse.

– Je suis désolé, dit-il enfin. Veuillez excuser la façon dont je m'exprime. Je n'ai pas été éduqué dans le langage de la diplomatie.

– Et c'est très rafraîchissant.

Elle lui dédia un sourire aussi subtil qu'enchanteur.

Il abandonna sa maîtrise aux vents cachés de la Force et plongea profondément pour apprécier pleinement sa présence. Strate après strate : le cœur vivant de la forêt dense d'Endor, la chaude douceur d'une nuit dans les sables de Tatooine. Tout cela lui revint à l'esprit, avec les feux hypnotiques des étoiles de l'espace profond...

Parle! Dis des banalités!

Les serviteurs venaient de déposer sur la table le plat principal : de petits coquillages verts avec du beurre, des légumes insolites, accompagnés de coupes de céréales brunes et bleues. Luke risqua quelques remarques sur la verdure omniprésente, les fleuves jumeaux, les poissons qui nageaient sous la table, et s'aventura même jusqu'à complimenter Gaeriel sur son élégance. Elle se montra polie mais distante, jusqu'à l'instant où, alors que les serviteurs enlevaient les couverts, il ajouta :

– J'aime bien le sénateur Belden. Est-il un ami de votre famille ?

– Oui. Depuis des années, en dépit de ses bizarreries.

A l'évidence, Belden était un ami très proche des Captison. Brusquement, elle sembla se détendre. Elle saisit une carafe et versa quelques gouttes d'un liquide orange pâle dans le verre de Luke.

– Goûtez cela.

Enfin une réponse. Curieux, il fit tourner le verre devant ses yeux. Le liquide collait aux parois comme un sirop. Ou une liqueur.

– Allez, ne craignez rien. Ce n'est pas un poison. C'est ce que nous faisons de mieux ici, sur Bakura. Refuser d'y goûter, c'est insulter notre planète.

Elle se versa une dose égale et l'avala.

Luke absorba une gorgée. Le liquide se changea instantanément en feu dans sa bouche et sa gorge. Puis, soudain, il en perçut la saveur : des fleurs exotiques et enivrantes venues des tréfonds de la jungle, ainsi que des arômes de fruits inconnus. Les plus délicieux qu'il eût jamais connus.

Il lut un éclair dans le regard de Gaeriel. Elle avait deviné sa réaction.

– C'est quoi, exactement ? murmura-t-il après avoir bu une goulée d'eau fraîche pour calmer sa gorge.

– Du nectar de namana. L'un de nos meilleurs articles d'exportation.

– Maintenant, je comprends pourquoi.

– Encore une goutte ? proposa-t-elle en tendant la main vers la carafe.

– Non, merci. (Il sourit.) C'est un petit peu trop fort à mon goût..

Gaeriel rit en le servant malgré tout.

– On va sans doute porter un toast sous peu.

– Je l'espère.

Si le gouverneur Nereus ne déclenchait pas une querelle avant.

Elle lui présenta un plat transparent rempli de confiseries jaune orangé.

– Vous préférerez sans doute goûter au namana de cette manière.

Il posa un bonbon sur sa langue. Sa saveur exotique afflua doucement dans sa gorge, sans le feu du nectar. Il sentit des fleurs tropicales... un zeste d'épice... il ferma les yeux et se concentra sur la sensation...

Il ouvrit les yeux.

– Ç'a été très rapide, fit Gaeriel en souriant. Le fruit du namana ainsi traité procure une légère sensation de plaisir. La plupart des gens ne s'en apercoivent pas tout de suite. Ils se sentent bien, simplement, sans savoir pourquoi.

– L'accoutumance ?

Elle rejeta une mèche de cheveux derrière son oreille.

– Toutes les douceurs de la galaxie ont un effet d'accoutumance. Méfiez-vous.

Il décida d'en rester là avec le namana – il avait les joues brûlantes et il espéra qu'elles n'étaient pas aussi rouges qu'il le craignait. Mais Gaeriel semblait enfin s'ouvrir.

– Je... je ne suis pas censée vous interroger à propos des rumeurs qui circulent, dit-elle doucement en penchant la tête, mais nous n'avons reçu aucune réponse de Son Altesse Impériale depuis que nous lui avons demandé de l'aide. Et ce que vous avez dit ce matin a été repris par les médias. Etes-vous certain qu'il est mort ?

Luke sentit un flux d'hostilité qui venait de la droite de Gaeriel. Il se pencha légèrement et entrevit le gouverneur Nereus qui l'épiait. *Jaloux ?* se demanda-t-il. Etait-il possible que Nereus ait des vues sur Gaeriel ?

Il répondit tranquillement.

– L'Empereur avait une grande maîtrise de la Force. J'ai ressenti sa mort.

C'était la pure vérité mais, à sa surprise, il vit Gaeriel pâlir profondément.

– Je... j'ignorais cela à propos de Sa Majesté.

Le gouverneur Nereus venait de se tourner vers Chewbacca et Luke relâcha quelque peu sa garde.

– Qu'il était simplement un Jedi ? murmura-t-il. Votre religion ne condamne-t-elle pas ceux qui ont le pouvoir de la Force ?

Que dirait-elle si elle savait que l'Empereur avait bien failli le tuer ? *Plus tard,* se promit-il. *En privé.* Il s'imagina faisant l'apologie des Jedi tout en désignant d'un doigt accusateur son très honoré Empereur.

– Attendez. Une minute !

La voix de Yan, soudain, dominait le ronronnement affecté des conversations.

Le gouverneur Nereus posa les deux bras sur la table et déclara :

– Général, je n'ai pas l'habitude de dîner en compagnie de non-humains. Votre Altesse – *sénateur* Organa – je me demande si vous avez agi avec bon goût en vous faisant accompagner d'un Wookie à cette table alors même que Bakura se bat pour son existence face à des non-humains.

Luke sentit la tension monter brusquement en lui.

Leia s'était empourprée.

– Si vous... commença-t-elle.

– Est-ce que vous pensez que seuls les humains... fit Yan à son tour.

Mais Chewie l'interrompit d'une série de grondements et de plaintes. Luke se relaxa, tout en s'assurant que Chewie n'était pas furieux. Car le Wookie aurait très bien pu envoyer valser l'énorme table dans les airs rien que pour apaiser sa fureur.

– Veuillez m'excuser, reprit Yan d'un ton qui n'avait vraiment rien de repentant, mais mon copilote refuse que je défende sa cause. Cependant, il vient de dire quelque chose que vous devez tous entendre. Vous savez que les Ssi-ruuk veulent capturer des humains. Même si leur invasion réussit, Chewie court moins de risque que nous. (Yan leva sa cuiller pour demander l'attention générale. Chewie aboya, et Yan sourit.) Oui. Le pire qu'ils puissent lui faire est de le tuer, puisqu'ils ne veulent pas de Wookies pour les batteries de leurs droïds.

Chewie ronfla et aboya une fois encore.

– Il ajoute, traduisit Yan, que si vous avez besoin de quelqu'un pour porter des messages à leurs vaisseaux, il est volontaire.

– Mais bien sûr, fit Nereus, sarcastique. Quelle excellente idée, général Solo. Mais, voyez-vous, le langage des Ssi-ruuk n'a jamais été traduit et l'Empire ne saurait négocier avec des... non-humains.

Sauf s'ils sont des esclaves, ajouta Luke mentalement.

– Jamais traduit ? (Yan se pencha en avant.) *Jamais* est un mot très grave, gouverneur.

Gaeriel intervint.

– Du moins pas à notre connaissance. Mais si quelqu'un l'a traduit, où qu'il se trouve, cela nous serait infiniment utile.

– De plus, ajouta Nereus triomphalement, je doute que les Wookies puissent le reproduire, puisqu'ils n'ont pas été capables de le faire pour notre langue. Les Ssi-ruuk pépient, ils sifflent comme des oiseaux. C'est pour cela que nous les avons surnommés les Fluties.

– Gouverneur, dit Leia, je pourrais peut-être vous proposer les services de mon droïd de protocole, C-3PO. Il connaît plus de six millions de langues.

Nereus eut un rire sec, presque un aboiement.

– Envoyer un droïd et un non-humain pour représenter un monde de l'Empire ? Je ne pense pas que ce soit possible.

Leia ne répliqua pas. Chewie croisa ses bras immenses et se rejeta en arrière. Un langage gestuel tout à fait convaincant.

Yan sourit à l'assemblée.

– Encore une chose, reprit Nereus. Quiconque tentera d'inciter les Bakurans à la sédition – publiquement ou en privé – sera arrêté et expulsé. Dois-je me faire plus clairement comprendre ?

– Non, gouverneur, dit Leia d'une voix glaciale. Mais je dois vous poser une question. A en juger par les enregistrements que vous nous avez montrés en présence du Sénat, les Ssi-ruuk sont là sur l'invitation de votre défunt Empereur. Comment expliquez-vous cela ?

Nereus redressa la tête.

– Je ne suis pas censé deviner les pensées de l'Empereur, Votre Altesse.

Belden suggéra alors :

– Il pensait peut-être pouvoir les vaincre.

Yan se balança sur son fauteuil ornementé.

– Il se peut qu'il ait eu aussi un surplus de prisonniers à leur vendre.

Luke eut soudain une intuition.

– Oui, c'est en partie l'explication. (Tous les regards convergèrent vers lui. Certains curieux, d'autres accusateurs, hostiles.) Que fait n'importe quel producteur de moisissure ?

Gaeriel eut un haussement d'épaules.

– Il apporte sa récolte afin qu'elle soit traitée en échange d'une part du produit.

Merci, oncle Owen.

– Palpatine voulait des droïds de bataille. Ils sont bien plus manœuvrables que les chasseurs Tie – et bien mieux protégés par leur taille.

– C'est exact, selon ce que j'ai entendu dire, reconnut Nereus.

Leia haussa le menton.

– En tout cas, nous les avons vus. Et de très près.

Un instant, le silence régna. Puis, peu à peu, le brouhaha des conversations reprit. Yan se pencha vers Leia. Luke ne surprit que quelques mots :

– ... mais ça ne nous mène à rien, Très Adorée. Partons. Il faut dormir un peu.

Il ne perçut que quelques bribes de sa réponse murmurée :

– Il faut absolument que je passe quelque temps... ministre Captison...

Il sentit un souffle doux sur son oreille droite.

– Cet homme est le consort de la princesse ? chuchota Gaeriel.

– Je crois, oui. Il est un peu rude sur les bords, mais il est l'ami le plus fidèle que j'aie jamais eu. Est-ce que vous avez déjà connu quelqu'un comme ça ?...

– Eh bien... (Elle réajusta son châle scintillant qui venait de glisser de son épaule.) Oui, je dois dire.

Ils étaient au milieu du dessert, un gâteau glacé au goût de noix, quand un soldat impérial fit irruption dans la salle. Il posa la main sur l'épaule du gouverneur et l'entraîna jusqu'à une arcade tapissée de vigne.

– De quoi s'agit-il, selon vous ? demanda Luke à Gaeriel.

Elle avait suivi son regard.

– Nous ne tarderons pas à le savoir.

Nereus revint quelques minutes après, apparemment troublé et effrayé. Ce qui ne passa pas inaperçu aux yeux de Gaeriel.

Luke, alors, lança d'une voix forte qui porta dans toute la salle :

– Votre Excellence, il se passe quelque chose de très grave.

Toutes les conversations s'étaient interrompues.

Nereus inspira profondément tout en décochant un regard noir à Luke.

– Je viens de recevoir un communiqué personnel émanant de l'amiral Prittick, de la Flotte. Il convient que vous l'entendiez tous. (Sa voix stridente monta encore d'un ton.) Son message confirme les affirmations des Rebelles. La seconde Etoile Noire a été détruite et l'Empereur Palpatine est présumé mort... de même que le Seigneur Vador. La Flotte se regroupe dans le secteur d'Annaj.

Leia hocha la tête.

– Et à présent, vous nous croyez ? Le commandant Skywalker a vu mourir l'Empereur.

Gaeriel eut un mouvement de dégoût, et Luke expliqua très vite, les mains tendues :

– Je ne l'ai pas tué. C'est le Seigneur Vador qui l'a fait – et c'est à cause de ça qu'il a trouvé la mort. Moi, j'étais prisonnier.

Le sénateur Belden se pencha vers lui et demanda avec un sourire de vieux baroudeur avide d'anecdotes pimentées :

– Mais comment vous êtes-vous enfui ?

– Après la mort de Palpatine, c'était le chaos sur l'Etoile Noire. Nous étions attaqués. Je suis parvenu à atteindre un hangar à navettes.

Il glissa un bref regard à Gaeriel. Elle vibrait à la fois de répulsion, d'admiration et de l'effort qu'elle faisait pour dissimuler ses émotions.

Le Premier ministre Captison se dressa.

– Alors, nous ne pouvons attendre aucun secours de l'Empire ?

Le gouverneur Nereus fixa Luke. Et, pour la première fois, Luke ne décela pas la moindre trace de tromperie en lui. En dépit de son attitude compassée, Nereus était totalement terrifié.

– Je crois, dit Luke, que la Flotte Impériale est trop occupée à regrouper ses vaisseaux pour envoyer des renforts vers les mondes de la Frange.

– Ce qui est une des raisons qui nous ont fait intervenir, ajouta Leia.

– Et on leur a donné une de ces corrections ! s'exclama Yan.

Aussitôt, une vague d'hostilité déferla sur la table. Même Leia le foudroya du regard. Un serviteur vint redresser le fauteuil du Premier ministre Captison.

Nereus secouait la tête.

– Princesse Leia, si vos troupes sont prêtes à coopérer avec les miennes, en accord avec une trêve, nous aurons besoin de votre aide.

– Une trêve officielle, Votre Excellence ?

– Aussi officielle que mes moyens me le permettent.

Pour Luke, c'était bien vague, mais Leia parut satisfaite. Elle se leva et tendit la main. Son bracelet scintillait à son poignet comme si, tout à coup, des milliers de nouvelles étoiles appartenaient à l'Alliance. Les deux parties en présence allaient parcourir un long chemin pour se rapprocher – au propre comme au figuré. Pour la toute première fois, les Impériaux et les Rebelles allaient combattre ensemble un ennemi commun.

Nereus prit la frêle main de Leia dans sa main gantée et déclara, en soulevant son verre :

– A toutes les alliances étranges!

Leia l'imita. De même que Belden et Captison. Luke réussit à se contrôler et à tenir son verre bien droit.

– Repousser les Ssi-ruuk ne sera pas facile. (Pas plus que de boire une autre gorgée de liqueur.) Il faudra que nos forces travaillent en totale coopération.

– C'est vrai, ajouta Yan. Sinon, nous terminerons tous en motivateurs de droïds. Tous ensemble.

Gaeriel frissonna en choquant son verre contre celui de Luke. Il s'obligea à laisser descendre dans sa gorge le flux brûlant de quelques millicubes d'alcool.

Tout autour de la table, les invités se séparaient. Luke n'avait guère envie de se retirer. Et il plongea brièvement dans le champ de présence de Gaeriel. *Inquiète ?*

– Qu'est-ce qui vous tourmente ? lui demanda-t-il.

Une chose était certaine : elle ne souhaitait pas vraiment qu'il s'attarde.

Le regard fixé sur le centre de la table, elle souffla :

– Si le gouverneur Nereus ne peut plus compter sur une Etoile Noire, il devra bien faire avec les menaces qui pèsent plus directement sur nous.

Un péril plus proche. Luke, tout en se frottant le menton, demanda :

– S'il n'y avait pas les Ssi-ruuk, vous subiriez des purges ?

Gaeriel pâlit une fois encore.

– Comment savez-vous donc ?...

Sa réponse mourut sur ses lèvres.

– Oh... La procédure impériale habituelle. Nous en avons été témoins sur tant de mondes.

Elle sembla momentanément absente. Yan et Leia venaient de se lever pour partir dans deux directions opposées, l'air sombre.

– Etes-vous certaine de croire à l'Empire ? risqua Luke dans un murmure.

Gaeriel plissa les sourcils avant de boire une gorgée de nectar de namana. Puis, elle se leva.

– C'est un jeu d'équilibre. Dans toute chose, il y a de la lumière et des ténèbres. Même chez les Jedi, je suppose.

– Oui, admit-il dans un souffle.

Si seulement cette soirée pouvait se prolonger durant une semaine ! *Demande-lui de la revoir !* – Etait-il possible que cette suggestion soit venue de Ben Kenobi ou de sa propre impulsion ?

– Pourrions-nous poursuivre cette conversation demain ?

– Je doute que nous en ayons le temps.

Avec une expression gracieuse, mais soulagée cependant, elle lui tendit sa main.

Est-ce qu'il n'avait pas vu cet officier impérial baiser la main de Leia ? Etait-ce donc la règle ici ?

Indécis, il prit la main que lui offrait Gaeriel. Elle ne la retira pas. Il sentit un parfum de namana. En hâte, avant que ses nerfs ne lâchent, il pressa les lèvres sur ses phalanges, avec le sentiment d'être ridicule.

Elle retira sa main et se dirigea vers le sénateur Belden. Luke se leva en se frottant les doigts, essayant de visualiser Gaeriel comme une actrice de son avenir.

Même s'il avait à se servir de la Force, il trouverait le moyen d'achever cette conversation demain.

10

Dev se redressa en titubant. Il s'était réveillé sur le sol d'une cabine ronde, tiède, inconfortable, pleine de lumières et de bruits mécaniques. Les parois, au-dessus des panneaux d'instruments, se cintraient vers l'intérieur avant de rejoindre le plafond.

Ce devait être la passerelle. On l'autorisait rarement à y aller. La sécurité de la passerelle de commandement était une priorité suprême. Mais, à côté d'Ecaille Bleue, il vit le capitaine du *Shriwirr* et l'amiral Ivpikkis. Ils étaient tous trois penchés sur lui.

Apparemment, la présence d'un autre utilisateur de la Force était très importante pour eux.

Il l'avait su, puis il avait oublié. A quels jeux jouaient-ils donc avec son esprit ? Pensait-il vraiment par lui-même en cet instant, ou bien était-il sous l'effet de leurs manipulations ? Ou bien le contact avec l'Etranger, aussi bref qu'il ait été, avait-il déséquilibré complètement ses pouvoirs psychiques ?

– Répète-leur ce que tu as dit au Doyen Sh'tk'ith, demanda Maître Firwirrung à sa gauche. Que c'était comme la présence de ta mère, mais sous une forme mâle ?...

Dev avait bien de la peine à se souvenir des douces caresses de sa mère, et il continua de fixer du regard les dalles de métal. Il n'avait jamais éprouvé une telle nostalgie depuis qu'il était avec Firwirrung. Il avait toujours pensé qu'ici, c'était *chez lui*.

– Oui, c'était un peu comme ça, mais différent, souffla-t-il.

– A quel point ? demanda Firwirrung.

– Celui-ci avait... la forme, la tonalité d'éducation qu'avait ma mère. Mais ma mère... n'était pas aussi puissante.

L'œil gauche de l'amiral Ivpikkis roula de Dev au capitaine. Le capitaine fit cliqueter ses serres et répéta :

– Puissante.

– Regarde-moi !

Ecaille Bleue lança en avant sa tête colossale. Et Dev eut l'impression que son œil se mettait à tournoyer. Dans un recoin de son esprit, une sorte d'excitation monta. Oui, c'était bien avec *son* esprit qu'il pensait. Il les aimait vraiment.

– Mais alors, s'exclama-t-il, si celui-là a été éduqué dans la Force, il peut contacter d'autres humains. Même à distance !

La grosse tête de Firwirrung, avec son V, se tourna lentement vers lui.

– Cette idée est intéressante. Jusqu'à quelle distance, selon toi ?

Dev retrouvait toute son énergie.

– Je l'ignore. Mais nous étions à plusieurs années-lumière quand j'ai ressenti la mort de l'Empereur.

– C'est vrai, siffla Ecaille Bleue. (Il toucha l'épaule de Firwirrung.) Avec un contact direct suffisamment puissant, est-ce que vous ne pourriez pas faire une technition à distance ?

– C'est possible... (Firwirrung agita la queue.) Il faudrait sans doute modifier un dispositif mais... oui, c'est possible. Il faudrait le modifier afin de maintenir cet humain si puissant vivant et dans un état totalement magnétisé, en ayant recours à des énergies extérieures.

– Et ainsi, dit l'amiral, nous aurions un véritable pipeline branché sur les humains. Tout l'espace pourrait nous appartenir, et pas seulement cet empire.

Dev, en percevant leur excitation, croisa les doigts très fort.

– Je considère qu'il est utile de changer encore une fois

notre stratégie, déclara Ivpikkis. Tout d'abord, nous mettons en sûreté cet humain si puissant. Ensuite, nous testons cette théorie. Si elle fonctionne en pratique, nous pourrons alors faire appel à la force principale de notre flotte...

Ils se mirent à bavarder d'un ton excité. Maintenant qu'il était délaissé par Ecaille Bleue, Dev sentait son énergie se dissiper. Il avait du mal à suivre leurs propos. Il avait toujours été leur mascotte, leur petit humain domestique. Est-ce qu'ils allaient maintenant le balayer d'un revers de queue ?...

Il palpa sa gorge. Il aurait sans doute son droïd de bataille à la fin, mais à quel prix ? Ils pouvaient le mettre en technition simplement parce qu'ils n'avaient plus besoin de lui. Il voulait son droïd, certes, mais il avait désespérément besoin de leur amour.

Ils se tournèrent vers lui tous les trois simultanément. Firwirrung frappa l'avant-bras de Dev, laissant d'adorables traces rouges dans sa chair.

– Maintenant, tu vas nous aider. Il faut que tu te déploies dans tout l'univers invisible. Que tu nous donnes un nom, un lieu. Il faut que tu nous aides à le trouver.

– Maître, chuchota Dev. Est-ce que vous me donnerez toujours la première place ?

Firwirrung le frappa un peu plus fort, et des larmes montèrent aux yeux de Dev.

– Jamais nous n'avons douté de ton dévouement. Je suis certain que tu n'as pas l'intention de nous amener à le faire.

– Non, non...

Dev se sentit pâlir. Firwirrung était sa famille, et son puits de repos était sa demeure. Il avait laissé derrière lui son humanité. Si jamais Firwirrung venait à le remplacer, que lui resterait-il ?

Ecaille Bleue se pencha un peu plus en avant.

– Dev Sibwarra, nous avons besoin de tes services plus que jamais.

Dev ne parvenait pas à détacher ses yeux embués de Firwirrung. Le chef de technition lui avait toujours laissé entendre qu'il l'aimait. Mais avait-il jamais chantonné ce mot : *amour* ? Ebranlé, Dev fit un pas en arrière.

Un P'w'eck l'entoura de ses bras brunâtres et le repoussa en direction d'Ecaille Bleue. L'ancien tenait maintenant un hypospray.

Non, ils ne pouvaient pas lui faire ça. La douleur de l'hypospray serait faible, mais il se rappelait maintenant ce qui suivait. Comment pouvaient-ils se montrer aussi durs après tout ce qu'il avait fait pour eux ? Est-ce qu'ils ne l'aimaient pas ? Et Firwirrung non plus ? Il retrouva certaines traces dans ses souvenirs. Avant cela, ils s'étaient déjà montrés durs, et avant encore aussi...

Oui, il avait maintenant retrouvé *son* esprit. Celui de Dev Sibwarra, un humain qui avait redécouvert son énergie en contactant l'Etranger... Mais qui ne pouvait se défendre contre les drogues de ses maîtres ou la domination absolue d'Ecaille Bleue. Il glissait.

L'hypospray, comme d'habitude, le calma, même s'il luttait pour garder son secret. Firwirrung se rapprocha encore plus près de lui.

– Dev : regarde à l'extérieur. Sois à notre service. Où est-il ? Quel est son nom ? Comment pouvons-nous le trouver ?

La tête de Firwirrung devenait floue. Deux rivières salées coulaient des yeux de Dev. C'est alors qu'il s'évada de son chagrin, qu'il oublia la passerelle du *Shriwirr* et se lança dans le champ de la Force. Il se laissa entraîner par l'univers tourbillonnant loin des auras infimes de son maître.

L'Etranger était aussi proche et puissant qu'avant. Indéniablement masculin et familier. Pourtant, Dev décelait une présence féminine diffuse tout près. La clarté précise du premier couvrait presque l'autre. Etait-il possible que ce fût un écho ? Il ne comprenait pas. Tout ce qu'il savait, c'était que Firwirrung lui distribuait l'amour et la sécurité. Il évita de toucher le champ de Force de l'Etranger.

A demi conscient, il murmura :

– Il se trouve dans la capitale. Salis D'aar. Et son nom est Skywalker. Luke Skywalker.

Déconcentré par l'effort qu'il avait dû faire pour parler, il rouvrit les yeux. Le souffle court et joyeux de Firwirrung lui déchira le cœur. Le maître ignorait à quel point l'intérêt qu'ils portaient à l'Etranger le rendait jaloux. Il ne le savait peut-être même pas. Les Ssi-ruuk, après tout, ne connaissaient peut-être pas la jalousie.

– Skywalker, répéta Ecaille Bleue. Voilà un nom qui annonce quelque chose de bon. Bon travail, Dev.

Il se détendit dans la Force. Leur joie et leur avidité vibraient autour de lui. S'il disposait d'un supplément d'humains technisés, l'amiral Ivpikkis ferait rapidement la conquête de l'univers connu. Dev en ferait partie.

Pourtant, il se sentait humilié. Il éprouvait du ressentiment envers l'Etranger, mais il s'ouvrit pourtant à un contact nu, absolu, une caresse dans la Force. Un adieu.

Firwirrung se pencha sur lui et chantonna :

– Tu n'es pas heureux, Dev ?

Ses sentiments avaient basculé tant de fois dans les dernières minutes qu'il n'avait plus qu'une certitude : s'ils le manipulaient encore une fois, il y perdrait son équilibre mental. Il ferma les yeux et acquiesça.

– Je suis content, Maître. *Je vous hais. Je vous hais. Je vous hais.* Non, ils ne distordraient pas l'humanité qui subsistait en lui. Ils ne joueraient plus avec son esprit.

Néanmoins, il ne pouvait vraiment haïr Firwirrung. Il était sa seule « famille » depuis cinq ans. Son émotion s'estompa et il prit le risque d'ouvrir les yeux.

– Maître, mon plus grand plaisir est d'aider ceux qui m'aiment.

Et il s'efforça de fixer fièrement le Ssi-ruu.

Firwirrung grogna d'un ton songeur. Il était évident que, pour l'heure, le chef de la technition trouvait son plaisir non dans la compassion mais dans le contrôle. Il posa une serre sur Ecaille Bleue.

– Doyen, Dev a failli éprouver de l'amour pour ceux de notre espèce. Laissez-le se détendre un peu. Qu'il puisse décider de me servir de son plein gré. Ainsi, il nous vouera une affection plus forte.

Dev frissonna. Firwirrung l'avait déjà réduit en esclavage, il possédait son esprit aussi bien que son âme. Et à présent, il souhaitait que Dev resserre lui-même les liens qui le maintenaient. Là, sans doute, Firwirrung commettait une erreur.

Il posa la main sur l'avant-bras de Firwirrung, en un geste aussi ssi-ruuvi que possible.

– Voici mon Maître, ronronna-t-il.

Désormais, à n'importe quelle seconde, Ecaille Bleue pouvait le regarder droit dans les yeux et renifler le mensonge.

– Vous voyez ? fit Firwirrung. Nos relations s'améliorent.

– Allez, remportez votre mascotte, dit l'amiral Ivpikkis. Tourmentez-la à votre gré. Nous avons du travail, de même que vous. Et réfléchissez aux modifications que nous devons affronter... à propos de Skywalker.

Firwirrung inclina la tête d'un air grave et leva un bras vers l'écoutille.

Dev sortit, passa dans la coursive : chaque pas qu'il faisait l'éloignait un peu plus d'Ecaille Bleue et de l'esclavage.

L'écoutille se referma derrière Firwirrung.

Une heure plus tard, tandis que Firwirrung était plongé dans des croquis, Dev se recroquevilla dans la tiédeur douce du puits de repos. Comment sa mère lui avait-elle appris à ouvrir le contact ? Il avait alors cinq ans. L'épreuve qu'il venait d'endurer l'avait épuisé. Il voulait s'allonger, rester totalement immobile et retrouver ses souvenirs les plus tendres.

Mais il devait le faire avant le prochain renouvellement qu'Ecaille Bleue allait lui faire subir, et il ne disposait que de peu de temps. Les Ssi-ruuk finiraient par le retrouver. Ils le « renouvelaient » tous les dix ou quinze jours, même s'il n'en avait pas besoin. Il allait payer tout cela du renouvellement le plus absolu de sa vie, mais il devait bien cet ultime effort à l'humanité.

Il ferma les yeux et se vida de l'espoir qui était en lui, de son repentir, de son amertume. Pas de sa peur. Elle refusait de le quitter. Mais, à travers elle, il toucha la Force.

Et, presque instantanément, il retrouva cette brillance qu'il avait déjà rencontrée. Il l'effleura pour attirer son attention, puis forma un avertissement pressant dans son esprit.

Luke rejeta les couvertures thermiques dans l'obscurité. Durant un instant bref, froid, trouble encore de sommeil, il ne parvint pas à se souvenir de ce qui avait pu le réveiller. Et puis, il retrouva la trace d'un avertissement sombre, pressant, effrayé. L'humanité était en péril à cause de lui. Les non-humains voulaient le capturer et...

Bon sang!

Il souffla lentement, profondément. D2 gargouilla vaguement, au pied du lit.

– Tout va bien, lui dit-il.

Quel rêve!... Il devait veiller à ne pas trop gonfler son ego. Il était peut-être le dernier – ou le premier – Jedi, mais en aucun cas le point nodal de l'asservissement de l'humanité.

Pourtant, le souvenir ne s'effaçait pas comme les restes d'un rêve. Etait-il possible que quelqu'un l'ait prévenu de quelque chose?

Ben? appela-t-il mentalement. *Obi-wan? Que se passe-t-il?*

Oublie ces questions, se dit-il impérativement. *Oublie les pourquoi.* Cherche dans tes sentiments.

Il rejeta la peur et sa pseudo-humilité et, à la lumière des intentions des Ssi-ruuk et de leurs méthodes, repensa à l'avertissement. Le concept acquérait alors une réalité glaçante.

Mais quelle terrible erreur Ben Kenobi avait-il donc faite en l'envoyant ici? Les maîtres Jedi n'étaient pas parfaits. Yoda avait cru que Luke devait mourir dans la Cité des Nuages. Et Ben avait cru pouvoir éduquer Anakin Skywalker.

Il croisa les bras autour de ses genoux. Si Yoda et Ben pouvaient commettre des erreurs, Luke Skywalker également. Des erreurs fatales.

Si l'avertissement était bien réel, certaines traces devraient apparaître dans l'avenir.

Tels des vaisseaux dont l'image se perd dans la distance,

les visions de l'avenir étaient souvent conflictuelles, mais il lui suffisait du plus infime des indices pour savoir s'il pouvait être utile en se joignant à la guerre ssi-ruuvi. Ce qui confirmerait cette sinistre mise en garde.

Il se calma peu à peu, apaisant son souffle et son rythme cardiaque. Puis, il s'élança vers l'avenir. Certaines choses lui étaient encore cachées, et certaines possibilités qu'il entrevoyait semblaient totalement improbables. Des secondes, des minutes, des mois plus loin, il repéra la possibilité : une carte de l'avenir montrant l'expansion de l'Imperium ssi-ruuvi dans les mondes de la Frange. Ce que Yan avait craint : ils étaient non seulement tombés dans un piège, mais il était pire encore que ce qu'ils avaient anticipé.

Et les Ssi-ruuk allaient investir Bakura.

Dev roula sur le côté en étreignant ses coussins. Oui, c'était bien un Jedi qui se trouvait là dehors, quelque part. Cette fois, il avait nettement perçu son expérience, sa maîtrise – sans le moindre doute possible, alors qu'il était à peine éveillé.

Le puits de Firwirrung était éclatant de lumière, mais Dev ne se sentait pas reposé.

– Maître, demanda-t-il, est-ce l'heure de se lever ?

Firwirrung s'extrayait du nid.

– Une alarme d'écoutille, siffla-t-il. C'est pour moi. Rendors-toi.

Dev se recroquevilla, mais garda un œil ouvert. Et, quand l'écoutille coulissa, une forme familière et bleue apparut.

– Entrez, gazouilla Firwirrung d'un ton surpris. Bienvenue.

Ecaille Bleue s'avança. Dev aurait bien voulu étirer ses membres, mais ils semblaient définitivement raidis. Il devina ce qui allait se passer : le Doyen avait changé d'idée et voulait le condamner. La palette d'un rayonneur était visible dans son sac d'épaule.

– L'amiral Ivpikkis a mis au point une nouvelle mission pour notre jeune allié humain. Il doit être renouvelé avant de l'entreprendre.

Dev, paniqué, faillit fuir en courant. Mais où pourrait-il donc aller ?

Firwirrung cligna des paupières, lentement.

– C'est un honneur pour moi que de vous confier Dev.

Ecaille Bleue posa une serre énorme sur le bras droit de Dev et le redressa sans douceur. Dev agita les jambes en essayant de se rétablir.

Ecaille Bleue le lâcha.

– Va devant moi, siffla-t-il. Firwirrung nous suivra.

D'un pas lourd, Dev franchit l'écoutille pour passer dans la coursive vaguement baignée par l'éclairage de nuit. Il pouvait encore lutter, encore survivre pour quelque temps, très peu, libre de penser sinon d'agir... Mais cela n'excéderait pas quelques minutes. Mais si Ecaille Bleue le rudoyait, l'embobinait ou réussissait à l'hypnotiser et qu'il avoue ce qu'il avait fait, les Ssi-ruuk le tueraient sans attendre. Dans leur colère parfaitement justifiée, ils mettraient un terme à sa vie. Il les avait vus battre à mort un P'w'eck avec leurs énormes queues musculeuses.

Plus grave encore : si les Ssi-ruuk venaient à savoir que Skywalker les attendait, ils trouveraient un moyen de le capturer : par la force, par le nombre, par la technologie. Même un Jedi, face à eux, n'avait guère de chances. Et la galaxie tomberait entre leurs mains.

Dev ne connaissait qu'une issue possible. En se servant du peu qu'il connaissait de la Force, il pouvait plonger volontairement dans la transe de renouvellement, et court-circuiter la conscience hypnotique imposée par Ecaille Bleue.

Cette idée lui répugnait. Le renouvellement impliquerait la mort de Dev Sibwarra, l'être humain. Il oublierait tout ce qui l'avait rendu libre.

Mais libre pour combien de temps ? Il pencha la tête en grimaçant. Il avait risqué sa vie d'innombrables fois déjà, sans but réel. Mais maintenant, il pouvait sauver des dizaines de millions d'humains... y compris le Jedi. Ce serait un pauvre petit sacrifice sans gloire qui rachèterait bien des vies. Mais il devait les aider s'il en avait le pouvoir. Il honorerait ainsi la mémoire de sa mère.

Plus droit qu'il ne l'avait été depuis cinq ans, Dev précéda Ecaille Bleue et franchit l'écoutille qui lui était par trop familière.

– Tu es éveillée, petite chose ?

Dev cligna des yeux. Il était étendu sur le sol tiède du pont, tout près de deux pattes arrière aux serres énormes. Il connaissait ce langage sifflant, cette haleine forte. Une face bleue et mince se penchait sur lui. Il se sentait tout neuf et revigoré, comme un oisillon à peine sorti de l'œuf.

– Je t'ai guéri, dit... *qui ?*... (Dev s'efforça de retrouver le nom perdu.) Je te souhaite un bon retour dans la joie pure.

Il tendit les bras et les referma sur... Ecaille Bleue! Il essuya ses yeux mouillés de larmes.

– Merci.

– Tu n'as plus en toi que les pensées, les émotions et les souvenirs capables de te réconforter. Et plus rien de tout ce méli-mélo trop pesant qui complique ta vie pour tes maîtres.

Ecaille Bleue croisa ses avant-bras moins musculeux sur son torse.

Dev inspira profondément, heureux.

– Je me sens tellement propre, dit-il.

Il ne parviendrait jamais à comprendre comment Ecaille Bleue pouvait faire ça. *Jamais.* Il était évident qu'un tel souvenir ne l'aurait pas aidé à poursuivre cette vie de servitude. La chose qui pouvait lui apporter autant de paix, quelle qu'elle fût, ne pouvait qu'être juste. Et ceux qui la lui apportaient devaient être absolument bons.

Maître Firwirrung attendait à l'extérieur de la chambre d'Ecaille Bleue, agitant nerveusement sa large queue. Dev se crispa en décelant une certaine inquiétude dans les grands yeux noirs et doux de Firwirrung. A l'évidence, il se faisait du souci pour son sort. Et Dev devina qu'on avait nettoyé son esprit de quelque chose de mauvais.

– Je suis bien mieux à présent, Maître, dit-il. J'ai remercié notre cher Ancien. Et je vous remercie également.

Firwirrung lui toucha l'épaule droite en faisant osciller sa grosse tête et en déployant ses langues olfactives.

– De rien, dit-il.

– A présent, annonça Ecaille Bleue, nous allons retrouver l'amiral Ivpikkis.

Mais oui ! La mission ! Il se souvenait, maintenant : un privilège suprême qui lui était accordé au service de l'Imperium ssi-ruuvi. Dev, la tête inclinée, marcha entre l'Ancien et son maître. Il avait les yeux blancs, une toison sur la peau, et un corps sans queue qui dégageait une mauvaise odeur. Mais qui était-il pour mériter une pareille mission, un tel bonheur, une vie professionnelle aussi intense ?

Des sons discordants arrachèrent Luke à un somme mérité. Une lumière clignotait à son chevet, dans la chambre sombre.

– Quoi ? fit-il d'une voix pâteuse.

Il avait fait un cauchemar macabre... non, on l'avait averti.

– Qu'y a-t-il ?

– Commandant Skywalker ? demanda une voix d'homme depuis la console. Vous êtes réveillé ?

– Pratiquement. Que se passe-t-il ?

– Ici la Direction du Spatioport de Salis D'aar. Certains de vos... euh... soldats ont causé quelque perturbation ici. Nous avons des speeders au complexe de Bakur, à usage officiel. Combien de temps vous faut-il pour être ici ?

Un piège ? Qui aurait un rapport avec cet avertissement qu'il avait reçu dans son rêve ? Il quitta son lit doux et tiède. Au moins, il se sentait reposé et la douleur avait disparu de ses muscles.

– J'arrive.

Il s'habilla en hâte et décida de réveiller Chewbacca pour qu'il vienne avec lui. Chewie ne perdrait pas de temps à s'habiller, lui. Il aurait besoin de ses yeux, de son cerveau et surtout de ses muscles. Mais Yan devait rester auprès de Leia. Elle avait parlé d'un petit-déjeuner en compagnie de l'oncle de Gaeriel.

Une perturbation. Il n'imaginait pas les troupes rebelles en train de créer des ennuis dans un port impérial.

Mais si, après tout. Il attacha son sabrolaser.

Il se précipita vers la chambre de Chewie, puis s'arrêta sur le seuil. Il ne tenait pas à affronter un Wookie réveillé brusquement.

– Chewie, murmura-t-il. Réveille-toi. On a des ennuis.

– Ralentis, Chewie.

Le Wookie lança le landspeeder sur la route d'accès en spirale. Luke se pencha en avant. L'Aire Douze, la base temporaire qui avait été assignée à l'Alliance, se trouvait juste de l'autre côté de la prochaine route radiale, à proximité de la tour de contrôle. Les projecteurs du port brillaient d'un côté de la radiale, mais de l'autre la nuit était obscure, striée parfois de traits de feu qui pouvaient bien être des tirs de blasters. Ou bien quelqu'un avait détruit les projecteurs sur l'Aire Douze, ou alors ils avaient été éteints volontairement. Mais où était la Sécurité du Spatioport ?

Ils virèrent sur la gauche, survolèrent l'Aire Douze avant de passer sur la route d'accès et de franchir la haute clôture métallique. *Pas le moindre garde*, remarqua Luke. Ils étaient sans doute partis pour ramener l'ordre. Il ramena la capuche de sa parka en avant. Dans la nuit profonde, entre les deux fleuves, l'air humide n'avait rien d'agréable.

Au centre des aires de transit, entre les routes radiales et la périphérie du port, il y avait une taverne d'aspect peu engageant qui ressemblait en fait à deux bungalows joints à angle droit. Une silhouette agitait les bras.

Chewie posa le speeder entre les bungalows et un silence lugubre s'installa pendant une dizaine de secondes. Et soudain, un trait de blaster crépita, illuminant brièvement un portique géant de réparation. La silhouette aux cheveux bruns accourait vers eux.

– Manchisco ! s'écria Luke. Que se passe-t-il ?

Le capitaine du *Rafale* secoua furieusement ses tresses noires.

– Nos « alliés » prétendent que deux Ssi-ruuk sont coincés derrière un de nos vaisseaux. Je n'ai pas pu m'approcher suffisamment pour m'en assurer. Alors, ils tirent sur tout ce qui bouge.

– Est-ce que quelqu'un a des macrolunettes ?

Oui, Yan, songea Luke. *A bord du Faucon, à trois cents mètres de là.*

Manchisco secoua la tête.

– Bon, on y va. Toi aussi, Chewie !

Luke se ruait déjà vers le portique en dégageant son sabre.

Mais avant qu'ils aient pu atteindre leur but, une voix les interpella :

– Vous ! Baissez-vous ! Reculez, si vous n'êtes pas armés ! Les non-humains ont débarqué ! Ils ont tué deux des nôtres !

Manchisco plongea à couvert tandis que Chewie continuait de progresser en direction du portique.

– Les Ssi-ruuk ne tueraient pas des gens, murmura Luke. Ils font des prisonniers. Chewie, couvre-moi.

S'il y avait réellement des Ssi-ruuk dans le secteur, il valait mieux entamer des pourparlers – en dépit du sinistre avertissement qu'il avait reçu.

Mais, sous l'effet d'une intuition troublante, il tira son sabre et l'activa. Dans sa clarté verdâtre, il repéra Chewie. Il avait levé son arbalète et la pointait vers les ténèbres.

– Tu restes là, souffla Luke. On est suffisamment près.

Un silence menaçant s'était établi.

– Que tout le monde cesse de tirer ! lança Luke.

Il s'avança pas à pas, le sabre dressé. Il répandait la seule lueur dans ce secteur du port, en dehors des balises.

Il contourna un aviso de l'Alliance. Et découvrit deux corps humains recroquevillés sur le sol vitrifié. Il les contourna, lançant tous ses sens en quête de la moindre trace d'intention hostile. Mais il ne perçut que la peur et la panique.

Des formes géométriques scintillaient devant lui. Un nouveau portique de réparation reflétait la lueur de son sabrolaser.

– Qui êtes-vous ? cria-t-il. Montrez-vous !

La tête en forme de dôme d'un Calamari apparut. Puis une autre.

Avec un grondement sourd, il se précipita vers eux.

– Mais qu'est-ce que vous faites là ?

– On a une permission d'escale, affirma le plus proche en redressant son col rond et roide.

– Officielle ? insista Luke.

Il était évident que leur commandant avait suffisamment de bon sens pour...

Le Calamari leva une main spatulée.

– Mais bien sûr, commandant. Notre tour de garde était fini. On était fatigués, comme tous les autres. Mais ces étrangers nous ont repérés...

– Et vous en avez tué deux ?

– Commandant, ils ont chargé les premiers ! Ils étaient dix ! Et c'est eux qui ont ouvert le feu, commandant.

Luke eut soudain la nostalgie d'Endor.

– Que l'un de vous m'accompagne.

Le Calamari recula d'un pas, en serrant son blaster.

– Commandant ?...

– C'est un ordre, insista Luke, calmement. Suivez-moi de près, afin que je puisse vous couvrir.

Lentement, le grand Calamari sortit de l'abri du portique. Aussitôt, un éclair de blaster leur coupa la route. En pivotant, Luke le dévia de sa lame et cria :

– Cessez le tir ! Chewie, cogne-leur sur la tête si tu dois le faire !

Un cri rauque du Wookie lui répondit.

– Non, on y va.

D'un pas plus lent, cette fois – le Calamari ne pourrait le suivre s'il accélérait –, il revint vers l'aviso. Il évita les deux cadavres.

– Chewie, tu es où ?

Un deuxième tir de blaster raya la nuit, puis un troisième. Il les para l'un et l'autre, instinctivement.

Et puis, tout aussi soudainement, les tirs cessèrent. Un étrange appel grinçant s'éleva derrière le portique qui se trouvait plus loin devant eux... suivi du grondement familier d'un Chewie particulièrement furieux.

Luke leva son sabre pour tenter d'y voir plus clair. La

tour de métal était violemment secouée. Tout en haut, des silhouettes sombres s'accrochaient aux entretoises. Des blasters tombèrent en claquant sur le sol.

– Bon boulot, Chewie ! lança Luke. (Et il ajouta, en serrant son sabre :) Allez, ça va. Descendez tous, maintenant. Regardez bien. Ceci est un Mon Calamari. Pas un Ssi-ruu. Examinez-le ! (Il entendit des bruits sourds mais ne distingua aucun visage dans le cercle de clarté verte.) Dépêchez ! fit-il, à bout de patience.

Après trois secondes de silence, il entendit Chewbacca grommeler. Et ils sortirent : dix humains – huit hommes et deux femmes, en capotes flottantes et chapeaux d'hiver. Ils ne paraissaient pas armés. L'un des hommes, plus petit et plus maigre que les autres, désigna le Calamari.

– Il a raison : ce n'est pas un Flutie.

Luke reconnut sa voix : c'était l'homme qui lui avait demandé de reculer.

Un autre s'avança en plissant les yeux dans la clarté verte du sabre. Elle ne flattait personne, mais Luke se dit que celui qu'il avait en face de lui devait avoir constamment ces cercles sombres sous les yeux.

– Du calme, Vane.

Le petit homme se tut, mais se rapprocha quand même de Luke et du Calamari. Tessa Manchisco surgit alors. Il y avait de la colère dans ses yeux verts.

Luke s'adressa à l'homme aux yeux cernés.

– Cette aire a été réservée aux équipages de l'Alliance. Qu'est-ce que vous faites ici ?

L'autre croisa ses bras épais.

– Parce qu'on est sur notre planète, spadassin. Et qu'on aimerait bien que vous laissiez pas traîner ce gros poisson et ce tas de poils dans le coin.

Chewbacca se rapprocha.

Luke avait besoin d'informations, et vite. Est-ce que ces ruffians avaient été envoyés ici par l'Empire, ou agissaient-ils de leur propre gré ? Le maigre Bakuran était suffisamment proche de Luke pour qu'il tente de sonder son esprit, même brièvement. Luke était certain que ses motifs étaient trop justes pour qu'il court le risque de basculer vers le côté sombre.

Néanmoins, il hésita avant de focaliser sa conscience droit sur l'esprit de l'autre et de s'ouvrir à ses sentiments *(confusion, peur, embarras, suspicion...)* Il les franchit pour pénétrer dans ses souvenirs.

Il n'eut pas à s'avancer très loin. « Une petite rémunération leur avait été promise par le bureau du gouverneur », s'ils réussissaient à s'approcher de l'Aire Douze afin de s'assurer que les Ssi-ruuk n'avaient pas infiltré Bakura grâce au détachement de l'Alliance.

Luke rompit le contact et abaissa son sabre.

– Rentrez chez vous. (Il espérait qu'il y avait dans sa voix tout le dégoût qu'il ressentait.) Dites au gouverneur Nereus que nous nous chargeons nous-mêmes de la sécurité de l'Aire Douze.

Ils ne bougèrent pas.

Un feulement profond monta de la gorge de Chewie.

– Allez-y, reprit Luke. Vous n'avez encore jamais vu un Wookie en colère.

Le Bakuran maigre sortit du cercle de lumière et se dirigea vers les corps de ses camarades. Les autres le suivirent un à un. Et l'instant d'après, le groupe défait se dirigeait vers la sortie, portant les corps des deux hommes abattus.

Ils venaient de quitter l'aire, quand les projecteurs se rallumèrent.

Quelqu'un avait dû tout observer depuis la garnison, qui ne se trouvait qu'à quelques kilomètres au sud. Et la Sécurité du Spatioport s'activait indéniablement sur les Aires Deux, Six et Neuf. Mission d'intérêt impérial.

Luke souffla longuement.

– Chewie, allons nous assurer que le *Faucon* n'a rien.

Quand C-3PO réveilla Leia, tôt le matin, elle trouva un message de Luke : il était allé au Spatioport avec Chewbacca pour vérifier l'avancement des réparations. Elle s'habilla rapidement dans la salle de bains et tressa ses cheveux. En sortant, elle surprit la silhouette d'un homme de haute taille qui se tenait contre la fresque murale. Etouffant un cri, elle s'arrêta. Dans la faible clarté de la chambre, il luisait doucement, dominant les feux de la cité.

Luke lui avait dit que, parfois, il voyait Ben Kenobi sous cette apparence. Elle jeta un regard à son blaster qu'elle avait posé sur le lit, hors de sa portée. Mais si elle avait affaire à une apparition, il ne serait sans doute guère efficace.

– Qui êtes-vous ? demanda-t-elle. Que venez-vous faire ici ?

– N'aie pas peur, dit l'apparition d'une voix douce. Dis à Luke de se souvenir que la peur appartient au côté sombre.

Mais qui pouvait-il donc être, pour délivrer ainsi des messages destinés à Luke dans son appartement ? Un Bakuran ? Un Impérial ?

– Qui êtes-vous ?

L'étranger s'écarta de quelques pas sur le côté, vers un endroit moins éclairé, et son éclat devint plus intense. Il était de très haute taille, avec un visage large et séduisant, des cheveux sombres.

– Je suis ton père, Leia.

Vador. Le frisson glacé monta de ses chevilles jusqu'au creux de sa nuque. Par sa seule présence, il réveillait les émotions les plus noires qu'elle cachait en elle : la peur, la haine...

– Leia, reprit l'apparition, n'aie pas peur de moi. J'ai été pardonné, mais il me faut encore beaucoup expier. Je dois raviver ton cœur, effacer la colère de ton esprit. Car la colère appartient elle aussi au côté sombre.

Non, songea-t-elle, son blaster serait sans effet. Même de son vivant, Dark Vador déviait les tirs de blaster à main nue. Elle l'avait vu faire dans la Cité des Nuages.

– Je veux que vous partiez. (Il y avait du gel dans sa voix.) Désincarnez-vous. Disparaissez. Faites n'importe quoi. Retournez d'où vous venez.

– Attends. (Il ne s'écartait pas du mur. Il semblait diminuer de taille et s'éloigner tout à la fois.) Je ne suis plus l'homme que tu redoutais. Peux-tu donc ne plus me voir comme un étranger, un vieil ennemi ?

Elle avait trop longtemps vécu dans la peur de Dark Vador.

– Vous ne pourrez jamais refaire Alderaan. Ni ressusciter les gens que vous avez assassinés, pas plus que vous ne pourrez consoler les veuves et les orphelins. Vous ne pouvez défaire ce que vous avez fait contre l'Alliance.

L'ancienne douleur mordait sa gorge comme une blessure fraîche.

– J'ai renforcé l'Alliance, même si telle n'était pas mon intention.

Il tendit un bras faiblement lumineux. La voix mélodieuse n'était pas en accord avec son apparence. Et son visage à nu, avec ses traits doux, n'avait plus rien de celui qui s'était caché derrière un masque respiratoire noir durant des décennies.

– Leia, les choses changent. Il se peut que je ne puisse jamais venir te retrouver.

Elle détourna les yeux. Le blaster serait sans doute inutile contre lui, mais elle avait besoin de sentir l'arme entre ses mains. Si elle s'élançait assez vite...

– Parfait, dit-elle.

– Je ne peux... justifier mes actes. Pourtant, ton frère m'a sauvé des ténèbres. Tu dois me croire.

– J'ai écouté Luke. (Elle croisa fermement les bras.) Mais je suis moi. Je ne suis pas non plus votre professeur. Ou votre confesseur. Je ne suis que votre fille, par un tour cruel du destin.

– De la Force. Mais même cela a rempli son rôle. Je suis fier de tes pouvoirs. Je ne te demande pas l'absolution. Simplement ton pardon.

Sans desserrer les bras, elle leva le menton.

– Et pour ce que vous avez fait à Yan ? Comment allez-vous obtenir son pardon ?

– A travers toi. Car mon temps ici est compté.

Elle avait la gorge sèche, douloureuse.

– Je ne puis que vous pardonner de m'avoir torturée. (Il inclina la tête.) Et vous pardonner aussi tous les actes affreux que vous avez commis contre les autres – parce qu'ainsi, il y a eu autant de mondes à se joindre à l'Alliance. Mais la cruauté avec laquelle vous avez traité Yan... non. Si vous voulez passer à travers moi, jamais vous n'obtiendrez son pardon. Jamais.

L'apparition se rétrécit un peu plus.

– Mon enfant, dit-elle, *jamais* est un bien trop grand mot.

Comment? Elle avait devant elle Dark Vador qui la sermonnait à propos de la vertu et de l'éternité?...

– Je ne vous pardonnerai jamais. Allez vous-en. Dématérialisez-vous.

– Leia, il se peut que je ne puisse plus jamais te parler, mais si tu m'appelles, j'entendrai. Et si tu changes d'idée, je serai aux aguets.

Elle leva les yeux. Comment pouvait-il oser, après toutes ses cruautés, ses perversions? Que Luke s'occupe de lui. Ça ne la concernait plus.

Comment Luke pouvait-il supporter l'idée que cet homme était son père?

Elle se précipita hors de la chambre. La lumière du matin filtrait par les hautes fenêtres, sur les murs jaunes et le sol sombre.

Yan se leva de l'alcôve voisine.

– Vous allez être en retard, Votre Al... Altesse.

C-3PO s'avança en se dandinant.

– Etes-vous prête, Maîtresse L...L...

Elle s'empara du Possesseur et neutralisa le droïd doré. Puis, elle se retourna vers le seuil de sa chambre. Nul n'en sortit.

– Il ne peut pas me faire ça, marmonna-t-elle. Il ne peut s'attaquer à ma vie. Il ne peut pas!

Yan jeta un bref regard à Bâton d'Or figé dans une pose comique, puis plissa les lèvres.

– Qui, lui? C'est ce capitaine d'Alderaan qui t'a encore appelée?

Elle écarta les bras en s'avançant.

– C'est ça. Parfait. C'est tout ce qui te vient à l'esprit, espèce de... sale petit jaloux? (Elle saisit un coussin et le tordit entre ses doigts.) Tu es jaloux! Alors que Vador était ici-même et que... Pfff!

Il leva les mains.

– Hé, Princesse! Vador est mort! Luke l'a grillé. J'étais en speeder et j'ai vu le tas de cendres qui restait de lui...

Le ventre de Leia se crispa.

– Oui, tu as vu son corps. Et moi... je viens de voir le reste.

– Est-ce que tu aurais des visions ? Ou alors, tu deviens plus experte dans cette histoire de Force... A moins que Luke n'ait une influence néfaste sur toi.

– Ça se peut, dit-elle d'un ton amer. Si j'étais destinée à voir des fantômes, j'aurais dû mettre ça au point avec son Yoda. Ça m'aurait fait plaisir de parler au général Kenobi. Mais à qui alors ?...

Elle lâcha le coussin et cogna du poing contre le mur.

– Du calme, fit Yan. Ça n'est pas ma faute.

– Je le sais.

– Qu'est-ce qu'il voulait ?

– Ça va beaucoup te plaire. Il désirait s'excuser.

Yan eut un rire incrédule en se frottant les yeux.

– Oui, dit Leia. C'est exactement le sentiment que j'ai eu.

– Tu sais, depuis quelque temps, tu as sauté sur la moindre occasion de te souvenir de lui. Et tu viens de le voir en face. Peut-être que le pire est passé, maintenant.

– Mais non... (Ses épaules s'affaissèrent.) Yan, il est toujours ici. Je suis...

Incapable d'achever sa phrase, elle ferma les yeux.

– Et alors ?... (Il posa la main sur son épaule.) Allons... Personne n'a autant de pouvoirs que toi face à l'Empire, maintenant. Tu le sais. Tu t'en sers différemment, c'est tout.

Mais comment pouvait-il donc être aussi insensible ?

– Merci, Yan, dit-elle, en résistant à l'envie de lui donner une gifle.

– Leia ? (Il lui ouvrit les bras.) Moi aussi, je suis désolé. Et je regrette cette scène que je t'ai faite à propos de ce type d'Alderaan.

Elle reprit son souffle et lui dit :

– Va-t-en !

– D'accord, je m'en vais ! Je comprends !

Hors de lui, il sortit de l'alcôve.

– Yan, attends !

Mais qu'est-ce qu'elle avait fait ? Elle avait passé sa colère sur le seul être qu'elle n'aurait jamais dû blesser ?

Yan passa devant C-3PO, s'approcha de la porte...

– Yan... c'est... c'est encore Vador qui est en moi. Je ne peux m'empêcher d'être ce que je suis.

Il encaissa le choc et s'arrêta près de la console avant de se tourner lentement vers elle.

– Non. C'est Skywalker qui est en toi.

Le nom de Luke n'éveillait pas sa colère. Et une pensée émergea doucement dans son esprit : « Qu'avait donc été Vador avant... avant d'être Vador ? »

– Laisse-moi te dire une chose, reprit Yan. Les gouvernements ont besoin les uns des autres. Oui. De même que les planètes, les races. Mais les gens aussi.

Les gouvernements... Elle se dit qu'elle allait être en retard pour son petit déjeuner avec le Premier ministre.

– En tout cas, il a disparu. Il ne m'a fait aucun mal. Peut-être qu'il ne le peut plus.

– Ce serait aussi bien, dit-il en effleurant du doigt ses nattes.

Elle ôta les épingles qui les maintenaient bien serrées, secoua la tête et laissa ses cheveux se déployer.

– Mais je ne lui pardonnerai pas pour autant, souffla-t-elle.

– Tu crois que tu te sens bien ?

Il prit ses longues mèches à pleines mains avant de lui serrer la taille.

Elle posa sa tête contre son épaule douce et ferme.

– Je t'aime.

– Je le sais.

– Vraiment ?

Il lui caressait les cheveux.

– Qu'est-ce qui pourrait t'en faire douter ?

– Excuse-moi.

Elle dressa le cou et effleura son menton des lèvres. Ils s'embrassèrent. Elle sentit son énergie se perdre jusqu'à ce qu'elle ne ressente plus que la caresse de la bouche de Yan. Il se penchait sur elle et elle serra ses épaules. Son cœur tambourinait au plus profond de ses oreilles.

Et le centre de communications se mit à glapir.

– Mmff ! fit Yan avant qu'elle ne parvienne à se dégager. (Il se leva en criant :) Non ! C'est injuste !

Elle était aussi désespérée que lui mais elle rit pourtant en rejetant ses cheveux en arrière.

– Tu prends l'appel ? Ou bien moi ?...

– Eh bien... (Il eut un sourire rusé.) Pour ma part, je te trouve adorable.

– Mais je ne suis pas présentable.

– Ce n'est pas ton image habituelle, certes, fit-il d'un air faussement apitoyé. Donc, je prends l'appel.

Leia recula tandis qu'il effleurait une touche.

– Luke ? Mais que se passe-t-il ?

– On a eu quelques petits ennuis.

Leia rejoignit précipitamment Yan. Luke avait l'air serein. Elle tenta vaguement de lancer la Force pour deviner ses émotions, mais en vain. Elle devait être encore trop dominée par ses émotions.

– Je croyais que tu vérifiais l'avancement des réparations, dit-elle.

– Je ne me fie pas au centre de communications pour laisser des messages. Nos Calamari sont descendus à terre en quartier libre officiel. Certains Bakurans qui se trouvaient du mauvais côté du Spatioport – sur la suggestion de Nereus – les ont repérés et ils ont cru que des Ssi-ruuk s'étaient infiltrés sur Bakura. Quand je suis intervenu, les Calamari en avaient déjà abattu deux en légitime défense.

– Oh, non ! s'écria Leia, qui voyait déjà le traité s'évanouir en fumée.

– Désolé de ne pas avoir été sur le coup, grinça Yan. Mais on dirait que tu t'en es bien sorti. Pas mal, pour un petit paysan.

– Mais... ces Bakurans blessés ? s'inquiéta Leia.

– J'ai dit « blessés » ?... Non, désolé : ils sont morts. Et leurs familles exigent des excuses officielles. Est-ce que tu pourrais faire ça pour moi ? Tu es meilleure que moi dans ce genre d'exercice.

Leia se dit que cette perspective ne l'enchantait guère, mais après tout, Luke avait raison : il fallait que ce soit fait correctement, vu les circonstances.

– Je vais le faire, oui. (Une fois encore, elle essaya de le sonder. Et ce qu'elle devina lui glaça le sang. La crise était sans doute passée, mais, dans son for intérieur, Luke cachait une inquiétude sombre.) Qu'y a-t-il ?

Il s'empourpra.

– Arrête, Leia. Nous ne sommes pas sur une fréquence protégée.

Il avait peur. Terriblement peur. Qu'était-il arrivé d'autre durant la nuit? Yan tourna la tête vers elle.

– Plus tard, fit-elle. Yan et moi devons retrouver le Premier ministre dans un instant. Je lui présenterai mes excuses. Je vais emmener C-3PO et D2 pour la traduction.

– Bien. D2 est sans doute encore dans ma chambre. Yan, je laisse Chewie sur place pour maintenir le calme. J'essaierai de parler à Belden plus tard, si j'arrive à le trouver.

– Belden?

– Oui, le doyen du Sénat. Il me fait bonne impression.

– Tu vas lui parler de la fusillade?

– Exact. Bon, on se revoit plus tard.

L'image de Luke s'effaça.

Yan resta immobile, les bras croisés.

– Plus tôt nous aurons réglé cette affaire, plus tôt nous pourrons ficher le camp de cette planète en sauvant notre peau.

– Je vais appeler le Premier ministre Captison pour lui dire que nous serons en retard.

Heureusement qu'ils avaient pris du retard, songea-t-elle. Sinon, ils n'auraient pas eu le message de Luke. Le front plissé, elle tapa le code de Captison. Un jour peut-être, se dit-elle, elle accepterait les excuses de Vador. D'Anakin. Quel que soit son nom officiel. Il s'était montré courtois.

Est-ce qu'il l'observait en cet instant même? Soudain furieuse, elle serra le poing.

11

Luke quitta la cabine de communications de l'Aire Douze en se félicitant de n'avoir pas utilisé le dispositif d'appel non visuel de la taverne : ainsi, il avait pu voir Yan et Leia et il savait maintenant avec certitude qu'ils n'étaient pas en danger. Tout allait bien. Il en avait également profité pour enregistrer l'incident dans la banque de données.

Chewie montait la garde. Luke saisit son bras velu et lui dit :

– Merci, vieux.

Le Wookie lui tapota l'épaule en réponse et ils retournèrent ensemble vers le *Faucon* . Des investigations poussées les avaient rassurés : personne n'était venu fouiller dans le coin.

Le capitaine Tessa Manchisco, non loin de là, était adossée au mur de tôle ondulée de la taverne du port.

– On s'en va, commandant ?

Elle avait sans doute dû faire un brin de toilette pour débarquer, mais la poussière avait quelque peu souillé son uniforme crème pendant la bagarre. Et trois tresses noires pendaient en désordre sur son cou, décorées de brindilles et de feuilles.

Quand ils furent de retour sur le *Faucon*, Manchisco leur dit qu'elle avait promis (très intelligemment) des heures supplémentaires triples à son navigateur Duro s'il acceptait de rester à bord. Luke se dit qu'il aurait aimé que le capitaine des Mon Calamari ait la même idée.

Même si l'Alliance était pauvre, ses gouvernants préféreraient sans doute payer des soldes triples que provoquer des incidents qui coûtaient des morts dans les rangs des Bakurans.

– A propos, dans quel état est le *Rafale* ?

Manchisco se rembrunit.

– On a des petits problèmes avec le bouclier tribord. C'est réparé, mais j'ai été obligée de laisser l'équipe d'entretien impériale à bord. Et toutes les données ont probablement été transférées dans les banques de Thanas, maintenant.

– Mais est-ce qu'ils ont fait du bon travail ?

– Oui, ça paraît correct. (Elle haussa les épaules.) Je ne sais pas si je vous l'ai dit, mais ç'a été un plaisir de vous connaître.

– Moi aussi, je suis heureux de travailler avec vous. Et je suis sûr que nous n'en avons pas terminé ici.

Une expression de tristesse se dessina sur son visage endurci par les batailles.

– Vous le savez sans doute mieux que moi, mais j'ai le sentiment bizarre que nous ne nous reverrons plus.

Un autre avertissement. Ou bien Manchisco avait-elle eu une prémonition de son côté ?...

– Je l'ignore. L'avenir change en permanence.

Elle agita sa main gauche.

– Peu importe. Nous faisons ce que nous pouvons, aussi longtemps que possible. N'est-ce pas, commandant ?

– Exactement.

Un speeder à deux places franchit l'entrée de l'Aire Douze, surchargé avec quatre hommes de l'Alliance. Les autorités du Spatioport avaient accédé à sa demande.

– La nuit a été chaude, dit Manchisco. Espérons que nous n'aurons plus d'autres ennuis.

Les hommes qui débarquèrent avaient l'air épuisé mais nullement violents.

– Je crois que tout se passera bien, dit-il. Que la Force soit avec vous, capitaine.

Luke monta dans le speeder et, cinq minutes plus tard, il se posait sur le toit d'une tour résidentielle. Il trouva très vite l'appartement du sénateur Belden près du puits d'accès, passa une main dans ses cheveux, réajusta sa tenue de vol et effleura le panneau d'appel.

En attendant, pendant quelques secondes, il observa le couloir. Il s'en dégageait une odeur de renfermé et le placage de certaines portes était décollé. Tel quel, il était loin de ressembler au manoir des Captison. Il se pouvait que la famille Belden possède une demeure plus luxueuse ailleurs. A moins que le gouverneur Nereus n'ait fait le nécessaire pour que les crédits des dissidents restent au plus bas.

La porte coulissa. Et il recula. *Gaeriel ? Ici ?...*

– Je... bredouilla-t-il. Euh... bonjour... J'espérais m'entretenir avec le sénateur Belden.

– Il est absent.

Elle fit un pas à l'extérieur et une voix appela :

– Gaeriel... Laisse-le entrer.

– C'est madame Belden, expliqua Gaeriel. Et elle n'est pas bien. (Elle toucha son front.) Entrez un instant. Clis – sa dame de compagnie – a des problèmes familiaux, c'est pour ça que je prends le thé avec elle ce matin.

– C'était une simple visite, murmura-t-il. Je ne pensais pas vous déranger.

Une vieille femme au visage fané était installée dans un fauteuil garni de coussins avec de vastes accoudoirs. Elle portait une robe jaune orangé qui rappelait des zestes de namana, et ses cheveux clairsemés étaient teints en auburn.

– Alors, te revoilà, Roviden. Pourquoi es-tu resté absent si longtemps ?

Luke adressa un regard perplexe à Gaeriel.

– Elle pense que vous êtes son fils, lui chuchota-t-elle. Il a été tué durant les purges de l'Empire, il y a trois ans. Pour elle, tous les jeunes gens sont son fils. Surtout, ne dites rien.

Avait-il seulement un moyen de fuir ? Il promena rapidement son regard sur les meubles de bois antiques, une boîte grise électronique, sur les pieds nus de Gaeriel, sur sa jupe et son gilet... Non, il n'existait aucun moyen d'échapper à cette mascarade. Et il tendit une main hésitante à madame Belden.

– Je suis désolé. J'avais tant de choses à faire. Pour la Rébellion, tu comprends...

Car il venait soudain de se rappeler les paroles de Gaeriel : *son fils avait été tué durant les purges de l'Empire...*

Elle lui serra la main.

– Roviden, je savais que tu travaillais dans la clandestinité. Ils me l'ont dit – oh, mais, ça n'est plus important. Gaeriel n'est plus là, sais-tu, et...

– Non, elle est commença-t-il.

– Je suis là, Eppie.

Gaeriel s'assit sur un tabouret à répulseur.

Le regard de madame Belden, désespérément, alla de Luke à Gaeriel.

– Vous êtes... Tu es ?... Et je suis ?...

Elle ferma les yeux et son menton retomba.

Gaeriel haussa les épaules.

– Tout va bien, Eppie. Vous aimeriez faire une petite sieste ?

– Sieste, répéta la vieille femme d'une voix lasse.

Luke suivit Gaeriel vers le fond.

– Parlez-moi de madame Belden. Depuis combien de temps est-elle dans cet état ?

– Trois ans. (Gaeriel secoua la tête tristement.) Malheureusement, elle a été très compromise dans la résistance contre l'Empire. Et elle a craqué quand Roviden a trouvé la mort... Ça... ça l'a détruite.

– C'est peut-être pour cela qu'ils l'ont laissée en vie.

Gaeriel redressa le menton en un mouvement de colère.

– Vous ne pouvez pas...

Madame Belden s'agita dans son fauteuil.

– Surtout, ne partez pas sans me dire au revoir !

Luke, que son désir de partir rendait maladroit, recula et s'agenouilla devant elle. Il vida son esprit de tous ses soucis et de ses désirs pour se focaliser au centre de ses pensées et analyser en profondeur la présence de madame Belden. Il émanait d'elle une pulsation trop intense pour quelqu'un qui avait besoin de soins permanents. L'esprit subsistait. Il affectait la Force... créant un rythme vital si puissant que Luke devina que la vieille femme possédait une force qui lui était propre et dont elle n'était pas consciente. Mais certaines liaisons entre l'esprit, les sens et la communication étaient annihilées. Elles avaient été neutralisées. *C'est l'Empire qui a fait ça,* se dit-il.

Il plongea son regard dans les yeux humides de chagrin d'Eppie Belden. Derrière lui, Gaeriel l'observait. S'il utilisait la Force, elle pourrait le mettre à la porte. Ou alors, elle respecterait ses capacités.

Peu importait la volonté de Gaeriel : Eppie Belden avait besoin d'être soignée. Il tapota la main décharnée, tavelée. Pouvait-il encore jouer la comédie et prétendre qu'il était son fils ? S'il se servait de la Force, ce genre de supercherie pouvait se révéler dangereux.

– Je désire vous montrer quelque chose, murmura-t-il, sans plus se soucier de Gaeriel. Ce qui était dur.

– Si vous pouvez faire ceci, vous pourrez être capable de vous guérir par vous-même.

Il sentit tous ses sens s'éveiller.

– Non, corrigea-t-il. Restez calme et silencieuse. Ecoutez-moi.

Il s'enfonça dans le champ de sa perception et lui montra comment il s'était guéri lui-même, comment il avait volé dans l'hyperespace... Le silence, la focalisation, la puissance... Il s'assura qu'elle voyait ce qu'il lui montrait, et qu'elle comprenait qu'il ne s'en était pas tiré à la perfection. Ensuite, il inversa sa conscience. *Quelque chose a été endommagé,* dit-il. *Je crois que c'est l'Empire qui a fait cela. Il faut que vous trouviez. Que vous le soigniez. Il faut lutter, Eppie. Que la Force soit avec vous.* Yoda aurait dit qu'elle était « trop vieille pour être éduquée », mais il ne s'agissait pas d'éducation dans la Force. Pas exactement. *Et, Yoda, elle ne va pas aller au-devant des ennuis comme je l'ai fait moi, non ?...*

Il sentit la vague déferlante de sa gratitude. Il inspira profondément et se redressa. Eppie Belden resta effondrée dans ses coussins, les paupières closes, le souffle paisible.

– Que lui avez-vous fait ? demanda Gaeriel, qui avait pris inconsciemment une posture de combat.

Luke rencontra son regard. Il lut du calcul dans l'œil gris, et de la colère dans le vert.

– Elle est encore très consciente, murmura-t-il. Je ne pense pas qu'il s'agisse d'un problème naturel. Je crois qu'on lui a fait du mal.

Gaeriel hésita :

– Délibérément ?

Il acquiesça. Quand il sentit son hostilité se dissiper, il n'en garda pas moins le silence et la laissa déduire les implications. Quelqu'un lui avait fait du mal. Qui, sinon l'Empire ? Il dit alors :

– Je connais certaines techniques d'autoguérison. Je lui en ai montré certaines qu'elle peut utiliser. C'est tout.

– C'est tellement peu de chose pour vous ? demanda-t-elle amèrement.

Un non-Jedi ne pouvait en faire autant.

– Je ne lui ai rien fait *à elle*. Je le jure sur... sur ma parole d'homme.

Finalement, elle haussa les épaules et abandonna le sujet.

– Venez. Et asseyez-vous.

Elle franchit une arche pour pénétrer dans une vaste salle à manger carrelée de blanc. Elle désigna à Luke une table transparente sur laquelle attendait une théière.

– Si vous êtes capable de faire ça avec la Force, pourquoi ne prenez-vous pas un chasseur pour foncer droit vers le vaisseau-amiral ssi-ruuvi et nous en débarrasser ?...

Je pourrais essayer, si vous me le demandiez. Il réprima l'envie de le lui dire et expliqua :

– Si j'utilisais mes pouvoirs sous l'effet de la colère ou dans l'intention d'agresser plutôt que pour le savoir et la défense, le côté sombre me prendrait. Tout comme il a pris...

Il se tut avant d'avouer la terrible vérité. Un jour, il devrait admettre de qui il descendait. Il aurait presque souhaité en finir avec cette histoire, mais l'heure n'était pas encore venue où cette révélation à la fois humiliante et provocante prendrait toute sa valeur. En parler maintenant à Gaeriel serait désastreux.

– Le côté sombre a emporté de nombreux Jedi. Ils sont devenus les agents du mal, et il a fallu leur donner la chasse.

– J'aurais dû le deviner.

Elle le toisa longuement, puis se tourna vers la porte en guettant le moindre son.

Il se dit qu'il pouvait encore gagner, par le biais d'Eppie.

– Si elle essaie de faire ce que je lui ai montré, il se peut qu'elle semble endormie pendant... des jours peut-être.

– Ça serait sans doute un réconfort. (Quelque peu apaisée, Gaeriel croisa les jambes.) De quoi voulez-vous discuter avec Orn ?

Bon sang ! Commander le *Rafale* était plus facile que d'entamer ce sujet.

– Certains des vôtres ont attaqué les miens au Spatioport, tôt ce matin. Il y avait quelques non-humains parmi l'équipage de l'Alliance et vos hommes ont cru qu'il s'agissait de Ssi-ruuk. Je soupçonne le gouverneur Nereus d'avoir trouvé des Bakurans qui aiment les ennuis, et il a essayé de les provoquer.

Il sentit qu'elle doutait de ses paroles.

– Il y a eu des blessés ?

– Deux Bakurans. La princesse Leia est en train de présenter ses excuses officielles. (Il ajouta en hâte :) J'aimerais que nous puissions mieux faire. Cela n'aurait jamais dû se produire.

Il se tourna vers la fenêtre. Le soleil brillait maintenant, mais sans répandre aucune chaleur. Il avait été prévenu : quelque part, bientôt, les Ssi-ruuk l'attendraient. Il ne pensait pas courir un danger sérieux, mais il ne savait pas ce qu'ils lui voulaient. Et que faisait-il ici, à mettre en péril la vie de Gaeriel et de madame Belden ?

Il se leva et dit :

– Si le sénateur Belden a quelques suggestions à proposer concernant l'incident, dites-lui de me contacter, je vous prie. J'espère que l'état de madame Belden va s'améliorer. J'ai senti sous ses tourments... (Il chercha les mots appropriés.) Je pense que je l'aurais beaucoup aimée. Elle s'est battue, n'est-ce pas ?

Surprise, elle haussa les sourcils.

Bravo. Il venait de lui faire à nouveau la démonstration

de ses pouvoirs de Jedi. Elle baissait les yeux, à présent, mais ses pieds nus suggéraient qu'elle avait le cœur plus léger. *Sauf quand je suis près d'elle.* Eh bien, merci. Je ferais mieux de partir, à présent.

Il jeta un bref regard à madame Belden en se dirigeant vers la porte. Elle n'avait pas bougé. Gaeriel se glissa derrière lui.

– Luke, je vous remercie d'avoir essayé.

– *Luke, elle m'appelle enfin par mon nom.*

D'un cœur léger, il remonta vers le toit.

Leia précéda C-3PO sous l'arcade gardée qui accédait au complexe Bakur dans l'ancienne Aile de la Société. D2 roulait silencieusement derrière eux, suivi de Yan en arrière-garde. Le bureau du Premier ministre Captison était lambrissé de boiseries rouges. La table massive avait été taillée dans le nœud d'un arbre géant de la forêt de la pluie. Il était assis au centre, là où l'on avait taillé et poli un espace plat. Il affichait un air sombre.

Etait-elle donc à ce point en retard ? Brusquement, elle réalisa qu'il fronçait ainsi les sourcils à l'intention de C-3PO et de D2. Elle leva son verrou de neutralisation Possesseur pour montrer à Captison que les deux droïds étaient sous contrôle. Elle avait également programmé C-3PO pour qu'il ne parle pas sans qu'elle le lui ordonne. Lui demander de rester simplement sur sa réserve ne lui avait pas semblé raisonnable – ni même plausible.

– Je suis navrée d'avoir été retardée, commença-t-elle.

Captison n'était pas un homme d'une taille exceptionnelle mais, tout comme Luke, il rayonnait d'assurance.

– J'espère que vous avez été à même de résoudre vos problèmes personnels.

– Oui, je vous remercie.

Le Premier ministre leur montra deux fauteuils. Yan s'installa après que Leia se fut assise.

– Je vous présente officiellement mes excuses pour les deux hommes qui sont morts ce matin. Puis-je contacter leurs familles ?

Captison observa Yan avec un curieux rictus.

– Oui. Je pense qu'elles apprécieraient. Je vais arranger cela. Je dois vous dire également que les vaisseaux ssi-ruuvi ont modifié leur dispositif au large de notre réseau de défense. Dans le sens d'une compensation stratégique. C'est du moins ce que m'a dit le commandant Thanas.

Leia surprit le regard en biais de Yan.

– Vous a-t-il adressé le même rapport à vous *et* au gouverneur Nereus ? demanda-t-il.

Captison haussa les épaules.

– C'est ce que je lui ai demandé de faire. Ça me semblait la moindre des choses.

Leia souffla nerveusement.

– Peut-être ignorez-vous qu'il est très inhabituel qu'un officier impérial se soucie le moins du monde des populations qu'il est chargé de protéger.

– Vraiment...

Mais sans doute le savait-il. Et il avait même peut-être formé le commandant Pter Thanas dans cet esprit.

– De toute manière, voici les droïds que je vous ai proposés. Pouvons-nous tenter de traduire ce que vous avez ?...

– Je n'apprécie guère les droïds, rétorqua Captison d'un ton sec. Mais, vu la situation, j'accepte de m'en servir. S'il y a une chance pour qu'ils nous aident.

Leia enclencha le Possesseur de C-3PO, qui ronronna doucement.

Et, comme s'il n'avait jamais été réduit au silence, il annonça d'un ton enjoué :

– Monsieur, je pratique couramment six millions de formes de communication.

Leia avait entendu cette déclaration tant de fois qu'elle ne risquait plus d'être impressionnée. Mais l'intérêt soudain de Captison lui rappela qu'elle l'avait été, jadis.

– C'est vrai, dit le Premier ministre, c'est ce que Son Altesse a déclaré au cours du dîner. (Il pianota sur la console de son bureau.) Zilpha, envoie-nous l'un des enregistrements de vaisseau à vaisseau que nous avons captés chez les Fluties. (Il se rencogna dans son siège et expliqua :) Nous avons stocké une certaine quantité de leurs bavardages. On dirait une bande d'oiseaux – de gros oiseaux très vilains avec des voix profondes.

– Pour ce qui est de bavarder, notre Bâton d'Or est un champion, dit Yan en tapotant l'épaule de C-3PO.

Le droïd de protocole tourna gravement la tête vers lui.

– Je vous remercie, général Solo!

Des voyants changèrent de couleur près de Captison.

– Nous y sommes. Que votre droïd écoute bien ceci.

– Vous pouvez vous adresser directement à lui, dit Leia. Son vrai nom est Z – C-3PO, mais il répond au nom de C-3PO.

– D'accord, dit Captison. Ecoute, C-3PO : dis-moi ce qu'ils se racontent.

De la console monta une série de sifflements, de cliquetis, de grognements, qui allaient de l'alto à des basses profondes et sinistres. L'organe des Fluties couvrait un spectre sonore impressionnant.

Tout en écoutant, Leia observa le bureau de Captison. Les fenêtres doubles s'ouvraient sur un parc rond décoré de statues. Des vitraux tri-D représentant des arbres aux troncs roides encadraient les panneaux de verre. *Des namanas*, devina-t-elle.

C-3PO inclina la tête. Puis la secoua.

– Je suis absolument désolé, monsieur le Premier ministre, mais je ne comprends rien. Tout ceci dépasse mon entendement. Je sers depuis tant d'années, et je peux communiquer dans tous les langages en usage dans l'espace impérial autant que républicain.

– Nos Fluties viennent d'un espace qui se situe bien au-delà, déclara Captison. Je croyais avoir mentionné cela.

Yan se frotta le menton. Et Leia ne sut quoi dire.

Un sifflement vrillant monta derrière elle. Elle se retourna. D2, installé dans un coin de la pièce lambrissée, venait de restituer une parfaite imitation des enregistrements du Premier ministre.

– C-3PO, dit-elle quand D2 eut fini, est-ce que ça n'était pas exactement le contenu des messages des Ssi-ruuk ?

– Non, protesta C-3PO avec fermeté et mauvaise foi. Il a raté une note de quatre vibratos.

D2 claironna.

– Va donc nettoyer tes processeurs, répliqua C-3PO. Je n'accepte pas qu'on me parle sur ce ton.

Captison haussa les sourcils.

– Il peut les imiter aussi fidèlement ?...

– Je ne douterai jamais de D2, bien qu'il ne me soit jamais venu à l'idée qu'il soit capable de ça, reconnut Leia. Monsieur le ministre, je suis convaincue qu'avec vos enregistrements et un peu plus de temps, C-3PO sera en mesure de décoder cette langue.

– S'il le peut... (Captison désigna D2.) En tout cas, nous avons maintenant quelqu'un qui parle la langue locale. Escortez donc vos amis jusqu'au bureau de mon assistante. Zilpha va leur donner suffisamment d'enregistrements pour qu'ils s'occupent jusqu'à ce soir.

Le gouverneur Nereus mordit dans un zeste de namana et se mit à mâchonner, l'air songeur. Dans cette allée de verdure, de hautes fougères arborescentes et de vignes bourgeonnantes, il pouvait oublier un moment la menace qui pesait sur Bakura et sa carrière. L'Empereur Palpatine et Vador étaient morts, et l'Alliance Rebelle – dépréciée avec tant de dédain dans tous les communiqués officiels – était désormais un adversaire de taille.

Pourtant, tous les enjeux étaient en faveur de l'Empire, et il disposait de deux leaders de la Rébellion sous le coude. Ce qui pourrait considérablement affaiblir l'Alliance.

Il rejeta ces spéculations et retrouva le cours de ses pensées en descendant l'allée. Il ne faisait aucun doute que quelqu'un de nouveau allait s'installer sur le trône impérial. Nereus aurait prudemment évalué les risques de faire lui-même ce bond en avant, mais, sur un monde de la Frange, il n'avait pas une chance... et quiconque prenait le risque d'échouer pouvait courir à sa perte... ou à sa mort. Donc, il devait se montrer vigilant, veiller à l'émergence d'un nouvel empereur, le flatter, l'acclamer. Et Bakura offrirait alors l'image parfaite d'une entreprise aussi pacifique que profitable.

Si les Ssi-ruuk ne s'en emparaient pas. Il les détestait par principe, même s'il oubliait leur technition. Durant sa jeunesse, il avait eu deux hobbies : la parasitologie et la dentisterie chez les non-humains. L'Empire avait su tirer profit des deux disciplines. Les non-humains devaient être abattus ou disséqués. Pas question de nouer des alliances avec eux.

Son aide de camp se mit au garde-à-vous à quelques pas de là, au sud-est de la fontaine centrale. Nereus avait donné des instructions strictes pour ne pas être dérangé et il le laissa attendre. Il était venu ici pour s'accorder quelques minutes de paix, et au nom de toutes les forces et des équilibres que les idiots de ce monde adoraient, il ne s'en laisserait pas priver.

Il croqua un autre zeste de namana et contempla la fontaine en savourant la bouffée de plaisir que le namana provoquait chez lui. Il contrôlait sévèrement son régime : il ne buvait du nectar que dans la soirée et s'autorisait seulement un ou deux zestes dans la journée, la plupart du temps ici-même, près de la fontaine. Il aimait le spectacle des tourbillons d'eau qui défiaient la pesanteur sous l'effet d'une centaine de motivateurs soniques, avant d'être repris par la gravité de Bakura pour retomber dans la turbulence bleue.

L'Empire, lui aussi, avait le pouvoir de dominer la turbulence. Les collègues de Nereus avaient permis à la bureaucratie de se régénérer d'elle-même. Au service de l'Empire, Wilek Nereus monterait encore plus haut, il disposerait de plus d'autorité et de pouvoir qu'avec tout autre gouvernement. Pour cela, pour maintenir la présence de l'Empire sur Bakura, il était prêt à vendre n'importe quoi, n'importe qui. L'anéantissement de l'Etoile Noire l'irritait : la peur était l'ultime moyen de dominer Bakura.

Avec un soupir, il se tourna vers son aide de camp.

– C'est important, je suppose.

– Monsieur le gouverneur, un message holographique vous attend. Il émane de la flotte ssi-ruuvi.

Les Fluties avaient capturé plusieurs vaisseaux de l'Empire depuis qu'ils avaient émis l'enregistrement de Sibwarra, et ils avaient désormais accès à l'holonet.

– Idiot ! cracha Nereus. Pourquoi ne pas l'avoir dit plus tôt ? Je vais le prendre dans mon bureau.

L'autre sortit un communicateur de son ceinturon pour établir le relais. Nereus s'avança d'un pas rapide sur le sentier moussu. Les deux gardes s'écartèrent de part et d'autre du long tunnel illuminé qui accédait au bureau de Nereus.

Un voyant vert clignotait sur la tablette de réception holonet. Il redressa le col de son uniforme et passa rapidement la main sur son insigne avant de faire pivoter son siège pour faire face à l'écran.

– Réception, dit-il.

Il agrippa les accoudoirs de son fauteuil. Qu'est-ce que les Fluties pouvaient encore vouloir ?

Un personnage haut d'un mètre environ, en robe translucide à rayures, apparut.

– Gouverneur Nereus. (Il s'inclina.) Sans doute vous souvenez-vous de moi. Je suis...

– Dev Sibwarra, grommela Nereus. (Oui, c'était bien ce parasite qui travaillait pour les Fluties.) Je ne vous connais que trop bien. Et alors, quelles réjouissantes nouvelles nous apportez-vous cette fois ?

Sibwarra secoua la tête.

– Elles sont moins réjouissantes qu'auparavant, je le crains, mais à court terme, elles vous plairont peut-être. Les puissants Ssi-ruuk, constatant votre hésitation à adhérer à la demande de l'Imperium pour l'unité galactique de vous libérer des limitations physiques...

Nereus pêcha une longue dent de Llewelkyn dans une pile de dossiers.

– Venez-en au fait.

Sibwarra présenta sa paume ouverte.

– L'amiral Ivpikkis est prêt à dégager notre flotte de votre système si vous voulez bien nous accorder une contrepartie.

– Continuez.

Nereus faisait jouer la longue dent d'ivoire entre ses doigts. Si l'image avait été de chair, il l'aurait tailladée plusieurs fois, jusqu'à ce que...

– Parmi les nouveaux visiteurs de ce système figure un

homme du nom de Skywalker. Si vous pouvez le remettre à une délégation ssi-ruuvi spéciale, notre flotte repartira sur l'heure.

Nereus émit un grognement désapprobateur.

– Qu'est-ce qu'ils lui veulent ?

Sibwarra inclina la tête et cligna des yeux. De façon presque reptilienne.

– Nous désirons simplement vous débarrasser de cette présence déplaisante.

– Je n'en crois pas un mot.

Néanmoins, si les Ssi-ruuk se portaient vers un autre secteur de la galaxie pour capturer les humains nécessaires à leurs droïds – il pourrait leur suggérer Endor, par exemple –, Bakura retrouverait son état de statu quo, il conserverait son pouvoir, et il pourrait prévenir l'Empire du danger qui s'avançait.

Sibwarra déclara :

– On m'a déclaré qu'il serait utile pour certaines expériences.

– Oh, je n'en doute pas.

Très drôle. Quoi qu'ils veuillent à Skywalker, ça devait être en rapport direct avec la technition. Il ne faisait pas plus confiance à Sibwarra qu'à ses maîtres reptiliens. S'ils voulaient Skywalker, ils ne devaient s'en emparer à aucun prix.

Pourtant, se dit-il, il pouvait tirer avantage de cette proposition.

– Il va me falloir du temps pour prendre les dispositions nécessaires.

Il avait une première option : tuer Skywalker. Oui... Il pourrait s'arranger pour livrer le jeune Jedi aux Ssi-ruuk, mais s'assurer qu'il meure avant qu'ils ne l'utilisent. Il ferait ainsi d'une pierre deux coups.

Mais les officiers rebelles continueraient-ils d'obéir aux ordres de Thanas si leur commandant disparaissait avec la flotte des reptiliens ? Il tapota la dent effilée qu'il serrait encore. Oui, ils le feraient sans doute si c'était leur unique espoir de survie.

Sibwarra, tout en continuant de plisser les yeux, porta les mains à son menton.

– Une journée vous suffira-t-elle pour prendre vos dispositions ?

Nereus était plein de mépris.

– Je le pense. Recontactez-moi demain à midi, heure locale.

Trois coups rapides à la porte du bureau de Gaeriel interrompirent tout espoir de récupérer une matinée de travail gâchée. Jusqu'à son retour au complexe, elle n'avait pas cessé d'être tourmentée par ce que lui avait dit Luke Skywalker, que l'esprit d'Eppie Belden avait été la proie des Impériaux. Dès son retour, elle avait exploré le dossier de criminalité d'Eppie. Tous les sympathisants de la Rébellion durant la période des purges en avaient un, y compris oncle Yeorg (pour une peccadille).

Mais il n'y avait rien sur Eppie. Ou bien le dossier s'était évaporé ou il restait classé au niveau hautement confidentiel. En ce cas, pourquoi l'Empire avait-il mis le sceau du secret là-dessus ?

Elle rentra le programme dans son dossier « A conserver – sécurité ». On venait de l'appeler de l'extérieur.

– Viens !

Une jeune femme élancée en combinaison verte franchit le seuil.

Gaeriel s'était redressée.

– Aaari. Que se passe-t-il ?

– Un appel. Le bureau de Nereus.

Gaeriel fit signe à Aaari de se rapprocher. Ses assistantes avaient réussi à infiltrer plusieurs des systèmes de sécurité de Nereus, mais c'était certainement réciproque.

– Qu'est-ce que tu as entendu ?

Aaari s'approcha et chuchota à son oreille :

– Les Ssi-ruuk viennent de proposer une offre à Nereus s'il accepte de leur livrer le commandant Skywalker.

Gaeriel sentit son cœur se glacer. Luke Skywalker avait vu mourir l'Empereur. Il était évident qu'il n'était pas seulement un Jedi. Il avait été l'un des pivots essentiels de l'Alliance... dans une galaxie en total bouleversement.

En ce cas, pourquoi le voulaient-ils ? Luke avait délibérément fait preuve de bonne volonté en se servant de ses pouvoirs pour aider Eppie, et elle admirait sincèrement cet acte. Si les Jedi agissaient selon leur cœur, pourquoi donc avait-il agi consciemment face à sa désapprobation ? Alors qu'il était à l'évidence tellement désireux – et effrayé – de nouer une véritable amitié avec elle ?...

Il était clair que les Ssi-ruuk pensaient qu'ils pouvaient l'utiliser. Et s'il en était ainsi, n'importe quel humain – y compris Wilek Nereus– devait savoir qu'il fallait absolument protéger Luke. Ou alors, Nereus ne comprenait pas ce que le seul fait d'abandonner Luke aux reptiliens signifiait pour l'humanité. A moins qu'il ne soit obsédé par l'idée de rejeter les gens de l'Alliance... Ou encore...

Ou encore, il pouvait bien tenter d'assassiner Luke avant qu'il ne tombe aux mains des Ssi-ruuk. Cette troisième hypothèse impliquait que Luke Skywalker n'avait plus de temps devant lui.

Devait-elle le prévenir ? Si elle ne faisait rien, elle donnerait du poids au gouverneur Nereus dans la balance. Mais si elle aidait Skywalker, elle risquait de déséquilibrer le reste de l'univers.

Pourtant, il était difficile de réfléchir en termes universels alors que le danger menaçait le peuple bakuran tout entier. Luke avait réussi à la convaincre qu'il ferait tout ce qui était en son pouvoir pour aider Bakura à repousser les Ssi-ruuk.

– Merci, Aaari, dit Gaeriel en se levant.

Elle consulta son chronomètre. Les gens raisonnables devaient déjà dîner.

– Je m'occupe de ça, ajouta-t-elle.

12

Luke descendait d'un pas décidé le corridor de pierre blanche qui accédait à leur appartement. Après son entretien avec Gaeriel et madame Belden, il avait passé le reste de la matinée et une partie de l'après-midi avec les techniciens des ateliers. Il était évident que sa réputation de Jedi s'était répandue. Il s'était acquis leur respect en mettant les mains dans la graisse en leur compagnie – c'était sans doute ce qui les avait le plus impressionnés – avant de s'occuper de toutes les ailes A. Luke soupçonnait que les meilleures équipes d'entretien avaient dû être transférées à bord du croiseur impérial *Dominant*.

Puis, sans même avoir un instant pour se laver, il avait dû aider son officier d'intendance à ravitailler le groupe de combat. Il aurait apprécié l'aide de Leia dans cette circonstance. Et tout cela sans cesser de réfléchir aux Ssiruuk et à la signification de cet avertissement qu'il avait reçu en rêve. Ce n'était guère étonnant s'il avait maintenant l'impression que son corps à peine guéri n'était qu'une plaie.

Deux commandos de l'Empire montaient la garde dans le couloir, le fusil laser en travers du torse. Sous l'effet de la fatigue, l'adrénaline afflua plus vite encore dans son sang. Il porta aussitôt la main à la poignée de son sabre.

Puis, son bon sens reprit le dessus. Il laissa retomber ses mains, les doigts écartés.

– Excusez, marmonna-t-il. Je n'ai pas encore l'habitude.

– Je comprends, commandant.

Le soldat s'effaça et Luke entra. Il se précipita dans sa chambre et plongea sur le lit à répulseur. Il laissa un instant sa tension s'évacuer. Il n'avait encore jamais connu une situation aussi absurde. Il était dans un appartement gardé par des commandos impériaux « amicaux »!...

Il regarda par la haute fenêtre et se demanda ce que son oncle Owen aurait pensé de l'averse qui venait juste de commencer. Le début de l'été de Bakura aurait été un paradis pour Tatooine.

Un voyant clignotait sur sa console de communications. Avec un soupir, il répondit. Le sénateur doyen Belden requérait sa présence au dîner.

Il grommela. Gaeriel aurait dû lui relayer le message, mais il était trop tard. Il n'aurait jamais le temps de se rendre à son invitation, même s'il ne prenait pas un bain avant. Il avait absolument besoin de s'entretenir avec le sénateur – ne serait-ce que pour en savoir plus sur le parcours médical de son épouse. Il composa une demande courtoise pour le rencontrer dès le lendemain, la transmit, et ôta ses bottes. A cet instant, la porte carillonna.

– Oh, non! souffla-t-il, irrité. Leur commensal leur avait montré comment utiliser la console du lit pour s'assurer de l'identité des visiteurs. Il appuya sur divers boutons, mais sans résultat. Il alla alors répondre lui-même, avec le sentiment d'être nettement plus graisseux que la moyenne.

En entrant, Gaeriel se détourna à demi de la porte comme si elle préférait s'avancer dans la pièce plutôt que de lui adresser la parole. Sur sa jupe bleue, elle portait une sacoche finement tissée. Tout comme avant, dès qu'elle fut proche de lui, il sentit résonner la Force.

– Commandant? Puis-je vous parler quelques instants?

Il s'écarta du regard inquisiteur du garde impérial.

– Je vous en prie.

Dès que la porte fut refermée, Gaeriel mit les mains en coupe autour de sa bouche et chuchota :

– Vous êtes sous surveillance. Nous allons disparaître.

Elle leva sa sacoche et l'ouvrit. A l'intérieur, il vit une

boîte grise pareille à celle qu'il avait remarquée dans l'appartement de Belden. Elle tourna une roue moletée et dit à voix basse :

– Un générateur de bulle de brouillage. Je ne peux le laisser fonctionner plus de quelques secondes. Vous êtes en danger.

– Que se passe-t-il ?

– Les Ssi-ruuk sont entrés en contact avec le gouverneur Nereus. (Elle plongea la main dans la sacoche.) Vous êtes confortablement installé, commandant ?

Il devait réagir rapidement.

– Eh bien, la situation est un peu déconcertante. Je fais une réaction allergique aux cuirasses des commandos de l'Empire.

Bien, lut-il sur ses lèvres.

Elle haussa un sourcil, juste au-dessus de son œil vert, puis tordit à nouveau le poignet dans la sacoche :

– Ils ont demandé au gouverneur Nereus de vous livrer en proposant en échange de se replier de Bakura.

L'avertissement qu'il avait reçu revint dériver dans son esprit. Ainsi, ils avaient l'intention d'agir par le biais de Nereus.

– Naturellement, ça le tente.

– Je ne pense pas. Il n'est pas stupide. S'ils vous veulent vivant, il fera le nécessaire pour que ça ne soit pas le cas. (Elle baissa les yeux et bougea à nouveau sa main.) Je suppose que nous allons bien devoir faire avec vos réactions automatiques.

Et dire que Leia avait été persuadée que Nereus ne ferait rien à leur détriment. *C'est maintenant qu'on commence à s'amuser.*

– Nous sommes très confortablement installés, cependant. (Il désigna un canapé d'angle.) J'ai travaillé très dur toute la journée. Asseyez-vous, je vous en prie. Que je puisse en faire autant.

– Je ne pense pas que j'en aie le temps.

Il étoffa sa voix de résonances apaisantes sous-tendues par la Force.

– J'aimerais que vous me fassiez confiance.

Elle glissa encore une fois la main dans sa sacoche.

– Je suppose que je réagis face à un Jedi comme vous devant les commandos.

– Oui, mais j'apprends à me dominer.

– Moi aussi. Eppie dormait encore quand je suis revenue. (Elle détourna les yeux et murmura :) Merci. Mon assistante et moi avons intercepté un appel des Ssi-ruuk. Le gouverneur Nereus a demandé une journée de délai pour prendre les dispositions nécessaires.

– Une journée, acquiesça Luke. Je vous en remercie.

Un blanc.

– Votre compagnon étranger a besoin de quelque chose de particulier ? Qu'est-il donc, avez-vous dit ?... Un Wook ?...

– Un Wookie. Non, il n'a besoin de rien de spécial, si ce n'est qu'il mange deux fois plus que n'importe lequel d'entre nous.

– Je comprends. (Elle relança le générateur de brouillage.) Ils ne vous captureront pas comme les nôtres, vous savez. Pas plus que le gouverneur Nereus. Faites attention. Soyez sur vos gardes. Vérifiez bien ce que vous mangez, ce que vous buvez, ce que vous respirez.

– Mais pour quelles raisons les Ssi-ruuk voudraient-ils me capturer ?

Elle haussa les épaules.

– Je ferai attention, dit-il d'une voix paisible.

Nereus ferait sans doute feu de tout bois afin de convaincre les Ssi-ruuk qu'il souhaitait coopérer.

Ce qui était peut-être le cas.

– Vous avez déjà dîné ? demanda Gaeriel. Si vous le voulez, je peux nous faire servir un repas léger.

Touché, il essuya machinalement une tache de graisse de sa combinaison.

– Vraiment ?...

Quand elle eut commandé il ne savait quoi, un silence désagréable s'installa entre eux. Finalement, elle se tourna vers lui et demanda :

– Est-ce que vous écoutez mes pensées ?

Elle avait posé sa sacoche sur le canapé à répulseur.

– Non, je ne le peux pas, dit-il prudemment. Je perçois certains de vos sentiments à travers la Force, mais c'est tout.

Pas vraiment tout.

– Ça reste quand même injuste. *Moi*, je ne peux pas lire vos sentiments.

Il sortit la boîte grise de la sacoche et trouva aussitôt la commande.

– Est-ce que vous aimeriez savoir ce que je ressens ?

– Oui.

Il inspira profondément. L'honnêteté était certes une chose, mais la stupidité en était une autre. Il aurait tellement aimé avoir le talent de Leia pour tourner des phrases.

– Je vous connais déjà bien plus intimement que quiconque. Bien sûr, cela ne fait que rendre plus graves les choses, parce que tout ce que vous savez de moi est ce que vous êtes persuadée de croire. (Est-ce qu'il s'était bien exprimé ? Il continua.) Vos sentiments à mon égard sont assez forts. Très ambivalents.

Elle se dirigea vers l'alcôve en creux, au centre de la pièce.

– Commandant, ce n'est pas tant que je vous craigne...

– Luke.

– Ma religion me pose des objections à votre propos. Pour ce que vous êtes devenu. Vous n'êtes pas né Jedi. Et vous feriez bien d'arrêter ce machin pendant quelques secondes, sinon nous aurons tous les deux des ennuis.

Et c'est à cet instant qu'il sentit un tourbillon d'intense attraction qui lui provenait à travers la Force, mais qui n'émanait pas de *lui*. Cinq ans auparavant, il lui aurait pris la main dans la seconde pour lui jurer n'importe quoi – la Flotte, l'Alliance, et la Force...

Mais ces cinq années avaient modelé sa destinée. Et peut-être parviendrait-il à modifier l'esprit de Gaeriel.

Il se reprit. De quel droit s'en prenait-il à ses croyances ? Elle dépendait pour une part de la Force, comme tous, même si elle ne voulait pas l'admettre.

Vivement, il désactiva le brouilleur.

– Depuis combien de temps êtes-vous sénateur ?

Ça, au moins, c'était une question banale.

– J'ai été élue il y a cinq ans. Je suis les cours depuis, que ce soit ici ou au Centre Impérial. Mais que ma fonction ne vous impressionne pas trop. (Elle joignit les pouces.) Elle consiste surtout à trouver des façons créatives de drainer des impôts. Nous disposons désormais des données de l'Empire et de sa culture. Pour une bonne part, c'est bénéfique, mais cela attire aussi les convoitises des quelques personnes qui pensent comme le gouverneur Nereus.

Dans toutes les sociétés soumises, se dit Luke, il se trouvait toujours certains individus qui accueillaient l'Empire parce qu'ils en faisaient déjà partie au fond de leur cœur.

– Je ne crois pas que vous soyez de ceux-là, dit-il.

Elle risqua un regard vers le brouilleur. Leur conversation prenait peut-être un tour trop personnel.

– Est-ce qu'il pleut toujours autant ? demanda-t-il. J'ai été élevé sur un monde désertique.

Ils évoquèrent le climat pendant quelques instants, avant qu'il ne réactive le générateur et lui dise :

– Je respecterai vos craintes. Et vos croyances.

On carillonna à la porte.

Gaeriel se leva et alla ouvrir, heureuse de cette interruption. Il n'était pas dans son intérêt de jouer avec son destin ainsi qu'elle le faisait, et elle n'avait pas le moindre espoir d'amener Luke Skywalker à comprendre sa vision de l'univers.

Un serviteur apparut, poussant un hovercart, et elle lui désigna l'endroit où le placer. Quand il se fut retiré, elle ôta le couvercle du plateau.

– J'espère que vous aimez les fruits de mer.

Elevé sur un monde désertique – et il l'a dit deux fois en deux jours.

– Allez-vous rester ?

– Pardonnez ma lâcheté, Luke, mais...

Sans un mot, il prit à son ceinturon un objet cylindrique argenté qu'il déposa sur le chariot à répulseur. L'objet était suffisamment long pour être tenu à deux mains et évoquait la moitié d'une arme.

– Est-ce bien ce que je crois ?... souffla-t-elle.

– Vous serez plus en sûreté ici que chez vous. (Il sentit

ses joues s'empourprer.) Je suis désolé. Je me conduis comme n'importe quel commando bravache.

Au moins, se dit-elle, il savait ne pas se prendre au sérieux. Elle hésita. Oui, elle serait sans doute en sécurité ici, du moins pour quelques minutes.

– Il y en a deux dans le couloir, lui rappela-t-elle, et, à votre place, je ne m'y fierais plus guère. Mais... tout ça semble très frais et je crois que je vais me joindre à vous.

Il était évident qu'il appréciait les fruits de mer, car il se gava littéralement. Gaeriel, pour sa part, se contenta de quelques bouchées délicatement assaisonnées. Quelques secondes plus tard, il récupéra son projecteur, posé à côté de son sabrolaser.

– Est-ce que la plupart des Bakurans partagent vos idées ?

Soulagée, elle lui répondit :

– La plupart sont plus stricts. Ma sœur, par exemple. Elle vit en ascète, de presque rien afin d'être plus libre. Moi... je suis moins fidèle. Nous constituons une minorité, mais le poids de l'univers pourrait s'équilibrer sur un atome très exactement placé.

– Je peux percevoir à travers la Force qu'il y a en vous des sentiments profonds. Et d'autres profondeurs aussi.

– Je croyais avoir convaincu tout le monde que j'étais une politicienne de carrière.

– Oui, *tous les autres* semblent en être convaincus.

– Bien, fit-elle d'un ton désinvolte.

Ne regarde pas dans ses yeux – mais ils sont d'un bleu si délicat...

– Les Ssi-ruuk sont là, au large de la planète. Il ne me reste qu'un jour pour me préparer.

– Moins.

– Quand j'en aurai fini avec eux, je reviendrai ici – pour vous parler, Gaeriel– s'il existe l'ombre d'une chance pour que vous révisiez votre opinion à mon égard. A l'égard des Jedi. Vous n'aviez que partiellement raison en me disant que je n'étais pas né Jedi. La Force est très présente dans ma famille, et puissante.

Surprise, elle but une gorgée d'eau. Une partie de son esprit avait soupçonné qu'il pouvait dire cela, et une part de son cœur l'avait espéré. *Pourquoi ne pas l'admettre ? Vois donc comment il réagit.*

– Je vous remercie... de votre honnêteté. Nous n'avons guère le temps de respecter les usages sociaux. Et je suis attirée par vous, ce qui est dangereux.

Il secoua la tête.

– Je ne ferai jamais...

– Mais si, si je vous y encourageais. (Elle baissa le regard sur ses mains nouées.) Vous pourriez aisément manipuler les gens si vous le désiriez.

– Non, je ne le ferai jamais, insista-t-il, écarlate. Ce serait malhonnête. Et sans avenir.

Elle porta la main à son médaillon.

– Qui êtes-vous, Luke Skywalker ? Qu'est-ce qui vous accorde le droit de posséder ces pouvoirs ?

– Je suis... (Il hésita.) Un garçon de la campagne, je suppose.

– Une famille de paysans doués de la Force ? fit-elle, sarcastique.

Son visage redevint pâle. Elle venait de toucher un point sensible.

– Considérez cela ainsi, murmura-t-il en achevant son plat. Il y aura toujours des gens doués pour le mal. Si le seul moyen de protéger les autres est d'acquérir la Force pour faire le bien, n'est-ce pas important ? Même si vos croyances sont justes et que ça implique de rabaisser quelqu'un d'autre. Les gens se sacrifient constamment pour de bonnes causes. Je n'ai demandé à personne de mourir pour moi.

Elle était presque convaincue, mais résistait encore face à son apparente sincérité.

– Le Cosmos doit conserver son équilibre.

– Je suis d'accord. Le côté sombre appelle constamment à l'agression, à la vengeance, à la trahison. Plus grande est votre puissance, plus vous êtes tenté.

Gaeriel vit que sa main tremblait.

– Ainsi, si vous aimiez quelqu'un, vous pourriez aisément haïr les autres.

Il baissa les yeux sur le générateur de brouillage et haussa un sourcil.

Elle s'efforça d'ignorer son regard blessé.

– Le générateur est inutile, dit-elle. Nous pourrions très bien dîner en silence.

– Il existe un autre équilibre, dit-il en portant la main à son front encore marqué de traces de graisse. Les sommets des montagnes de ma vie sont équilibrés par des canyons. J'ai perdu des amis, de la famille, des professeurs. L'Empire a tué la plupart. Si je n'avais jamais entamé mon éducation de Jedi, tous seraient morts aujourd'hui. Et moi aussi. Le jour même où j'ai rencontré mon premier éducateur dans la Force, l'Empire s'est abattu sur notre ferme. Mon oncle Owen et ma tante Beru ont été massacrés en mon absence. Il n'y a pas eu un seul survivant dans la maison. Ont-ils fait la même chose ici ? Et approuvez-vous l'Empire ?

– C'est une grave question.

– L'approuvez-vous ?

– L'Empire s'est emparé d'un pouvoir excessif pour n'importe quel gouvernement. Mais il compense la soumission par le privilège. L'un des avantages de vivre sous l'Empire, c'est d'avoir un choix merveilleux de voies éducatives. Et les enfants les plus doués peuvent aller étudier au Centre Impérial.

Il eut un rictus amer.

– Je me suis laissé dire que les plus brillants ne reviennent jamais chez eux.

Comment savait-il ça ? Certains restaient sur place, certes, parce qu'on leur offrait des emplois lucratifs. D'autres disparaissaient. Pour sa part, Gaeriel avait préféré rentrer chez elle.

– Disons que nous avons appris à garder nos distances. Néanmoins, le leadership de l'Empire a été une bonne chose pour Bakura. Cela comporte des inconvénients, mais je suis certaine que nombre des citoyens de l'Alliance considèrent qu'elle pose des problèmes.

– Oui, ceux de la liberté.

Il venait de toucher juste.

– Quand vous êtes arrivés, nous avons eu peur. L'Alliance Rebelle a une réputation de destruction, non pas de construction.

– Je crois qu'on peut le penser du point de vue impérial. Mais tel n'est pas le cas. Je le jure.

Ce n'est pas un diplomate.

– Merci pour cette conversation. Je me sens mieux...

– J'aimerais pouvoir en dire autant.

– ... et plus sûre de moi, acheva-t-elle en mentant effrontément. (Elle plongea la main dans la sacoche, désactiva le générateur, passa la bride à son épaule.) Nous ferons du bon travail ensemble contre les Ssi-ruuk.

Il lui fit un signe. Elle réactiva le générateur une dernière fois.

– Serait-il possible de... d'acheter quelques-uns de ces objets ?

Elle secoua la tête.

– Il appartient à Eppie. Il n'en reste que quelques-uns sur Bakura, et tous sont la propriété des familles d'origine qui ont su garder secrète leur existence à Nereus.

– Dommage.

– Oui, dommage. Je ramène le hovercart avec moi.

Luke, lentement, rengaina son sabrolaser.

Il la raccompagna. Il aurait voulu lui toucher la main, la raisonner encore, affaiblir ses craintes envers la Force. Il était presque prêt à la supplier. Mais il se contenta de lui ouvrir la porte et resta sur le seuil, les pouces dans son ceinturon.

– Merci, fit-elle en s'éloignant, suivie par les regards vigilants des commandos.

Dès qu'elle eut disparu à l'angle du corridor, Luke serra les poings, puis les desserra. Il avait toujours eu un don certain pour ouvrir les portes. Des portes sur le danger, dans l'espace, et sur les étendues brillantes ou plus sombres de son âme. Toujours, pourtant, il était resté libre d'avancer.

Gaeriel avait essayé de lui claquer la porte au visage, mais en vain. Il avait senti le conflit qui l'agitait. Elle ne le combattrait pas éternellement.

Epuisé, il quitta l'appartement et gagna une porte d'accès au toit, sur la gauche. Il entra dans le répulsorlift et sortit bientôt dans le jardin en terrasse. Dans la nuit, il aurait pu se croire dans quelque forêt primitive d'un monde isolé. L'air était frais, à cette heure. Des bouquets de troncs blancs dardaient vers le ciel. Ils montaient des entrelacs de racines pour se déployer en branches d'un jaune orangé vif. Sous la clarté des rares étoiles, il discerna le sentier dallé de pierre qui circulait entre les parterres de mousse.

Il s'arrêta à une bifurcation, quelques pas plus loin, tout près du bord du puits étroit qui descendait vers le centre du complexe. Il s'agenouilla sur un banc, posa les coudes sur le muret de pierre et regarda vers le bas de la cité. Les cercles se déployaient en tonalités de bleu, de jaune pâle, avant de devenir rougeâtres... Comme un diagramme stellaire. La comparaison était frappante. Les bâtisseurs de Salis D'aar avaient dû concevoir la ville comme une carte de navigation entre les étoiles aux couleurs diverses. Les demeures les plus belles, les plus confortables, se situaient dans le secteur des étoiles jaunes, tièdes, hospitalières.

Il lui sembla distinguer quelques points de lumière qui se déplaçaient lentement et qui devaient être autant de vaisseaux du réseau de défense. Ils étaient en formation avec d'autres, obéissant à des ordres communs face à un ennemi commun.

La plupart de ces pilotes avaient des compagnes qui les attendaient, vers lesquelles ils reviendraient. Ou bien, souvent, elles les pleureraient. Mais il savait que plus il maîtriserait la Force, moins il aurait une chance d'avoir une compagne à lui.

Il ouvrit les mains et chuchota :

– Ben ? Ben, viens, je t'en prie. J'ai besoin de quelqu'un à qui parler.

Même la brise demeura muette. Sur un mur, une créature noire de la taille de son petit doigt courait sur une vingtaine de pattes. Il se concentra sur leur rythme, focalisa son esprit. La créature disparut dans une fissure et il appela une fois encore :

– Maître Yoda ? Etes-vous près de moi ?

Question stupide. Yoda était avec la Force et par conséquent partout. Mais il ne répondit pas.

– Père ? appela-t-il, hésitant.

Anakin allait-il comprendre ? Il essaya de s'imaginer à la place de Gaeriel, sur un monde menacé, sans doute prête à perdre la vie. Et voilà qu'au milieu de cette crise, un homme survenait. Qui l'effrayait. Un Jedi.

Quelqu'un venait. *Ben ?* lança-t-il mentalement, mais l'intensité de cette nouvelle présence n'était pas celle d'un Jedi. Et c'était une créature vivante qui approchait à pas légers et pressés.

Leia apparut à la bifurcation de l'allée. Sa robe blanche brillait entre les ombres des branches.

– Je suis là, murmura-t-il.

– Tu vas bien ? (Elle avait jeté un châle bakuran en tricot sur ses épaules.) Je t'ai... je t'ai entendu appeler à travers la Force. Du moins, c'est ce que j'ai cru.

C'était ainsi qu'elle l'avait retrouvé dans la Cité des Nuages.

– Cette journée a été dure et longue. Comment ça s'est passé pour toi ?

– Plutôt bien. J'ai laissé D2 et C-3PO en compagnie du Premier ministre Captison.

Il fit un effort pour ne pas lui faire remarquer qu'elle semblait crépiter d'énergie. Envieux, il demanda :

– Laisse faire, Leia. Il t'aime.

Elle prit un air furibond.

– Ça ne sert vraiment à rien d'essayer de te cacher quoi que ce soit, n'est-ce pas ? Nous sommes allés nous promener. Nous avons bavardé... Mais... c'est dur d'avoir un moment en privé.

Luke sourit.

– C'est bien ce qui me manque. J'ai grandi sans parents, je veux dire.

– C'est bon d'avoir un frère, tu sais, dit-elle en jouant avec son châle.

– Tu as Yan, aussi. Quelqu'un à qui transmettre les pouvoirs de la famille. (Il ajouta d'un air morose :) Il ne semble pas que j'en serai un jour capable.

Elle posa la main sur son épaule.

– Qu'y a-t-il, Luke ? C'est cette fille du Sénat ?

– Un Jedi ne peut avoir de passion. Mais il est évident

que parfois c'est la Force qui me contrôle, et non le contraire. Elle favorise la vie.

– C'est donc elle. Je commençais à m'inquiéter pour toi, Luke. Tu étais tellement... indifférent.

Sa perspicacité l'embarrassait. Le meilleur moyen de la distraire était de l'agacer.

– A propos de toi et Yan, je voudrais te poser une question que je n'ai sans doute pas le droit de poser. Vous n'êtes pas... opposés à la perspective d'avoir des enfants un jour, non ?...

– Hé ! (Elle leva la main.) Ça n'est pas une solution.

– Excuse-moi. C'est seulement que... j'y ai beaucoup réfléchi ces derniers temps.

Vraiment ? songea-t-il. Incroyable ce que son subconscient était prêt à annoncer à n'importe qui avant de l'en informer personnellement. Un instant, il s'imagina à la tête d'un clan de jeunes apprentis Jedi aux yeux bleus, verts et gris.

– Mais un enfant avec un tel don de la Force aura également un grand potentiel pour le mal, non ?

– Bien sûr. C'est un risque que les humains ont toujours dû prendre. Mettre au monde une intelligence, c'est toujours risqué.

– Tu ne t'es jamais demandé comment ta mère a pu oser le faire ?

Sa colère jaillit brusquement, et il en fut déconcerté.

– Oh, cela me rappelle que je suis censé te transmettre un message. J'ai vu Vador.

L'esprit de Luke se vida instantanément.

– Vador ? Tu as vu... notre père ? Anakin Skywalker ? Vador n'existe plus.

– Prends-le comme tu le souhaites. Anakin disons. Mais je l'ai vu. Vraiment.

Un sentiment de perte le déchira. Pourquoi leur père était-il apparu à Leia et non pas à lui ?

– Qu'a-t-il dit ?

Elle porta son regard vers le cœur de la cité.

– Je suis censée te rappeler que la peur appartient au côté sombre. Il était venu pour me demander mon pardon. Il a essayé, du moins.

– Je ne l'ai vu qu'une fois – un instant. Il ne m'a rien dit.

– Je ne veux rien avoir à faire dans cela, et je ne veux pas qu'il continue de me harceler.

Luke réfléchissait au message de Vador. *La peur appartient au côté sombre.* La peur de Gaeriel à son égard. Elle aussi venait du côté sombre.

– Leia, dit-il enfin, la haine aussi appartient au côté sombre.

– Haïr le mal, ça n'est pas faire le mal.

– Est-ce qu'il... euh... a dit quoi que ce soit qui puisse avoir un rapport avec... Oh, j'ai interrompu quelque chose quand j'ai appelé ce matin, c'est ça ?

Il devina que ses joues s'empourpraient.

– Ça n'est pas évident d'avoir un moment en privé.

– Je suis désolé. Mais peut-être père a-t-il fait quelque chose de bien s'il t'a envoyée à Yan pour être consolée.

– Tu n'as pas le droit de dire ça. Quand je l'ai vu, aussi normal, j'ai... j'ai pris conscience que c'était une personne normale qui est devenue... ce qu'il était. Moi aussi, cela pourrait m'arriver.

– Pour le bon côté, insista-t-il.

Il effleura ses cheveux d'un baiser.

– A demain matin.

– Attends ! (Elle se redressa soudain.) Tu ne vas pas me renvoyer comme ça.

– Rien que pour quelque temps, murmura-t-il. Va retrouver Yan. Je dois vous laisser.

Elle le fixa, le souffle oppressé, visiblement irritée. Puis, elle s'éloigna.

Resté seul, il croisa les mains et murmura :

– Père ?...

L'idée lui traversa l'esprit qu'il avait fait la paix avec Anakin. Ce qui expliquait qu'il fût apparu à Leia.

Il se concentra sur l'une des méditations de Yoda.

En ouvrant les yeux, il dénoua ses mains. Il n'avait pas encore vraiment perdu Gaeriel. Il l'aiderait autant qu'il le pourrait, et si à terme elle le repoussait, il ne quitterait Bakura qu'avec des traces de regrets.

Des yeux rieurs le fixaient du fond de son esprit. Des jupes tourbillonnaient. Qui croyait-il tromper ?

Et que faisait-il donc tout seul dans ce jardin ? Il se leva et regagna le répulsorlift.

Dev caressa la surface lisse du nouveau siège de technition... ou bien devait-il lui donner un nom différent ? Trois douzaines de nouveaux sièges comme celui-là étaient en construction, afin de fournir un appoint au flux d'énergie que Skywalker allait leur apporter, mais celui-là, tout particulièrement, était spécial. Il évoquait plus un lit redressé qu'un fauteuil. Il était muni d'un moteur qui faisait varier l'inclinaison de zéro à trente degrés. Au lieu de l'habituel arc de captation, il était équipé d'un circuit intérieur d'attraction énergétique qui viendrait se placer dans le dos de Skywalker. Dans le bas et sur les côtés, les entraves de maintien étaient plus larges et ouvertes, et d'autres dispositifs médicaux avaient été prévus pour accroître la survie à long terme de son occupant. Ils les avaient testés hier. Le siège noir et argent brillait sous les lumières de la cabine.

– Maître Firwirrung, dit Dev, il est splendide.

– Je suis navré, Dev, chantonna Firwirrung d'un ton grave. Je sais que cela va heurter tes sentiments...

– Je souhaiterais que ce soit pour de vrai, Maître. Mais je sais que vous devez le tester. Commençons.

Firwirrung inclina sa tête au V familier.

Dev avait fait lui-même les suggestions en matière de design. Le siège pouvait être redressé presque à la verticale, maintenant que l'arc de captation n'entravait plus le mouvement. Il y revint prudemment. Son pied gauche effleura une entrave qui se referma avec un bruit sec autour de sa cheville.

– Ça marche !

– Essaie l'autre, ronronna Firwirrung.

Dev surveilla attentivement l'opération. D'une rainure profonde saillait une arche noire flexible. Il en rapprocha sa cheville droite et...

Clac! C'était lui qui avait proposé que la mise en place du deuxième bracelet de maintien déclenche un second cycle. Et le siège s'inclina de douze degrés. Il se relaxa et se laissa descendre, les bras croisés sur la poitrine. A la seconde où son torse touchait un nouveau panneau de déclenchement, une entrave plus large lui enserra la taille. Elle était bien plus sûre que les anciennes.

– Magnifique, commenta Firwirrung en tapotant la sangle d'une serre appréciatrice. Est-ce que le couplage est résistant ?

Dev tenta de se démener.

– Oui. Mais assez pour que je n'aie pas de difficulté à respirer.

– La forme du corps humain est bizarre. (Firwirrung sifflota joyeusement et Dev rit avec lui.) Tu es à l'aise, Dev ? Nous ne pouvons que faire des *suppositions* sur sa taille.

– Oh, oui.

– La main gauche, maintenant.

Il tendit le bras. Une autre entrave large se mit en place. Celle-ci comportait des relais de senseurs vitaux qui pénétreraient aisément sa peau mince dépourvue d'écailles. Derrière Firwirrung, sur un panneau noir encastré dans la paroi, des voyants clignotèrent. Le Ssi-ruu se retourna.

– Libère la droite, ordonna-t-il.

Dev aurait tellement souhaité être technitionné aujourd'hui. Il rêvait de ce moment où il se réveillerait avec des yeux qui ne pouvaient jamais se fermer mais qui voyaient tout. Dans un corps neuf qui pouvait tout faire. Pour le seul plaisir de ses maîtres. Hier, ils avaient commencé à technitionner des P'w'ecks immatures ou trop âgés venus d'autres vaisseaux en vue de l'assaut. Les P'w'ecks technitionnés ne duraient pas aussi longtemps que les humains, mais les Ssi-ruuk en avaient besoin d'un grand nombre – vite et brièvement.

Firwirrung s'activa devant un panneau rouge. Dev ressentit une piqûre dans le bas du dos.

– Ça aussi, ça marche, dit-il.

Ce mécanisme avait été également optimisé pour des contraintes à long terme, de même que le rayonneur destiné à la partie supérieure de la colonne vertébrale. Et désormais, la procédure ne passerait pas par la neutralisation du système nerveux de Skywalker.

– Est-ce que tu peux bouger les pieds?

– J'arrive même à les sentir!

– Bon. (Firwirrung se rapprocha encore et décrocha un tube transparent près de son épaule gauche.) Je sais à quel point tu souhaiterais que ce soit pour de vrai. Crois-moi : je suis navré de te frustrer comme ça.

– Mais mon heure viendra.

Dev ferma les yeux. Il sentit une infime pression au creux de sa gorge, puis un élancement à peine douloureux. Il se relaxa un peu plus encore, savourant la sensation, tandis que Firwirrung passait de l'autre côté du siège et répétait les mêmes gestes. Oh, oui, rêva-t-il, il aurait tant aimé...

Pourtant, sous son désir, il sentait un courant de peur, plus profond. Sa main droite s'était mise à trembler sur sa poitrine.

Un souffle brusque lui fit ouvrir les yeux. Ecaille Bleue et l'amiral Ivpikkis entraient, suivis par deux P'w'ecks qui traînaient un prisonnier humain par la tête et les bras. Obéissant à la nouvelle procédure de Firwirrung, ils l'avaient déjà préparé avec un rayonneur. C'était *lui* qui allait passer sous technition. Dev, une fois encore, essaya de remuer les orteils et ne sentit rien. Parfait. Il avait joué son rôle pour ce pauvre humain terrifié.

– Revoyons tout ça, demanda l'amiral. En quoi est-ce différent de la technition standard?

Firwirrung entrelaça ses serres devant son torse.

– Nous pensons qu'un individu doué du talent de la Force est capable de tirer de l'énergie à distance – à courte distance, dans le cas de Dev. Si Dev est positionné avec précision au dispositif de capture, les énergies de l'autre sujet se déverseront à travers lui. Cependant, Dev ne sera pas technitionné et il pourra être en mesure de répéter indéfiniment ce processus

– Non pas comme avec ce... ce siège, ici, dit Ivpikkis.

Dev se rappela à quel point ils s'étaient amusés quand il leur avait décrit pour la première fois le mobilier humain. Les P'w'ecks étaient mis sous technition simplement étendus sur le pont.

– Non, acquiesça Firwirrung. Nous n'aurons même

pas à capturer le sujet. Si nous comptons avec le rôle que devrait jouer Skywalker, le sujet n'aura même pas à se trouver dans le champ d'un faisceau tracteur – du moins nous l'espérons.

– Mais pour la circonstance, intervint Ecaille Bleue, nous avons préparé ce prisonnier. Est-ce que tout est en ordre ?

Ses langues olfactives jaillirent de ses narines pour frôler l'humain. Qui s'était sans doute souillé, le malheureux, se dit Dev.

– Tout est en ordre, confirma Firwirrung.

Il darda son œil droit sur Dev, son œil gauche sur les P'w'ecks et leur prisonnier.

On abaissa alors la commande principale.

Dev avait la gorge brûlante. Cette fois, les servopompes injectaient en plus du magsol une autre solution magnétisante mélangée à d'autres facteurs biochimiques. Ainsi, tout le système nerveux du prisonnier serait orienté vers le circuit de captation induit pour pomper son énergie.

Dev ressentit d'abord cela dans son cou, puis dans sa tête, sa poitrine et chacun de ses membres, très vite. Il était tout à coup plus lourd, comme si le *Shriwirr* venait brutalement de modifier son cap. Il lui sembla que le siège avait basculé. Sous son regard, Firwirrung et les autres étaient maintenant plaqués contre la paroi. L'illusion de biogravité était presque convaincante.

– J'ai l'impression que tous les nerfs de mon corps sont attirés vers le point focal. Cela fait un peu mal...

– Ça ne devrait pas affecter la fonction de captation. Est-ce que tu es prêt à drainer les énergies de cet humain dans un droïd de bataille ?

– Je vais essayer.

La meilleure chose qu'il pouvait attendre de la technition, c'était encore de transférer ce privilège à un autre. Il ferma les yeux et rejeta cette brève inquiétude pour atteindre le centre de son contrôle. Intensément et humblement conscient de ses limites, il s'élança dans la Force en direction de l'autre présence humaine. Il lui sembla qu'une éternité passait. Puis, il la toucha et l'enserra. Il laissa passer en lui le flux du circuit de captation et se servit de la Force pour aspirer en lui l'énergie. Un bref instant, il se sentit énorme et pesant. Et la douleur doubla dans ses nerfs. Puis, le poids en excédent s'évapora et, pantelant, il ouvrit les yeux. Le prisonnier gisait inerte sur le pont.

L'amiral Ivpikkis se frotta les serres.

– Pont Seize ? appela-t-il.

Et Dev entendit alors les mots qu'il espérait :

– Ça a marché.

Et les Ssi-ruuk, les P'w'ecks applaudirent avec lui, unis par le même enthousiasme.

Firwirrung chantonna doucement :

– Le prochain test est destiné à savoir si nous pouvons forcer Skywalker à obéir à notre volonté ; et non plus à la sienne. Il est bien plus puissant dans l'utilisation de la Force que notre Dev, si Dev ne s'est pas trompé dans son diagnostic.

– Il a tout intérêt, remarqua Ecaille Bleue en se hissant vers eux.

Dev serra involontairement la main droite quand l'énorme tête s'inclina vers lui. L'œil tourbillonna et il se sentit partir. Mais, à sa grande surprise, Ecaille Bleue s'écarta.

– Essayons, siffla-t-il.

Firwirrung redescendit et sortit un couteau à triple fourche, du modèle dont les Ssi-ruuk se servaient pour désosser les petits lézards comestibles qu'ils appelaient des fft. Il le mit dans la paume de la main droite de Dev.

– Oui ? demanda Dev, qui n'éprouvait nulle peur, mais seulement de la curiosité.

– Plante-le dans ton autre paume.

Quoi de plus raisonnable ? Il s'agita pour dégager un peu son corps des entraves, corrigea la position du couteau à fft et l'enfonça de toutes ses forces dans sa paume. Les os craquèrent. Et son sang d'humain ruissela sur la lame. La douleur fusa en lui.

– Laisse-le planté, ordonna Firwirrung.

Dev se redressa en position d'attente pour la prochaine phase.

– Ton bras droit.

Dev mit sa main libre en place.

Firwirrung arracha le couteau de sa paume, l'essuya sur la robe de Dev, puis plaqua deux carrés de chair synthétique – probablement prélevés dans un médipac impérial – de chaque côté de la main blessée. Avant de redresser la tête pour consulter l'amiral Ivpikkis.

– Croyez-vous que cela marchera avec Skywalker ? demanda l'amiral.

– Nous n'avons aucune raison de penser le contraire. La volonté de survie est très intense chez les humains, et vous avez pu constater que nous dominons complètement Dev. Le test final, et le plus important, bien sûr, consistera à savoir combien de temps un sujet peut survivre dans cet état. Nous ne disposons que du temps nécessaire pour une brève simulation, mais les premiers signes de dégradation vitale ne devraient apparaître qu'après plusieurs heures.

L'amiral Ivpikkis secoua la queue et contempla Dev. Qui lui répondit par un sourire forcé. Ecaille Bleue raccompagna l'amiral. Firwirrung ordonna à un P'w'eck de débarrasser le cadavre de l'humain. L'autre demeura auprès de Dev.

– Prévenez-moi en cas de variation des chiffres, rauqua-t-il avant de rabattre la porte d'un coup de serre.

Plusieurs heures. Dev, immobile, songeait qu'il était vraiment très près de la technition véritable.

Mais il n'était pas franchement à l'aise. Par exemple, le nez lui démangeait, mais il ne pouvait pas le gratter. Personne ne lui avait appris à le faire dans cette situation. Les élancements dans sa main étaient suffisamment douloureux pour qu'il en oublie la souffrance qui s'était répandue dans tout son corps. Pour passer le temps, il se récita des poésies qu'il avait apprises dans son enfance. Il les traduisit en ssi-ruuvi avant de les visualiser dans son alphabet spécial ssi-ruuvi.

Mais, bien trop tôt, il fut à court de poésies. Il avait l'impression que ses yeux allaient tomber à l'intérieur de son cerveau dans le circuit de captation. Pauvre Skywalker : il était condamné, désormais, tout comme lui. Il devrait survivre sans gagner son droïd de bataille. Condamné par les mêmes dons.

Il soupira et se mit à calculer son pouls dans sa main gauche.

Il se perdit entre quatre et cinq mille. Le temps passait. L'inconfort était depuis longtemps devenu une pure douleur, et Firwirrung n'était pas revenu pour s'enquérir de son état. Blessé, désorienté, il se remit à compter.

Il ne pouvait toujours pas se gratter le nez. Personne ne lui avait dit comment faire...

Débrouille-toi tout seul, tête en os! A présent qu'il pouvait essayer, son désarroi le rendait furieux. Pourquoi Firwirrung n'était-il pas resté auprès de lui ? C'était trop cruel. S'il retenait assez longtemps son souffle, peut-être que l'autre abruti de P'w'eck ne s'en rendrait pas compte. Il inspira à fond jusqu'à ce que la sangle soit totalement tendue sur sa taille, puis relâcha son souffle. Les poumons vides, il serra la gorge et attendit.

Un choc électrique intense éclata entre les entraves de ses poignets. Il inspira involontairement.

C'était *lui* qui avait proposé ce dispositif. Irrité, il essaya de dégager sa main droite. Il appuya son pouce contre son petit doigt et réussit à mouvoir sa paume à l'intérieur de la sangle. Pas suffisamment. Il tira encore. Trois cents battements de cœur plus tard, il abandonna. Il se laissa aller, se reposa un moment. Puis essaya encore.

Le chuintement de l'écoutille le fit sursauter. Il renfonça précipitamment son poignet dans les trois millimètres qu'il avait péniblement gagnés. Firwirrung entra le premier. Sans même jeter un regard à Dev, il se dirigea vers le panneau de commande. Ecaille Bleue devançait un autre P'w'eck, qui traînait un deuxième prisonnier humain.

– Excellent, dit Firwirrung en regardant autour de lui. Tous les indices de vie sont restés stables. Dev, maintenant, décris-nous les sensations que tu éprouves.

– J'ai mal.

Ecaille Bleue cligna de l'œil et s'avança pesamment. Dev sentit son haleine.

– Dans les jambes aussi ?

Dev enfonça ses chevilles un peu plus avant dans les entraves.

– Elles peuvent bouger. Mais elles me font mal. Elles sont trop lourdes.

– Ahh... (Firwirrung se pencha vers un cadran de lecture et sifflota d'un ton satisfait.) Le contrôle neuromusculaire a été rétabli en deux heures et sept douzièmes. Exactement comme prévu. Excellent.

Dev déglutit avec peine.

– Ça fait mal, répéta-t-il d'une voix fêlée.

– Oui, mais ça ne devrait pas affecter la fonction de captation. Dev, veux-tu bien mettre cette femme sous technition pour nous ?

Dev serra les lèvres.

– Vous ne m'écoutez pas. J'ai mal.

– Mal ? railla Ecaille Bleue.

Il se détourna légèrement. En reconnaissant cette posture familière, Dev se tendit. La queue musculeuse du Ssi-ruu lui frappa les jambes avec une violence telle qu'il en vit mille étoiles.

– Parfait, chantonna Ecaille Bleue. Nous n'avons pas besoin de ton accord, humain...

Firwirrung s'approchait, avec un hypnospray à la forme bizarre.

– Tu as raison, répondit-il à Ecaille Bleue. Il est certain que le Jedi ne se montrera pas coopératif. Et à présent que notre effort de guerre dépend du dispositif antirupture qui va contrôler Skywalker, nous allons nous en servir... plutôt que d'utiliser tes talents. Et la victoire de notre race ne dépendra plus de la survie de n'importe lequel d'entre nous.

– Mais ça pourrait le tuer, déclara Ecaille Bleue avec un tressaillement menaçant de la queue.

– Ça le tuera, oui, ou bien ça le forcera à obéir. Comment pourrions-nous avoir un meilleur moyen de conserver notre objectivité professionnelle à propos de ce sujet de moindre valeur ?

Moindre valeur ? Maître, qu'êtes-vous en train de dire ? Sous l'effet de la panique, Dev essaya d'échapper à l'hypospray. Un bref instant, il sentit la brûlure dans sa cuisse. Il attendit. Puis...

– Technitionne cette femme, lui ordonna Firwirrung.

Dev cligna des yeux. A quoi d'autre pouvaient servir les humains ? Il tendit son esprit vers la femme. Et quand son essence le pénétra, sa souffrance s'aviva. Il entendit un cri. Un cri de mâle qui lui lacéra la gorge. Et il rouvrit alors les yeux, attendant de nouveaux ordres.

Ecaille Bleue avait tiré son couteau à fft de sa gaine d'épaule. Firwirrung gronda.

– Ce ne sera pas nécessaire. J'aimerais le laisser ici pendant quelques jours, afin de tester les autres systèmes de support vital...

– Mais vous avez entendu ce qu'a dit l'amiral. Ils veulent que nous commencions à travailler immédiatement sur Skywalker.

Quelques jours ? Dev, tremblant, crispa les mains. Il avait l'impression que la gauche était brûlée : il avait probablement brisé les os de ses phalanges et tranché les tendons.

Les langues olfactives de Firwirrung pointèrent sur ses lèvres.

– Qu'est-ce qu'ils peuvent puer quand ils ont peur !

– Mais parfois, ils se comportent de manière presque intelligente. Est-ce que ce ne serait pas étrange s'ils possédaient une âme, alors que nos P'w'ecks n'en ont pas ?...

– Aucun risque. (La rudesse de Firwirrung effrayait Dev.) Qu'on en finisse.

– Regarde-moi, commanda alors Ecaille Bleue.

Son œil était noir, adorable, si rond. Et il tourbillonnait.

La main de Dev n'était plus qu'une douleur intolérable. Quelque part dans son cerveau embrumé, il reconnut un renouvellement nouveau mais partiel. Maître Firwirrung dégagea la dernière entrave de son poignet. Dev écarquilla les yeux et voulut se redresser. Il oscilla entre deux P'w'ecks, luttant contre une faiblesse inexplicable. Il perçut une odeur désagréable. Humaine. C'était la sienne.

– Ça s'est bien passé ? demanda-t-il à Firwirrung, avec une souffrance au creux de la gorge. Pourquoi renouveler... maintenant ?

Firwirrung lui tapota le bras d'une serre amicale.

– Oh, Dev... Cela te rendrait tellement triste de savoir à quel point tu étais proche de la technition, dont le bonheur t'a été refusé...

Leur prévenance le submergea.

– Mais ça a marché ? Est-ce que je lui ai donné ce droïd de bataille ?

Firwirrung lui prit la tête et la pressa contre son torse écailleux.

– Oui. Ça a marché. Mais il ne nous manque plus qu'une chose.

– Skywalker, souffla Dev.

Firwirrung le caressa.

– Humain, va prendre un bain.

13

Le gouverneur Wilek Nereus entra dans la chambre des opérations de sa suite officielle en maîtrisant son impatience. Afin de rendre plus claires les projections, tout était noir dans la pièce : le plafond, les murs, le sol et le mobilier. A la petite table de conférences, en face du commandant Thanas et du prétendu « général » Solo, il découvrit le commandant Luke Skywalker, Chevalier Jedi, muré dans l'assurance de son invulnérabilité.

– Tout va bien, messieurs ?

Il s'installa au bout de la table et, d'un geste, congédia ses gardes du corps. Les autres se rassirent.

Le commandant Thanas avait l'attitude sérieuse d'un homme dont la carrière dépendait du prochain rapport biannuel de Nereus. Il espérait sans doute effacer la mauvaise note d'Alzoc de son dossier.

– Tous les chasseurs sont parés, déclara-t-il. Les équipages n'attendent que notre signal.

Si les Ssi-ruuk tenaient parole, cette attaque ne serait jamais déclenchée – mais Nereus en doutait. S'ils s'emparaient de Skywalker et attaquaient cependant, lui et le commandant Thanas avaient prévu une nouvelle arme qui provoquerait une hécatombe dans les rangs des droïds de bataille.

– Et le nouveau vaisseau équipé d'un... euh...

– D'un canon NIEM, acheva Thanas.

Skywalker, dans l'ignorance, jeta un regard à Thanas avant de se tourner vers son collègue contrebandier.

– Un neutralisateur à impulsion électromagnétique, expliqua le commandant. Il incapacite les droïds. Nous avons installé deux prototypes de super NIEM sur une unité de patrouille, mais nous ne les avons pas encore testés.

Solo demanda aussitôt qu'on installe des canons NIEM sur les avisos rebelles. Nereus, en se frottant le menton, laissa Thanas expliquer qu'ils ne disposaient pas d'autres prototypes pour l'instant. Tandis qu'ils discutaient, il sortit un minuscule médisenseur de sa ceinture, le posa discrètement sur la surface lisse de la table, et l'orienta sur Skywalker.

Il s'assombrit. Non pas sous l'effet du remords, mais de l'inquiétude : toutes les données indiquaient que Skywalker était presque en parfaite santé. Pourtant, il le savait avec certitude, l'homme avait ingéré une cosse d'œufs de Trichoïde olabrien vieille de cinq ans. Nereus aurait dû s'assurer que les œufs étaient viables, et très vite – mais un sondage médical complet éveillerait les soupçons de Skywalker, et son ignorance était un facteur vital du succès.

Un projecteur holo monta au niveau de la table, et une image se forma entre Thanas et Skywalker. Autour de la sphère bleue de Bakura, des vaisseaux argent et or couvraient le réseau de défense. Au-delà, les points rouges de la force ssi-ruuvi scintillaient.

– Vous aussi, vous utilisez le rouge pour *menace*, remarqua Solo.

– Une référence standard pour les races dont le sang est de cette couleur, avança Skywalker.

Mais oui, leur sang est rouge. Nereus sourit et contacta discrètement son département médical en effleurant quelques touches de son clavier dissimulé.

Quinze minutes plus tard, alors que les autres continuaient de discuter stratégie, ses medtechs transmirent les impulsions des puissants senseurs de la station principale dans son propre senseur, toujours orienté vers Skywalker. Il se servit alors de touches directionnelles d'affinement pour se focaliser sur une zone réduite située entre la ceinture du Jedi et ses vertèbres cervicales...

Deux minuscules larves de quatorze heures d'existence dans une bronche. Leurs systèmes circulatoires primitifs pompaient déjà la précieuse vie de leur hôte.

Il y avait eu trois œufs dans la cosse, mais une seule larve de Trichoïde était mortelle. N'importe quel exoparasitologue savait cela.

Solo, qui n'avait pas cessé d'insulter ses deux interlocuteurs depuis deux heures, décida finalement de bloquer la discussion avec une expression têtue.

– Commandant Thanas, il y a une chose qui me déplaît dans tout ça. Regardez. (Il tendit la main vers la projection et demanda :) Revenez en arrière de trois degrés. (Des vaisseaux reculèrent.) Stop. Là. Vous voyez ? Vous avez...

Nereus consulta son écran privé. Solo s'interrompit. Skywalker lui enjoignit de poursuivre.

– Les couples de chasseurs de l'Alliance se battent sur les points de risque maximal, insista Solo. Votre projection ne montre pas les pertes par sous-groupes. Si nous pouvions les voir, il y aurait beaucoup moins de points argent dans la structure « parachevée ». Et c'est ce qui ne me plaît pas.

Peut-être le contrebandier avait-il un certain sens de la tactique, après tout, songea Nereus. Le commandant Thanas rétorqua :

– C'est le commandant Skywalker qui a proposé que je considère vos forces comme étant les miennes. Si ces chasseurs étaient à moi, je les aurais déployés de la même façon afin de minimiser l'ensemble des pertes. (Il tapa sur sa console.) Montrez la phase quatre, avec projection des pertes. (L'image changea.) A présent, je vais programmer un remplacement de ces escadrons sur la moitié des positions-clés par des unités à nous. Ça vous convient, général ?

Solo écarta les mains.

– Voilà... Phase quatre, avec projection des pertes et échange des escadrons.

Un nombre important de points avait disparu, aussi bien chez les Impériaux que dans la force de l'Alliance.

Skywalker avait le souffle tranquille. Les premières

quintes de toux surviendraient sans doute dans six heures. Tout dépendait de son état général. Et, deux heures plus tard, ce serait une hémorragie thoracique foudroyante.

– Convaincu, général Solo ?

– Je suppose, oui.

– Je pense que nous pouvons en avoir la confirmation, dit Skywalker en croisant les mains. Les forces de l'Alliance seront à l'avant-garde de chaque offensive. Nous briserons le blocus afin d'isoler ce croiseur. Il suffirait de détruire un seul de leurs croiseurs pour qu'ils changent d'idée. Si nous en détruisons deux... Eh bien, alors, nous verrons ce qu'ils ont à nous opposer. (Il se tourna vers le commandant Thanas.) Une autre question encore. Si les Ssi-ruuk continuent à nous attendre, combien de temps allons-nous les laisser patienter ?

Nereus toussota.

– Jusqu'à demain soir, dit-il. Et il ajouta mentalement : *Alors, jeune Jedi, vous serez mort.*

– J'aimerais que nous déclenchions l'offensive plus tôt, risqua prudemment Thanas. L'élément de surprise jouera en faveur de l'attaquant et...

– Demain soir, répéta Nereus.

Le commandant Thanas devrait se conformer à son plan, non à ses volontés personnelles. A *l'ensemble* du plan... sinon il se retrouverait avec les esclaves des mines. Nereus entendait bien le lui faire clairement comprendre quand ils se retrouveraient en privé dans la soirée.

– Très bien, dit Thanas. Commandant Skywalker, général Solo... A demain soir.

Nereus serra des mains sans ôter ses gants. A ce stade, les larves n'étaient pas transmissibles, mais le seul fait d'y penser lui donnait la nausée. Les Trichoïdes olabriens choisissaient comme hôtes tous les organismes supérieurs. Il avait déjà tenté de les utiliser comme arme contre les Ssi-ruuk, mais, apparemment, les lézards détruisaient les cadavres des prisonniers immédiatement après la technition. Skywalker, il l'espérait, résisterait assez longtemps pour qu'une colonie d'adultes voraces se développe dans son corps et émerge pleinement fertile après une brève période de nymphose. Si les Ssi-ruuk ne capturaient pas

Skywalker au large de la planète, bien sûr, il devrait être éliminé dans la nuit. Il pourrait même se porter volontaire, afin d'éviter une contagion mondiale. Il était tellement jeune et idéaliste, prêt à sacrifier sa vie.

Mais Skywalker passerait certainement dans l'Aire Douze au moins une fois durant les huit heures à venir.

A l'instant où Yan et lui quittaient la chambre des opérations, Luke sentit le regard pesant de Nereus. Le gouverneur comptait bien ne jamais le revoir vivant.

Dès qu'ils eurent tourné un angle, Yan marmonna :

– Tu plaisantais sans doute en me disant que tu faisais confiance à ces types.

– Change d'opinion à propos de Thanas.

– Ah oui ?

Yan haussa un sourcil et jeta un bref regard dans le couloir qu'ils longeaient.

Bien. Ils devaient rester absolument sur leurs gardes.

– Il est direct, poursuivit Luke. Il veut faire du bon travail et il est heureux d'avoir de l'aide. Ce n'est pas un homme de Nereus.

– Mais un homme de l'Empire.

– Mmm...

– Est-ce qu'il te plaît autant parce qu'il t'a fait des compliments ? suggéra Yan.

Luke sourit.

– Pas précisément. Mais ça fait toujours du bien.

– Venant d'un Impérial. Oui.

Ils ralentirent le pas en atteignant une vaste alcôve. Luke lança la Force et ne décela aucune présence. Ils s'avancèrent. Yan avait maintenant la main sur son blaster.

– Est-ce que c'est un effet de mon imagination, demanda-t-il, ou bien es-tu plus méfiant qu'hier ?

– Je sais d'une source interne que le gouverneur Nereus a prévu de me livrer aux Ssi-ruuk. Est-ce que tu as remarqué qu'il a reçu un message ou quelque chose de ce genre pendant la réunion ?

– Exact. Alors, tu vas enfin faire attention ?...

– Mais j'ai *constamment* fait attention. Mais... est-ce un effet de mon imagination ou es-tu encore plus satisfait de toi ?

– Qu'est-ce que tu veux dire ? Je suppose que tu vas me demander quelles sont mes intentions vis-à-vis de ta sœur ?

Luke promena un regard vigilant autour de lui avant d'abaisser sa garde et de sourire.

– Mon ami, je connais tes intentions. Elle a besoin de toi. Ne l'abandonne pas.

Le sourire rusé de Yan rutilait comme une balise d'astéroïde.

– Sur ma vie, promit-il.

Un bruit de pas réveilla l'attention de Luke. Il se glissa derrière une colonne et dégaina son sabre. Yan se glissa tout contre lui.

Trois personnes au moins venaient vers eux. Luke contourna légèrement la colonne et vit passer Nereus et deux commandos impériaux.

Le gouverneur avait paru tellement calme, lors de leur entrevue. Mais il y avait quelque chose dans sa démarche... Et dans un faible frémissement de la Force... qui conduisit Luke à une conclusion inattendue.

– Il commence à paniquer, chuchota-t-il.

– Lui ? Paniquer ?

– Il prépare quelque chose. (Le trio continuait à descendre le corridor.) On ferait bien de le surveiller.

– Rien de nouveau.

Dès qu'ils eurent regagné l'appartement, Yan s'éclipsa dans sa chambre. Luke, rapidement, coda un message à l'intention de Wedge Antilles, qui se trouvait dans le réseau orbital. *Attaque coordonnée pour la nuit de demain. Collaborez avec les forces du gouverneur Nereus, suivez les ordres de Thanas, mais gardez vos boucliers déflecteurs activés.* Avec un sourire sombre, il lança le message. Dès que Yan aurait retrouvé Leia, ils regagneraient le *Faucon*.. Elle était sortie seule après le petit déjeuner, mais en raison de l'imminence de l'attaque, ils devaient être en état d'alerte. Luke prendrait la prochaine navette pour rejoindre le *Rafale*. Il se réjouissait par avance de prouver à Manchisco que ses prémonitions étaient fausses.

Il éprouva une crampe d'estomac et se dit qu'il devrait manger quelque chose. Mais pas ici. La cuisine de la taverne de l'Aire Douze n'était pas forcément empoisonnée.

– Yan, tu es prêt ?

– Leia ne répond pas.

– Peut-être qu'elle et Captison se sont cachés dans un endroit à l'abri des écoutes des Impériaux...

– Oui, c'est possible. Bon, on t'emmène au port, et ensuite je me mets à sa recherche.

Le Premier ministre Captison avait proposé une promenade et, à la surprise de Leia, le sénateur doyen Orn Belden monta à bord avec une poche de poitrine gonflée. Elle se dit qu'il avait dû amener son amplificateur vocal. Cette fois, les Bakurans ne comptaient pas se laisser distraire par les droïds ou Chewbacca.

Le chauffeur en livrée de Captison fit décoller leur airspeeder du toit et Belden, à cet instant précis, porta un doigt à ses lèvres.

Leia acquiesça. *Pas encore.*

– C'est une cité adorable, commenta-t-elle. Par bien des côtés, d'ailleurs, Bakura me rappelle Alderaan. (Elle leva les yeux vers la trouée dans les nuages.) Mais certaines régions sont plus humides. Avez-vous exploré les gisements de cette saillie de quartz ?

Captison eut un sourire entendu.

– A fond. Pourquoi pensez-vous que nous ayons construit la ville ici ?

– Oui...

Le Premier ministre se laissa aller en arrière, l'air détendu.

– Après les premières années du boom, les filons ont commencé à s'étioler, et la Société de Bakur a été partagée. Les partisans de mon père voulaient prospecter d'autres sites. Une autre faction a formé un lobby pour développer les autres ressources de Bakura. Une autre encore – de la seconde génération – voulait importer des colons à des taux exorbitants, ou bien établir un réseau de résidences de vacances de luxe.

– Dès que la galaxie apprend l'existence d'un monde nouveau et habitable, il devient souvent à la mode.

– Ce qui attire de nombreux éléments indésirables.

Elle se demanda si Captison faisait allusion aux rebelles et aux contrebandiers, ou aux joueurs et revendeurs de tous poils.

– Possible.

Ce qui le fit rire.

– Leia, vous me rappelez beaucoup ma nièce.

– J'aurais bien aimé avoir une existence aussi simple que celle de Gaeriel.

– C'était une enfant très gentille, renifla Belden depuis le siège arrière, où il était installé à côté du garde du corps de Captison. Reste à voir si elle fera un bon sénateur...

Captison tapota une vitre d'un air absent.

– Elle a brutalement atteint la phase de désenchantement de l'âge adulte.

– Je comprends, dit Leia. Moi aussi, je l'ai connue très jeune.

– Oh, fit soudain le sénateur Belden, vous voudrez bien remercier le commandant Skywalker pour avoir tenté d'aider Eppie. Il saura ce que je veux dire.

Puis, il se lança dans un discours sur les terrains montagneux, la culture du namana, sa récolte et l'extraction de son jus.

Leia attendait, en se demandant s'il se sentirait bientôt suffisamment en sécurité pour parler vraiment. C'était peut-être là sa seule chance de les gagner à l'Alliance.

Cinq minutes plus tard, le chauffeur de Captison les déposa sur un petit dôme entouré d'enseignes à répulseurs clinquantes qui flottaient à quelques mètres de hauteur. Alors que Leia tendait la main vers la poignée de l'écoutille, Captison lui toucha le poignet.

– Attendez, souffla-t-il.

Dix minutes plus tard, le chauffeur de Captison ainsi que ses gardes du corps redécollaient dans le speeder officiel tandis que Leia prenait place dans un petit appareil de location garni de coussins bleu glacier et équipé d'une console de commandes.

– Vous procédez souvent comme ça ? demanda-t-elle, amusée.

– Jamais, lança Captison en lançant l'appareil dans les voies denses du trafic de Salis D'aar. C'est juste une idée de Belden.

– Il est plus sûr de considérer que les speeders gouvernementaux ne sont pas à l'abri des écoutes, dit le sénateur en tapotant sa poche. Et cela va nous être utile, également. Désormais, personne ne peut nous entendre.

Captison plissa le front et régla la fréquence radio sur une station musicale.

– Je pense que vous comprenez qu'en nous entretenant avec vous, nous prenons certains risques. En public, il nous a été interdit de vous faire nos condoléances pour la disparition d'Alderaan. Mais en privé...

Elle ne reconnaissait pas son amplificateur vocal et demanda :

– Qu'avez-vous donc sur vous, sénateur ?

Belden posa la main sur sa poche.

– Une antiquité qui nous revient de la Bakura préimpériale. La Société de Bakur a certes disloqué notre gouvernement, mais elle a fait de nos ancêtres des survivants. Et créé ainsi une bulle imperméable aux sondeurs soniques de l'Empire. Depuis que l'Empire s'est installé, aucune faction n'a osé fabriquer d'autres engins.

Mentalement, Leia estima la valeur de ce brouilleur égale à celle du *Faucon*, plus ou moins.

– Messieurs, il vaudrait mieux ne pas le perdre. Mais j'aimerais vraiment savoir pourquoi l'Empire n'a pas poussé Bakura dans le camp de la Rébellion.

– Je suppose que Nereus s'est montré très malin, dit Captison. Il a mis la pression, mais très lentement. Comme pour une estouffade de triton.

– Je vous demande pardon ?

– Les tritons d'ici sont trop lents pour réagir, expliqua Belden. Alors, on les met dans une marmite d'eau froide, on augmente doucement la chaleur, et ils meurent très lentement sans essayer de sauter. Et c'est ce qui va se passer ici, à moins que...

Il tapota l'épaule de Captison.

– Du calme, Orn.

Leia se pencha à tribord et découvrit une colline boisée.

– Qu'est-ce qui pourrait vous pousser à agir, monsieur le Premier ministre ?

– Peu de chose, lança Belden. Il est plus malin qu'il ne le laisse paraître.

– Sénateur Belden, est-ce qu'il existe un parti clandestin ?

– Officiellement, non.

– Une centaine de membres ? Répartis en dix cellules ?

– C'est presque ça, chuinta Belden.

– Et ils sont prêts à se soulever ?

Captison eut un sourire en biais et abaissa une manette pour virer à droite. Le speeder tournait en rond à l'intérieur du périmètre de la cité.

– Très adorable Leia, le moment n'est pas opportun. Notre vrai problème actuel, ce sont les Ssi-ruuk. Nous espérons que l'Empire nous sauvera, plutôt que de nous soumettre.

– Mais c'est le moment idéal ! insista Leia. Les Ssi-ruuk ont réussi à unir votre peuple. Il est désormais prêt à suivre le leader qui lui donnera la liberté.

– A vrai dire, ce sont ces trois années dans le sein de l'Empire qui ont uni notre peuple. Ils savent maintenant ce qu'ils ont perdu en courbant l'échine trop vite, et qu'il leur faudra coopérer pour le retrouver.

– Ils croient en vous, monsieur le Premier ministre.

– Et vous, princesse Leia ? demanda Captison sans détourner les yeux. Quel est donc votre véritable objectif ?

– Amener Bakura à faire partie de l'Alliance, bien sûr.

– Et pas de nous défendre contre les Ssi-ruuk ?

– Ça, c'est la mission de Luke.

Un sourire effleura les lèvres de Captison.

– Ah... L'objectif d'une mission dépend de celui qui désigne cet objectif. L'Alliance commence à acquérir de la maturité.

– Monsieur le Premier ministre, de quel pouvoir disposez-vous réellement, vous et le Sénat ?

Captison secoua la tête.

– Si vous aviez à choisir librement, sans risque pour votre peuple, enchaîna Leia, quel camp choisiriez-vous pour Bakura ?

– L'Alliance, reconnut-il. Nous n'aimons guère les taxes de l'Empire, la législation des mondes étrangers, et nous n'apprécions pas de voir nos jeunes hommes et nos jeunes filles partir pour servir l'Empire. Mais nous avons peur. Belden a raison : nous avons appris à nous apprécier, maintenant que nous savons ce que signifie la domination – perdre son identité pour n'avoir pas su se battre ensemble.

– Est-ce que ça n'est pas une cause qui mérite justement qu'on se batte ? Est-ce que ça ne vaut pas le sacrifice de quelques vies ? Monsieur le Premier ministre, je ne crois pas que je vivrai jusqu'à... (elle estima son âge) cinquante ans. Mais je préfère encore perdre la vie pour la liberté des autres plutôt que de mourir en esclave.

Captison soupira.

– Vous êtes exceptionnelle.

– Tous les gens libres sont exceptionnels. Laissez-moi parler aux leaders de vos cellules, sénateur Belden. Donnez une chance à votre peuple de se battre pour sa liberté et il...

Mue par une longue habitude, elle regarda par-dessus son épaule : un véhicule de patrouille les suivait à dix longueurs.

– Je pense que ce sont des Impériaux, dit-elle calmement.

Captison consulta un écran et accéléra.

Leia se tourna vers le panneau de communications. Mais Yan devait être en route pour rejoindre le *Faucon*.

– Ils nous collent toujours derrière. Dirigez-vous vers le spatioport.

– Encore un qui arrive du bas. Je ne peux pas dévier vers le sud sur cette voie.

– Ça ressemble à une escorte, remarqua Leia.

Captison avait lancé le speeder en un arc très long vers le nord-ouest. Quand il prit son nouveau cap, l'escorte était toujours là.

– Où est-ce qu'ils nous conduisent ?

– Vers le complexe, je pense, dit Captison, l'air sombre.

– L'un de vous est-il armé ?

Captison entrouvrit sa veste pour lui laisser brièvement entrevoir un blaster.

– Mais ce sera inutile s'ils sont trop nombreux. Belden, est-ce que vous pouvez planquer le générateur de brouillage ?

– Oui, sous un siège, peut-être, fit Belden d'une voix étouffée.

Leia réfléchit rapidement.

– Ce serait plus sûr de l'envelopper... là... dans mon châle... et de le larguer, plutôt que de nous faire prendre avec.

– Non, protesta Belden. C'est un appareil trop fragile. Trop complexe. Les gens ont l'habitude de me voir avec un amplificateur portable. Je le mettrai dans ma poche.

Cloîtré dans une pièce nue et exiguë, dépourvue de fenêtres, meublée uniquement de pupitres d'enregistrements et de communications, C-3PO laissa échapper un soupir dramatique.

– Chaque fois que je suis convaincu qu'ils ont trouvé l'ultime moyen de nous faire souffrir, ils en inventent un autre. Difficile de savoir jusqu'où ils peuvent aller.

D2 émit un piaillement de dédain.

– Parce que tu crois que je traîne, espèce de fatras de nanoprocesseurs grillés. Dans les derniers enregistrements, il n'y avait rien de plus que dans tous les autres. Six millions de formes de communication... mais ils en ont peut-être trouvé une autre. Je te le dis : les non-mécaniques sont vraiment impossibles à vivre !

D2 tendit un bras manipulateur vers le lecteur.

– Non, je vais le faire ! dit C-3PO d'un ton avantageux. Tu sais bien que tu ne peux pas aller aussi haut.

D2 lui répondit par un *bleh !* Un enfant humain de sept ans aurait tiré la langue en même temps.

C-3PO ôta la tige d'enregistrement précédente, la remit consciencieusement dans le casier de rangement du Premier ministre et en introduisit une nouvelle.

– Même le Premier ministre Captison, bien connu pour ses idées antidroïds, a dû admettre que nous étions utiles. Nous travaillons depuis sept heures, si l'on excepte la pause lubrifiants.

Des trilles et des gazouillis sortirent de l'enceinte d'écoute. C-3PO inclina la tête, attentif.

– D2, on se tait...

D2, qui était maintenant plus serein, émit un *bleh!* nettement plus discret.

– Au début de celui-là, il y a quelque chose de différent.

Une plainte humaine inaudible, un trille ssi-ruuvi suivis d'une rafale d'éclats électroniques. Les scanners automatiques de C-3PO comparèrent le code avec des millions d'autres. Avant que l'enregistrement ne commence.

– C'est ça! D2, repasse-le!

D2 gazouilla d'un ton dubitatif.

– Mais bien sûr que je peux le trouver plus facilement que toi! Ne me rends pas responsable de tes imperfections!

C-3PO fit pivoter son torse doré, appuya sur une clé de répétition, et resta dans cette position bizarre. La programmation automatique prérégla son senseur audio gauche sur le langage ssi-ruuvi, le droit sur le code électronique, tandis que son unité de traitement centrale comparait les deux. Il nota un écart d'une déciseconde, des schémas tonals repétés, et des modificateurs labiale/gutturale inhumains.

L'enregistrement s'acheva. C-3PO le repassa encore une fois. Un autre de ses circuits, programmé pour la déduction de variables logiques hors du contexte, lui fournissait des lectures parallèles qu'il comparait à des relevés similaires qu'il avait enregistrés durant des années depuis son dernier effacement de mémoire – il y avait bien longtemps de cela.

– Excellent! s'écria-t-il. Maintenant, D2, nous devons tout reprendre au début et réécouter *tous* les enregistrements. Ils vont apporter à la princesse Leia toutes sortes d'informations utiles.

D2 sifflota.

– Mais oui, au Premier ministre Captison aussi. Ne sois pas si impatient. (C-3PO tapota le dôme de D2.) Je comprends bien que ça n'est pas ta spécialité. Pense à toutes ces heures que j'ai dû passer à bord, moi, sans fonctionner.

D2 lui pinça la mémoire.

– Ça n'est pas drôle. (C-3PO appuya sur la touche de défilement.) Reste tranquille et écoute. Je vais traduire.

Les enregistrements repassèrent. Sept heures à vitesse maximale. C-3PO traduisait, et D2 écoutait C-3PO. La plupart des conversations ne portaient guère à conséquence : *Réalignez votre vaisseau par rapport à l'escadron....* Ce genre de choses.

Et puis, soudain, C-3PO s'exclama :

– Oh, *non!* D2, appelle immédiatement maître Luke. C'est abominable...

D2 roulait déjà vers un poste d'interconnexion.

Leia quitta l'aircar de location sous une brise fraîche qui soufflait en rafales et promena le regard sur le toit du complexe en dénombrant les commandos. Il y en avait dix-huit au total, l'arme au poing. Rien d'un aimable comité d'accueil. Elle regretta de n'avoir pas emmené Chewie avec elle – mais elle ne l'aurait pas fait de toute manière, par courtoisie envers les Bakurans. Belden se pressa contre elle et murmura :

– Assurez-vous de transmettre ce message au commandant Skywalker, Votre Altesse.

– Préparez-vous, souffla-t-elle en réponse.

Elle plongea la main vers son mini-blaster. Tout en se disant qu'elle ne pourrait guère abattre que trois ou quatre soldats avant qu'ils ne la neutralisent. Elle se jeta au sol et ouvrit le feu.

Elle avait abattu cinq commandos quand on la saisit par l'épaule. Elle se débattit violemment et faillit parvenir à se dégager quand une main gantée de blanc lui arracha son arme.

La moitié de la bataille sait à quel instant vous êtes battu. Où avait-elle entendu ça ? Sur Alderaan, devina-t-elle, en se redressant lentement, les mains sur la tête. Mais elle n'était pas encore battue. Pourtant, il était important que les autres le croient.

Le gouverneur Wilek Nereus sortit de la cabine du repulsorlift, suivi de quatre soldats de la flotte casqués de noir.

– Premier ministre Captison, sénateur Belden... commença-t-il d'un ton doucereux. On était partis faire une petite promenade ?

Il pointa le doigt sur l'aircar et deux commandos montèrent à bord.

Le soldat qui avait confisqué le blaster de Leia fouilla Captison et trouva ce qu'il cherchait. Un autre lui saisit les bras et lui passa les menottes.

– Vous avez perdu le sens commun, souffla Belden, le visage empourpré, les mains déjà entravées. C'est une opération absurde.

– Pourquoi tant d'efforts pour échapper à nos observations, si vous ne faisiez rien de répréhensible ?

– Chacun a droit à l'intimité, gouverneur, remarqua Leia.

– Pas lorsque la sécurité d'un monde impérial est en jeu, ma chère princesse.

Un soldat redescendit de l'aircar.

– Négatif, gouverneur.

– Démontez-le. Et vous, vous et vous (il désignait trois autres commandos), fouillez-les.

Leia supporta stoïquement un passage au scanner suivi d'une fouille corporelle en règle. Le soldat lui prit son holster vide et son comlink avant de lui mettre les menottes. Un autre accourait vers Nereus avec la petite boîte grise de Belden.

– Mais qu'est-ce que nous avons là, sénateur ?

Belden leva ses mains entravées et agita un doigt menaçant.

– Mon amplificateur vocal est un bien personnel. Rendez-le-moi.

– Ah... On s'abrite derrière le droit. C'est malhonnête. (Nereus sourit.) Je vous soupçonne depuis quelque temps, vous et votre épouse, de détenir des appareils illégaux, Belden... Mais étant donné que vous êtes certainement un homme innocent, je suis convaincu que vous ne verrez aucune objection à ce que je conserve cet instrument jusqu'à ce que nous soyons sûrs de sa nature.

Leia gronda. Belden avait le front luisant de sueur et les joues écarlates, le souffle court. Il semblait sur le point d'avoir un malaise.

Mais un tel incident pourrait embraser Bakura. *De l'huile sur le feu,* songea-t-elle. Le Premier ministre Captison se précipita vers Belden et l'atteignit une seconde avant l'un des soldats de la flotte.

– Gouverneur Nereus, vous avez largement outrepassé...

– Gardes! lança Nereus sans l'entendre. Mettez ces trois personnes aux arrêts. Elles sont soupçonnées de subversion. Enfermez-les dans trois cellules séparées du complexe.

Leia s'avança vers lui, attirant délibérément son attention.

– C'était une promenade très agréable, gouverneur.

– A la fin du dîner, ma chère, je vous ai fait une promesse pour le cas où vous tenteriez de subvertir des gens de l'Empire. Croyez-moi, je sais tenir mes promesses. Quand un speeder vole en silence absolu, voyez-vous, cela éveille ma curiosité.

Un commando poussa le canon de son fusil-blaster dans le dos de Belden.

– Qu'ils ne se parlent plus, ordonna Nereus. Et qu'on les interroge séparément.

Leia devait à présent prouver à Captison qu'elle avait été cent pour cent sincère en parlant de faire le sacrifice de sa vie. Elle baissa la tête et se rua sur Nereus. Elle le heurta en plein ventre.

Avec un halètement de surprise, il s'affala sur le sol. Elle monta sur son torse, lui coinça la tête entre les genoux et planta ses menottes sous son nez.

– Reculez, tous! Sinon je vais vous montrer qui a la tête la plus dure!

Les commandos s'exécutèrent. Mais elle avait oublié celui qui arriva derrière elle et la paralysa.

14

Yan freina, juste le temps de permettre à Luke de sauter devant la porte du spatioport, puis mit le speeder en rotation dans un nuage noir de poussière. Luke lui avait dit que tout se passerait bien ainsi, mais il détestait ce genre de manœuvre. La navette du *Rafale* devait arriver d'une minute à l'autre et Luke pourrait toujours trouver refuge à la taverne du port. Ainsi que des renforts : les pilotes de l'Alliance y séjournaient provisoirement entre deux vols. Ensemble, ils étaient sûrs de surpasser en nombre l'équipage de la navette impériale qui stationnait non loin de la taverne et de l'Aire Douze. Mais Luke restait Luke, le sabrolaser toujours prêt.

Tout en volant vers le nord, Yan détecta de la fumée à proximité du complexe de Bakur. Quelques secondes plus tard, l'image scintillante d'un visage apparut au-dessus du plan de la ville.

– Alerte à tous les habitants. Le couvre-feu vient d'être ordonné. Quittez les rues et les couloirs aériens. Les forces de sécurité ouvriront le feu sur les leaders et leurs suiveurs. Ils seront neutralisés avant d'être incarcérés. Ce couvre-feu prend effet immédiatement.

Mais qu'est-ce que ça signifiait ? Un second visage apparut.

– Cette mesure suit l'arrestation du Premier ministre Captison, du sénateur doyen Orn Belden suspectés de subversion, de même que la leader rebelle Leia Organa. L'Empire vous demande votre totale coopération. Les envahisseurs ssi-ruuvi peuvent attaquer à n'importe quel moment. Toute collaboration avec des forces extérieures sera punie sur l'heure et sévèrement.

Ils avaient arrêté Leia ? Yan resta sourd au reste des messages concernant la réduction des heures de travail et les secteurs interdits. Il était évident que les Impériaux redoutaient une insurrection.

Mais lui, il devait déclencher la sienne. Il accéléra au maximum en marmonnant :

– Je vais te faire payer ça, Nereus.

Mais comment ? Il ignorait où se trouvait Leia.

Même avec les évents de filtration du speeder, il décelait une trace de fumée dans l'air ambiant. Il plongea droit vers le toit du complexe et se précipita vers le plus proche puits de descente. Comme d'habitude, les deux commandos de l'Empire montaient la garde devant son appartement. Ils pivotèrent la tête quand il passa en courant entre eux : ils n'avaient sans doute pas l'intention de le laisser ressortir.

C-3PO l'attendait avec son habituelle et infinie patience mécanique.

– Général Solo ! Le ciel soit loué, vous voici ! Le sénateur Captison m'a ramené ici, mais elle a emporté D2 avec elle jusqu'à son bureau. Son verrou de neutralisation...

– Pas maintenant. Il faut retrouver Leia.

– Mais, général, les Ssi-ruuk arrivent pour s'emparer de maître Luke – et ils vont attaquer – immédiatement !

– Nous le savons. Tout se passera bien pour lui... (Yan s'arrêta net au milieu de la pièce.) Qu'est-ce que tu viens de dire ? Qu'ils allaient « attaquer » ?

– Avant une heure. Nous devons...

– Comment as-tu su... non, ça attendra. Où est Leia ?

Le grand droïd doré se redressa.

– Elle nous a laissés, D2 et moi-même, dans le bureau du Premier ministre Captison, afin que nous traduisions...

– Je *sais* où elle vous a laissés. (Yan s'agitait dans l'alcôve, en basculant sur les champs des répulseurs.) Elle et Captison ont été arrêtés. Est-ce que tu as prévenu Luke de cette attaque ?

– J'ai tenté de le faire, général...

– Je l'ai laissé à la taverne de l'Aire Douze. Branche-toi sur l'ordinateur central. Essaie de trouver où ils ont emmené Leia – vite!

– Général Solo, D2 est équipé pour des liaisons interfaces, pas moi.

– Alors, tu restes sur place et tu tapes sur les claviers comme un humain. C'est pour ça qu'on t'a donné cette apparence.

Tandis que C-3PO se dirigeait vers le terminal, Yan vérifia la charge de ses blasters et examina sa vibrolame. Il jeta un bref regard à la fenêtre, puis explora rapidement la chambre de Leia sans trouver de traces de lutte. Ça n'était pas là qu'on l'avait arrêtée.

– Général Solo! appela C-3PO.

– Quoi? Tu l'as trouvée? Et aussi Luke?

– J'ai laissé un message à l'intention de maître Luke à la taverne, mais ils se sont montrés très grossiers, et je doute qu'ils le lui communiquent. Mais quant à maîtresse Leia...

– Où est-elle? Dans quel secteur?

– Il semble qu'on l'ait conduite en aircar jusqu'à un petit bâtiment dans les montagnes environnantes. Une sorte de demeure privée, je pense.

– Ça se trouve où? Montre-moi.

C-3PO matérialisa une carte. Yan nota la situation précise – à vingt minutes de vol au nord-ouest de la cité, en speeder ultra-rapide.

– O.K. Une vue rapprochée, maintenant.

L'image changea. Yan découvrit une construction en T entourée d'un périmètre de défense, avec une longue allée centrale et un espace de récréation. Dix cheminées à l'ancienne s'érigeaient sur le toit. Une bonne vieille demeure du passé, si l'on oubliait le speeder garé dans le coin nord-est du périmètre, près de la clôture.

– Oui. Un rendez-vous de chasse où l'on donne des réceptions, à mon avis. Est-ce que tu penses que tu pourrais me faire franchir le système de sécurité?

C-3PO tapota sur quelques autres touches.

– Je crois que je l'ai.

– Neutralise-le.

C-3PO porta la main à son menton d'un air affecté.

– Si je puis me permettre, général Solo, cela mettra toute la maisonnée en état d'alerte.

– D'accord. En ce cas, coupe tout ce qui leur permettrait de détecter mon arrivée par les airs. Et essaie de trouver combien de gardes il y a au total.

– Dix. Cela me semble un dispositif minimal. Si vous m'autorisez à émettre une hypothèse, je dirais que le gouverneur Nereus s'est entouré de la plupart de ses gardes en vue de la crise.

– Ça m'a tout l'air d'un piège.

D'un autre côté, Nereus ne tenait peut-être pas à avoir l'Alliance sur le dos. Il ne voulait peut-être que mettre Captison à l'écart et régler le problème de Leia. En l'écartant de Bakura.

A moins que C-3PO n'ait raison et qu'il s'effraie des conséquences de sa manœuvre. Rien de tel qu'un trouillard pour débusquer un autre trouillard, se dit-il.

Il dégaina son blaster et marcha droit sur la porte.

– Viens, on y va, Bâton d'Or! Il va falloir passer ces deux commandos, là-dehors!

– Général! Prenez un instant pour dresser un plan, cette fois! Il faut minimiser les risques!

– Minimiser? Mais comment?

– Plutôt que de donner l'assaut à coups de blaster, vous pourriez peut-être tenter quelque manœuvre de diversion.

– Tu penserais à quoi?

C-3PO fit tinter ses doigts de métal sur ses hanches.

– L'imagination n'est pas mon fort. Vos facultés créatives, général Solo, pourraient sans doute...

– D'accord, ferme ça. Laisse-moi réfléchir.

Il évalua ses ressources: deux blasters, une vibrolame. Et C-3PO.

Oui. C-3PO! A supposer qu'ils réussissent à passer entre les deux commandos, il avait une arme dont il pouvait se servir : un maître-code qui pouvait bloquer les circuits de reconnaissance digitale, rétinienne et vocale. Aussi illégaux que les pyrogemmes lowickiens, et impossibles à fabriquer sur de nombreuses planètes, car la plupart des maîtres-circuits étaient encodés contre les droïds.

– Tu as absolument raison, dit-il à C-3PO.

Il se rua vers le plus proche canapé à répulseur, extirpa son cicruit de contrôle et préleva le microprocesseur principal.

– Voilà. Efface-moi ça et réédite un code-maître de l'Empire.

– Général! s'écria C-3PO d'un ton de soprano horrifié, mais ils vont tous nous faire *fondre* si jamais je copie ce...

– Fais-le. Ici, il n'y a pas de droïds, et ils n'ont aucun système de sécurité antidroïd. Ça devrait être un jeu d'enfant, pour toi.

Il n'en trépigna pas moins sur place jusqu'à ce que C-3PO lui tende le nouveau microprocesseur. Il le fit tourner entre ses doigts. Six centimètres de métal et de plastique qui pouvaient lui donner accès à tout – y compris au pire. Il le glissa dans sa poche de chemise.

– Général Solo, est-ce que nous ne devrions pas mettre en garde la populace en vue de cette attaque des Ssiruuk ?

– Tu m'as bien dit que c'était le sénateur Captison qui t'avait ramené ici ?

– Oui, mais...

– Tu l'as prévenue, en ce cas?

– Oui, mais...

– Alors, elle va faire le nécessaire, crois-moi. (Il régla son blaster sur « paralyseur » (ne serait-ce que pour respecter les souhaits de Leia, se dit-il).Viens. On passe à la phase suivante.

Moins d'une minute après, il ouvrait la porte et reculait. C-3PO surgit dans le hall en poussant des cris incompréhensibles, en faisant des moulinets violents de ses bras rutilants. Yan compta jusqu'à trois, le temps que les commandos se demandent s'ils devaient abattre le droïd sur place ou le paralyser avec leur Possesseur. Il se courba et se glissa au-dehors. Il n'avait qu'un seul soldat dans son champ de vision, mais l'Impérial était concentré sur le droïd. C-3PO, maintenant, tournait en rond en bredouillant dans un autre des quelques millions de langages qu'il connaissait. Yan visa soigneusement un point faible de la cuirasse blanche, appuya sur la détente et bondit de l'autre côté du hall. Le deuxième garde riposta et le trait de blaster passa au ras du crâne de Yan. Il l'abattit à son tour.

– O.K., C-3PO, tiens bon.

Il prit un des commandos par les bottes et le traîna à l'intérieur de l'appartement. Pendant que C-3PO récupérait les fusils-blasters, Yan traîna l'autre à la suite.

– Dépêchons-nous. (Il préleva un filin de sécurité sur le premier commando et attacha les deux ensemble.) Comme ça, ils seront sûrs que nous n'allons pas revenir, marmonna-t-il.

Bakurans ou non, il récupéra le verrou de neutralisation de C-3PO.

– Bon. Il est grand temps de partir. Je vais aller retrouver Leia. Assure-toi que Luke a bien eu ce message.

– Mais, général... Comment irai-je là-bas ? Même sur les mondes de l'Alliance, les droïds n'ont pas le droit de piloter des speeders sans être accompagnés.

Yan réfléchit à toute allure. Est-ce qu'il pouvait déposer C-3PO au *Faucon* ? Et demander à Chewie d'abandonner le vaisseau pour se charger du droïd ? Non, ça prendrait trop de temps. Et ce serait trop dangereux.

– Mmm... O.K. Mon joli, tu vas jouer les héros. (Il défit les liens d'un des commandos encore paralysés et lui ôta son casque.) Aide-moi...

C-3PO se rapprocha en hésitant.

– Mais qu'est-ce que vous... Oh, non, général. Je vous en prie, ne me demandez surtout pas ça...

– Si tu enfiles ça, ils ne te tireront pas dessus. Je veux que tu retournes au *Faucon*.

En quelques secondes, C-3PO fut entièrement équipé et dit d'une voix terrifiée, sous son casque blanc :

– Mais, général, où vais-je trouver un speeder ?

– Suis-moi. Et règle ce fusil-blaster juste au-dessous de l'effet paralysant, parce que tu serais bien capable de me tirer dessus.

– Autre chose encore. Confiez-moi votre comlink. Je dois contacter maître Luke.

Yan le lui lança.

– Maintenant, vas-y !

Il s'élança dans le corridor vers le plus proche puits d'accès. Tournant brièvement la tête, il entrevit la silhouette dorée du droïd qui essayait de le suivre, tout en tirant des coups de blaster au hasard. Il ralentit quelque peu pour le laisser le rattraper, puis plongea dans une cabine de répulsorlift.

Dès qu'ils émergèrent sur le toit, l'action s'accéléra. De la fumée montait d'un angle. Apparemment, les Bakurans s'étaient mis en colère après les arrestations de Nereus. Des gens à l'air tendu s'écartèrent devant lui quand il bondit dans un speeder ouvert. Il agita le maître-code devant le panneau d'identification et le moteur se déclencha instantanément. Un commando impérial particulièrement affolé et maladroit surgit d'un répulsorlift et se mit à tirer un peu partout sans faire de victime. Les Bakurans s'étaient aplatis au sol.

Yan attendit que C-3PO se soit installé dans un speeder voisin avant de décoller en direction du nord, non sans un ultime coup d'œil pour s'assurer que Bâton d'Or ne s'était pas crashé au décollage. Puis, il se concentra sur son vol, dans les rafales de vent.

La taverne de l'Aire Douze sentait la friture et la fumée. A l'intérieur, tout avait un aspect minable, du plancher crevé aux panneaux douteux du plafond. Rien d'automatique ou de semi-moderne. Les pilotes en escale appréciaient peut-être le côté « archaïque ».

Luke jeta un regard à un combiné de communications posé sur une table, près du centre, puis à une table d'angle placée derrière un comptoir bancal. Un type de l'entretien était installé devant un combiné sans doute plus privé. Luke, jusque-là, n'avait repéré que ces deux seuls terminaux dans tout l'immeuble, plus la cabine extérieure qui, même si elle était équipée de dispositifs visuels, ne permettait pas de contacter un comlink sur orbite.

Donc, il avait tout intérêt à utiliser le combiné semi-privé devant lequel le type de l'entretien était affalé, même s'il devait attendre à l'une des tables orange et poisseuses pendant quelques minutes. Il était coincé ici jusqu'à ce que la navette arrive, de toute façon. Il voulait avoir un entretien avec Wedge et savoir comment le réseau de défense se comportait – et pourquoi cette navette était en retard! Encore une manœuvre de Nereus? Il porta son regard vers la fenêtre ouest. Le *Faucon* n'était qu'à quatre cents mètres de distance, mais il ne pouvait le distinguer parmi les autres vaisseaux et les engins portuaires.

Quelque chose râcla le sol crasseux derrière lui – un vieux siège miteux, fait de métal et de rembourrage, rien à voir avec les fauteuils à répulseur qu'il avait vus jusque-là sur Bakura. Et il s'aperçut que la table d'angle était vide à présent.

Il alla composer son code d'accès et demanda à entrer en contact avec Wedge Antilles : interface clavier vocal si possible.

Une question apparut :

LE CAPITAINE ANTILLES EST INDISPONIBLE, COMMANDANT. ICI LE LIEUTENANT RIEMANN. PUIS-JE VOUS AIDER ?

Le nom lui était familier. C'était un jeune artiste de renommée interplanétaire qui avait été forcé de se cacher à cause de l'Empire avant de prendre les armes.

– Quel est le statut actuel du réseau de défense? demanda Luke. Avez-vous fait un monitoring de quoi que ce soit d'inhabituel durant ces dernières heures?

Ç'aurait été tellement plus pratique avec D2. Il se demanda si les deux droïds avaient enfin fini leur corvée de traduction pour le Premier ministre.

La réponse se dessina.

LE RÉSEAU TIENT ENCORE, ET CHAQUE UNITÉ CONSERVE SON ORBITE ASSIGNÉE. NOUS AVONS CAPTÉ DE NOMBREUSES CONVERSATIONS SUR LES FRÉQUENCES DES FLUTIES DURANT LA DERNIÈRE HEURE, MAIS LEURS AVISOS ET LE CROISEUR N'ONT PAS MODIFIÉ LEUR POSITION.

Quelque chose se préparait. Même si les Ssi-ruuk ne s'étaient pas encore mis en mouvement. Il demanda quand la prochaine navette se placerait en orbite.

ELLE EST EN DESCENTE, COMMANDANT. ELLE DEVRAIT SE POSER DANS TRENTE MINUTES.

Il remercia le lieutenant Riemann et coupa la communication.

En trente minutes, qu'est-ce qu'il pouvait bien faire ? Ici ? Tout au fond de son esprit, il entendit Ben Kenobi dire à Maître Yoda :

« Il apprendra la patience. » Il était sur le point de passer devant une loge bondée de clients quand son comlink couina.

Il se précipita dans un coin pour répondre.

– Que se passe-t-il, Yan ?

– Maître Luke ! glapit la voix de C-3PO. Je suis si heureux de pouvoir enfin vous joindre. Maîtresse Leia a été arrêtée. Le général Solo est parti pour la délivrer...

Il s'accroupit derrière la paroi et s'efforça de parler à voix basse. A coups d'interruptions et de questions répétées, il sut bientôt où Yan s'était rendu.

– Et, maître Luke, ajouta C-3PO, les Ssi-ruuk ont l'intention d'attaquer dans moins d'une heure. Vous devez faire vite. Avisez Chewbacca que je me rends au *Faucon*, mais que je suis déguisé en commando de l'Empire. Il ne doit pas me tirer dessus.

Moins d'une heure ? Avec cette navette qui était en retard ?

– Où est D2 ?

– Le sénateur Captison l'a pris avec elle, commandant. Nous devrons le récupérer plus tard. Si vous considérez que je serais plus utile, ici, au sol, plutôt que dans l'espace...

– Retourne au *Faucon*. On en reparlera plus tard.

Luke remit le comlink dans son ceinturon et tendit la main vers le clavier de communications. Est-ce qu'il devait envoyer Chewie avec le *Faucon* au secours de Yan ? Non, Yan avait toujours agi plus rapidement que prévu. Mais il avait aussi la spécialité de se fourvoyer dans des situations qu'on ne pouvait résoudre en quelques coups de blaster. Il se mordilla la lèvre. Il devait porter secours à Yan et Leia, mais également alerter le *Rafale* – pour monter à bord avant l'offensive ssi-ruuvi. C'était sa responsabilité en tant que commandant.

Brusquement, l'idée lui vint. Le commandement ? Une seconde!

Il rappela le lieutenant Riemann.

Pour une ville en état de couvre-feu, Salis D'aar paraissait vivante aux yeux de Yan. Les gens se déplaçaient par petits groupes entre les immeubles, évitant prudemment les sections de combat des Impériaux. Un speeder de la sécurité bi-coque plongea droit dans sa direction. Il s'évada du couloir de trafic pour se réfugier dans un canyon entre des immeubles-tours et des rampes de circulation au sol. Son poursuivant resta collé à lui et ouvrit le feu sans trop de précision. Yan freina, vira dans une allée étroite, se lança dans un Immelmann risqué et revint vers le canyon. Le speeder de la sécurité s'était engouffré dans l'allée, mais il ne le vit pas revenir.

Dès qu'il eut repris ses repères, il fonça à travers la cité et descendit au ras du fleuve. Il était maintenant assez bas pour pêcher des poissons. Et il se trouvait à un jet de flèche d'une importante colline blanche, sur sa droite. Il espérait ainsi échapper à la surveillance. Il attendit jusqu'à ce que les collines soient assez élevées pour lui offrir un abri, et il traversa alors le fleuve pour remonter un torrent affluent.

Dès qu'il eut localisé la vallée, il ne lui fallut que quelques secondes pour repérer sa cible : une ancienne bâtisse en bois, en forme de T, avec un toit de pierre vert sombre, nichée dans un mur de roche. Il compta deux minutes – C-3PO serait fier – avant de détacher ses sangles et de poser les pieds sur les surfaces de commandes, prêt à se jeter par-dessus bord. Personne ne tirait sur lui. Il décéléra au ras de la cime sombre des arbres. A la seconde précise où il jugea qu'il avait perdu suffisamment de vitesse, il sauta vers un nid de buissons. Le speeder continua sa course et explosa sur la paroi opposée dans un fracas énorme et un tourbillon de fumée. Quatre marines convergèrent aussitôt sur le lieu de l'accident. Yan, déjà, franchissait une porte non gardée qui vacillait sur d'énormes gonds noirs.

Une seule autre porte demeurait libre dans le couloir principal, devant laquelle veillait un maigre droïd de sécurité près d'une guérite. Il était clair que les Impériaux ne s'inquiétaient guère de heurter les sentiments anti-droïds des Bakurans, ici, dans leurs locaux privés. Yan visa le droïd à la taille et tira une seule fois. L'éclair bleu fouetta le droïd et embrasa quatre appendices sur son torse. Yan se faufila plus avant. Le droïd crachota en fumant.

Yan s'avança et promena son Processeur sur le panneau.

Sécurité minimale. Ça me semble un peu trop facile... Il risquait de tomber dans un nouveau piège.

Mais ils pourraient toujours s'en tirer. A cette heure, C-3PO avait dû rallier le *Faucon*. Il aurait aimé avoir son comlink, mais, d'un autre côté, des signaux aléatoires risquaient d'attirer tous les commandos.

– Leia ? appela-t-il doucement dans l'ombre de la pièce. C'est moi.

La lumière jaillit.

– Hé ! fit la voix de Leia, loin au-dessus de lui.

Elle était perchée sur un siège à répulseur, à la verticale du seuil.

– Tu as bien fait d'appeler. J'ai failli t'écraser.

Elle posa le siège près d'un lit ancien. Yan se dit qu'il n'avait encore jamais vu personne se servir ainsi d'un siège à répulseur. Elle avait dû probablement reprogrammer les circuits.

– Ils t'ont fait du mal ?

Il traîna le droïd grillé dans la pièce avant de refermer la porte. Il valait mieux que personne ne le découvre pour l'instant.

– Pas vraiment. A ce que j'ai cru comprendre, Nereus aurait l'intention de m'offrir en cadeau au prochain empereur. Il a insisté pour que j'accepte son hospitalité. Le déjeuner était absolument délicieux. Et j'ai même droit à une vraie cheminée, tu vois.

D'un geste, elle montra sa chambre rustique lambrissée de bois brut.

– Tu es le genre d'invitée qu'on retient de force ?

– Pas pour longtemps. Fichons le camp. (Elle planta les poings sur ses hanches.) Tu as réussi à trouver un chemin pour entrer. Mais je suppose que tu ne sais pas comment nous allons faire pour sortir.

– Pas encore.

– Pas du tout, oui.

– Ecoute, mon cœur, dit-il d'un ton réfléchi en s'asseyant sur le bord du lit. J'ai bricolé la boîte noire d'un speeder et je l'ai fait se crasher contre un mur. Ils vont en conclure que je me suis éjecté très loin. On ne bouge plus pendant une heure, le temps qu'ils fouillent le coin.

Mais des pas lourds se faisaient déjà entendre dans le corridor. Il se dressa brusquement et bondit vers la cheminée.

– Tu crois que je peux fuir par là ?

– Bien sûr que non. C'est trop étroit.

Et il était trop tard. La porte s'ouvrit avec violence. Yan lança les mains vers une tige de fer, à l'intérieur du conduit noirci, sauta aussi haut qu'il le put et ramena ses jambes sous lui.

– Avez-vous aperçu quelque chose de spécial par la fenêtre ? demanda une voix rude, étouffée par un casque.

Yan avait réussi à se bloquer entre les parois de pierre. Il résista à la tentation de monter plus haut : il risquait de faire tomber de la suie. Déjà, il avait le nez et la gorge irrités. Il pensa soudain au droïd assis près de la porte et ses paumes devinrent moites.

– Non, je n'ai pas essayé de m'en approcher, dit Leia.

– Bien. Ecartez-vous.

Des pas se rapprochaient doucement. Ils étaient deux. Il imagina qu'ils effectuaient un scanning de toute la pièce et se demanda si le conduit de pierre le mettait à l'abri. Dans sa position, il n'avait pas la moindre chance de saisir son blaster. D'une seconde à l'autre, ils allaient découvrir le droïd disloqué.

– Bon, si vous avez fini, vous pouvez partir, dit Leia.

Il y avait eu une note résolument glacée dans sa voix, et les commandos s'éloignèrent précipitamment. Après quelques secondes, elle appela :

– Ils sont repartis.

– Recule.

Il joignit les jambes et se laissa tomber. Une fraction de seconde, il entrevit l'expression horrifiée de Leia. Puis une averse de suie obscurcit sa vision.

– Ça, c'est un rescapé!

– Tu crois qu'ils peuvent revenir?

Il s'écarta de la cheminée et retrouva la vue quand la suie retomba. Quel gâchis! Le droïd de garde était toujours près de la porte, artistiquement drapé dans des vêtements hétéroclites pour ressembler plus ou moins à un mobilier décoratif. Leia elle aussi savait prendre rapidement des initiatives.

– Oui, fit-elle, je suppose qu'il n'est plus question d'attendre tranquillement. (Elle franchit une petite porte et revint avec une grande serviette de toilette.) Ne bouge pas. Je vais essayer d'arranger cela.

Une minute après, elle jeta la serviette noire sur le sol.

– Pour le moment, tu as l'air assez propre.

Yan ne quittait pas du regard le siège à répulseur.

– Hé! J'ai une idée!

15

Gaeriel, devant la porte du domicile d'Eppie Belden, arrangea une nouvelle fois le bouquet d'épis de baies-nuage fraîchement taillés. Chaque bouton parfumé aurait produit un fruit succulent, mais lorsqu'une vigne supportait trop d'épis, le fruit devenait minuscule et aigre. Ce symbole – quelques fleurs coupées pour permettre aux autres d'être plus fortes – la réconfortait quelque peu. Eppie saurait-elle comprendre que depuis plus d'un siècle son époux était déjà mort sous l'emprise du gouverneur Nereus ?

La servante d'Eppie ouvrit.

– Bonjour, Clis.

– Oh, bonjour, Gaeriel. (Clis s'écarta avec une expression inaccoutumée.) Entrez. Vite.

– Quelque chose ne va pas ?

Gaeriel entra précipitamment et se dirigea droit vers le fauteuil favori d'Eppie. Qui était vide.

– Où est-elle ?

– Dans le bureau.

– Le bureau ?

– Voyez par vous-même.

Gaeriel traversa le salon vers le bureau d'Orn Belden. Elle devina une petite silhouette voûtée derrière un écran.

– Eppie ?

Le visage ridé d'Eppie Belden avait l'expression intense d'un petit oiseau.

– Et qui d'autre pourrait être ici ?

– Elle est comme ça depuis ce matin, murmura Clis. Entrez. Elle vous a demandée.

– Et ce jeune homme ? interrogea Eppie en quittant l'abri de l'écran. Qui était-ce donc ? Et d'où vient-il ?

Abasourdie, Gaeriel s'assit sur un carton car il n'y avait qu'un seul siège dans le bureau.

– C'est... un Rebelle... dangereux. Un Jedi.

– Oh, oh !... (Eppie replia les jambes.) Nos professeurs nous ont enseigné bien des choses sages durant toutes ces années, mais aussi pas mal de balivernes. (Elle pointa un doigt osseux.) Tu devrais juger ce Jedi selon ses actes, et non pas sur ce que rapportent des contes moralisateurs. Dis-lui de revenir me rendre visite, en tout cas. (Elle tourna la tête.) Clis, veille à bien disposer les fleurs de Gaeriel.

A peine la servante fut-elle sortie, qu'Eppie appuya sur une touche qui verrouillait la porte.

– Eppie... Vous... vous sentez bien ?

– Tu es venue pour me parler d'Orn, n'est-ce pas ? Merci, chérie, mais j'ai appris cela. Personne ne m'a prévenue, mais j'ai écouté les informations durant toute la matinée...

– Mais...

– Ça fait des années que je suis les informations, alors comment ne serais-je pas au courant ? Fais attention à tes présomptions, Gaeriel.

– Mais il...Orn...

Les épaules d'Eppie s'affaissèrent et elle redevint une vieille femme usée.

– Je vais tant le regretter, Gaeriel. Et Bakura tout entière. Les Impériaux parlent d'hémorragie cérébrale, mais je sais qu'il est mort pour Bakura, comme je l'aurais dû.

– Comme vous l'auriez dû ?...

– Mon enfant, toute confession est un bienfait pour l'âme. Mais je ne suis pas encore prête à tout te dire. Certaines révélations ne sont pas faites pour de jeunes oreilles impériales.

Elle fit pivoter son siège et posa les doigts sur une station de contrôle. Un écran rempli de symboles fit apparaître des images d'informations.

– Des incendies, des émeutes dans Salis D'aar. J'aimerais avoir encore dix-huit ans.

– Eppie, qu'avez-vous fait ?

– Uniquement ce que ce jeune homme – excuse-moi : ce redoutable Jedi – m'a montré. Tu es bonne par bien des côtés, Gaeriel, mais il faut revenir sur ton intolérance.

Gaeriel restait tétanisée.

– Mais on vous a fait quelque chose !

– Je ne vais pas t'encombrer avec mon passé. Parlons du futur.

– Votre passé est peut-être mon futur.

Les yeux bleus d'Eppie clignèrent.

– Je l'espère. Mais en même temps, je ne le souhaite pas.

Gaeriel tendit la main.

– Vous allez vous fatiguer. Est-ce que vous ne pensez pas que vous devriez vous étendre un peu ?

Eppie secoua la tête.

– J'ai perdu tant d'années. Je ne puis me permettre de perdre une seule minute, désormais. Bakura se révolte. Je veux être là.

Gaeriel lutta contre un tremblement soudain.

– Une révolte ?

– Contre Nereus, bien sûr.

– Mais nous avons *besoin* de Nereus et des forces impériales. D'un moment à l'autre nous allons être envahis. L'Alliance parle de liberté, mais Bakura a été... a été mutilée par le chaos. C'est l'Empire qui nous a sauvés de la tragédie.

– La tragédie nous guettera toujours, Gaeriel. Chacun d'entre nous doit être libre de poursuivre sa propre tragédie.

Comment cette philosophe lucide pouvait-elle être également cette femme à l'esprit malade dont elle avait pris soin avant même d'aller au Centre Impérial ?

– Même après une défaite, murmura Eppie, il est encore possible de connaître une vie heureuse et pleine. J'aurais souhaité qu'Orn et moi nous prenions conscience de... Mais, de toute façon, nous avons du travail devant nous. Tu es avec moi ou contre moi ?

– Mais, Eppie, qu'est-ce que vous comptez faire ici?

– Tu veux me dénoncer, Gaeriel? Regarde ça!

Elle tapa sur diverses touches, derrière l'écran. Une première image apparut : des flammes à proximité du complexe Bakur. Une deuxième montra des commandos de l'Empire en train de charger la foule. La troisième annonçait que les services automatiques de l'usine de production de circuits de répulseurs étaient bloqués.

– Salis D'aar est en colère. Orn est mort, ton oncle aux arrêts, et la princesse rebelle sous bonne garde. Qu'est-ce que tu comptes faire?

– Si nous nous battons entre nous, en ce moment, les Ssi-ruuk ne feront qu'une bouchée de nous!

– C'est pour cette raison qu'il faut s'y prendre correctement. Tous ces gens dans les rues ne sont qu'une diversion. Toi et moi, ainsi que quelques autres, nous allons prendre la tête de la vraie rébellion. Et nous pourrons accomplir pas mal de choses avant que les non-humains attaquent.

– Ils vont attaquer dans moins d'une heure. J'ai prévenu le gouverneur Nereus. Il ne nous reste pas assez de temps.

– Personne ne t'a jamais dit que j'étais dans la guérilla électronique?

Gaeriel se figea à cette seule idée. Comment pouvait-elle envisager de collaborer avec Eppie et les Rebelles? L'Alliance était irréaliste. Naïvement idéaliste.

C'était sa tragédie. Si sa vie était promise à un terme, quelle tragédie devait-elle choisir?

Une tragédie de triomphe. Elle effleura cette nouvelle pensée. Elle ne pouvait pas livrer Eppie Belden à Nereus. *Et voilà ta réponse*, se dit-elle. Il n'existait aucun officier impérial, aucun bureaucrate, aucun professeur qu'elle ait jamais autant admiré et aimé qu'Eppie Belden.

Telle était sa décision. Elle aimait Bakura, et non pas l'Empire.

– Je suis avec vous, dit-elle doucement.

Eppie lui prit la main et la serra.

– Je savais bien que tu avais plus de bon sens que tu n'en laissais paraître. C'est une décision difficile, ma fille, et tu vas la ressentir durement... mais je te félicite. A présent, voyons ce que nous pouvons faire de plus à l'usine de circuits de répulseurs.

– C'est *vous* qui avez bloqué les systèmes automatiques ?

Le sourire d'Eppie creusa certaines de ses rides tout en en estompant d'autres.

– Pour les Impériaux, cette usine vaut plus que tout le reste de Bakura. Si la production s'arrête, même en période de conflit, ils vont envoyer toutes les troupes de Salis D'aar afin de relancer les machines. Ce qui nous laisse libres d'investir le complexe de Bakur – moi et quelques amis.

– Je pourrais vous aider plus efficacement à partir de mon bureau. J'y ai laissé un des droïds de l'Alliance.

– Attends. (Eppie fouilla dans un tiroir et brandit une minuscule plaquette de métal et de plastique.) Tu as entendu parler de cette prétendue fréquence de sécurité des commandos impériaux ?

Gaeriel acquiesça.

– Orn voulait depuis longtemps que je te donne cela, mais il ne pouvait te faire entièrement confiance. Tu dois t'en servir à présent. Ça te permettra de donner quelques ordres aux commandos avant qu'ils ne viennent te chercher.

Gaeriel prit la plaquette et Eppie lui tapota l'épaule.

– Maintenant, vas-y ! Et cours !

Gaeriel lança son aircar vers le complexe, entre les patrouilles de sécurité, les points d'émeutes et les faisceaux de tirs de blasters. Elle retrouva le droïd rebelle, D2R2, là où elle l'avait laissé, près de son bureau, en train de pivoter son dôme tout en babillant des choses inintelligibles.

– Tu dois essayer de me dire quelque chose, hein ? fit-elle. Mais je ne comprends rien. Aari ?

– Oui ? fit son assistante.

– Transmets toutes les informations que tu peux pomper sur le réseau de Nereus, même si ça risque de compromettre notre sécurité. Tout peut exploser d'un instant à l'autre.

– On y va.

Au grand amusement de Gaeriel, le droïd venait de rouler jusqu'au terminal et de s'y enficher. Il était évident qu'il percevait tout à un niveau élevé et que son programme de volition était au point.

– Voilà, sénateur.

Aari lui présentait un écran. Nereus avait déployé ses troupes dans toute la ville pour combattre trois émeutes. Il avait envoyé le meilleur de ses agents de renseignements jusqu'à l'usine de bobines de répulseurs dans le district de Belden. Les officiers de renseignements avaient pour habitude de tirer d'abord avant d'interroger les survivants.

Elle serra les poings. Elle devait absolument tenter de libérer oncle Yeorg, et aussi cette princesse rebelle. Elle tendit la plaquette à Aari.

– Installe ça. Ça va nous placer sur la fréquence des commandos.

Aari leva un sourcil intrigué. D2 bippa et trilla. Même à l'oreille de Gaeriel, il semblait subitement surexcité.

Elle vit que ses mains tremblaient. S'ils détectaient un utilisateur non officiel, ils changeraient les codes d'accès en quelques minutes, elle le savait, mais elle ne pouvait faire moins pour le vieil homme si courageux qu'elle avait connu.

– Je l'ai, annonça Aari.

A partir de sa console principale, Gaeriel accéda aux données de l'usine d'extraction de jus de namana, à quinze kilomètres de là, sur le littoral – une diversion sûre, sans risque direct –, et les chargea dans les banques d'information des commandos, en les remplaçant par les données de production de bobines de répulseurs. Ainsi, quand ils donneraient l'assaut à l'usine de Belden, toutes leurs infos seraient fausses. Ils seraient totalement perdus, ce qui donnerait peut-être aux gens de Belden suffisamment de temps pour... Eh bien, elle n'était pas certaine des intentions d'Eppie, et elle ne voulait rien en savoir.

Elle appela pourtant le contremaître de l'usine de répulseurs sur une fréquence normale et le prévint que des troupes impériales se dirigeaient vers ses installations et que la résistance de Bakura était entrée en action. Ce n'était pas un acte réellement révolutionnaire, mais l'Empire en serait probablement retardé quelques minutes de plus.

– D'accord, Aari. Enlève la plaquette.

Aari glissa le microprocesseur pirate dans sa trousse.

– Je pense que je ferais mieux de le faire fondre.

– Parfait.

Elle revint en pensée à son oncle Yeorg. Et réalisa qu'une seule personne pourrait probablement l'aider. Elle quitta le terminal et se pencha vers le petit droïd avec le sentiment d'être totalement ridicule.

– D2R2, peux-tu m'aider à localiser le commandant Skywalker ?

Chewbacca arpentait lentement le sol devant le *Faucon*. Il fouillait du regard tous les vaisseaux, toutes les installations, le moindre landspeeder. Mais il n'y avait toujours aucun signe de Luke.

Enfin, il perçut le sifflement d'un speeder à toit ouvrant. Il se glissa contre la coque de façon à pouvoir tirer sans être vu. Quelques secondes après, le speeder se posa non loin de là. Un commando de l'Empire en descendit avec des mouvements maladroits.

Ça n'annonçait rien de bon. L'Impérial ne le provoquait pas : il avançait avec difficulté, les bras pendant d'une façon bizarre et lamentable. Soit il ne pouvait plus parler, soit il avait décidé de rester muet.

Le *Faucon* était prêt à prendre le large. Et il ne tenait pas à prendre le moindre risque avec un commando ivre capable de déclencher n'importe quelle écoutille. Il dégaina donc son blaster, le régla sur « paralyseur » et tira.

Le commando oscilla. Chewie tira une deuxième fois. Et le commando tomba. Il eut un instant la tentation de le laisser là, puis se dit que sa cuirasse pourrait être utile. Il le traîna jusqu'à la rampe d'accès. L'écoutille principale coulissa dans un léger sifflement, et, en s'accroupissant, il put enfin ôter le casque blanc du commando avec sa grosse main velue.

Il découvrit une tête dorée à l'intérieur, qui répétait d'un ton fébrile :

– ...uke! Maître Luke. Maître...

C-3PO!

Ecœuré, il acheva de le débarrasser de la cuirasse de commando.

Une dernière fois, Luke jeta un regard au chrono fêlé de la taverne. Dans cinq minutes, si la navette n'était pas arrivée, il rejoindrait Chewie à bord du *Faucon*.

Il choisit un morceau de viande mystérieuse, grasse, plutôt mal cuite.

– Je crois que je vais prendre ça. Avec ce que vous avez comme accompagnement. (Il se dit qu'il mangerait ça avec Chewie.) Oh. Vous m'en mettrez trois parts.

Le comptoir vide suggérait que la taverne de l'Aire Douze était souvent déserte à cette heure. Des groupes clairsemés de Bakurans murmuraient autour de lui.

« Arrêté », entendit-il. « Mort. » « Belden. » « Captison. »

Et aussi : « Jedi. »

Il avait tout intérêt à ne pas s'attarder dans le coin.

Il entendit des bruits de pas rapides au-dehors. Il lança la Force et sentit la présence de Gaeriel avant même que la porte ne s'ouvre. Il se focalisa sur elle. Elle courait, suivie par une unité D2... *Son* D2, rectifia-t-il, se souvenant soudain du message de C-3PO. D2 bippait et sifflait de façon incohérente, et il perçut l'émotion et le trouble de Gaeriel. Elle se précipita vers lui, sa longue jupe effleurant le sol. Luke s'éloigna du comptoir orange.

– Que se passe-t-il? Comment m'avez-vous retrouvé?

– Votre droïd m'a conduite au terminal commnet que vous aviez récemment utilisé. Vous n'avez donc rien entendu? Ils sont sur le point d'attaquer. Mon oncle Yeorg a été arrêté. Et votre princesse aussi.

– Oui, je sais. J'essaie de rejoindre mon cargo...

Sous l'effet de ses pépiements en rafales, D2 finissait par vaciller.

– D2, attends. Je n'ai pas besoin de ça.

Il repoussa la présence de Gaeriel dans le champ de la Force et chercha sa sœur au loin. Plus loin encore...

– C'est le couvre-feu, insista Gaeriel, et...

Un serveur passa près d'eux, visiblement à l'écoute de leur conversation. Elle baissa le ton.

– Orn Belden a eu une crise quand ils ont voulu l'enfermer, et il est mort une heure plus tard. Toute la ville s'est soulevée!

– Pauvre vieux Belden.

Dans la même seconde, il trouva Leia. Elle était très agitée, très excitée. Et Yan était avec elle.

D2 s'approcha, tendit une sonde... et lui cogna le mollet gauche. Sans cesser de gazouiller frénétiquement.

– Hé! s'écria Luke.

Gaeriel regarda autour d'eux et souffla :

– C'est à vous de jouer, à présent, Luke. Tout Bakura est avec vous!

Il se tourna vers elle avec un espoir tout neuf.

– Pourquoi ont-ils été arrêtés?

– Le gouverneur Nereus a trouvé un générateur de brouillage. La sédition est passible de la peine de mort, Luke. Toute la cité s'est révoltée. Il faut que vous libériez oncle Yeorg et la princesse Leia. Mais comment pourrez-vous y parvenir seul? Est-ce que je ne vous ai pas mis en garde?

– Oui. Je ne tiens pas à risquer la vie de quiconque. Moi, je peux me protéger, mais il ne faut pas que vous restiez ici plus de quelques minutes. Nous allons demander à D2 de retrouver votre oncle. Est-ce que vous pouvez entrer en contact avec l'interface gouvernementale générale à partir d'un combiné public?

– Je devrais y arriver.

Il s'empara d'un couteau à pain posé sur une table proche. Quelques secondes plus tard, le verrou de neutralisation de D2 sauta.

Gaeriel ouvrit de grands yeux, l'air scandalisé. Tout en essayant de l'apaiser, il dit à D2 :

– D2, mets Gaeriel sur ton programme de reconnaissance – obéissance. Ainsi que son amie Eppie Belden. O.K.?

D2 pépia une réponse affirmative.

– Bien. Maintenant, essaie de me trouver le Premier ministre Captison.

D2 roula vers une table d'angle.

– Ils ne sont pas aussi performants sans traducteurs, n'est-ce pas ? demanda Gaeriel.

– Je comprends en partie. (Luke avait suivi D2.) C'est un astromécano – un assistant – navigateur, diriez-vous. Mais si je vous racontais ses performances au sol, vous seriez surprise. (Et il ajouta :) Yan est déjà parti au secours de Leia.

Il jeta un regard vers la cuisine. L'arrivée des plats se faisait curieusement attendre.

Gaeriel lui serra le bras. Et il perçut sa tendresse et sa détermination.

– Luke... revenez quand ce sera fini. Il faut que vous me parliez. Nous n'en avons pas le temps maintenant, mais il faut...

Il se dégagea. Encore vague, une onde d'agression venait de la cuisine. Presque aussitôt, elle se définit en trois présences inconnues, dont l'une était intrigante – humaine, mais avec une aura nettement étrangère. Il posa la main sur son sabrolaser. Qu'avait-il dit à propos de ne *pas risquer la vie de quiconque ?...*

Mais n'avait-il pas souhaité voler au secours de Gaeriel ?

De la main gauche, il dégaina son blaster et le lui tendit.

– Vous savez tirer ? Il y a des Ssi-ruuk ici. Je suis désolé de ne pouvoir secourir votre oncle tout de suite. Prenez ça. (Elle referma les doigts sur la crosse de l'arme, en hésitant.) Arrangez-vous pour que D2 avertisse le *Rafale* en orbite. Et qu'il trouve votre oncle. Partez, maintenant. Vite.

Il ressentait les pulsations de sa peur.

– Je ne me cache pas derrière mes capacités Jedi, dit-elle. Je veux aider la Rébellion.

Il leva la main et lança la Force.

– Personne ne souffrira le moindre mal en me laissant...

La porte du devant ainsi que les deux portes de côté explosèrent simultanément. Et trois canons de fusils-blasters de fort calibre se braquèrent vers l'intérieur de la taverne. Un commando apparut.

Cette fois, se dit Luke, il était clair qu'ils n'étaient plus de son côté. Saisissant Gaeriel par les épaules, il la fit passer derrière lui. Les quelques clients bakurans étaient déjà sous les tables.

Trois Ssi-ruuk franchirent la porte de la cuisine. Ils étaient énormes, musculeux, écailleux, avec de lourdes queues qui équilibraient la masse de leurs corps. Deux étaient d'un brun lustré, le troisième avait des écailles d'un bleu vif. Leurs têtes rappelaient celles des oiseaux, avec des becs dentus et des yeux totalement noirs. Chacun d'eux portait un sac jeté sur l'épaule. Ils se dressaient, opaques et menaçants, au-dessus du personnel effrayé. Quant à D2, il s'était figé sur place.

Luke dut affiner sa perception pour empêcher Gaeriel de s'échapper. Avec prudence, il relança la Force vers les non-humains. Leurs émotions le rapprochèrent du côté sombre. Le vorace Rancor de Jaba le Hutt avait été amical, comparé à ces trois-là.

– Qu'est-ce que vous voulez ? demanda-t-il en gardant la main sur son sabre et en les sondant, en quête d'éventuels points faibles.

Un humain en robe à rayures surgit derrière le comptoir.

– Bienheureux! lança-t-il à l'adresse de Luke. Vous êtes le Jedi Skywalker! Je vais être votre traducteur.

Dev Sibwarra : Luke le reconnut instantanément. Il lança plus avant la Force, rassemblant tout ce que Yoda lui avait enseigné. Il était en paix.

– Je suis Skywalker, dit-il. Comment êtes-vous arrivés ici ?

– Doucement. Subtilement.

Le jeune Sibwarra sifflota à l'adresse des non-humains avant de porter ses longues mains brunes sur sa poitrine. La gauche se fit roide.

– Le gouverneur Nereus nous a envoyé une navette, puis il a ordonné au réseau orbital de nous laisser passer comme mission diplomatique... pour que nous prenions livraison de vous. Vous allez être l'hôte de l'amiral Ivpikkis, et vous entamerez une vie nouvelle telle que vous n'en avez jamais rêvé. Confiez votre arme à mes compagnons et venez avec moi en toute joie.

De près, Sibwarra semblait plus jeune. Il n'avait pas plus de quinze ans sans doute. Luke lança la Force encore plus avant...

Et il le reconnut. C'était le garçon qui l'avait prévenu en rêve. Il sentit sa Force, il devina qu'il se débattait pour lui échapper et battre en retraite. Il avait subi un lavage de cerveau, ou il était sous hypnose. Son esprit était altéré à un point tel que ses pensées ne lui appartenaient plus. Et Luke n'arrivait pas à éprouver la moindre trace de haine envers lui. Il devait prendre garde à ne pas le tuer en le combattant, car le garçon était assez jeune pour devenir un bon apprenti dans la Force – si Luke parvenait à le dominer, puis à le guérir.

– Je te remercie de ton invitation, dit-il paisiblement. Mais je préfère rester ici. Demande à tes maîtres de s'asseoir. Nous devons parler.

– Ils ne savent pas s'asseoir, mon ami. Nous serions heureux d'avoir également votre compagne comme invitée. Mais il faut que vous fassiez vite.

A la seconde où le Ssi-ruu bleu s'avançait, les joues de Gaeriel devinrent de craie. Mais elle n'esquissa pas un geste. Il leva une patte munie de larges serres vers son épaule. Et une sorte de vapeur noire sortit de ses naseaux. Gaeriel, avec un cri étouffé, brandit le blaster de Luke.

– En arrière! ordonna Luke.

Le grand lézard tourna la tête. Un œil noir l'observa, et il darda vers lui ses langues olfactives tout aussi noires.

Luke mit toute l'énergie de la Force dans ses paroles.

– Laissez-la.

L'œil noir tourbillonnait, cherchant à diminuer sa volonté. Indéniablement, ce Ssi-ruu, ou l'un de ses semblables, gardait Dev Sibwarra en laisse de la même manière.

Dev sifflota à l'adresse du non-humain bleu. Il s'exprimait de façon surprenante, presque comme D2. Le gros lézard ôta son bras de l'épaule de Gaeriel. Il caqueta et siffla sur un ton plus profond, plus modulé que Dev, et sur une large étendue d'octaves.

– Il dit, traduisit Dev, que la compagnie d'une femelle vous apportera sans doute du réconfort, et je sens moi-même que vous éprouvez pour elle des sentiments marqués. Demandez-lui de coopérer. Il faut faire vite.

D2 se balançait d'avant en arrière dans un déchaînement de gazouillis électroniques. Luke se demanda ce qu'il pouvait dire aux Ssi-ruuk. Deux commandos s'avancèrent pour lui bloquer la porte.

Luke les interpella.

– Vous ne devez pas toucher à cette femme. C'est moi qu'ils veulent. Laissez-la partir.

– Les Fluties la réclament, dit un des commandos. Et cette fois, les Fluties doivent avoir ce qu'ils désirent.

Luke activa son sabrolaser et le saisit à deux mains.

– Pas nécessairement.

Dev recula.

– Paralysez-les! cria-t-il.

Les fusils-blasters se levèrent. Luke s'accroupit et pivota sur le côté.

– Baissez-vous!

Gaeriel se laissa tomber en avant. Ce qui était tout aussi bien : elle n'était pas prête pour un duel au blaster. Ça n'était pas son élément.

A quatre-vingt-dix degrés, les commandos ouvrirent le feu. Luke pénétra un peu plus dans le champ de la Force, s'abandonnant volontairement à l'énergie environnante. Il sentit son corps tourbillonner et son sabre tressauter. Il perçut vaguement des décharges de blasters sur les murs de la taverne. Il se rapprocha des assaillants en poussant les tables devant lui. Soudain, les tirs cessèrent : les Impériaux venaient de réaliser qu'il était en train de passer entre eux.

Il déploya alors toute la Force, toucha deux esprits hostiles, et bondit.

Des décharges paralysantes blanc-bleu craquèrent dans l'air, sous lui. Les soldats s'effondrèrent. Luke se porta vers les non-humains. Il sentait ses réflexes ralentis, comme s'il ne s'était pas encore remis du combat avec l'Empereur. Il toussa, puis reprit aussitôt son souffle.

– D2! cria-t-il. Fais-la sortir d'ici. Vite! Trouve de l'aide!

D2 roula vers Gaeriel. Elle se mit à quatre pattes et tenta de gagner la porte.

Dev Sibwarra leva les mains.

– Ami Skywalker, vous l'avez privée d'une joie incomparable.

– Elle préfère sa liberté.

– La liberté ? Nous vous offrons la liberté de n'avoir plus jamais faim. (Il balaya de la main une pile d'assiettes abandonnées d'où monta un nuage d'insectes.) De ne plus connaître la maladie. De...

Luke sentit la Force l'effleurer.

– Ah! s'exclama Dev d'un ton sincèrement amical. Est-il donc vrai que votre technition ait déjà commencé ?

Luke recula d'un pas.

– Comment ?

– Votre main droite.

Luke baissa les yeux. Réparée sur Endor, sa prothèse semblait redevenue complètement vivante.

– Je ne l'ai pas choisie.

– N'est-elle pas meilleure qu'une main biologique ? Plus forte, insensible à la douleur ? Et vous espérez déposséder tous ces humains de la vie réelle ? Du vrai bonheur ?

Dev se coula le long du mur. Chacun des Ssi-ruuk brandissait à présent un appareil en forme de palette. Ce qui lui était apparu comme des poignées était maintenant dardé droit sur lui, et les non-humains agrippaient les bords.

Luke fit un pas de côté.

– Dev, préviens-les que je peux les paralyser avec mon sabrolaser. Et que je les tuerai s'ils attaquent.

– Non, vous ne devez pas! S'ils meurent ici, loin d'un monde consacré, ce sera une éternelle tragédie. S'ils arrivent à vous vaincre, ils ne vous tueront pas, eux. Je le jure.

– Non. Préviens-les.

Dev se mit à siffler frénétiquement.

Les non-humains s'approchaient. Gaeriel avait progressé en rampant vers la porte, mais pas suffisamment. Ils allaient s'emparer d'elle s'il n'attaquait pas le premier.

Il était temps de se servir de la Force. De la sienne.

16

L'un des Ssi-ruuk leva sa palette. Un mince trait d'argent en jaillit. Luke, confiant, s'avança et lança son sabre.

Le trait d'argent ne fut pas défléchi. A peine dévié. Avant qu'il ait pu réagir, il était touché. Il éprouva un picotement à la taille. Soulagé que ce ne soit pas plus grave, il raffermit sa prise. Le second Ssi-ruu surgit de derrière son compagnon et tira, visant les jambes de Luke, cette fois. Il pivota et les deux non-humains se replacèrent l'un devant l'autre. Un autre trait jaillit et le frôla.

Le Gros Bleu sauta alors de côté et projeta un long rayon dans l'allée centrale, bloquant Luke dans un espace restreint.

– Non!

Gaeriel venait de se redresser sur les coudes et elle fit feu sur le Ssi-ruu bleu. Et le manqua. L'autre riposta dans la seconde et le trait d'argent illumina la gorge de Gaeriel. Elle poussa un petit cri, se recroquevilla et demeura immobile.

Luke chargea alors, droit sur le petit Ssi-ruu avec la crête en V. Il lança son sabre à toute volée vers l'arme mystérieuse. Et le Ssi-ruu perdit son avant-bras en même temps que sa palette. Avec des sifflements sauvages, il chercha à lui échapper.

– Non! cria Dev, les mains nouées. Ne leur faites pas de mal!

– Et qu'est-ce qu'il a fait à Gaeriel?

– Elle n'est pas blessée. Elle va se remettre.

Mais elle ne bougeait plus. A moins que Luke ne les tue ou ne les désarme, ils allaient l'enlever. Le plus volumineux des deux lézards bruns s'avança sur lui d'un pas pesant. Ses pattes musculeuses fonctionnaient comme des pistons. Même si Luke réussissait à détruire son arme-palette, il était assez lourd pour les écraser, lui ou Gaeriel. Luke lança son sabre en un long moulinet. Et le Ssi-ruu s'abattit, décapité, tandis que le sabre de Luke revenait se nicher dans sa main.

– Stop!

Dev, en larmes, se jeta sur le non-humain abattu.

Gros Bleu tira une fois encore sur Luke... du moins sur l'endroit où Luke s'était trouvé une fraction de seconde avant. Luke, déjà, sautait par-dessus le trait d'argent et lançait la main pour détourner l'arme.

Ce qui rapprocha l'avant-bras du Ssi-ruu. Et le trait d'argent toucha le haut de la jambe droite de Luke.

Il s'écroula, tétanisé. Puis, en titubant, il tenta de bondir en arrière, de retrouver son équilibre et la pleine maîtrise de la Force. Ainsi, cette arme brouillait les centres nerveux. Et Gaeriel était probablement encore consciente.

– D2! lança-t-il. Traîne-la dehors!

A l'instant où le petit droïd s'avançait, les non-humains tentèrent leur chance. Ils croisèrent leurs tirs, acculant Luke derrière une table renversée. Il perçut une bouffée âcre de leur étrange odeur.

Il sauta en lançant sa jambe gauche presque droit dans les bras du Ssi-ruu le plus proche et fit tournoyer son sabre. Dans le même instant, il se laissa plonger dans la Force et pivota sans même penser. Le vrombissement de son arme ne varia pas d'un degré en découpant l'arme du géant bleu. Gros Bleu lâcha ce qu'il en restait et battit en retraite avec un furieux piaillement.

Encore une arme détruite. D2 avait rejoint Gaeriel. Il la saisit par sa ceinture de cuir et la traîna vers la porte. Luke bondit par-dessus la table, et sa jambe droite engourdie manqua se dérober sous lui. *Plus tard, j'aurai sans doute mal.* Il allait avoir besoin de la Force pour se tenir droit.

Le sifflement suraigu de D2 le fit se retourner brusquement. Dev braquait sur lui un blaster impérial classique.

Luke libéra une main de la poignée de son sabrolaser et, avec la Force, arracha l'arme du poing de Dev. Elle voltigea vers lui en une courbe gracieuse. Et éclata en deux parties. *Maintenant!* lui dit son instinct profond. Il plongea loin dans la Force et chercha la domination hypnotique qui clouait Dev Sibwarra à la volonté des non-humains. Une ombre immense assombrissait la plupart de ses souvenirs.

Mais le garçon avait une puissance terrible au sein de la Force. Luke, alors, enveloppa le blocage obscur et bouillonnant avec sa volonté et le fit éclater avec la Lumière.

Dev tituba en arrière et heurta une table. En un instant, des souvenirs atroces avaient afflué dans son esprit. Sa colère était ardente, soudain. Encore petite, naissante, mais aussi violente qu'une armée d'invasion p'w'eck. Déconcerté, il cligna des yeux. Le monstrueux Skywalker était maintenant devenu un camarade humain. Il ne se sentait pas déprimé, mais seulement furieux. Il ne pouvait quand même pas avoir besoin d'un renouvellement... à moins que...

Il leva les yeux vers Skywalker, debout sur la table, et entrevit le regard perçant de ses yeux verts et le dessin de son menton volontaire.

Il palpa sa main gauche douloureuse et se souvint de ce qu'on lui avait fait. Firwirrung! Son maître s'était attaché sa loyauté durant des années de manipulation abusive. A présent, Dev ouvrait grand les yeux sur le monde. Jamais il n'avait éprouvé pareille douleur, pareil regret. Jamais il n'avait été aussi heureux d'être un humain. En dépit de tout ce qu'ils lui avaient fait... il était en mauvais état... mais entier.

– Ça va? siffla Ecaille Bleue.

Un frisson le traversa. Il se rappelait tout, à présent, y compris les habitudes de langage qu'il avait acquises durant son emprisonnement.

– Je vais bien. Et vous, Doyen?

– Dis au Jedi de nous suivre. Promets-lui n'importe quoi.

La conscience déferlait en lui : les Ssi-ruuk n'avaient d'autre intention que de réduire l'humanité en animaux d'élevage et d'en tirer des sources d'énergie. Ils mentaient, ils tuaient et torturaient afin d'asseoir leur domination. Ils ne méritaient que la haine.

– La haine fait partie du côté sombre, Dev Sibwarra. Ne lui cède pas! lança Luke Skywalker.

Le Jedi l'avait-il totalement libéré ?

– Quoi ? fit Firwirrung. Que vient-il de te dire ?

Décontenancé, Dev trouva une réponse automatique :

– Il s'excuse d'avoir tué l'un des vôtres, Maître.

– Dis-lui de sortir devant nous. Et qu'il fasse vite.

Dev détourna les yeux. Et, en langage humain, il dit :

– Ils veulent que vous...

Une sirène d'alarme perça le silence de la taverne. Brusquement, Dev se souvint des terribles moments de son enfance, de la défense civile face à l'invasion menaçante.

Il revint au présent et observa ses maîtres, paniqué. L'amiral Ivpikkis avait-il attaqué les vaisseaux sur orbite ? Il avait pourtant promis que les Ssi-ruuk se retireraient si Luke Skywalker venait avec eux. Encore un autre de leurs mensonges!

Luke jeta un regard vers la fenêtre lointaine. Les Ssi-ruuk avaient sans doute touché cette grande station orbitale circulaire. S'ils déclenchaient l'invasion, c'était probablement leur première cible. Les dispositifs portuaires, autour de l'Aire Douze, n'avaient toujours pas bougé, et il ne parvenait pas à distinguer le *Faucon Millenium*. Chewie attendait sans doute à bord. Yan devait être en train de libérer Leia. A moins que ce ne fût le contraire.

D2 revint. Sans Gaeriel. Luke espérait que le petit droïd l'avait laissée dans un endroit sûr.

Le trouble de Dev l'inquiétait également. Ce jeune apprenti potentiel portait de profondes cicatrices dans son psychisme. Mais, pourtant, il avait montré sa maîtrise.

Ce qu'il avait enduré dans les ténèbres pourrait le rendre plus loyal envers la Lumière. Luke le regarda.

Et, brutalement, toute la salle oscilla. Déséquilibré, il tomba.

Plongé dans ses pensées, Dev faillit ne pas voir le rapide coup de queue d'Ecaille Bleue. Frappé à la tête, le Jedi s'effondra. Son sabrolaser lui échappa, trancha la table avant de se planter dans le sol noir. Là, il resta à la diagonale un bref instant. La lame bascula en arrière, toujours luminescente et verte, bourdonnante.

Dev demeura immobile, poursuivant son simulacre de docilité. Mais tout son esprit hurlait : *Skywalker! Est-ce que vous pouvez m'entendre?*

Ecaille Bleue s'avançait, son arme pointée sur le haut de la moelle épinière de Skywalker. Dev fit un effort pour se porter au-devant de lui et minauder :

– Bien joué, Maître. Que puis-je faire maintenant? Est-il inconscient?

– Simplement choqué, je pense, siffla Ecaille Bleue. Le crâne humain est d'une fragilité surprenante. Tu vas le porter. Il semble neutralisé, maintenant.

– Oh, je vous remercie.

Dev se demandait jusqu'à quel degré il pouvait hausser la note d'enthousiasme dans sa voix. S'agenouillant, il jeta les bras de Skywalker par-dessus son épaule. *Skywalker,* interrogea-t-il à nouveau, *vous allez bien?*

Aucune réponse ne vint du Jedi. Le murmure de ses pensées s'était éteint. Il devait être réellement inconscient. Les non-humains avaient gagné la partie... pour le moment du moins. Dev se redressa péniblement. La colère bouillonnait en lui à chaque souvenir de torture. C'était comme autant de bulles nauséabondes qui montaient du fond de ses souvenirs. Il n'avait pas le droit de laisser les Ssi-ruuk gagner – non seulement au nom de la galaxie : ils lui étaient redevables d'une vie, la sienne. De sa personnalité. De son âme.

– Bien, dit Ecaille Bleue. Maintenant, il faut venir en aide à Firwirrung.

Dev, qui chancelait déjà, aida le plus petit des lézards à s'appuyer contre son épaule. Firwirrung vacilla, une serre crispée sur son avant-bras blessé. Ce surcroît de poids éveilla d'autres spasmes dans le dos affaibli de Dev. Il se mordit la langue pour ne pas crier. Il était toujours censé être sous l'effet d'un lavage de cerveau. Les Ssi-ruuk, il le savait maintenant, considéraient les humains comme les P'w'ecks : du bétail... des cobayes... des animaux dépourvus de conscience.

Ecaille Bleue se pencha et récupéra le sabrolaser. *Qu'en était-il de la femelle ?* Dev devinait qu'Ecaille Bleue ne voudrait pas la remporter. La résistance de Skywalker, au moins, l'avait sauvée pour l'instant. Si seul Dev pouvait se charger d'elle, les Ssi-ruuk, ensuite, ne la chercheraient plus. Il était même probable qu'ils abandonnent leur camarade décapité derrière eux.

Ecaille Bleue se dirigeait vers les portes de la cuisine. Dev, qui lui avait emboîté le pas, les reçut en pleine figure. Il perdit l'équilibre et faillit lâcher son fardeau humain sur une plaque chauffante. Quand il parvint à rétablir son équilibre, la lame verte du sabrolaser avait disparu. Ecaille Bleue l'avait glissé dans son sac d'épaule et circulait entre les ustensiles de cuisine, le rayonneur au poing. Firwirrung vint heurter Dev. Il fouilla dans sa mémoire en quête d'une réaction appropriée :

– Vous souffrez, Maître ? demanda-t-il.

Le Ssi-ruu émit un vague grognement.

Ecaille Bleue maintenait la porte pour Firwirrung. La navette impériale attendait au-dehors. Les commandos maintenant paralysés étaient ceux qui les avaient emmenés jusqu'au *Shriwirr* avant de leur faire franchir les réseaux de défense pour descendre sur Bakura. La sirène d'alarme avait fait son effet : les alentours de l'Aire Douze et des secteurs voisins étaient quasi déserts. Deux P'w'ecks veillaient près de la navette, dans l'ombre de ses ailerons.

– Aidez Dev à mettre le prisonnier sous bonne garde, siffla Ecaille Bleue.

Dev escalada la coupée en boitillant.

Le droïd cylindrique du Jedi tenta de le poursuivre, en l'invectivant en ssi-ruuvi. Deux P'w'ecks l'évacuèrent. Il tomba à grand fracas en proférant une ultime et vaine menace. Dev installa Skywalker dans un siège, à l'arrière, tout en se convainquant qu'il n'avait pas abandonné tout espoir. Les P'w'ecks passèrent des entraves autour des poignets du Jedi avant de le sangler. Dev, qui échappait à toute surveillance pour le moment, se projeta encore une fois dans le champ de la Force. Même dans l'inconscience, l'esprit de Skywalker semblait plus chaleureux, plus scintillant, plus fort que tous les autres esprits humains.

Que faire? Si les Ssi-ruuk s'emparaient de Skywalker au gré de leur volonté, l'humanité était condamnée.

Dev serrait les poings. Ce qui déclencha une onde de douleur fulgurante dans son avant-bras gauche. Serait-il assez fort pour étrangler le Jedi pendant que Firwirrung et Ecaille Bleue tenteraient de faire décoller la navette humaine?

Il en serait peut-être capable, mais il ne le pouvait pas. Skywalker était tout ce que Dev aurait souhaité être, si sa mère avait survécu pour le confier à un maître. Il était incapable de tuer Skywalker – si ce n'est à l'instant extrême, pour éviter que les Ssi-ruuk ne s'emparent totalement de lui.

Et si cela devait advenir, Dev n'aurait pas à pleurer longtemps Skywalker. Les Ssi-ruuk le tueraient très vite.

Pourtant, s'il mourait avec Skywalker, l'humanité vivrait en toute liberté.

Au supplice, il se sangla dans son siège.

– Comment ça se passe là-haut? demanda doucement Leia.

– J'ai presque terminé.

Yan était installé sur le siège à répulseur à la verticale du lit. Avec sa vibrolame, il découpait un large ovale dans le bois du plafond. Dans une averse de sciure qui tombait en scintillant.

- Là! J'y suis!

Il donna des petites tapes dans la découpe, provoquant ainsi une nouvelle pluie de sciure.

– Tu es sûr que tu vas pouvoir passer ?

Le siège monta de quelques centimètres. La tête et les épaules de Yan disparurent un instant, puis il redescendit.

– Ça me paraît idéal, dit-il. Ecarte-toi.

Il appuya sur les contrôles du siège qui chuta tout droit sur le lit. Leia saisit le blaster qu'elle avait glissé dans la ceinture, s'attendant à ce qu'un garde surgisse. Mais non. Elle grimpa sur le lit, redressa le siège à la force de ses bras et réactiva le champ répulseur. Elle s'y installa avec grâce, remonta vers Yan, toujours accroché à son trou, qui la hissa vers le haut tandis que le siège flottait sous le plafond.

Ils étaient maintenant dans les combles de la demeure, et ils durent ramper sous le toit incliné. Des rais de clarté brumeuse éclairaient une vaste pièce poussiéreuse à l'autre extrémité.

– Il y a des évents de chaque côté, murmura Yan. Des speeders sont parqués sur la droite. Marche doucement. Ils pourraient t'entendre.

– Non, vraiment ?

Elle s'avança à quatre pattes, en tâchant de faire le moins de bruit possible. Le grenier lui semblait plus ancien que toutes les demeures humaines qu'elle avait connues. Elle contourna un pilier de bois massif et se dirigea vers l'évent.

– Couteau, chuchota-t-elle.

Yan sortit sa vibrolame et découpa le métal autour des écrous.

– Tu prends ce côté, lui dit-il. Et tu tires à toi.

Elle se servit d'abord de ses ongles avant d'avoir une prise suffisante. A eux deux, ils dégagèrent l'évent et le déposèrent en silence dans la poussière et les insectes desséchés. Yan, accroupi, quasi invisible dans son camouflage de suie, jeta un regard au-dehors. Leia se fit encore plus petite.

Entre la demeure et le mur d'enceinte, il y avait plusieurs speeders, ainsi que cinq commandos qui montaient la garde. Elle se mit de côté de façon à mieux voir et pointa son blaster par le trou. Yan l'imita.

– Prêt ?

– Oui! souffla-t-il.

Elle pressa la détente. Abattit un premier soldat, puis un deuxième. Un troisième fut touché par Yan. Quant aux deux derniers, ils se réfugièrent derrière un speeder.

– Comme si on n'avait rien fait.

Yan sauta. Des traits de blaster jaillirent en sifflant. Leia vit le soldat dans sa ligne de mire et l'abattit. L'autre baissa la tête. Yan courait vers le speeder le plus proche. Un éclair claqua sur le sol, tout près de son pied gauche.

Leia sauta à son tour, fit un roulé-boulé pour amortir sa chute et se jeta immédiatement sur le côté, à la fraction de seconde où un tir de blaster touchait l'endroit précis où elle avait atterri. Elle riposta, mais le commando s'était déjà remis à l'abri.

Un speeder se mit à vrombir. Elle courut en zigzag, se hissa tant bien que mal à bord et empoigna une barre d'accélération. Elle sentit une odeur de cuir brûlé. Yan, déjà, accélérait et décollait. Ils jaillirent au-dessus du mur d'enceinte.

– Tu es touché? cria-t-elle dans le vent tandis qu'ils survolaient une forêt dense. La vue se déployait vers le sud, révélant le bas des collines, la cité et les plaines émeraude qui allaient se perdre vers le bleu de l'océan. Des colonnes de fumée montaient de divers points du centre de Salis D'aar.

– Il n'y a pas que ma semelle qui a brûlé, lança Yan.

Elle lut une expression de douleur sur son visage noirci.

Mais elle ne pouvait rien faire avant qu'ils n'aient rallié le *Faucon*. Pour l'instant, en tout cas, Yan était encore en possession de tous ses moyens.

Elle gratta son menton rude.

– En tout cas, la vie avec toi n'est jamais monotone.

Il sourit.

– Je ne le supporterais pas.

Leia tourna la tête. Le grondement du speeder venait de changer. Mais non, c'était un autre speeder qui venait droit sur eux.

– Yan...

– Oui, on a de la compagnie. Là.

– Il y en a un de mon côté aussi – non, trois!

Ils étaient encerclés.

– Donc, c'était un piège, fit-il en grimaçant. Ils peuvent maintenant nous descendre et se débarrasser définitivement de nous.

– Tentative de fuite.

– Cramponne-toi!

Il lança le speeder dans un virage en épingle à cheveux, fonçant vers les collines. Deux autres engins impériaux surgirent devant eux. Yan rectifia le contrôle d'altitude et continua de monter en virant. Leia se retourna et tira sur l'un des speeders. Elle avait l'impression d'être un gibier poursuivi par une meute, qui n'a que ses crocs et ses griffes pour se défendre.

Yan fit basculer le speeder et elle sentit son estomac remonter dans sa gorge.

– Ça ne sert à rien! Ce sont des engins militaires de combat.

Un jet scintillant passa dans un bruit de tonnerre à tribord : un tir de canon-laser à haute énergie.

Yan se laissait tomber du haut du ciel à une vitesse folle, droit vers la forêt.

– Je te dirai quand sauter! Essaie de te planquer derrière des rochers ou...

– Yan! Des renforts!

Deux ailes X traversaient le ciel bleu semé de nuages. Ces chasseurs étaient deux fois plus rapides et mieux armés que ces speeders.

Instantanément, Yan reprit de l'altitude.

– Dès qu'ils vont les repérer...

Oui, les Impériaux se dispersaient déjà.

– J'aimerais avoir un comlink, marmonna Leia. On dirait que quelqu'un les a envoyés à notre secours. Luke?...

– Ça ne me surprendrait pas.

Il se dirigeait vers le fleuve. Une aile X vint se placer à trois heures sur sa droite, et l'autre à neuf heures.

Leia agita la main. Derrière le cockpit, une main fine gantée de noir lui répondit.

A l'endroit où le fleuve s'incurvait vers le sud-est, au

nord de Salis D'aar, les deux chasseurs les quittèrent pour regagner l'espace.

– Ils ne tiennent pas à être vus si près de la cité, dit Leia. Cela inquiéterait les Bakurans.

– Heureusement qu'il y a quelqu'un qui pense pour moi.

Merci, Luke, se dit-elle.

– Le plus court chemin pour rejoindre le *Faucon*, c'est de survoler le centre ville, annonça Yan. S'ils essaient de nous arrêter pour violation du couvre-feu, ils vont le regretter.

Les voies principales de la cité étaient encombrées de véhicules, y compris le viaduc qui reliait la falaise blanche à la rive occidentale du fleuve : sans doute des familles qui essayaient d'aller mettre leurs biens en sécurité dans les montagnes, couvre-feu ou non. Leia se dit qu'elle aurait aimé qu'ils s'arrêtent au complexe. Elle détestait l'idée de laisser le bracelet des Ewoks derrière elle, mais ce n'était pas une raison pour risquer sa vie.

Les engins volants étaient rares dans le ciel.

– Tous ceux qui pouvaient décoller sont déjà partis, dit Yan.

– Où sont les droïds ?

– D2 est encore probablement dans le bureau de Captison. Quant à C-3PO...

Il expliqua le traitement qu'il lui avait fait subir.

Elle ne put s'empêcher de rire en imaginant l'arrivée de Bâton d'Or au *Faucon* en cuirasse de commando.

– J'espère que Chewie ne l'aura pas abattu avant qu'il ne parle.

– Je lui ai donné mon comlink. Je suis convaincu qu'il s'en est tiré.

Des traînées de fumée couvraient le Spatioport marqué de centaines d'impacts. Yan se posa presque sur la coque du *Faucon*. Il était sous la garde d'un Wookie très solitaire.

– Où est C-3PO ? cria Leia.

Chewbacca renifla avant de gronder.

– Tu as fait *quoi* ? s'exclama Yan. Chewie, il faut absolument qu'on charge l'ordinateur du *Faucon* avec son programme de langage flutie !

Chewbacca geignit d'un ton confus.

– Oui, c'est vrai que j'aurais dû y penser. Maintenant, remets-le sur pied.

Parfait. Chewie avait bel et bien ouvert le feu sur le malheureux C-3PO. Trop tard pour les regrets. Leia se précipita derrière Chewie.

– J'espère que le plein est fait, lança-t-elle en se calant dans le siège arrière.

Chewbacca grommela.

– On a de quoi aller jusqu'au Noyau, traduisit Yan en entrant dans le cockpit. Fais ce que tu peux pour C-3PO, Chewie. Leia, sangle-toi.

Les moteurs mugissaient déjà.

– Chewie, attends! Tu as fait d'autres modifications? cria Yan.

Son copilote, installé derrière Leia, aboya sourdement.

– Oh... fit Yan d'un ton appréciateur. Oui, ça pourrait être utile. Et tu l'as collé où?

Chewie roula les yeux vers le plafond avant de répondre.

– Tu as découpé *quoi*?

– Qu'est-ce qui se passe? s'inquiéta Leia.

– Oh... Il est tombé sur un technicien bakuran qui a trouvé un moyen de fournir plus d'énergie à nos boucliers, mais ça augmente le multiplicateur d'hyperdrive. (Il leva un doigt vers Chewie.) Dès qu'on aura fiché le camp d'ici, c'est *moi* qui vais tout vérifier.

Pour l'instant, Leia n'avait besoin que de la vitesse intrasystème.

– On y va! fit-elle.

17

Maintenant, la jambe gauche.

Docile, Gaeriel agita les orteils.

Le médic impérial plissa le front, repoussa la tête de Gaeriel avec une inflexible douceur professionnelle avant d'examiner à nouveau la trace de brûlure qu'elle avait au creux de la gorge.

– Une ionisation du système nerveux, je suppose. C'est ce que je vais inscrire sur mon rapport.

Elle toussota.

– Je peux partir, maintenant ?

– Je suis désolé, mais nous avons reçu l'ordre de vous garder encore un moment sous observation.

– Que se passe-t-il ? J'ai entendu une sirène.

– Ils ont touché la station orbitale.

Ainsi, l'invasion avait commencé. Elle promena les yeux autour d'elle. Avec ses murs blancs et son plafond haut, une porte unique et aucune fenêtre, la pièce était entièrement nue. La patrouille d'urgence l'avait ramenée au complexe sur un brancard à répulseur. L'image la plus nette dont elle se souvenait était celle de Luke qui s'avançait vers quatre commandos en cuirasse. Ensuite, elle avait entendu la sirène. Puis, le droïd l'avait traînée au-dehors, en sécurité, et elle était restée étendue immobile très, très longtemps, jusqu'à ce que la patrouille d'urgence arrive à la taverne. Alors, Skywalker et les Ssi-ruuk avaient disparu dans la navette impériale... et elle avait réussi à bouger un peu.

Mais c'était la fin : l'humanité était condamnée. Ils avaient pris Luke. Elle n'arrivait pas à imaginer comment même un Jedi pourrait résister seul... quel que soit le sort qu'ils lui réservent. Allaient-ils tenter d'en faire un superdroïd ? En ce cas, ils pourraient bien échouer.

Mais elle préférait encore mourir ici sur Bakura qu'aux mains des Ssi-ruuk. Et son désespoir fit place à une résolution en acier. Désormais, rien ni personne ne pourrait la menacer.

Le médic se retira. Elle se glissa alors hors du lit et boitilla jusqu'à la porte. Tous ses muscles répondaient, mais ses mouvements restaient lents. Elle toucha le panneau senseur.

Verrouillé.

Ils n'avaient quand même pas l'intention de la garder longtemps séquestrée ! Il n'y avait même pas de... Elle regretta soudain d'avoir pensé à l'hygiène et au confort. Elle songea à Eppie, qui dirigeait une révolution à partir d'un clavier installé dans un appartement minable. Aurait-elle le temps ? Le complexe Bakur s'étendait sur tout le centre de Salis D'aar, avec des dizaines d'issues. Comment pouvait-elle espérer le contrôler ? Elle ne devait contrôler que le gouverneur Nereus. Le commandant Thanas et ses forces spatiales étaient déjà au large de la planète pour défendre Bakura...

Le cours de ses pensées s'arrêta net : nul ne pouvait les défendre contre les Ssi-ruuk, désormais.

La porte s'ouvrit. Et deux marines de la Flotte Impériale entrèrent.

– Venez, ordonna l'un d'eux.

Gaeriel les suivit. Ils passèrent devant une station médicale et enfilèrent un couloir. Elle réalisa très vite où ils la conduisaient et elle résista à la tentation soudaine de fuir. Elle s'était toujours débrouillée pour éviter le bureau privé du gouverneur Nereus. Elle avait entendu des rumeurs troubles à ce sujet. Et puis, il y avait les manœuvres subtiles dont elle avait été l'objet de la part de Nereus...

Le premier marine ouvrit la porte et lui fit signe d'entrer. Ce qu'elle fit avec calme. Mieux valait mourir sur Bakura, mais en combattant.

Le gouverneur était installé derrière son bureau. Il lui désigna un siège en silence avant de congédier les deux soldats.

L'attention de Gaeriel fut immédiatement attirée par des images tri-D sur le mur le plus proche : des carnivores qui montraient de longs crocs blancs et qui semblaient presque réels. Une collection de dents.

– Des Ketrann, dit Nereus. De la planète Alk'lellish III.

– Ces crocs... sont-ils vraiment réels ?

– Oui. Regardez autour de vous. Rien que des prédateurs. De dix-sept mondes. Y compris le Cratsch de Bakura. Et sur ce mur... des non-humains intelligents. (Gaeriel songea aux longues canines de Chewbacca le Wookie.) Et là...

Il lui jeta un cristal à multiples facettes dans lequel brillaient deux incisives humaines.

Elle faillit le lui lancer au visage mais se domina. Elle pourrait perdre ainsi toute chance de causer des dommages plus conséquents plus tard.

– J'espère que vous pourrez bientôt ajouter à cette collection des dents de Ssi-ruuk, fit-elle en s'efforçant de garder un ton froid.

– Oui, ils sont intéressants avec leurs becs dentus. Je préfère les spécimens qui proviennent d'individus que j'ai chassés moi-même. La princesse rebelle semble avoir rejeté mon hospitalité pour le moment. Elle devra être punie pour avoir osé défier mes ordres. Et mon spécialiste en dentologie n'est pas très tendre.

Canaille, pensa-t-elle. Elle allait entrer dans son jeu, et elle serait le serpent dans son panier de pique-nique. Mais Wilek Nereus devrait payer pour ses crimes. Elle faillit tousser et serra la gorge. Ça n'était pas le moment idéal pour attraper un virus. Il ouvrit la main et elle lui restitua le cristal.

– Magnifique diplomatie, sénateur ! Jouer la réserve sous la pression. Est-ce que vous avez eu le temps de voir l'arme qu'ils ont employée contre vous ?

Gaeriel la lui décrivit pendant que Nereus jouait avec le cristal. En finissant son récit, ses pensées revinrent à Eppie Belden. Si l'offensive ssi-ruuvi échouait, Eppie n'aurait plus d'autre occasion de répandre la révolution.

– Gouverneur, reconsidérez vos ordres pour les obsèques du sénateur Belden. Ce dont Bakura a besoin...

– Ce n'est certainement pas de rassemblements publics. Non. Le couvre-feu sera maintenu.

Il se leva, donnant soudain l'impression à Gaeriel qu'il attendait quelque chose.

– Qu'est-ce que l'Empire a fait de madame Belden ? demanda-t-elle afin de le distraire.

– Parce que l'Empire lui a fait quelque chose ? Voyons... (Il pianota sur un clavier.) Que pensez-vous de mon bureau ? Vous savez qu'il a été taillé dans une unique dent d'ivoire ?...

Une *dent* ? Le bureau mesurait au moins un mètre et demi.

– Une créature des mers ? demanda-t-elle d'instinct. Elle avait de plus en plus envie de tousser.

Nereus acquiesça.

– Oui. Eteinte aujourd'hui. Ah, nous y sommes! (Il sourit.) Madame Belden était condamnée à mort. Son époux a accepté une incapacitation permanente pour la garder auprès de lui.

Elle serra les poings. Orn Belden avait été... *d'accord* ... pour laisser faire l'Empire ? Elle ne pouvait le croire. Elle était soudain heureuse qu'il soit mort. Ainsi, elle ne pourrait jamais lui demander quelle était la vérité.

– A l'évidence, elle ne s'est soumise que pour le protéger, *lui*. Mais... j'ai oublié les détails. Nous nous sommes servis d'un minuscule organisme du secteur de Jospro, qui paralyse le néocortex. Il scarifie la région touchée et efface la mémoire à long terme dans un volume modéré. Il s'introduit sans difficulté ni douleur dans le cerveau, de sorte que les époux Belden ont pu demeurer ensemble. Un couple adorable, si l'on considère leur âge. Mais vous pouvez tousser, ma chère. Je vois que votre joli front est tout rose.

– Je n'en ai pas besoin, dit Gaeriel en déglutissant.

Nereus croisa les mains sur son bureau d'ivoire.

– Vous et le commandant Skywalker, vous avez partagé le même plat ?...

Le creux qu'elle éprouvait dans le ventre devint de plomb. *Le même plat ?...*

– Que voulez-vous dire ?

Il leva la main. D'un geste désinvolte et calculé, mais elle remarqua que ses doigts tremblaient.

– Lorsque les gardes de Skywalker ont rapporté que vous aviez pénétré dans son appartement, j'ai naturellement suivi certains signaux attribués à votre numéro d'identité. J'ai pu ainsi intercepter votre commande pour un repas à servir dans l'appartement... C'était bien joué, ma chère, mais vous avez échoué. J'ai fait inoculer le plat principal dans les cuisines. Car vos actes, comme vos questions, vous désignent comme une collaboratrice de la Rébellion.

Qu'est-ce que Nereus pouvait avoir fait ? Allait-elle mourir ? Et Luke aussi ? Il ne lui aurait certainement pas révélé ce qu'il avait fait s'il désirait simplement sa mort. Quand elle fut parvenue à se maîtriser, elle demanda d'une voix faible :

– C'est quoi ? Un autre parasite ?

Un sourire se dessina lentement sur son visage.

– Le Trichoïde olabrien dépose dans chaque fruit mûr des cosses qui portent trois œufs. Les larves s'installent dans l'estomac de l'hôte avant de migrer vers ses poumons durant son sommeil. Là, elles demeurent un jour ou deux, elles croissent, et leurs bouches se développent. Ensuite, elles se forent un chemin vers le cœur, en grignotant. La durée dépend de la taille et de la condition physique de l'hôte. Elles se transforment alors en chrysalides dans le sang qui se coagule. Mais vous êtes bien pâle, ma chère. Désirez-vous vous reposer un peu ?

Elle avait l'impression que quelque chose était en train de croître en elle.

– Ne vous inquiétez pas. Les larves sont extrêmement sensibles à l'oxygène pur. Donc, vous pouvez être guérie... dans l'heure qui suit. (Il effleura une touche.) Médic. Apportez-nous la trousse CD douze.

– Ainsi, c'est moi qui ai avalé ces œufs, et non pas Skywalker ?

Au moins, songea-t-elle, le Jedi avait encore une chance.

– Non, fit Nereus d'un ton affable. Rappelez-vous : il y

a trois œufs dans chaque cosse. Il en porte deux, sans aucun doute. Mais je me suis posé des questions quant au troisième. Gaeriel, soyez fière de votre ami. Grâce à lui, la flotte ssi-ruuvi sera sans doute infestée. Je peux vous garantir qu'il n'existe chez eux aucun prédateur naturel du Trichoïde olabrien. Si nous parvenons à les retenir encore un jour, nous aurons gagné.

La porte coulissa. Le médic était de retour, avec un masque respiratoire, une bonbonne et un tube à spécimen.

– Gaeriel, ça ne prendra qu'une minute, déclara Nereus. Il faut que vous coopériez.

Elle avait les yeux rivés sur la bonbonne, se demandant ce qu'elle pouvait vraiment contenir.

– Si vous respirez le premier, dit-elle enfin.

Il haussa les épaules et regarda le médic.

– Je veux bien en prendre un peu, si vous n'y voyez pas d'objection.

Il prit deux ou trois bouffées et eut un grand sourire.

– A vous, maintenant, Gaeriel.

Le gaz n'avait pas d'odeur. Elle inspira deux fois, puis regarda le médic.

– Continuez, lui dit-il, jusqu'à ce que vous...

Brusquement, elle étouffa. Le médic maintint fermement le masque. Elle toussa, ferma les yeux et recracha quelque chose d'ignoble. Elle se rejeta en arrière, le médic prit ce qu'il y avait au fond de son masque et le jeta dans le tube. Gaeriel avait la nausée. *Luke*, gémit-elle en silence. Comme elle l'avait tant redouté, il risquait de mourir avant que les Ssi-ruuk ne l'utilisent. Peut-être Nereus avait-il sauvé l'humanité, après tout – mais à quel prix ? Elle regrettait toutes les paroles dures qu'elle avait pu prononcer.

– C'était courageux. (Nereus claqua des doigts.) Naturellement, il serait inconvenant que vous sachiez ce qui est arrivé à madame Belden...

Gaeriel se concentrait pour déglutir.

– Peut-être pas, gouverneur. Certains faits doivent être connus, si vous souhaitez effrayer les gens.

– Bien joué ! Vous me plaisez de plus en plus. Quand

nous en aurons fini avec les Rebelles, il se peut que je vous pardonne. J'irais même jusqu'à vous confier un poste dans mon état-major personnel. Mais vous l'avez toujours su, n'est-ce pas? Non?

Il posa le menton au creux de sa main.

Sous l'effet de la répulsion, elle crispa les doigts sur ses genoux.

– Pourrais-je avoir un verre d'eau?

Quand elle eut bu une gorgée et que le médic fut reparti, elle dit :

– Je crois comprendre qu'une bataille va s'engager. Pourrais-je l'observer depuis votre salle de guerre?

– Inutile de nous déplacer.

Il pressa quelques touches et un hologramme détaillé de l'espace proche apparut au-dessus du bureau. Il se pencha et sortit d'un tiroir une bouteille de nectar de namana.

– Buvons à la victoire impériale.

La victoire impériale, se dit-elle en un écho amer. Elle aurait tant aimé refuser : elle avait déjà la gorge brûlante.

Comme ils approchaient du réseau de défense impérial, le cœur de Dev se mit à battre plus fort. Cette fois-ci, ils n'avaient plus de commandos à bord pour leur ouvrir la route. En se penchant vers la baie, il vit des navettes plus lentes que la leur qui accostaient des vaisseaux en orbite. Les humains se préparaient pour la bataille. Devant lui, Firwirrung, Ecaille Bleue et les autres échangeaient des trilles animés. Ils étaient assis sur le pont, la queue lovée autour des sièges.

Si des chasseurs humains détruisaient leur navette, le problème de Skywalker serait réglé. Mais il doutait que cela pût se passer au niveau du réseau de défense. Tous les défenseurs étaient tournés vers l'extérieur, essayant d'empêcher les avisos ssi-ruuvi de plonger vers la surface de Bakura. Et puis, leur navette ressemblait à n'importe quelle autre unité impériale en route vers un croiseur sur orbite.

Un éclair illumina l'espace, droit devant. La seconde

d'après, les débris d'un chasseur d'interception humain se dispersèrent autour d'eux. Il avait dû tenter de les attaquer. Et à présent, des escadrons de droïds de bataille s'infiltraient dans cette nouvelle brèche pour ouvrir la route au *Shriwirr.* Des chasseurs humains affluaient également, mais les droïds déferlaient sans cesse. Dev devina que l'amiral Ivpikkis avait lancé plusieurs assauts sur des secteurs divers afin de détourner l'attention des humains.

Bientôt, les Ssi-ruuk pourraient technitionner les humains à partir des vaisseaux, ou même de la planète, et énergiser tous les droïds qui leur seraient nécessaires pour poursuivre leur invasion. Il se tourna vers le Jedi inconscient.

– Dev ? demanda Firwirrung en dardant son grand œil noir. Tu vas bien ? Tu ne me sembles pas heureux.

– Oh, je m'inquiétais à propos de votre blessure, Maître. Il n'avait pas le droit de vous faire ça.

Firwirrung cligna sa triple paupière.

– C'est une blessure honorifique. Mais notre prisonnier ne semble guère te plaire.

– Il vous a blessé, Maître.

Firwirrung acquiesça lentement.

– Je comprends.

Il détourna sa lourde tête et siffla trop doucement pour que Dev comprenne.

La bouche entrouverte, le Jedi présentait tout à fait l'apparence d'un humain inconscient. Dev passa une main sur sa tête. La tiédeur qu'il ressentit dans le champ de la Force lui révéla l'endroit où Ecaille Bleue l'avait frappé. La lésion guérissait déjà. Mais le doute persistait en lui.

Skywalker ? Vous êtes réveillé ? Puis-je vous aider ? Qu'est-ce qu'il faut faire ?

En réponse, il ne perçut que la vaste pulsation de la galaxie.

Il se mordit un ongle. Un essaim de droïds les dépassa. Ils étaient venus au secours de leur navette, réalisa-t-il. Il visualisait presque l'amiral Ivpikkis, les serres nouées.

Les circuits de technition n'étaient efficaces que sur des individus conscients. Pour quelques secondes, tout au moins. *Il va falloir que vous fassiez vite*, lança-t-il mentalement, fébrilement. *Ils ne vont pas vous laisser d'issue.*

La technition. Il frissonna. Il l'avait tant souhaitée. Il avait collaboré à son propre état d'esclave. Il avait espéré le partager avec toute l'humanité. Il lança un regard haineux vers la nuque d'Ecaille Bleue.

Ils étaient maintenant sous le *Shriwirr.* Quelques secondes plus tard, ils se posaient sur le pont d'un des docks. Skywalker ne cilla même pas.

Dev s'aperçut qu'il tambourinait nerveusement des doigts et se contrôla : un esclave dont on avait lavé le cerveau ne pouvait montrer de l'anxiété.

La tête écailleuse d'un médic apparut en haut de la rampe.

– Il est inconscient ?

– Lésion mineure à la tête, répondit Dev. C'est pour ça qu'il est immobile.

Le médic émit un bruit dégoûtant.

– Nos connaissances de l'anatomie humaine sont limitées. Il faudra que tu restes avec lui.

Glacé, Dev prit conscience qu'ils étaient bien capables de le découper pour voir comment Skywalker était fait.

– Maître, dit-il. Laissez-moi le porter.

– C'est bien, gronda le Ssi-ruu. Nous n'avons amené qu'un seul brancard.

Dev ôta son harnais, puis celui de Skywalker, et effleura prudemment la zone blessée. Du moins, il pensait qu'elle se situait là. Car rien n'était plus visible. Il lui fallut plusieurs minutes d'efforts avant d'atteindre l'écoutille.

Une dizaine de Ssi-ruuk les attendaient dans le dock immense. Dev s'efforça de sourire, s'attendant à des bravos. Mais ils l'observaient en silence. Ses pieds cliquetaient sur le métal. Ils savouraient sans doute le spectacle de cet esclave humain qui portait sur ses épaules le lourd fardeau du destin de l'humanité.

En titubant, il suivit le médic sur le pont, puis dans un sas. Ils longèrent un corridor brillamment éclairé. Il entendit des *clac-clac* derrière lui et se demanda combien de Ssi-ruuk les accompagnaient. La situation semblait de plus en plus désespérée. Il se dit qu'il aurait presque mieux valu qu'il étrangle le Jedi pendant qu'il en avait l'occasion.

Mais non. Il y avait encore une chance de le sauver. Il avait trouvé un ami, après tant d'années vécues avec des ennemis. Ne serait-ce que pour réveiller l'humanité, il devait donner au Jedi une chance de se battre.

Ils montèrent, passèrent plusieurs intersections, droit vers le laboratoire de technition. Ce devait être l'heure de l'équipe de nuit, à présent. Pourtant, les tubes d'éclairage fonctionnaient à plein régime. Dev trébucha et faillit laisser tomber son fardeau.

– Attention! lança une voix derrière lui.

– Oui, Maître. (Pas difficile d'avoir l'air épuisé et repentant.) Je ne l'ai pas fait exprès. Il va bien.

Ce qui n'était pas le cas du dos de Dev. Mais, dans cette souffrance, il trouvait une satisfaction de pénitent.

Il entra derrière le médic dans le labo. Le nouveau lit de technition à plate-forme avait été disposé contre une paroi, près d'un ancien siège standard. Dev osa se retourner enfin. Deux Ssi-ruuk les avaient suivis. Les autres montaient la garde au-dehors.

Firwirrung attendait déjà près du panneau de contrôle, avec un autre médic et deux P'w'ecks. Ce qui faisait, estima Dev, cinq Ssi-ruuk et deux serviteurs face à lui et au Jedi inconscient.

– Ah, Dev, siffla Firwirrung. Tu es très fort. Beau travail.

Félicitation : manipulation. Maintenant, il savait reconnaître tout cela. Il déposa Skywalker sur le sol en s'accrochant à l'espoir que le Jedi était conscient.

– Non! s'exclama Firwirrung. Le nouvel appareil va le maintenir en station debout. Là, je vais t'aider.

Dev se baissa pour soulever à nouveau Skywalker. *C'est maintenant qu'il faut agir! Vous êtes pris au piège, si vous ne bougez pas maintenant!* Aucune réponse de Skywalker. Navré, Dev le releva. Un médic lui ôta ses menottes et Firwirrung l'appuya contre la table. Des entraves claquèrent autour de ses chevilles et de sa taille, mais ses bras retombèrent. Firwirrung lui-même dut les mettre en place sur les panneaux. Puis, le lit bascula avec le Jedi captif.

L'écoutille s'ouvrit. Dev se tourna et vit Ecaille Bleue qui s'avançait. Il s'arrêta à ses côtés.

– Tu crois que ce Jedi humain restera encore longtemps inconscient ? lui demanda-t-il.

Dev écarta les mains. Les Ssi-ruuk avaient le même geste quand ils étaient dans le doute.

– Ce serait difficile à dire, Doyen.

Ecaille Bleue tourna sa tête énorme vers lui et le fixa de son œil hypnotique avant de siffler ce que Dev avait tant redouté d'entendre.

– Tu en as terriblement besoin.

Deux autres lézards s'avançaient, braquant sur lui leurs rayonneurs.

– Attendez ! s'écria Firwirrung. Dev nous a bien servis. Nous devons le récompenser. (Il toucha l'ancien siège de technition.) Assieds-toi à présent, Dev. Nous avons le temps. Je vais placer les contacts et baisser moi-même l'arc de captation ainsi que je l'ai promis.

Dev avait la langue gonflée et suffoquait presque. Sa comédie ne les avait pas convaincus.

– Tu ne sens pas ton odeur ? chantonna doucement Ecaille Bleue.

Ainsi, c'était comme ça qu'ils l'avaient percé à jour. Dans cet ultime instant de liberté, il bondit vers Skywalker. Il referma ses deux mains sur la gorge du Jedi impuissant et cria :

– Je n'ai besoin de rien ! Vous n'aurez jamais...

Les mots moururent dans sa gorge. Et la lumière s'éteignit.

18

Le petit P'w'eck que Luke avait contrôlé jusque-là hurla d'inquiétude avec les autres, sans réaliser que sa queue avait fracassé le panneau de contrôle, éteignant ainsi tout le labo. Luke aurait tant aimé détruire du même coup les abominables machines des lézards. Même dans l'obscurité, il les distinguait de Dev. L'un d'eux se dirigeait vers une écoutille scellée.

Luke s'était déjà libéré de ses entraves avec la Force. Il repoussa sans peine Dev, et sauta. Sa tête ne le faisait plus souffrir, mais sa jambe droite restait insensible. Il porta son poids sur la gauche.

– Dev, couche-toi sous n'importe quoi ! Ils vont te piétiner !

– Compris !

Il y avait un soulagement vertigineux dans la voix du jeune Dev.

Dans ces dernières minutes, le plus dur, pour Luke, avait été de sentir Dev partagé entre la peur et la détermination. Il aurait tellement aimé avoir son blaster – ou même un de plus, pour le confier à Dev.

Il leva sa main droite et visualisa son sabrolaser. Il devait être tout près. Moins d'une seconde plus tard, il retrouva son poids familier dans sa paume.

– Dev, est-ce que tu es couché ? lança-t-il par-dessus la cacophonie des sifflements ssi-ruuvi.

– Oui, fit la voix étouffée de Dev.

– Parfait.

La lueur verte du sabre se déversa dans la salle, et les sifflements des lézards devinrent des glapissements aigus. Deux yeux noirs brillèrent avant que la lame du sabre ne tombe. Un autre Ssi-ruu hurla et Luke le décapita dans l'instant.

Ecaille Bleue, qui s'était acharné sur l'écoutille, finit enfin par la repousser et s'échapper. Un autre lézard lui emboîta la queue dans un couloir lumineux.

– Et maintenant ? cria Dev.

– Maintenant, tu gardes la tête baissée.

Trois silhouettes mécaniques qui ressemblaient à D2 venaient de surgir de l'écoutille. Des droïds. Le premier se rua sur lui. Luke le découpa en deux et lança la Force vers les autres. Ce n'étaient pas de vrais droïds, mais ils étaient marginalement vivants. L'un d'eux cracha une salve de tirs paralysants. Il les détourna sur l'un et l'autre de ses adversaires. Sous l'effet de la surcharge, ils furent neutralisés – mais en laissant une trace nauséabonde dans la Force, comme l'empreinte d'une âme flétrie, qui se dissipa à peine. Il avait ressenti la même impression dans les droïds de bataille, et le vaisseau lui-même. Le croiseur était comme saturé d'énergie humaine prisonnière, volée. Il traversait sans doute l'espace sous la poussée de ses moteurs, mais ses dispositifs de contrôle devaient être alimentés par l'abominable technique des Ssi-ruuk.

Dev s'extirpa du siège, dans le sombre nuage des milliers de victimes qui avaient souffert ici-même dans la terreur.

– Ça ira ? demanda Luke.

La peau mate de Dev prenait une teinte olivâtre dans la clarté du sabre. Il serrait une palette de rayonneur à deux mains.

– C'était merveilleux.

Il n'était pas trop tôt pour commencer l'apprentissage de Dev.

– Deux de tes Ssi-ruuk sont morts.

– Je sais. Mais comment...

– Exactement. Il va falloir te battre, mais ça ne va sans doute pas te plaire.

Il espérait que Yoda ne riait pas en entendant ça.

Dev se mordit la lèvre.
– Qu'est-ce que je dois faire?
– Recule.
Luke prit appui sur sa jambe valide et frappa trois fois le siège de technition avant de recommencer sur la nouvelle table. Des fragments se mirent à pleuvoir sur le sol et des circuits à pendre avant qu'il ne relève son sabre.
– Y a-t-il d'autres labos de ce genre?
Il vit les yeux de Dev s'agrandir sous l'effet de la crainte.
– Ils sont sur le point d'en finir un trentième.
Trente!
– Ça nous prendrait trop de temps de détruire tout ça. Lesquels sont opérationnels?
– Aucun autre, je crois. Et j'ai été l'assistant de...
– Donc, nous pouvons supposer que celui-là seul était en état de fonctionner. Est-ce que les circuits de contrôle du vaisseau sont également alimentés par de l'énergie humaine?
Dev plissa le front.
– Je ne sais pas. Je n'y ai jamais pensé. Mais c'est possible.
– Je le sens. Est-ce que tu peux me conduire dans le secteur d'ingénierie?
– Oui.
Tout en maintenant la garde de son sabre basse, Luke se déplaça en direction du corridor.
– Je détecte six autres droïds activés, mais aucun Ssiruu.
– Ils ont une peur mortelle de vous.
– Pourquoi?
– Ils ne veulent pas mourir loin de leurs mondes natals. C'est pour ça qu'ils ont des esclaves et des P'w'ecks qui se battent pour eux.
– Reste derrière moi.
Sur le point de se lancer en contrôle absolu, Luke prit conscience qu'il y était déjà. Il franchit l'écoutille. Un trait d'énergie crépitante le frôla. Dev sauta en arrière avec un cri. Déjà, Luke avait levé son sabre et renvoyé le tir. Un droïd s'abattit en grésillant.

Il ne faisait aucun doute que les cinq autres étaient programmés pour tirer... Et *simultanément!* Luke se lança dans une frénétique danse du sabre, dans des jaillissements d'étincelles, des jets de fumée. Et les droïds jonchèrent bientôt le corridor.

Dev sifflota d'un air admiratif.

– Je t'apprendrai ce genre de tour, lui promit Luke.

La douleur fusait dans sa jambe droite et il se dit qu'il l'avait sans doute abîmée plus sérieusement qu'il ne le pensait en sautant sur cette table.

– J'espère que ce sera pour bientôt, dit Dev d'un ton pressant. Je veux savoir tout ce que vous savez.

– On va d'abord sur le pont d'ingénierie, murmura Luke, heureux. (Dev semblait bien décidé à devenir son disciple officiel.) Reste tout près derrière moi.

Ils enfilèrent un autre corridor.

– A gauche, indiqua Dev. Ensuite à droite. Dans le puits de descente.

Luke secoua la tête.

– On serait trop vulnérables à l'intérieur. Ce gros machin bleu est sans doute quelque part à bord. Est-ce qu'il existe des escaliers?

– Les Ssi-ruuk ne peuvent pas utiliser d'escaliers, murmura Dev. Même les P'w'ecks, qui sont plus petits.

– Il y a d'autres esclaves?

– Oui.

Les Ssi-ruuk n'auraient probablement jamais accepté d'autres races comme égales.

– D'autres moyens de correspondance entre les ponts?

– Je l'ignore. Je ne me suis jamais servi que des ascenseurs.

Luke se lança à nouveau dans le monde invisible. Une trame d'énergie vitale les entourait, ponctuée çà et là de la trace plus brillante de la Force qui isolait les êtres intelligents. Il découvrit une zone verticale et vide droit devant eux.

– Viens.

Il n'existait pas d'écoutille, aussi il dut découper la paroi. Et découvrit une étroite rampe en spirale sans doute prévue pour les P'w'ecks et les droïds.

– Tu vas devant, souffla-t-il.

Dev lança d'abord une jambe, puis se laissa glisser. Luke le suivit aussitôt. Dev pointait le doigt vers le bas, mais la jambe droite de Luke ne se pliait plus aisément. Ses muscles étaient devenus roides. Il reçut en écho la douleur de Dev qui venait de se blesser au dos et à la main gauche.

Luke songea que des centaines d'âmes devaient être asservies aux circuits du croiseur ssi-ruuvi. Si seulement il parvenait à en libérer quelques-unes afin qu'elles trouvent un repos paisible...

Il demanda, les dents serrées :

– L'ingénierie est encore loin ?

– Sur le Pont Dix-huit. (Dev lui désigna un chiffre.) Nous sommes au Dix-sept.

Ils tournèrent encore plusieurs fois avant que Luke ne se bloque devant une écoutille.

– Là ?

– Exactement.

Luke explora mentalement les circuits. Et, une fois encore, il découvrit un centre d'énergie vitale. La marque d'une excitation mêlée à des fragments de volonté humaine.

L'écoutille s'ouvrit.

Il sortit maladroitement du puits dans un autre corridor désert. Dev passa à côté de lui, et Luke pivota et trancha net le circuit d'énergie. La perception douloureuse d'une présence prisonnière s'évanouit.

Une autre âme libérée.

Dev s'était arrêté devant une inscription sur la paroi.

– Je pense que c'est bien ça, dit-il.

– Tu n'es encore jamais venu ici ?

– Non.

– D'accord.

Il décelait la puanteur de la Force à demi morte derrière une paroi. Il s'apprêtait à franchir une arcade illuminée quand il décela un scintillement au-dessus de lui. Il se rejeta immédiatement en arrière.

– C'est quoi ? demanda Dev.

Le doigt de Luke suivit une ligne invisible au plafond, avant de montrer l'autre côté.

– Je l'ignore, mais l'énergie vitale semble reliée à un amplificateur très puissant.

Il arracha un côté de sa tunique, le lâcha sur le sol et souffla pour le faire glisser en avant.

Un rideau d'énergie bleue le réduisit instantanément en cendres.

Les serres bleues de Sh'tk'ith étaient agrippées à la console de sécurité.

– Le voilà, lança-t-il à l'adresse des P'w'ecks qui se tenaient derrière lui. On les a trouvés. Placez les pièges paralyseurs autour du pont d'ingénierie. (Il enclencha un circuit.) Ça avance ? demanda-t-il à Firwirrung qui travaillait frénétiquement dans un second laboratoire.

– J'ai fini. Ça ne gardera pas le Jedi en vie aussi longtemps que la première installation, mais j'en construirai une autre, meilleure, avant qu'il ne cause d'autres détériorations.

Firwirrung, malgré sa blessure, ne semblait pas tenir compte du désastre. Avec ses assistants p'w'ecks, il avait pu construire une seconde table de technition à partir de pièces détachées prélevées sur d'autres sièges. Prête à fonctionner si Sh'tk'ith parvenait à juguler le Jedi. La victoire était proche.

Sh'tk'ith appela la chaloupe de l'amiral Ivpikkis.

– Nous sommes sur le point de les capturer. J'ai laissé trois équipes de P'w'ecks sous compulsion totale sur le Pont Seize. J'estime que nous serons parés à larguer les droïds de bataille dès que nous aurons réussi.

– Bien. (Des unités de protection entouraient déjà le *Shriwirr*.) Tous les autres croiseurs ont déjà largué leur plein d'effectifs.

– Firwirrung pense qu'il est à même de combiner l'énergie de Dev avec celle du Jedi.

– Qu'on les garde tous deux en vie. Sibwarra pourrait valoir très cher quand nous nous serons emparés de Bakura.

Sh'tk'ith sortit son rayonneur et siffla à l'intention de ses P'w'ecks :

– Suivez-moi !

Les Ssi-ruuk avaient lancé neuf vaisseaux de garde sur des vecteurs d'engagement, et Yan gardait le cap du *Faucon* sur le point que lui avait assigné le commandant Thanas. Le *Faucon* basculait et remontait en flèche pour échapper aux droïds de chasse tout en déversant son énergie dans leurs lamentables écrans de défense. Ils arrivaient en formation tellement dense qu'il avait réussi à en carboniser quelques-uns avec les évents des moteurs. Pendant ce temps, Chewbacca tentait de réparer C-3PO, et Leia était aux commandes de la tourelle laser inférieure. Mais qu'était donc devenu Luke ?

– Il est quelque part dans l'espace, avait dit Leia.

– Mais certainement pas à bord du *Rafale*, leur avait appris le capitaine Tessa Manchisco.

Trois chasseurs Tie virèrent au-dessus d'eux. Yan serra les poings. Ces Tie étaient peut-être de leur côté, mais il ne se fiait pas plus au commandant Thanas qu'aux Fluties. Au milieu d'un mouvement d'invasion, les non-humains ne se servaient même pas de leurs viseurs, et ils n'avaient pas détecté le moindre rayon tracteur. Un gros vaisseau ssi-ruuvi avait déjà largué une dizaine d'unités de débarquement. Lentes et sous-énergisées, elles avaient constitué un bien piètre anneau d'offensive. Il ne savait pas si les nouveaux canons NIEM étaient entrés en fonction, mais il en voulait absolument un.

Son vecteur le rapprocha d'un gros croiseur flutie, l'un des trois principaux qui abordaient lentement Bakura. Un brouillage à deux tons empêcha momentanément les communications.

– Ça avance ? demanda-t-il à Chewie sur son comlink.

Il reçut en réponse un grognement affirmatif.

– Parfait. Dépêche-toi. Leia, où est Luke ?

– Il est là ! A bord de ce croiseur ! Vite ! Préviens nos forces qu'on ne doit pas l'attaquer !

Celui qu'il venait juste de dépasser ? Yan lança un supplément d'énergie dans ses déflecteurs arrière, évita les tirs des vaisseaux d'escorte, et en réduisit un en atomes.

– Qu'est-ce qu'il fait là ?

– Je l'ignore.

Il revint sur la fréquence inter-escadrons et une voix lança :

– Visez un peu !

Des navettes et des cosses d'évacuation jaillissaient du vaisseau comme des rivets sous pression.

– Tu as raison, dit Yan à Leia. Luke est bien à bord.

Luke avait le regard fixé sur le bout de tissu calciné.

– Ils ne sont pas très sûrs de leur sécurité.

– Un piège paralysant, commenta Dev. Avec leur cuir, les Ssi-ruuk sont seulement assommés. Mais c'est mortel pour nous.

Luke localisa la liaison énergétique à hauteur de son épaule, sur une grande paroi grise, juste hors de portée de son sabre, derrière une arche. Parce que la vie avait créé la Force, chaque circuit qui utilisait cette énergie obscène était facile à déceler et à contrôler – et il faisait des progrès rapides. Il effleura cette source d'énergie avec précaution et découvrit une volonté affaiblie, épuisée. Sous l'effet de la fatigue, il obéit d'abord à la pitié. Avec rapidité et prudence, il montra ce dont il avait besoin. Puis, il proposa la libération. La volonté lui parut chanceler...

– Vite, Dev !

Il franchissait déjà l'arcade. Brandissant son rayonneur, Dev le suivit. Des étincelles d'énergie bleue en carbonisèrent les bords.

Luke hésita.

– Une minute.

Il devait tenir sa promesse. Avec précaution, il toucha le circuit de sa lame. Et la faible trace de volonté, en réponse, effleura son esprit avec gratitude avant de disparaître.

Les pièges paralysants se présentaient tous les six mètres. A chaque fois, Luke devait s'arrêter et trouver une nouvelle forme de persuasion. Avec la fatigue, son instinct du danger qui se faisait de plus en plus proche s'accroissait.

Ils parvinrent à un embranchement. Le corridor qu'ils

avaient suivi jusqu'à présent continuait tout droit avant de s'incurver plus loin sur la droite, mais un autre couloir, plus étroit, partait sur la droite. Une rampe jaune brillait au centre du plafond en voûte. Au-delà, une grande écoutille de métal semblait fermée.

Une embuscade, criaient tous les sens de Luke. Lentement, il s'avança vers la droite, se colla à la paroi, puis tourna la tête pour guetter d'éventuels bruits derrière l'écoutille. Il crut sentir une présence...

Le cri étouffé de Dev le fit soudain pivoter : l'écoutille venait de remonter brutalement au plafond. Un P'w'eck bondit, saisit Dev par-derrière et leva une serre vers sa gorge. Dev plongea et déclencha son rayonneur dans la même seconde. Le P'w'eck s'effondra en laissant un mince sillon de sang sur le cou de Dev.

Guidé par son subconscient, Luke tournoya et frappa aveuglément derrière lui. Deux autres P'w'ecks avaient surgi. Ils s'effondrèrent en piaillant, mais d'autres, déjà, se déversaient par une ouverture, à un endroit où il n'avait vu aucune écoutille la minute précédente. Des traits diffus de blaster le cernaient. Ils ne cherchaient toujours qu'à le paralyser. A grands revers de sabre, il para tous les tirs et tailla dans la chair des P'w'ecks. Dev hurla en s'effondrant. Luke n'avait pu voir ce qui l'avait atteint.

– Dev ?

Le gros Ssi-ruu bleu se rua hors de l'écoutille avec un trille féroce et lança un rayon argent d'énergie fixe. Luke plongea en avant, leva son sabre et dévia le rayon vers un P'w'eck qui se présentait sur le seuil de la nouvelle écoutille. Il s'écroula en arrière. Le gros Ssi-ruu s'avança, les yeux fixés sur Luke et non sur le pont. Dans le corridor, Dev rampait dans sa direction. Luke évita un nouveau tir argenté. Le lézard bleu le défiait. Il ne sentait sans doute pas la Force, mais il projetait sur les sens de Luke sa forme obscure et massive. Et elle avait la même tonalité que dans les souvenirs abîmés de Dev.

Dev se redressa. Il était immédiatement derrière le Gros Bleu et il ouvrit le feu avec son rayonneur, visant la base de sa queue. Le Ssi-ruu se pencha vers lui. Et tomba, les pattes flageolantes. Luke s'élança, le sabre levé. Mais

Dev abaissait déjà son rayonneur. Il visa la tête du Gros Bleu et tira. La créature poussa un long cri qui s'acheva en un gargouillis. Dev n'en finissait pas de tracer des zigzags sur sa tête. Des bruits de pas s'éloignaient dans les deux corridors. Luke se détendit un peu, en toussotant. Au fond de sa gorge, quelque chose le piquait.

Dev s'assit sur le flanc du Gros Bleu et lui donna un coup de pied. Quand l'autre ne bougea plus, il nicha sa main gauche sous son bras et laissa pendre son rayonneur.

– J'ai fait semblant, dit-il. Ça me semblait plus sûr de faire le mort que de me battre, dit-il, haletant. Je me disais que je ne vous étais pas très utile.

Luke toucha la plaie de Dev, tout en constatant que le picotement s'intensifiait, au fond de sa gorge.

– Ça n'est pas profond, insista Dev. Rien qu'un coup de griffe.

Gros Bleu était immobile. Mais une longue langue noire pendait encore en vibrant d'un de ses naseaux.

– Il est vraiment paralysé ?

– Non, mort, dit Dev en fixant le lézard.

Luke vit sa douleur, sa culpabilité, et son triomphe.

– Qui était-il ?

– Il... il me contrôlait. Mais c'était Firwirrung, mon Maître, en réalité – le petit brun avec ce V sur la tête, celui dont vous avez tranché une serre. Le plus dangereux. S'il vous attrape, nous sommes morts. Tous. Tous les humains de tous les mondes.

– Pourquoi ? Il ne semblait pas avoir de pouvoir particulier...

– Non, mais il dirige les technitions.

– Est-ce que... est-ce qu'ils ont toujours utilisé la technition... pour fournir l'énergie à leurs droïds ?

– Ils technitionnaient les P'w'ecks les plus âgés depuis des siècles. Mais les humains durent plus longtemps. Son intention est de vous forcer à technitionner d'autres humains à distance. Les Ssi-ruuk veulent réduire toute la galaxie en esclavage. Il y a... je ne sais combien de milliers d'autres vaisseaux qui attendent encore au large le moment où Bakura tombera.

– Parce que ce n'est qu'une force de reconnaissance ? demanda Luke, inquiet.

Dev acquiesça, et Luke ressentit toute la honte qu'il éprouvait.

– Croyez-moi : Firwirrung vous attend de pied ferme.

Très utile de savoir comment les choses se présentaient. Luke ferma les yeux. Pas étonnant que Dev ait tenté de l'étrangler plutôt que de le laisser tomber entre les pattes des Ssi-ruuk.

– Bien. (Il eut une autre quinte.) Faisons ce qu'il faut avant que d'autres ne rappliquent.

– Vous vous sentez bien ?

Luke toussa encore. Sans doute l'odeur du reptilien irritait-elle sa gorge et ses narines.

– C'est quelque chose que j'ai respiré, sûrement, mais ne t'en fais pas. Je suppose que tu t'y es accoutumé, toi. Viens.

Le pont d'ingénierie était un labyrinthe de conduits et de circuits, mais Luke n'eut aucun mal à trouver la console de contrôle principale. Il en émanait une affreuse imitation de la vie, comme une gargouille si abominablement déformée et tellement puissante qu'il défaillit. Une centaine d'énergies sous technition affrontaient ses sens subliminaux. Des énergies fraîchement technitionnées qui se débattaient avec d'autres, dont la volonté était en train de vaciller, de s'éteindre.

Il lança son sabre sur la console avec violence, doubla d'un revers. La cacophonie de la gargouille sombra dans le silence.

Il promena lentement le regard autour de lui en respirant profondément. Tout semblait enfin nettoyé.

Est-ce qu'ils étaient maintenant seuls naufragés à bord ?

Au plafond, des tubes de néon brillaient derrière les circuits gris. Il existait donc une énergie de secours.

– Dev. Est-ce que tu peux déchiffrer ça ?...

Après s'être rapidement concertés, ils décidèrent que la propulsion ionique et l'hyperdrive étaient encore opérationnels – mais il avait fait sauter la liaison entre la passerelle et l'ingénierie.

– C'est stupéfiant, murmura Dev.

Luke consulta à nouveau les inscriptions luminescentes. Non, après tout, ils n'étaient pas naufragés. Mais le croiseur était durement touché. Il toussa encore. Ils disposaient de systèmes de support vital, d'armes et de moyens de communication. Mais pas de médipacs. Rien pour apaiser les douleurs musculaires, aucun masque respiratoire pour filtrer ce qui lui irritait à ce point la gorge et les poumons. Il devrait tenir jusqu'à ce qu'ils parviennent à s'évader du *Shriwirr.*

– Il faut trouver une navette, dit-il en s'écartant de la console.

Dev le conduisit à travers trois docks géants. Tous les ponts d'envol étaient déserts. Ils ne parvinrent même pas à retrouver la navette impériale qu'ils avaient empruntée depuis Salis D'aar.

– Abandonnez le vaisseau, marmonna Luke. Fuyez le redoutable Jedi et son puissant apprenti.

Dev écarta les bras.

– Mais alors, c'est ça notre chaloupe de secours. Je vais vous conduire jusqu'à la passerelle.

La toux de Luke lui rongea la poitrine.

– Il faudra faire avec, dit-il d'un ton réticent.

– Désolé pour les canons NIEM, lança Yan à l'adresse du commandant Thanas.

Ils avaient fait long feu et mis le vaisseau de patrouille hors service. Mais il n'était pas le moins du monde désolé. C'était après tout une bonne chose qu'il n'en ait pas eu un sur le *Faucon.*

– Dommages de guerre, rétorqua Thanas dans son oreille gauche. Je crois qu'on peut en dire autant du commandant Skywalker, à ce qu'il semble. Je suis navré. J'admirais ses pouvoirs.

– Que se passe-t-il? demanda Leia.

– Le gouverneur Nereus vient d'annoncer qu'il a été kidnappé par les non-humains.

– Il s'en tirera!

Yan renifla. Est-ce qu'il ne sentait pas une certaine surchauffe des circuits? *Tiens bon, mon joli!*

La voix métallique de Thanas s'adoucit quelque peu.

– Votre Altesse, à moins que tous les Ssi-ruuk ne

battent en retraite, nous avons reçu l'ordre de détruire ce croiseur.

– Quoi ?

Yan éprouva une démangeaison dans la nuque. Il n'y avait que quatre unités de flanc pour empêcher Thanas d'exécuter cet ordre. Son *Dominant* avait une puissance de feu suffisante.

– Pourquoi ? demanda-t-il.

– Il s'agit de contagion, général. On ne m'a pas donné d'autres précisions, et je n'ai pas pour habitude de contester les ordres. Les conséquences n'en vaudraient pas la peine.

Leia l'interrompit.

– Mais là, vous devez remettre cet ordre en question, commandant. Laissez ce croiseur de côté...

Elle ne croyait pas plus que Yan à cette histoire de contagion. Le gouverneur Nereus ne cherchait qu'à se venger. Yan venait de repérer un filet de fumée sur une paroi et se précipitait déjà pour neutraliser le circuit. Les circuits labyrinthiques du *Faucon* lui permettaient de continuer son vol avec plusieurs panneaux éteints.

La voix de Thanas redevint dure pour lancer un ordre :

– Escadrons huit à onze : nettoyez-moi ces cosses d'évacuation.

Leia protesta :

– Mais elles sont sans défense !

– Nous n'avons pas à le savoir. Certaines civilisations ont des cosses et des chaloupes armées.

– Procédure standard impériale ? Tuer les blessés pour éviter les frais médicaux ?

– Vous ne semblez pas vous inquiéter autant des drones. Ils recèlent des énergies vivantes.

– Réduites en esclavage ! riposta Leia. Irrévocablement. En les tuant, nous ne faisons que libérer leurs âmes.

– Je suis d'accord, intervint le capitaine Manchisco, depuis le *Rafale*.

Elle aidait un patrouilleur impérial lancé à l'attaque d'un croiseur léger, à la portée des rayons tracteurs du *Dominant*.

– Et les non-humains, Votre Altesse ? insista Thanas.

– Nous nous battons pour la survie du peuple de Bakura – et sans doute bien d'autres, commandant. L'autodéfense justifie certaines choses. Mais jamais le fait de massacrer des êtres désarmés.

Cette fois, Thanas ne répondit pas. Sur les écrans des senseurs du *Faucon*, un escadron de chasseurs ssi-ruuvi convergeait vers le *Dominant*. Ses turbolasers en détruisirent aussitôt deux.

– C'était bien dit, Leia, marmonna Yan avant de couper son comlink.

Brusquement, un tourbillon de points lumineux clignota sur l'écran de son ordinateur et Chewie appela.

– Parfait, Chewie! Prends une batterie quad!

– Comment? s'exclama Leia.

– C-3PO fonctionne à nouveau. Et ne me demande pas ce qui lui est arrivé. Il nous bénira dès qu'on le laissera parler. Il a donné à l'Empire le programme de traduction du langage des Fluties, mais maintenant nous en avons aussi un.

Leia grommela.

Yan visa le vaisseau leader d'un autre essaim de droïds. Ça faisait deux fois déjà qu'il croyait les avoir tous nettoyés. Mais voilà qu'un autre croiseur en avait largué d'autres.

– Il va encore bien, murmura-t-elle. Il s'occupe d'une concentration majeure de cette... cette énergie zombi.

La batterie quad ventrale du *Faucon* venait d'ouvrir le feu.

– Mon cœur, oublie les drones. Concentre-toi sur ton frère. Tu ferais bien de le mettre en garde contre ce que vient de dire Thanas.

– Je fais ce que je peux!

– Essaie de demander à C-3PO d'émettre sur leur fréquence, n'importe quoi...

Yan serrait les dents. Luke avait pénétré seul dans le palais de Jabba le Hutt. Seul, il avait sauvé Yan, Leia et Lando de la gueule de sable du Sarlacc. Il savait sans doute encore ce qu'il faisait.

Mais qu'est-ce que je fais? Luke, vacillant sur sa seule jambe valide, détruisit un circuit sur la passerelle du croiseur. Des dizaines de consoles s'incurvaient jusqu'au plafond, marquées de symboles étrangers. Des écrans isolés correspondaient aux divers postes du commandement, mais il ne voyait aucun siège, aucun banc ou tabouret. Un long panneau incurvé servait de baie de vision.

– Sais-tu comment tout cela marche?

– Je peux vous traduire les contrôles. C'est tout.

– C'est un bon début, marmonna Luke.

Quelque chose s'était éveillé au fond de son esprit. Inquiet, il s'écarta de Dev et activa son sabre.

Dev se retourna.

– C'est quoi?

– Je l'ignore.

Luke se porta vers la paroi, puis vers l'écoutille d'accès, la tête penchée.

– Rien, probablement.

– J'en doute.

Dev avait laissé l'écoutille du cockpit ouverte. Luke se glissa en avant. Et sentit une approche étrangère.

– Dev! Mets-toi à l'abri!

Un P'w'eck surgit. Luke lui trancha net la patte avant, et le blaster du lézard tomba au sol. C'est alors qu'il vit la grenade à gaz qui pendait à son cou. Il arracha la chaînette qui la maintenait et, avec la Force, projeta la grenade au loin avant de rabattre le panneau. Il perçut une détonation assourdie. En gémissant, le P'w'eck se traînait sur la passerelle.

– Parle-lui, dit Luke en affermissant sa prise sur la poignée de son sabre, tout en respirant faiblement pour éviter de tousser. Dis-lui que je ne veux plus le faire souffrir. S'il nous aide, nous aurons une meilleure chance de nous servir de ce vaisseau.

Dev se lança dans un discours de gazouillis et de trilles. Le P'w'eck hésitait. Puis il bondit vers son blaster.

Luke le fit sauter dans les airs.

– Dis-lui que personne ne viendra plus avant que ce gaz ne se soit dispersé.

Dev sifflota, mais le P'w'eck secoua la tête. Luke se

demanda s'il oserait interroger le non-humain. Il ne savait pas comment s'y prendre, pour commencer. La créature ne pensait pas en standard.

Luke lança le blaster du lézard à Dev.

– Est-ce qu'il existe un moyen de le ligoter ? De l'empêcher de faire quoi que ce soit d'autre ?

Dev fronça les sourcils, leva le blaster. Et tira droit dans le crâne du P'w'eck.

– Dev ! Ne tue jamais quand ça n'est pas nécessaire !

– Il nous aurait tués lui-même à la moindre inattention. Il nous reste quelques minutes. Il faut faire le maximum !

– Attention !

La voix venait de résonner dans l'écouteur droit de Yan. Il augmenta la puissance des boucliers tribord. La force combinée des Rebelles et des Impériaux se refermait en arc sur deux croiseurs ssi-ruuvi, mais la résistance des non-humains était intense. Des traits de lasers se croisaient sur fond d'espace noir. Les Ssi-ruuk concentraient leurs tirs sur les unités rebelles qui attaquaient leurs points vitaux. Tout comme l'avait deviné Yan.

– *Dominant* à *Faucon :* bloquez cette brèche dans le zéro-deux-deux !

Le *Dominant* avait éliminé ses attaquants, mais dérivait beaucoup trop bas à tribord. Yan sourit, en se disant que ses générateurs de poussée latéraux étaient encore en panne. Luke aurait encore quelques instants de sursis. Il orienta le *Faucon* de manière à faire face au nord solaire. La brèche en question était suffisante pour qu'un croiseur s'y glisse.

– On couvre ! lança-t-il à l'intention de Thanas. Red et tous les autres : suivez-moi !

Quatre ailes X et cinq chasseurs Tie s'élancèrent à la suite du *Faucon* et accélérèrent pour se placer sur chaque flanc.

– *Dominant !* cria une voix sur la fréquence claire. Ils contre-attaquent ! Leur puissance de feu est trop forte pour...

Silence. Yan fit craquer ses phalanges. Il détestait que les jeunes pilotes encaissent. Mais, au fur et à mesure des pertes, les vaisseaux ssi-ruuvi se faisaient de plus en plus rares. Les forces humaines ne seraient pas aussi facilement débordées.

Une unité impériale venait d'être touchée.

– *Faucon* à *Numéro Six*. Ça va?

Le patrouilleur ne répondit pas. En oscillant, il se mit sur un vecteur de collision avec un croiseur léger ennemi. Une heure plus tard, Yan traversait encore les débris. Thanas menait durement ses pilotes, mais c'était sa bataille.

Un senseur s'illumina. Des flots intenses de communications entre les unités des Fluties! Yan lança le programme de traduction de C-3PO sur un écran latéral. Le commandant Thanas avait déjà une copie du logiciel et il espérait sans doute savoir si les non-humains allaient battre en retraite... mais pas les forces de l'Alliance.

Sur l'écran, un seul et unique message se répétait. Il émanait du vaisseau de commandement des Ssi-ruuk:

Désengagement. Retraite. Désengagement. Retraite...

Yan pianota fébrilement sur son clavier, se coupant des fréquences de transmission de l'Empire.

– A tous les vaisseaux rebelles: les Fluties se replient. Activez vos boucliers et ne quittez pas les Impériaux des yeux. A tous les leaders d'escadrons: écartez-vous des unités impériales. Manchisco: vous êtes dans le champ de tir du *Dominant*. Ecartez-vous!

– Ils battent en retraite? s'écria Leia. Mais Luke?... Est-ce qu'il est encore sur ce croiseur? Nous ne pouvons pas tirer.

– Et nous ne pouvons pas ouvrir le feu les premiers sur les Impériaux. Nous ne savons pas qui contrôle le croiseur où se trouve Luke. J'aperçois trois unités d'escorte en approche.

Le croiseur était le seul bâtiment ssi-ruuvi à ne pas se replier.

Le *Faucon* fut soudain secoué et passa en hyperdrive. Yan, d'un bond, s'écarta des contrôles soudain ionisés. Chewbacca rugissait dans ses oreilles. Une nappe de lumière enveloppa le champ des étoiles : le *Dominant* venait de tirer une seconde salve. Yan secoua la tête.

– *Rafale ?* Manchisco, Manchisco ! Vous êtes là ?...

Mais le *Rafale* n'était plus qu'un nuage de débris.

– Ils l'ont eu ! *Notre seul croiseur. Bonne route, Manchisco.*

Il serra les poings en songeant à Thanas et remercia Chewie d'avoir demandé à ce technicien bakuran d'augmenter la puissance des boucliers du *Faucon*. Il se dit qu'il aurait pu avoir le *Dominant* s'il l'avait pu, et s'il avait tiré le premier avec la batterie quad.

– Eh bien, général, vous voilà seul responsable, dit Leia au centre de sa tête.

Il repassa sur la fréquence de commandement.

– Merci pour tout, Thanas ! (Il revint sur la fréquence des escadrons.) Voilà – vous avez tous vu. L'Empire vient de violer notre trêve. Nous sommes à nouveau en guerre. Souvenez-vous de l'Etoile Noire. Regroupez-vous autour du *Faucon*.

– *Faucon*, ici Red Leader. On est à un millier d'unités de vous et on a des chasseurs Tie sur tous nos écrans.

– Alors, battez-vous ! aboya Yan. Wedge, où tu es ?

Le grand croiseur ssi-ruuvi effectuait une manœuvre, toujours sous la protection de ses escorteurs. Yan ne voyait pas comment protéger Luke... ni même comment oser le faire. Il était possible qu'il ait effrayé tout l'équipage. Mais peut-être pas. Et il ne commandait certainement pas les escorteurs.

Entre-temps, un autre croiseur ovoïde s'était déporté, tandis qu'un troisième bondissait dans l'hyperespace, aveuglément, trop vite pour avoir déterminé son vecteur d'hyperdrive.

– Je suis derrière la planète, par rapport à toi. Ou du moins je l'étais, répondit enfin Wedge Antilles. J'ai eu du mal à te recevoir par le relais du satellite. Attends... (Il revint après plusieurs secondes.) Je te signale une activité intense de chasseurs Tie dans le secteur huit-neuf-deux-deux. Tu ferais bien d'aller y jeter un coup d'œil.

– C'est le *Dominant* ! s'écria Leia. Il faut le contourner au large !

Le mal de tête de Yan virait au cauchemar : Thanas détruisait d'autres escadrons de l'Alliance.

– Leia ? Tu peux dire à Luke que nous sommes en pleine crise, ici ?

– Je vais essayer !

19

Gaeriel poussa un cri de joie à l'instant où la flotte ssi-ruuvi se repliait, mais, dans la minute qui suivit, tous les points d'argent des vaisseaux de l'Alliance virèrent au rouge sur la projection de Nereus. Et s'assombrirent. Avec une exclamation étouffée, elle se dressa.

– Non ! C'est impossible !

Wilek Nereus roulait son verre entre ses mains poisseuses.

– Qu'y a-t-il, sénateur ?

– Ils n'attaquent quand même pas les Rebelles ?

Il n'y avait pas que cela : elle présumait que les Ssi-ruuk qui battaient en retraite gardaient encore Luke prisonnier, et qu'il allait mourir sans savoir. Elle inspira à fond avec l'espoir de donner l'impression à Nereus d'une attitude dramatique.

– Monsieur le gouverneur, selon les termes de ma constitution, je désire formuler une plainte officielle contre le comportement des forces qui étaient placées sous vos ordres. Les gens de l'Alliance ont risqué leur vie – et certains l'ont perdue – pour nous aider à repousser l'invasion des Ssi-ruuk. Est-ce donc là votre gratitude ?

Un sourire précieux se dessina sur les lèvres de Nereus.

– Votre constitution ? Avez-vous déjà été en contact ? Avez-vous déjà reçu des leçons télépathiques de qui que ce soit ?...

Elle ignora son accusation de collaboration et leva le menton.

– Mon peuple éprouve de la reconnaissance envers les Rebelles pour l'aide qu'ils nous ont apportée. Il ne souhaiterait pas nous voir...

Un comlink résonna et Nereus répondit aussitôt :

– Oui ?...

– Monsieur, nos senseurs ont détecté trente personnes rassemblées à l'intersection du Dixième Cercle et de la Grande Rue. D'autres approchent encore.

– Pourquoi me déranger ? Supprimez tout ça !

Elle surprit le tremblement de ses doigts, une brève seconde.

– L'aide rebelle appartient déjà au passé. Maintenant, nous devons songer au futur. Quel prix Bakura aurait-elle à supporter si jamais le Commandement Impérial venait à savoir que nous avons accepté l'aide des forces rebelles ?

Elle resta de fer. Eppie Belden avait embrasé Bakura et préparé tous les citoyens au retour des commandos de l'Empire. Elle ne devait pas penser à Luke pour le moment...

Mais comment Bakura aurait-elle pu repousser l'assaut des Ssi-ruuk sans l'alliance des Rebelles et de l'Empire ? Dans quel piège dément du destin étaient-ils tombés ?

Nereus jouait à nouveau avec ses dents humaines emprisonnées dans le cristal.

– Ma chère, vous n'avez même pas touché à votre nectar...

Elle se demanda si c'était une menace.

– Ma gorge me fait souffrir.

– Je comprends. Cela a dû vous paraître très douloureux. Je m'en excuse. Vous n'étiez pas la cible que nous avions visée...

– N'y a-t-il donc jamais de terme à ce que vous accepteriez de... de faire pour l'Empire ?

– Vous avez toujours accepté la présence de l'Empire. Je me suis laissé dire que vous aviez parlé avec éloquence des bénéfices que Bakura pouvait récolter de son alliance avec nous.

– Oui, je l'ai dit. J'ai appris la rhétorique, voyez-vous. *Le langage de la trahison.*

– Vous n'oubliez pas que c'est l'Empire qui a financé votre éducation ?

– Mais moi et ma famille n'avons eu de cesse de vous en remercier.

– Cependant, vous n'avez pas commencé à rembourser cette dette. A présent que j'ai tout le temps de réfléchir, je pense que j'aurai une place pour vous dans mon état-major personnel.

Ses yeux s'étaient étrécis.

Si la révolution d'Eppie triomphait, cette menace serait sans effet. Si elle succombait, néanmoins, elle pourrait toujours servir la résistance bakurane en uniforme impérial. Qu'avait donc enduré Leia Organa durant son mandat de sénateur impérial ?

Nereus examinait la projection de l'espace proche avec un sourire. Les points rouges des Rebelles étaient de moins en moins nombreux à menacer le système, désormais.

– Avez-vous ordonné au commandant Thanas de tous les exterminer ? demanda-t-elle d'un ton amer.

– Oui. Pour le bien de votre peuple. Quant au commandant Skywalker, c'est une autre question. Les larves vont commencer à migrer. Elles ont besoin d'un certain apport de sang pour se changer en chrysalides. L'aorte est très proche des bronches. Délicieusement proche. Il ne souffrira pas longtemps. C'est un splendide spécimen physique. Je pense que les Ssi-ruuk vont le garder par-devers eux en battant en retraite. Ils conserveront son organisme encore un jour, jusqu'à ce que les Trichoïdes adultes émergent et qu'ils se propagent partout. Les Trichoïdes ont une durée de vie réduite, mais ils survivent par leur nombre. Gaeriel, nous avons échappé à la menace de la technition. Vous, ainsi que votre constitution, devriez me remercier.

Elle se dit que rien – pas plus son sens de la diplomatie que sa crainte de Nereus ou le fait d'être libérée de la technition – ne pouvait l'inciter à le remercier d'avoir assassiné Luke Skywalker de cette manière. De même que Leia Organa et tous les Rebelles qui étaient accourus au secours de Bakura. Lorsque les populations de la planète apprendraient ce qui était arrivé, le gouverneur Nereus aurait besoin d'appeler une légion entière à la rescousse pour mater la révolte... mais à cause de l'Alliance, il ne le pourrait pas. Et Gaeriel se dit qu'elle devait se sentir victorieuse en cet instant précis.

Le désespoir creusa en elle un vide. Luke l'avait sauvée des Ssi-ruuk, mais elle était incapable de le secourir en retour. Ce qui allait contre l'équilibre de son existence. Elle porta la main à son médaillon et songea aux solutions extrêmes : la guerre civile, longue et sanglante, toutes ces vies bakuranes face à la technologie impériale... à moins que, peut-être... elle et Eppie puissent se débarrasser de Wilek Nereus. Elle rassembla toutes ses forces pour rester en sa compagnie jusqu'à ce qu'elle ait une chance d'agir.

Yan n'avait pas besoin d'un tableau de dispositif d'attaque de croiseur pour savoir qu'ils étaient en train de perdre. Il était parvenu à rassembler plusieurs ailes X et une A pour créer une formation plus ou moins opérationnelle, mais même avec l'armement du *Faucon*, ils ne pourraient jamais échapper à l'encerclement de Thanas. Le patrouilleur autant que les chasseurs Tie repoussaient les unités rebelles à portée des rayons tracteurs. Certes, le vaisseau-amiral de Thanas dérivait sur la faible poussée de ses propulseurs endommagés, mais l'énergie manquait au *Faucon*. Il fallait absolument couper tous les systèmes pour leur permettre de se recharger.

– D'accord, Leia. Reconnais-le : cette « mauvaise impression » que tu avais, c'était le bon côté de la Force.

Il fit une manœuvre de feinte vers un chasseur Tie. Et son grand frère, une unité de patrouille striée de noir, lui coupa aussitôt son vecteur. Il se replia.

– Si quelqu'un ne trouve pas très vite ce qu'il faut faire, n'importe quoi de brillant... nous sommes tous morts!

Leia répondit depuis la tourelle ventrale.

– Il y a bien quelque chose qu'on aurait dû faire...

– Tu as devant toi des Impériaux. Tous ceux qui peuvent donner des ordres sont numéro un.

– Nous sommes en train d'oublier Luke dans cette équation.

– Peut-être qu'il est *effectivement* hors de l'équation.

Le vecteur de dérive de Thanas va l'emporter au-delà de ce croiseur flutie...

Chewie émit un grondement coléreux depuis la tourelle de tir dorsale.

Quelque chose surgit de la mémoire de Yan. Une longue, très longue table de jeu venue du passé. Brillante...

– Mais, si on parvenait à nous emparer du *Dominant*, nos chasseurs pourraient se disperser...

– Bien sûr, mais comment ? demanda Leia d'un ton glacé depuis sa tourelle.

– Examine bien la position de ce vaisseau de patrouille, à seize degrés au nord. Si nous descendons de vingt degrés pour l'éperonner, il sera éjecté de la formation et il ira percuter la poupe du *Dominant*. Le *Faucon* est le seul vaisseau ayant suffisamment de masse dont nous disposons désormais. Et Thanas mérite une bonne raclée.

– Les croiseurs de classe *Carrack* ont leurs générateurs juste à l'arrière de leur demi-coque.

– Exactement. *Boum !*

Leia semblait étrangement détachée.

– Ça, je compte sur toi pour tenter ce genre de carambolage. Mais est-ce que tu peux nous sortir une estimation de navigation de l'ordinateur ?

– Je viens juste de le faire. En maintenant la puissance au maximum sur les boucliers jusqu'au dernier instant, on sera bons. Evidemment, on risque d'y laisser le *Faucon*.

– Evidemment...

Leia appuya deux doigts sur les commandes de tir. *Luke ?* lança-t-elle mentalement vers le croiseur en dérive. Mais elle ne reçut en réponse qu'un bref signal. Tourmenté.

Elle entendit un faible déclic.

– Ecoutez-moi, annonça Yan d'une voix qui ressemblait étonnamment à celle d'un général. Placez-vous en formation derrière le *Faucon* et préparez-vous à dégager vers l'espace libre. Rentrez comme vous le pourrez. Ne tentez aucun saut en hyperdrive, à moins que vous ne puissiez faire équipe avec quelqu'un qui a un ordinateur de navigation.

Ça leur prendrait peut-être des années, mais ils y arriveraient. Leia s'éclaircit la gorge et ajouta :

– Portez le feu de la Rébellion partout où vous passerez. Quand la mèche est sèche, elle brûle.

– Poétique, murmura Yan.

– L'inspiration, c'est trois dixièmes du courage ! lança une voix sur la fréquence inter-escadrons.

Leia n'écoutait plus. Elle se dessangla et quitta la gravité artificielle de la tourelle pour regagner le pont.

– En aurons-nous bientôt terminé ? demanda C-3PO.

Elle ne voulait pas entendre les données statistiques de leur manœuvre.

– Oui. Presque.

– Oh, parfait. Mes servo-moteurs ne résisteront pas longtemps... Princesse Leia !

Elle s'élança dans le cockpit. Yan la regarda, plissa le front, puis tendit une main encore noire en un geste galant. Il lui offrait le siège de copilote.

C'était ainsi qu'elle l'aimait : pas besoin de vin de baies ni d'oreillers.

– Merci.

– Chewie veut aller dans la tourelle.

– Je le comprends.

– De toute façon, un éperonnage, ça peut se faire tout seul. Désolé, ma vieille.

Elle ouvrit la bouche pour protester.

– Hé, je ne parle pas de toi ! Mais du *Faucon*.

Il détourna l'énergie de la plupart des systèmes, excepté quelques-uns : les unités de poussée, se dit-elle. Les boucliers avant et la tourelle dorsale. Une fois encore, elle essaya d'entrer en contact avec Luke. Une fois encore, la même réponse brève, tourmentée.

– O.K., dit Yan. C'est programmé. Maintenant, tu vas aller dans la cosse d'évacuation.

– Oh, non, non, non.... Sauf s'il y a assez de place pour deux. Et même trois.

– On ne peut pas éperonner en automatique, et on a besoin d'un canonnier. Embrasse-moi, souhaite-nous bonne chance et vas-y. L'Alliance a besoin de toi.

– Je n'irai nulle part sans toi.

– Dépêche-toi. Tu ne te rends pas compte de ta valeur.

– Et toi de ta lourdeur, gros malin. Non, je ne pars pas. Je suis une Skywalker. Et c'est peut-être mon destin.

– D'accord, mais en tout cas, tu as de la valeur pour *moi*. Chewie! Redescends par ici et mets-moi la princesse dans la...

Chewbacca gronda en retour.

– Ça veut dire « non », fit Leia d'un ton enjoué, mais elle posa la main sur l'épaule de Yan et la serra.

Est-ce que ce ne serait pas une parfaite justice? La fille de Vador éperonnant un vaisseau de l'Empire pour le bien de l'Alliance? Même si leur manœuvre échouait, elle remporterait quand même une victoire. Enfin, elle pouvait penser à Dark Vador sans que son esprit se ferme. *Regarde bien ça, père!*

Deux chasseurs Tie quittèrent la formation et virèrent droit sur eux. Il était possible que leurs scanners leur aient révélé qu'il n'y avait aucune puissance de feu dans la tourelle ventrale.

Mais ils ne pouvaient pas savoir qu'ils n'avaient pas affaire à un cargo standard. Yan bascula le *Faucon* à cent quatre-vingts degrés. Avec un grognement de pur bonheur, Chewie les abattit.

Le *Faucon* se rapprochait de son objectif, et le patrouilleur redoublait ses tirs. Ou bien une nouvelle batterie laser venait d'être mise en service, ou le commandant Thanas avait deviné le plan de Yan. Yan ajouta une manœuvre en tonneau au programme d'éperonnage. Un écran indiquait moins dix-sept secondes avant impact. Ils devaient survivre jusque-là. Un éclair d'une puissance inouïe effleura le ventre du *Faucon*.

Chewbacca grommela.

– Il dit que ça chatouille, traduisit Yan.

Il coupa les boucliers avant, afin de transférer un maximum d'énergie à la masse du cargo à l'instant de l'impact.

– On arrive, Thanas!

Dev inspectait un poste de commande de la passerelle tandis que Luke arrivait au bout d'une longue quinte déchirante. S'il n'avait pas eu autant à faire, il aurait essayé de s'autoguérir. Il jeta un regard autour de lui, ploya sa jambe droite, incapable de se débarrasser d'un sentiment de désastre imminent. Sans doute le futur invisible se rapprochait-il. Depuis qu'il avait entrevu les souffrances que Leia et Yan allaient endurer sur Bespin, il se demandait s'il pourrait deviner sa propre fin.

Il lança la Force vers Leia.

Il sentit sa détermination devant une destruction certaine et fut totalement pris au dépourvu. Rapidement, il chercha dans sa conscience et trouva...

Un éperonnage ? Avec le *Faucon* ? Il se laissa tomber sur le sol, ignorant les questions inquiètes de Dev. Le Ssiruu mort, ainsi que tout le reste. Il ne restait que quelques secondes.

Une autre irritation montait dans sa poitrine. Il devait s'échapper de cet air vicié ! Il lança la Force vers une autre présence, qu'il ne connaissait qu'à peine : le commandant Pter Thanas, à bord du croiseur *Dominant.*

A l'instant où Luke aborda son esprit, Thanas était au poste de pilotage. Luke s'enfonça dans ses pensées, sa volonté et sa vision du monde alentour. Pour lui, cette bataille n'était qu'un jeu, mais un jeu qu'il devait gagner. Sinon, il finirait... dans une mine avec les esclaves ?... Ce qui éclairait beaucoup de choses ! Luke regarda l'écran de contrôle de vélocité. En l'augmentant au maximum, il lancerait le croiseur hors de la formation offensive et provoquerait de terribles dégâts dans les propulseurs déjà endommagés.

Dans le même temps, il se retrouverait à portée de tir du *Shriwirr.*

Telle était l'intention de Thanas.

Brusquement, Luke rompit le contact. Cassé en deux, affaibli, assis sur le pont froid et dur du *Shriwirr,* il se perdit dans une quinte douloureuse.

– Commandant ? Vous allez bien ? demanda le pilote de Thanas.

Pter Thanas cilla. Il ne savait pourquoi, mais l'image de

Luke Skywalker lui était apparue. Il secoua la tête et prit une décision difficile. Il devait détruire la menace de contagion, quoi qu'il lui en coûte.

Lentement, il poussa les commandes en avant.

Leia se pencha vers Yan.

– Un baiser pour se donner de la chance ?

– Bien sûr.

Ses lèvres, songea-t-il, seraient peut-être l'ultime chose qu'il sentirait.

Mais elle se rejeta en arrière.

– Luke ! cria-t-elle.

Et Chewbacca aboya :

– Alerte !

– Qu'est-ce qu'il y a Chewie ?

Yan se tourna vers les scanners de proue. Ils annonçaient que le *Dominant* venait de plonger vers l'avant à une vitesse irrationnelle.

– On a dû être touchés ! Nos scanners sont encore ionisés !

Chewie hurla :

– Modifiez le cap !

Yan enclencha les senseurs au maximum et reprit les commandes principales. Le cockpit du *Faucon* rasa de si près le patrouilleur impérial que les antennes des deux vaisseaux furent tordues.

– A tous les escadrons : suivez-nous ! cria Yan. Il y a une brèche dans le blocus ! (Il se tourna vers Leia.) On va conduire ces unités rebelles régulières hors du secteur dangereux, puis on se repliera pour en finir avec le *Dominant*.

Elle ne répondit pas.

La tête rejetée en arrière, elle se concentrait sur sa respiration. Aussi nettement qu'elle avait senti l'inquiétude de Luke, elle était maintenant paralysée par l'épuisement qu'elle découvrait.

Yan lança dans le micro :

– Groupe Red, groupe Gold : rabattez-vous sur moi. On les tient entre nous !

Par la baie, il vit les unités impériales changer de cap. Plus loin, quatre ailes X et une aile A n'avaient pas réussi à franchir la brèche à temps.

Leia avait la vue trouble.

– Où est passé ce patrouilleur que nous devions éperonner ? demanda-t-elle, les mains tremblantes.

– A dix kilomètres à tribord.

Chewie lança un cri d'exultation.

Luke ? Que t'arrive-t-il ?

Luke passa la main sur ses yeux embués de larmes et respira en haletant. Cela l'énervait de savoir que Thanas ne se souciait pas de savoir qui gagnerait. Il aurait tant aimé le balayer de l'univers, lui et ses vaisseaux. Et les Ssi-ruuk aussi. Oui, il perdait son sang-froid. Il ne voulait qu'une chose : que cette toux cesse.

Le *Dominant* se rapprochait. Il occupait maintenant tout son champ de vision.

– Dev, est-ce que ce croiseur est armé ?

– Je le suppose, oui.

– Il faut... (Une autre quinte le déchira.) Il faut trouver la station de combat.

Il poussa Dev hors de la passerelle.

– Vous croyez que vous allez bien ?

Luke savait que non. Il vacillait dangereusement vers le côté sombre, mais il ne devait pas se préoccuper de cela pour l'instant. *Laisse-moi seul, Yoda.*

– J'ai besoin d'un masque respiratoire.

– Il n'y en a aucun à votre taille.

– Je sais. Il faut que j'essaie pourtant quelque chose.

Il regarda par la baie. Le *Dominant* venait de détruire une autre aile X. *Je te faisais confiance, Thanas. Je te faisais confiance.* Il avait mis trop d'espoirs en cet homme. Aurait-il mal lu la Force ? Leia et Yan auraient pu s'enfuir, mais avant que les banques d'énergie du *Faucon* ne soient rechargées, ils n'iraient guère plus loin. Il devait absolument les sauver.

Ce serait facile s'il...

Il y aura toujours des gens doués pour le mal. Plus grande est votre puissance, plus vous êtes tenté, avait-il dit à Gaeriel.

Des présences étrangères réveillèrent son attention. Elles se trouvaient plus haut, sur un autre pont.

– J'ai trouvé la station de combat! cria Dev.

Luke se libéra de la peur et du désir pour se relaxer de nouveau dans la Force, ignorant délibérément les chants des sirènes qui l'appelaient vers la puissance et le pouvoir. Il avait renoncé à l'obscurité. C'était cela, l'ennemi, et non Thanas. Et cet ennemi était en lui.

Il rejoignit Dev.

– Tu peux me donner une projection de la bataille?

– Je vais essayer. (Dev passa à une autre station et pressa quelques touches.) Je crois que vous avez un canon ionique paré. Essayez de viser avec ce bouton à molette. Vite!

Luke jeta un regard sur l'écran. Le *Dominant* serait à portée de tir dans quelques minutes.

– On va essayer un tir de proximité. Première cible.

Il fit tourner le bouton et tira. Rien n'apparut sur l'écran de Dev. Il se relaxa plus avant dans la Force et tira une seconde fois.

– Là!

Dev désignait un sillage visible au milieu des débris de la bataille.

– Vu.

Il s'orienta plus à gauche, élargit le faisceau, et...

L'une des unités d'escorte du *Shriwirr* implosa. Les deux autres rompirent la formation et devinrent très vite de simples points lumineux.

Maintenant, tout n'était plus qu'une question d'autodéfense. Un duel entre croiseurs désemparés...

Un cliquetis. Il rompit sur le côté en tirant son sabre. Un Ssi-ruu brun escorté de trois P'w'ecks venait de tomber sur le pont. Trois d'entre eux étaient armés de rayonneurs. Sans se donner le temps de penser, il lança son sabre à deux mains.

Dev recula en titubant.

– Maître! lança-t-il d'une voix aiguë.

Firwirrung esquivait la charge du Jedi en brandissant sa queue mutilée.

– Traître! chantonna-t-il. Traître à tous ceux que tu chérissais!

Dev braquait le blaster récupéré sur le P'w'eck droit sur Firwirrung. Mais il était incapable de tirer. Ils avaient partagé la même table, ils avaient dormi dans le même nid. Il avait été comme un petit animal de compagnie aux pieds de son maître. Ses yeux s'embuèrent de larmes. Que devait-il faire?

– Animal ingrat! gronda Firwirrung.

De sa main blessée, le Ssi-ruu balaya impitoyablement les épaules de Dev de son rayon d'argent.

Dev s'effondra. Il roula sur le dos, regrettant amèrement de s'être encore laissé abuser. Trop tard, trop tard. Il tourna le cou. C'était bien le seul mouvement qu'il pouvait faire. Le Ssi-ruu pivotait vers Luke.

– Attention! cria Dev.

Une fois encore, les pensées de Luke faillirent le trahir. *La haine t'a rendu puissant*, lui disait la voix cassée de l'Empereur. Il avait besoin de cette puissance. Maintenant. Il fit tournoyer son sabre et expédia le troisième et dernier P'w'eck. La tête de Dev retomba, et le Ssi-ruu brun leva sa palette vers Luke.

D'un seul élan de volonté, Luke dispersa la colère et la peur. Et l'agressivité aussi. Il ressentit une onde brève de triomphe, séduisante, traîtresse pour celui qui utilisait le pouvoir. *Je ne me détournerai pas! Même si je dois mourir.*

Il fit un double saut vers la trappe par laquelle était venu le Ssi-ruu et s'y agrippa, sachant bien que le lézard brun allait l'abattre dans l'instant suivant. Mais il ne pouvait rien faire d'autre. C'était la fin.

Un éclair embrasa simultanément tous les écrans. Il resta suspendu pendant une longue seconde. Des nappes d'énergie déferlaient sur le pont. Le commandant Thanas venait sans doute de frapper. Luke se courba et se laissa retomber. Les pupitres, les instruments et les parois crépitaient sous des traînées d'étincelles. Puis, toutes les lumières s'éteignirent, y compris les écrans de statut du vaisseau. Il toucha le pont et rebondit doucement.

Les générateurs de gravité avaient été touchés eux aussi ?

Il sentit la présence de Dev, mais celle du lézard avait disparu. Prudemment, en toussant, dans l'unique clarté de la baie, il se redressa. Le *Shriwirr* courait sur son erre.

– Dev ?...

– Par ici, coassa le garçon, quelque part dans le secteur où avait régné la gravité artificielle.

Luke se glissa vers une paroi. Il saisit soudain quelque chose de massif, brûlant et écailleux qui semblait fumer.

– Dev ? Tu es où exactement ?

– Ici.... Mes chaussures de pont et mes vêtements m'ont... un peu isolé.

Luke contourna le corps du non-humain et découvrit enfin une forme humaine à proximité. La chaleur était devenue insupportable.

– Mes yeux, geignit Dev. Ma tête... elle est brûlante.

– Tu as mal autre part ?

– Je... je ne sens plus rien en dessous de mes épaules. Là où... où il m'a touché.

– On n'y voit pratiquement rien. Je ne pense pas que tu sois aveugle, Dev.

– Le pont... Ils l'ont sûrement touché. Surcharge des boucliers.

Luke le traîna dans un recoin. Tendant la main, il rencontra le dessous d'une console. Là, au moins, ils seraient en sûreté pour un instant.

Etait-ce la Force qui l'avait trahi ?

Il toussa encore. Il avait résisté au côté sombre. L'obscurité favorisait la mort. Le tir du commandant Thanas avait coûté la vie au Ssi-ruu marqué d'un V, mais qu'en était-il de Dev ?

Je suis fatigué, Yoda. Je n'ai pas le temps de philosopher. Laisse-moi me reposer. Il toussait éperdument, courbé en avant.

– Vous n'allez pas mieux, hein ? fit Dev.

Leia ? appela-t-il. *Leia ?*

Il était trop faible pour établir le contact et revint à son jeune apprenti. Tout d'abord, il ne décela que sa souffrance. Dev soupira, en se détendant.

Luke projeta un peu de sa Force en lui et sentit son esprit se reconcentrer.

– Dev, ouvre-moi ton esprit. (Il fit avec lui ce qu'il avait fait avec Eppie Belden.) Rassemble ta puissance, maintenant. Tu peux le faire. Il faut que je nous sorte tous les deux de ce vaisseau...

Une horrible quinte de toux le secoua. Automatiquement, il concentra son pouvoir de guérison sur sa poitrine.

Deux points avides et vivants étaient là. Avec des instincts primitifs : manger, s'accrocher, se reproduire, survivre.

Sous sa panique, la compréhension monta enfin. Il chercha le contact avec l'un des points minuscules, mais ne rencontra aucun esprit. La chose se frayait un chemin en direction du sang. Elle suivait une bronchiole vers son cœur. Et il se trouva lui-même réduit à un unique instinct : survivre !

Leia serrait les accoudoirs de son siège, presque paralysée d'effroi. Les étoiles tourbillonnaient au-delà de la baie. Le croiseur ssi-ruuvi dérivait comme un œuf géant.

– Le gamin nous a fait un peu le ménage, marmonna Yan. J'ai effacé presque tous les autres du globe. Il va comment ?

– Il faut l'aider ! Et vite !

Yan la fixa.

– Il n'est pas mort, non ?

– Je ne le sens plus, dit-elle, laissant percer son désespoir.

Yan étudia le croiseur.

– Thanas a visé sacrément juste. Tous les systèmes sont détruits. La coque est ouverte. L'atmosphère fiche le camp.

– Mais Luke ! On peut l'isoler avec un champ énergétique ou je ne sais quoi ! On peut se rapprocher ? Essayer de monter à bord ?...

– Peut-être. Je vais tenter de m'approcher. Si on réussit à aborder une baie de chargement.

Ils contournaient une formation impériale. Chewie, toujours installé dans la tourelle dorsale, prit un patrouilleur dans le faisceau de sa batterie quad et détruisit ses banques d'énergie. Ils traversèrent un essaim de débris.

– Là! s'exclama Yan. Mettons-nous derrière ce croiseur. Comme ça, le *Dominant* ne pourra pas nous atteindre.

– Rogue Leader à *Faucon*, lança la voix de Wedge sur la fréquence inter-escadron. On est parés pour foncer sur le *Dominant*.

– Attendez! lança Leia. Forcez le commandant Thanas à modifier son cap afin qu'il ne puisse plus toucher le croiseur ssi-ruuvi, mais ne le détruisez pas. La Rébellion aura toujours l'usage d'un croiseur impérial.

– On fait de la récupération, Votre Altesse? ricana Wedge. Compris. Si c'est possible. Mais je doute que l'Empire nous laisse nous en emparer comme ça.

– Oui, il a raison, dit Yan. C'est bien vu, mon cœur, mais Thanas optera certainement pour l'autodestruction.

– Wedge, envoyez à Thanas un message en clair, insista Leia. Nous ne suivons pas sa tactique.

Le grand croiseur ssi-ruuvi était de plus en plus proche. Yan le survola, cherchant un endroit pour garer le *Faucon.*

On arrive, Luke! pensa Leia de toutes ses forces.

Mais un silence terrifiant avait remplacé la présence de son frère.

20

La tristesse s'abattit sur Gaeriel comme une pluie froide et grise à l'instant où le commandant Thanas atteignit le croiseur ssi-ruuvi.

Le gouverneur Nereus posa une main compatissante sur son épaule.

– Allons, Gaeriel, vous saviez qu'il ne pouvait survivre. S'il était revenu sur Bakura, la peste qui s'en serait suivie aurait fait ressembler la destruction de l'Etoile Noire à une fin rapide et agréable.

Elle se dégagea.

Le sourire aux lèvres, il revint à son bureau d'ivoire et appela un quatuor de commandos.

– Bientôt, la paix impériale régnera à nouveau sur Bakura. Il reste à en finir avec un dernier facteur de trouble.

Elle se prépara à bondir, mais il leva la main.

– Vous surestimez votre importance, très chère. (Il se pencha sur sa console et dit :) Amenez-moi le Premier ministre.

Oncle Yeorg ?

– Non ! cria Gaeriel. C'est un homme bon. Bakura a besoin de lui. Vous ne pouvez pas...

– Il est devenu un symbole. J'ai fais preuve d'indulgence sur Bakura, et voilà qu'il trahit mes meilleures intentions. J'abandonne. Je dois me comporter comme n'importe quel autre gouverneur impérial, brandir la terreur de l'Empire sur tous les cœurs des citoyens. A moins que... (Il se frotta le menton.) A moins que lui ou un quelconque représentant de la famille Captison n'accepte publiquement de me demander d'être son successeur. Ainsi, Gaeriel, vous pourriez sauver la vie de votre oncle. Je vous laisse trois minutes pour me faire savoir ce que vous comptez faire, et il survivra.

Elle était prise dans la tenaille de sa conscience. Elle ne pouvait laisser Nereus exécuter oncle Yeorg, mais elle ne pouvait non plus demander à Bakura de se livrer à Wilek Nereus. Une fois encore, elle se prépara à bondir. Deux commandos levèrent leur fusil-blaster.

– C'est ça l'entraînement de garde du corps, sourit Nereus. Ils vous surveillent.

– Vous aviez dit que vous le laisseriez vivre. Mais le ferez-vous ? Ou bien allez-vous l'infester avec quelque parasite, tout comme Eppie Belden ? Ce n'est pas la vie, ça.

– Orn Belden le croyait.

Un autre soldat entra, poussant son oncle devant lui. Yeorg, les mains prises dans des menottes, restait très digne. Il semblait en cet instant plus grand que le gouverneur.

– Telle est mon offre, Captison, dit Nereus, et vous avez une minute pour l'accepter. Allez à la tri-D. Dites à votre peuple de déposer les armes et de se soumettre aux lois de l'Empire. A moi, en tant que successeur par vous désigné. Sinon, vous mourrez ici sous les yeux de votre nièce.

Yeorg Captison n'hésita pas. Il rejeta les épaules en arrière, dans sa vieille tunique d'uniforme bakuran déchirée.

– Je suis désolé, Gaeriel. Ne regarde pas. Souviens-toi de moi avec courage.

– Gaeriel ? s'inquiéta Nereus en se mordant la lèvre. Vous allez leur parler ? Peut-être que je pourrais adoucir la po...

A cette seconde, le commando qui se trouvait derrière oncle Yeorg trébucha et tomba. Un sifflement électronique suraigu montait des casques des soldats. Gaeriel se précipita sur le premier, saisit son fusil et le braqua sur le gouverneur. A l'évidence, il avait hésité. Et son blaster d'ornement resta dans son étui.

Les commandos se débattaient frénétiquement. Même à distance, le sifflement était douloureux dans les oreilles de Gaeriel. Que se passait-il ?

– Nereus, sortez votre blaster, dit-elle d'une voix frémissante.

Quoi qu'il se passe, elle tenait là sa dernière chance.

– Vous ne savez même pas où vous mettre en sécurité, dit-il.

Mais ses deux mains ne quittaient pas son bureau. Maladroitement, Yeorg s'empara d'un autre fusil-blaster. Son geste n'était guère assuré mais, au moins, le commando n'avait plus son arme à portée de la main.

La console de Nereus lança un éclair et s'éteignit. La porte coulissa. Eppie Belden entra d'une démarche étonnamment décidée pour une femme de cent trente-deux ans. Le visage rond de Clis apparut à sa suite. Eppie brandissait son blaster avec aisance.

– Allez, on s'occupe de ceux-là.

Elle alla droit jusqu'à Nereus, le délesta de son blaster avant de désarmer les derniers commandos.

– Clis, ordonna-t-elle, trouve une vibrolame et libère Yeorg.

Clis se précipita, le visage pâle, visiblement bouleversée par cet affrontement. Gaeriel éprouva de la sympathie pour elle. En fait, elle était troublée par la bravoure d'Eppie.

– Vous, lança Eppie à Nereus, si vous bougez une main, vous êtes mort. Compris ?

– Qui êtes-vous, vieille femme ?

Eppie partit d'un grand rire.

– Essaie de deviner, mon tout joli. Je suis la vengeance d'Orn Belden.

Belden, articula Nereus silencieusement.

– Mais vous ne pouvez pas être ici. Les cicatrices du néocortex sont irréversibles !

– Allez raconter ça au commandant Skywalker.

Une contraction nerveuse apparut sur la joue de Nereus.

– Mais Skywalker est mort, à l'heure qu'il est! Ils vont le dévorer tout vif. De l'intérieur...

Eppie parut se ratatiner.

– Lâche!

Elle leva son blaster vers sa poitrine et il se tut. Il inspira à fond, serrant et desserrant les poings. Ils restèrent figés, comme changés en statues, puis Eppie abaissa légèrement son blaster.

– Je vais vous livrer aux Rebelles, grommela-t-elle. J'avais l'intention de dresser un tribunal révolutionnaire bakuran, mais si vous avez tué le Jedi des Rebelles, je pense qu'ils feront encore moins de cas de votre sale peau.

Gaeriel aurait préféré qu'Eppie les tue tous maintenant – il était clair qu'elle aurait le cran de le faire –, mais Eppie avait d'autres projets.

Elle jeta un regard par la fenêtre du bureau. Un autre commando était allongé dans l'allée de verdure. Plus loin, un deuxième avait arraché son casque blanc et, à genoux, se couvrait les oreilles en secouant la tête de droite à gauche

– Vous étiez où, Eppie? demanda Gaeriel.

– Tout près de là, dans le complexe, marmonna-t-elle. Est-ce vrai, ce qu'il a dit à propos de Skywalker?

– Nous n'avons pas confirmation de sa mort, mais le gouverneur Nereus... l'a infesté. Mais comment avez-vous fait pour... ça?...

Elle leva la main en un geste vague.

Eppie ne quittait pas Nereus des yeux.

– Avec une dizaine de vieux copains qui occupent encore des postes importants et qui ont les bons codes d'accès. Une force d'invasion non humaine qui est beaucoup trop occupée pour surveiller ses arrières. Et un allié tout neuf. (Elle appela par-dessus son épaule.) Entre.

Et le droïd de Luke, D2, pénétra en roulant dans le bureau.

– Quand la patrouille d'urgence t'a emmenée, dit Eppie, il m'a appelée à partir d'un terminal. J'ai envoyé un ami le récupérer. Ce petit bonhomme vaut son poids de carburant dans les circuits centraux.

– Vous lui avez enlevé son verrou de neutralisation? demanda Nereus, les mains crispées.

– Il faut l'enfermer, murmura Gaeriel. Il commence à ne plus se maîtriser.

Eppie ne cessait de jouer avec la sûreté de son blaster.

– Je souhaiterais presque qu'il tente quelque chose.

Recroquevillé dans l'obscurité, Luke ne pensait plus qu'à une solution. Il ralentit son souffle et concentra toute son attention sur les deux points vivants au fond de sa poitrine. Il en toucha un. Organisme au système nerveux primitif. C'est à peine s'il s'interrompit, continuant de dévorer les tissus de la bronchiole. Des parasites. Il sentait nettement leur immense avidité.

A l'instant où la panique menaçait de l'immobiliser, il pensa à l'odeur du sang frais : doux, tiède, un peu métallique. Et il avança la plus ténue des sondes vers une des créatures.

Reconnaissance : il venait de rencontrer une certaine perception. Il imagina des maxillaires qui s'ouvraient, une tête qui se tournait vers lui. C'était terriblement difficile de projeter l'odeur du sang tout en en jugeant l'effet sur cet organisme étranger, primitif. Il effleura la seconde créature avec la même odeur.

Tout autour du point nodal de sa conscience, il percevait les battements de son cœur. Il déplaça l'illusion d'odeur de quelques millimètres, espérant qu'elles la suivraient. L'une des choses s'estompa : elle avait perdu l'odeur. Il revint sur elle. Elle reconnut à nouveau l'odeur et se rapprocha.

Mais il n'arrivait pas à se concentrer à la fois sur les deux organismes. Toute sa poitrine voulait exploser en une quinte. Encore quelques secondes, et il sentit que quelque chose s'était suffisamment avancé.

Il inhala avec lenteur et se perdit dans un déchaînement de toux. Il cracha quelque chose.

Mais il restait encore un autre organisme en lui. Au seuil de l'épuisement, il recréa l'odeur du sang frais et recommença. L'attention de la chose fut attirée fugacement, puis se retira. Il insista.

Cette fois, il la tenait. Lentement, très lentement, il lui

fit remonter une bronchiole. Il en irradiait une faim vorace. Il luttait pour ne pas étouffer ni déglutir. Il inspirait par bouffées infimes, gonflant peu à peu ses poumons, jusqu'à ce qu'ils en soient douloureux.

Et il relâcha tout l'air accumulé, toussant et hoquetant. La créature tomba sur le barrage de ses dents. Elle se débattit et, à ce contact ignoble, il cracha désespérément et l'envoya sur le pont. L'autre était invisible.

Il resta inerte sur les dalles, trop épuisé pour savourer son triomphe, et essaya de se concentrer sur le monde extérieur. Lentement, il se rappela Dev. Il fallait qu'ils trouvent un moyen de fuir le *Shriwirr*. L'énergie coupée, toujours sous les vagues d'assaut, il pouvait exploser d'un instant à l'autre.

Mais le sommeil le menaçait. Et la transe de guérison Jedi. Il avait les yeux irrités. Si seulement il pouvait les fermer quelques instants...

Il surprit une lueur. Des lumières dans le corridor ?

– Luke ? lança la voix de Leia. Luke !

Incrédule, il se redressa.

– Par ici !

Il avait la gorge en feu et se dit qu'il avait sans doute dû vraiment cracher du sang.

Un faisceau de luma apparut, suivi d'un bras gracile. Leia portait un masque respiratoire, une tenue de vol et des bottes à crampons magnétiques. Yan et Chewie la suivaient. Il eut l'impression que le luma qu'elle tenait avait la clarté même de la vie.

– Mais comment êtes-vous montés à bord ?

– Ils avaient laissé les baies et les docks ouverts. Ils sont tous partis. Il n'y a plus personne sur ce croiseur, sauf toi.

– Où est...

C'est alors qu'il repéra Dev.

Le garçon était étendu près de lui, dans les plis de sa robe à rayures. Sa poitrine se soulevait lentement. Des marques rouges balafraient son visage et ses bras nus. Ses paupières étaient closes sur ses yeux morts.

Et, non loin, un organisme long et épais comme un doigt se tortillait. De minuscules pattes s'agitaient dans la lumière. Son corps visqueux était rayé de noir et de vert. Avec un cri de dégoût, Leia l'écrasa.

– Merci, souffla Luke.
– Du calme, Junior, fit Yan en s'agenouillant.
– Il faut évacuer Dev d'abord, dit Luke.
– Tu plaisantes... *Leia!*
Elle tentait déjà de ramener le garçon à la conscience. Chewie l'écarta et souleva Dev comme une poupée.
– Bon, on y va, fit Yan.

Dès qu'ils furent en sécurité à bord du *Faucon*, Leia s'installa près de la couchette de Luke et posa la tête sur son épaule. Doucement, il accepta le lien qu'elle lui offrait avec sa puissance. Il se laissa aller dans le champ guérisseur de sa Force. Il se sentait propre, il avait chaud, et tout redevenait familier. Et quand il déglutit, sa gorge n'était plus en feu. Bientôt, se dit-il, il pourrait respirer sans tousser.
Où est-ce qu'il avait pu récupérer ces parasites immondes ?
Il s'assit.
– Je crois que je me reposerai vraiment plus tard.
– Tu ferais mieux. Mais c'est vrai que nous n'en avons pas le temps tout de suite. Il faut encore se charger du *Dominant*. Ses équipes de réparation n'ont sans doute pas perdu leur temps.
Luke eut la gorge nouée en pensant à Pter Thanas. Est-ce que le commandant impérial avait rejoint les esclaves ?
– Que lui est-il arrivé ?
– Il a pété ses propulseurs latéraux, et il ne peut plus naviguer. Et les signaux qui nous proviennent de Bakura sont déments. C'est la révolution.
– Je suis prêt, dit Luke.
Mais Leia dut le soutenir durant les premiers pas. Ils entrèrent ensemble dans le cockpit. Leia l'installa dans un siège.
– Bienvenue à bord, Junior, dit Yan. Tu m'as l'air plutôt en forme pour un cadavre.
Chewbacca fit écho dans un grognement étouffé.
– Merci. (Luke désigna la radio subspatiale.) Pas de nouvelles de Gaeriel Captison ?

– Peut-être bien que si. Certains groupes de l'insurrection prétendent qu'elle a arrêté Wilek Nereus. Ils sont barricadés dans les bureaux impériaux du complexe.

La longue coque du *Dominant* glissait sous eux, comme si c'était le croiseur qui manœuvrait, et non pas le *Faucon*.

– C-3PO a travaillé sur la maximalisation des banques d'énergie pendant que nous étions à bord du croiseur flutie. Je pense que nous pouvons en terminer avec Thanas comme il le mérite. Ensuite, on s'occupera de Nereus.

– Un instant! protesta Leia.

– Oui, attendons, l'appuya Luke.

A la place du commandant Thanas, il aurait ordonné l'autodestruction de ce croiseur plutôt que de le laisser tomber aux mains de l'Alliance. Il n'avait repéré aucun chasseur Tie aux alentours. Ils s'étaient sans doute dispersés, de peur d'être pris dans l'onde de choc. Comme pour confirmer ses pensées, des messages rebelles leur apprirent que le *Dominant* avait perdu ses générateurs de boucliers. *Non, il ne les a pas perdus,* se dit Luke. *Il les a coupés, c'est tout.*

– On fonce! lança Yan, prêt pour l'estocade.

– Attends encore! Il nous faut ce vaisseau. Même endommagé, ce sera une bonne prise de guerre. (Il se pencha vers le micro.) A toutes les unités, ici le commandant Skywalker. Cessez immédiatement le feu. Confirmez sur cette fréquence!

– Quoi? fit Yan.

Deux jeunes pilotes protestaient déjà.

Luke répéta son ordre, puis tenta de lancer la Force pour entrer encore une fois en contact avec Thanas. Impossible. Si l'autre tentait de détruire le *Dominant*, il ne pouvait plus rien faire.

A moins que...

Il projeta alors le calme dans le champ de la Force. La paix. Pour autant qu'elle fût possible...

Car c'était la dernière chance de Thanas.

Pter Thanas tressaillit en entendant l'ordre de Skywalker. Pendant cette bataille, quelque chose s'était réveilléen lui. Quelque chose d'important et qu'il avait enfoui dans sa mémoire depuis des années. Depuis Alzoc III.

Nereus n'hésiterait pas à l'y renvoyer. Son regard se porta alors sur le compartiment barré en rouge et qui indiquait « autodestruction ». Il y en avait un autre, au milieu du point. Ensemble, ils feraient sauter le générateur principal du *Dominant*. Et l'explosion qui s'ensuivrait carboniserait tout.

Sa carrière était finie.

Il se tourna vers son aide de camp.

– Abandonnez le vaisseau, ordonna-t-il.

L'équipage parviendrait sans doute à s'éloigner suffisamment pour échapper à la destruction du croiseur. Mais les équipes de pont, cependant, devraient rester à leurs postes. Ainsi l'exigeait la discipline de l'Empire. Il n'avait pas une minute à perdre.

Le jeune aide de camp dansait d'un pied sur l'autre, attendant d'autres ordres.

Le regard de Thanas se posa sur ses bottes noires bien astiquées. Sur Bakura, comme sur Alzoc III, il avait reçu des ordres non réglementaires d'un officier supérieur qu'il ne respectait pas. Il était à un instant crucial de son existence. Il allait se sacrifier à un Empire indifférent... au successeur d'un empereur défunt...

A moins qu'il n'admette qu'il avait raté toute son existence.

Il se souvint de nouveau des ordres du gouverneur Nereus. Il se redressa alors et promena le regard sur la passerelle de commandement. Il était visible que son équipage attendait de lui un dernier acte héroïque.

– Communications! aboya-t-il. Mettez-moi en liaison avec Skywalker. Où qu'il soit.

– C'est fait, commandant.

Pter Thanas se tourna vers la station de communications en portant la main à son blaster. Quelqu'un, là, sur la passerelle, devait le surveiller.

– Commandant Skywalker, dit-il, délaissant toute règle de sécurité. Je dois vous mettre en garde. Tout contact que vous aurez avec des humains sera au péril de leurs vies. Nereus m'a ordonné tout particulièrement de ne pas vous laisser retourner sur Bakura. Il m'a dit que vous étiez porteur d'une sorte de peste ou d'infection...

– J'ai résolu ce problème. Avant qu'il ne se répande. Souvenez-vous : je suis un Jedi.

Oui, il n'aurait pas dû oublier ça. Pourtant, Skywalker avait une voix étrangement faible.

– Vraiment ? Ou bien êtes-vous en train de bluffer ?

– Je me trouve à bord du *Faucon*, en compagnie de mes amis. Croyez bien que je n'y serais pas si j'avais le moindre doute.

– Très bien. Si je vous remets le commandement du *Dominant*...

Il surprit un mouvement furtif à la limite de son champ visuel : un de ses hommes d'équipage venait de bondir vers lui, les mains tendues vers son ceinturon. Thanas le paralysa. Le plan de la Sécurité de l'Empire pour qu'aucun bâtiment de guerre ne tombe aux mains de l'ennemi.

– Commandant Thanas, est-ce que vous m'entendez ? appela Skywalker.

– Oui. Juste une petite distraction. Si j'abandonnais le *Dominant*, vous porteriez-vous garant de la vie de mon équipage, qui a participé à cette bataille sous mes ordres ?

– Mais oui, fit Skywalker d'un ton rauque. Nous remettrons tous les équipages de l'Empire à un point de récupération neutre, et ils pourront tous regagner leurs foyers. Il faut que vous leur laissiez leur chance.

– Je ne peux pas faire ça.

– Je vais m'en charger.

Thanas agrippa une rambarde. Quelle espèce de traître était-il donc pour livrer à l'adversaire les biens de l'Empire et permettre à ses hommes de quitter le bâtiment ?...

Exactement le genre de traître qui devait encore aux mineurs esclaves de Talz une dette que jamais il ne pourrait rembourser. L'Alliance serait sans doute plus indulgente que le colonel ne l'avait été sur Alzoc III.

– D'accord, dit-il. Conduisez-moi à l'Alliance et faites de moi ce que vous voudrez.

– J'accepte votre vaisseau. Et, temporairement, votre

personne. Transportez-vous jusqu'à... (Luke hésita.) Jusqu'à mon vaisseau-amiral. Amenez avec vous un membre du corps médical. Je veillerai à ce qu'il soit libéré de même que les autres.

– Etes-vous malade ?

– Je vous ai dit que je m'étais libéré de cette peste. Mais j'ai à bord un autre humain qui a été gravement brûlé. Je crois qu'il peut s'en sortir s'il est rapidement traité.

– Oh... Sibwarra ?

– Oui.

– Là, vous m'en demandez trop. Mais je veillerai en tout cas à ce qu'il soit déféré devant la justice. Celle de l'Empire ou de l'Alliance, peu importe – du moment qu'il s'agira d'une justice *humaine*. Je vais voir ce que je peux faire.

– Je vous expédie une navette, dit Skywalker.

La voix de Yan Solo intervint :

– Vous feriez bien de vous présenter sans armes, dans une cosse d'évacuation. Je crois que je vous fais une concession immense en vous acceptant à bord.

– Compris... général.

La communication fut coupée. Thanas ne savait pas à quoi il devait s'attendre désormais, mais il ne tenait pas à ce que son équipage y soit mêlé. Il affronterait seul la colère de l'Alliance rebelle. Ou presque.

– A l'équipage de la passerelle : embarquez à bord des chaloupes. Qu'on réserve une cosse d'évacuation à deux places.

– Commandant !

Il se retourna et inclina la tête vers l'homme de la sécurité toujours paralysé.

– Emportez-le avec vous. Capitaine Jammer, c'est vous qui les commanderez.

– Bien, commandant.

Un petit homme au corps d'insecte ferma la garde. Pter Thanas se frotta une seconde le menton, puis appela son unité médicale. Sans doute Skywalker avait-il réussi tout seul à maîtriser la contagion, mais Thanas ne se sentirait pas en sûreté avant que ses médics ne l'aient examiné.

Luke jeta un regard à Yan, qui dirigeait le *Faucon* vers un minuscule objet rond et gris. Les senseurs confirmèrent la présence de deux formes de vie.

– Tu es certain qu'on peut le laisser monter à bord ? insista Yan.

Luke poussa un soupir de lassitude.

– Oui. Autre question ?

– Pourquoi ?

– Nous sommes tous un peu à cran, intervint Leia, mais c'est le seul endroit où nous pouvons le garder. Il faut très vite vérifier les rumeurs à propos de la situation sur Salis D'aar.

– Moi, je dis que, même sans arme, il ne circulera pas librement sur mon vaisseau. Il faut le boucler avec Chewie – non, avec C-3PO – et verrouiller la cale. C-3PO va certainement pouvoir le distraire, non ?

Luke sourit.

– Ça, c'est le châtiment absolu pour n'importe qui.

– Pauvre Thanas, appuya Leia.

Chewbacca tapa sur les touches de commande du sas. Quelques minutes plus tard, le commandant Thanas s'avançait vers Luke, Yan et Leia, les mains levées.

– Je n'ai pas d'arme. Vous pouvez me fouiller.

Leia promena un scanner sur lui.

– Correct.

Entre-temps, le petit compagnon de Thanas avait poussé un senseur médical à l'intérieur. Luke restait immobile. Il se demanda si Thanas n'avait pas choisi ce médic de bord pour son apparence inoffensive, ses grands yeux et son aspect chétif.

– Qu'est-ce qu'il y a dans ce médipac ? intervint Leia d'un ton sec.

– Uniquement du matériel médical. Des baumes pour les brûlures. Le commandant Skywalker a demandé...

– Par ici, dit enfin Luke en quittant le sas supérieur.

Le médic glissa son médisenseur dans sa poche.

– Commandant, annonça-t-il, Skywalker est en bonne santé. Un premier sondage a révélé une bronchite mécanique, mais aucune infection virale.

Il haussa les épaules.

Luke n'avait pas eu réellement un doute, mais le diagnostic du petit médic impérial le rassurait définitivement.

C-3PO était installé devant l'écran holographique. Derrière lui, Dev était allongé.

– Bienvenue, dit C-3PO d'un ton enjoué. Je suis...

– Silence, murmura Leia. Tu vas prendre ces entraves et t'attacher au commandant Thanas. Tu vas l'escorter jusqu'à la cale de poupe. Jusqu'à nouvel ordre, tu es assigné au service de sécurité.

Elle referma une entrave sur le poignet de Thanas, une autre sur le bras doré de C-3PO.

– C'est parfait, Votre Altesse. Venez avec moi, commandant. Je me présente : C-3PO, droïd de protocole...

Luke conduisit le petit médic fragile jusqu'à Dev et retira le drap qui le recouvrait.

– Il est en transe Jedi, et il ne souffre pas – pour l'instant. Voyez ce que vous pouvez faire pour lui...

– Je vais essayer. Mais, franchement, j'ai déjà eu affaire à des traumas dus à des impacts énergétiques. (Il promena un médisenseur sur le ventre et la poitrine de Dev et secoua la tête.) Je ne peux pas faire grand-chose. Il peut survivre encore un jour... avec un peu de chance. S'il reprend conscience, il va souffrir. Il a subi des lésions internes... Ma foi, je ne vois pas comment le garder en vie.

– Essayez, je vous en prie. Il avait totalement changé d'opinion à l'égard des Ssi-ruuk.

Et puis, songea-t-il, il y avait en Dev un tel potentiel. Il devait *absolument* survivre.

– Ouais, fit le médic, sans conviction.

Il fouilla dans son équipement.

Luke rejoignit Yan dans le cockpit.

– On a une invitation, lui annonça Yan. D'une dame du nom d'Eppie Belden. Elle prétend te connaître. Elle est avec ton amie Gaeriel dans le complexe Bakur. Je crois qu'elles ont un vilain prisonnier qu'elles voudraient remettre à l'Alliance.

– Le gouverneur Nereus ? demanda Leia.

– On dirait bien.

La dernière fois qu'il avait vu Gaeriel, D2 la traînait hors de la taverne de l'Aire Douze. Ce qui laissait supposer qu'elle était saine et sauve. Et Eppie avait-elle réussi à s'autoguérir ? Est-ce qu'elles avaient réellement capturé Nereus ?

– Le *Faucon* peut se poser près d'une mansarde ?

Ce qui fit rire Leia.

– Yan peut poser le *Faucon* sur un glaçon, s'il le veut.

Luke tourna la tête et compta les forces dont ils disposaient.

– Je suppose que tu as appelé des renforts ? demanda-t-il à Yan.

– Eh bien... j'ai seulement demandé à notre tout nouveau *Dominant* de se placer en position de tir au-dessus de la garnison de Salis D'aar. Ça va prendre un moment. Nos escadrons d'ailes B arrivent déjà. Et on va avoir deux ailes X de couverture, juste au cas...

– Bien joué, Yan.

Et Luke avait encore sa réputation redoutable de Jedi : les Impériaux le considéreraient comme une menace supplémentaire. Il imagina l'expression de Nereus quand il descendrait vivant du *Faucon*..

– Les amis de ton amie bakurane viennent d'annoncer qu'ils nous attendraient sur le toit. On va voir s'ils y arrivent...

Luke réprima une dernière toux.

– Je pense que je vais m'étendre un peu. Préviens-moi quand nous nous poserons.

Le *Faucon Millenium* perça une dernière couche de nuages et surgit au-dessus de Salis D'aar. Des nappes de fumée dérivaient sur la cité et au-dessus des fleuves. Yan balaya les immeubles d'un rayon senseur à longue portée tandis qu'ils décéléraient. En se penchant entre lui et Chewie, Luke repéra un groupe derrière une barricade, sur le toit du complexe. Et une petite forme familière.

– D2 ! s'écria-t-il.

Il découvrit alors une longue jupe verte tourbillonnante : Gaeriel !

Le *Faucon* se posa impeccablement.

L'oncle de Gaeriel, le Premier ministre, était là également, à côté d'un Wilek Nereus à l'air sombre, encore en tenue de l'Empire.

– Il n'a pas l'air d'un prisonnier, murmura Leia. Je te parie qu'il n'a pas l'intention de nous abandonner la garnison de Salis D'aar. Il pourrait tenir pas mal de temps à ce prix.

Yan tendit la main vers les commandes des batteries ventrales du *Faucon*.

– Surtout ne fais pas ça, dit Leia en secouant la tête. Nous venons juste de revenir dans le champ de la diplomatie.

– Mais nous avons le commandant Thanas. Il pourrait obtenir la reddition de la garnison, lui.

Le *Faucon* se posa avec un bruit sourd.

– Surtout si c'était toi qui le lui demandais, rétorqua Leia. Tu te sens comment ?...

– Je peux t'appuyer.

– Bien, fit-elle d'un air renfrogné. J'ai mis sur pied suffisamment de cellules de résistance pour savoir ce qui peut arriver si nous manquons notre coup ici.

Elle se cramponnait à son siège tandis que Yan faisait jouer son blaster dans la gaine de sa cuissarde.

– O.K., Bâton d'Or ! appela-t-il sur le comlink. Amène Thanas sur la coupée.

Leia s'adressa à Luke.

– Tu veux rester à bord jusqu'à ce qu'on sache dans quel sens nous allons ?

– Oui, bien sûr... Nereus pense probablement qu'il m'a déjà tué.

Il se pencha vers l'écoutille en dégageant son sabre. De là, il pourrait écouter sans être vu.

– Va. Et sois prudente.

C-3PO apparut avec le commandant Thanas qui se réglait sur le pas du droïd.

– Votre droïd raconte des histoires bien intéressantes, dit-il d'un ton sec. Même s'il ne cesse de répéter qu'il n'est pas un conteur-né.

Alors, on fait l'éducation des prisonniers, C-3PO ?... Le commandant Thanas devait faire un trop-plein de la propagande de l'Alliance.

L'écoutille principale s'ouvrit en sifflant. Leia descendit la coupée. Leur comité d'accueil s'avança. Yan gardait la main sur son blaster. Dès que lui et Leia eurent posé le pied au sol, Leia se retourna. C-3PO suivait, enchaîné à Thanas. Chewie fermait la marche, l'arbalète-blaster à portée de main. Une lourde odeur de fumée flottait dans l'air.

– D2 ! s'écria C-3PO. Tu ne peux *imaginer* par quoi je suis passé !...

– Suffit ! aboya Yan.

Le commandant Thanas ignora soudain son garde métallique. Il avait les yeux vides, le visage sans expression. Il dépassa Leia au pied de la coupée et se mit au garde-à-vous.

– Je présume, commença Nereus, que vous n'attendez pas de félicitations, commandant. Il y a encore quelques années, quand je commandais un croiseur, un commandant qui avait livré son unité était abattu sur place.

Leia s'avança.

– Nous ne l'avons amené avec nous que pour vous prouver qu'il est notre captif, gouverneur. Pas votre prisonnier. Il est à nous. Tout comme vous, à ce que l'on m'a dit...

– Je voudrais bien voir que vous nous reteniez tous les deux ensemble.

– Vous n'avez plus aucune force dans l'espace. Dites à votre garnison de se rendre, et vous et les vôtres pourrez quitter librement Bakura... sur l'heure.

Nereus lui renvoya un sourire placide.

– Vous oubliez sans doute que je commande trois mille hommes basés au sol. De plus, les survivants des unités de l'Empire se posent sur Bakura dans des chaloupes à la minute où nous discutons. Un seul bâtiment s'est rendu à vous. C'est tout.

– Nous avons placé le *Dominant* en orbite fixe, gouverneur. Toutes ses pièces d'artillerie sont braquées sur la garnison de Salis D'aar. Je sais qu'il n'a pas été conçu pour des assauts planétaires, mais si je donne l'ordre d'ouvrir le feu, les dommages seront considérables. Même si nous vous libérions, vous ne pourriez pas tenir Bakura contre la volonté de son peuple.

– Non ? Mais c'est la politique courante de l'Empire. Et elle est efficace dans toute la galaxie.

Le gouverneur Nereus gardait les mains ouvertes et bien en vue : à l'évidence, le blaster nerveux de Yan l'inquiétait plus que toute chose.

Quelqu'un repoussa Leia. Gaeriel s'avança entre Yan et Nereus, à la limite de la ligne de tir. Jamais encore Leia ne l'avait vue aussi décidée. Elle noua son châle à sa taille et sortit un fusil-laser. Leia devina soudain ce que Luke lui trouvait.

– Gouverneur, annonça Gaeriel, si toutes vos manigances n'ont produit que cela, je vais faire un petit geste pour ma part. Je démissionne des services de l'Empire.

Nereus remonta les mains jusqu'à ses cuisses.

– Vous ne pouvez pas. Vous appartenez à l'Empire.

– Je crains que non, Excellence.

Elle s'exprimait calmement, mais Leia vit qu'elle avait les yeux gonflés comme si elle avait pleuré récemment. Comme si elle avait pleuré sur le sort de Luke.

– Princesse Leia, reprit-elle, veuillez accepter mes félicitations pour votre victoire...

Et elle se figea sur place, blême, comme si elle découvrait soudain un spectre.

Car Luke venait d'apparaître en haut de la coupée, le sabre à la main, pareil à une ombre poussiéreuse. Leia se dit que son sourire répondait aux grands yeux de Gaeriel, à sa bouche ouverte sur un cri muet. Et la petite femme frêle qui se tenait à côté de Gaeriel chuchota :

– Hello, Jedi !

Nereus fit un pas en avant.

– Non ! s'écria-t-il avec une expression horrifiée. Vous ne pouvez pas être ici ! Retournez à bord ! Vous allez tous nous infester ! Vous ne comprenez donc pas...

Luke descendit un échelon.

– Gaeriel Captison appartient à Bakura, et non à l'Empire.

Nereus se tourna vers Gaeriel. Avec un geste rapide qui n'était pas de son âge, il lui arracha le fusil-blaster.

Luke se baissa. Déjà, Yan avait dégainé son blaster. Nereus tira deux fois. Le premier trait ricocha sur la coque du *Faucon*. L'autre jaillit droit vers Luke, qui le renvoya vers Nereus.

Le gouverneur s'effondra, le regard vide. Luke aussi, la seconde d'après. Gaeriel poussa un cri. Leia, paralysée, lança mentalement : *Luke, lève-toi!*

D2 se précipitait déjà à toute allure en pépiant. Lentement, Luke se remit sur pied. Il leva son sabre droit devant lui. Leia n'entendait plus que ce seul vrombissement par-dessus les battements de son cœur.

Il fit signe au petit droïd de s'écarter. Yan se penchait sur le gouverneur, le blaster braqué, mais Nereus n'esquissait plus le moindre mouvement.

Leia se porta vers le Premier ministre Captison qui se redressa en une attitude plus digne.

– Monsieur le Premier ministre, lui dit-elle, Bakura est seule pour le moment. Si votre peuple choisit de rester au sein de l'Empire... (Elle inclina la tête à l'intention du commandant Thanas...), nous nous retirerons et vous laisserons assumer vos affaires internes. Le commandant Thanas pourra toujours superviser votre défense contre les Ssi-ruuk, s'ils reviennent. Mais si vous décidez de rejoindre l'Alliance, nous pourrions négocier une trêve sur l'heure.

Captison s'inclina devant elle, puis devant Luke.

– Votre Altesse – commandant –, nous vous remercions. Mais il n'est guère probable que la garnison impériale se rende.

Luke descendit lentement la coupée. Leia espérait que nul ne devinerait sa faiblesse encore présente. Le petit médic ne dit rien. Avait-il décidé de garder le silence ou bien Luke l'obligeait-il à se taire ?

– Commandant Thanas, commença Luke, vous n'êtes plus aux arrêts. Si les citoyens de Bakura demandent à l'Empire de se retirer, c'est vous qui devrez superviser les mouvements de vos troupes.

Thanas acquiesça en levant la main. Accompagné par le bras de Bâton d'Or.

– C-3PO, libère-le, dit aussitôt Luke.

Le droïd brandit fièrement son microprocesseur clandestin et le braqua sur les entraves de Thanas.

Luke se rapprocha.

– Commandant, prenez soin de vos hommes. Rappelez-vous : le nouvel équipage du *Dominant* vous surveille.

Thanas ouvrit la bouche comme s'il voulait parler, puis parut changer d'idée. Une unité de patrouille surgit du ciel brumeux et vint se poser à côté du *Faucon*. Deux officiers bakurans en descendirent et poussèrent un brancard à répulseur vers le corps de Nereus.

Thanas se tourna en conservant une raideur douloureusement militaire.

– Rompez, dit-il aux commandos. A mon commandement.

Et l'escorte de Nereus le suivit en direction du puits d'accès le plus proche.

– Tu vas lui faire confiance ? souffla Leia à Luke. Qu'est-ce que tu lui as fait ?

– Rien. Il n'a pas oublié le *Dominant*. Même si nous ne sommes pas à la capacité maximale, nous tenons le ciel. Et puis, j'ai un bon pressentiment.

– Excusez-moi, les interrompit Captison en haussant ses épais sourcils. Je dois faire une annonce d'urgence. Je peux presque garantir que le peuple bakuran choisira de rejoindre l'Alliance après ce qu'il sait désormais, mais je dois cependant le consulter.

Leia, elle aussi, aurait pu le garantir.

– Comme vous voudrez, dit-elle en inclinant respectueusement la tête.

Ravie, elle constata que Luke saluait et que Yan s'était mis au garde-à-vous. Captison s'éloignait déjà vers un autre puits d'accès.

Vous me regardez toujours, père ? Leia jeta un regard derrière elle, mais elle ne vit... ou ne sentit... que le ciel de brume grise. A chaque monde qu'elle arrachait à l'Empire, le fantôme de Dark Vador subissait une autre défaite.

Gaeriel s'approchait de Luke avec sa compagne âgée. Eppie Belden, songea Leia.

– Bien joué, jeune homme! (La vieille femme lui saisit la main et la secoua longuement.) Et merci. Si jamais Bakura peut faire quelque chose pour vous, vous n'aurez qu'à le dire!

Gaeriel avait détourné le regard. Mais quand elle revint à Luke, elle déclara avec tout le soulagement du monde :

– Vous êtes vivant...

– Est-ce que nous pourrions nous reparler plus tard? J'ai... j'ai un ami très cher et très malade à bord. Il a été brûlé.

Oublie Dev Sibwarra, aurait voulu crier Leia. *Il est mort. Et cette fille revient entre tes bras. Ne la laisse pas repartir, si tu tiens à elle!*

– Oh... fit Gaeriel en s'écartant. Je vous attendrai.

Leia plissa le front. Son frère était déjà sur la coupée.

Gaeriel se pencha pour lui effleurer le bras.

– Votre Altesse, je n'ai encore jamais rencontré quelqu'un qui lui ressemble.

– Et vous n'en rencontrerez jamais plus, s'il vous laisse ici, marmonna Leia, avant d'ajouter : Excusez-moi.

Et elle partit sur les traces de son frère.

21

Luke retrouva Leia dans le corridor.

– Il est assez fort pour être un bon apprenti. Et suffisamment jeune. Il faut le sauver.

Le médic de Thanas ôtait un masque et un tube du visage de Dev. Il avait mis un pansement sur ses yeux brûlés.

– J'ai fait une purge bacta, dit-il d'un ton bas. Ça devrait améliorer son état... en fait, je l'ignore. En tout cas, ça va apaiser la douleur.

Dev leva soudain un bras. Luke se pencha en essayant de sourire.

– Dev ? C'est moi, Luke.

Dev arracha le tube de sa bouche.

– Arrêtez ! cria le médic.

Le liquide se déversait déjà sur le pont. Le médic s'en empara.

– Ne le laissez pas parler trop longtemps, si vous voulez réellement le sauver.

Luke s'était agenouillé.

– Dev, tu peux commencer ton entraînement de Jedi avant que ton corps ne guérisse. Ça va t'occuper.

– Oh, Luke... (Un faible sourire joua sur les lèvres de Dev Sibwarra.) Je crains bien de ne jamais devenir... un Jedi. Mon esprit est marqué. J'ai été... contrôlé. Par les autres. Et trop longtemps, Luke. Je te remercie de me laisser mourir...proprement.

Luke enserra la pauvre main calcinée dans la sienne.

– Les chirurgiens de l'Alliance peuvent accomplir des prodiges avec leurs prothèses, tu sais. On va s'occuper de toi sur Endor.

– Des prothèses? (Dev haussa les sourcils par-dessus ses pansements.) C'est un peu comme la technition, alors?...

Il eut un long frémissement.

– Il ne faut plus qu'il parle! protesta le médic en écartant Luke et en remettant en place le masque respiratoire.

Luke lança la Force. La présence de Dev scintillait dans son champ, aussi pure qu'il l'avait souhaitée. Aussi propre. Dev avait dû se concentrer pour guérir son esprit, et non son corps, pendant qu'il était en transe Jedi.

Mais sa puissance diminuait. Luke s'agenouilla à nouveau et déploya sa propre puissance sur lui, essayant d'ancrer la présence de Dev à son corps ravagé. Et Dev lui envoya une onde de gratitude.

Puis, brusquement, un flux de lumière envahit la présence de Dev dans la Force. Luke ferma brièvement sa conscience.

– Dev! appela-t-il.

Le flux éblouissant se résorba. Et la présence de Dev Sibwarra se perdit dans une vaste houle de clarté.

– C'est fini, dit le médic en consultant son senseur. Commandant, croyez-moi, il n'avait pas une chance de s'en tirer.

Luke leva les yeux. Et il faillit crier : *Où est la justice? Il avait si bien commencé. Il aurait pu maîtriser la Force.*

A cet instant, il crut entrevoir Yoda, campé sur la table de projections de données, secouant la tête, appuyé sur son bâton.

Vraiment? dit Yoda.

– Désolé, fit le médic. J'ai fait tout mon possible.

– J'en suis persuadée, murmura Leia.

Luke porta les mains à ses yeux et toussa.

– Vous savez, commandant, vous feriez bien de vous reposer, ajouta le médic.

Leurs voix s'estompèrent mais, quelque temps plus tard, il sentit une petite main se poser sur son épaule.

– Leia?.. fit-il. Est-ce que tu as?...

– Non, Luke. Leia est encore en train de négocier au complexe. C'est moi.

La voix de Gaeriel. Yan l'avait acceptée à bord ? Il tenta de se redresser, mais sa jambe droite refusait de répondre.

– Aidez-moi, murmura-t-il.

Elle le prit par le bras. Surpris, il la vit détacher le châle qu'elle avait noué autour de sa taille et le poser délicatement sur le visage de Dev.

– Merci. Personne ne s'est occupé de lui.

– J'ai fait ça pour vous. Parce que, à la fin, il était vraiment revenu vers nous.

– Dans son esprit ? Oui.

– Mais pourquoi ? Pourquoi vous seul vouliez le sauver ?

Il refusait d'affronter son regard. Alors, il parla dans le vide, dans la direction de la passerelle.

– Il avait connu la souffrance. Je voulais qu'il connaisse la puissance. Dans la Force.

– Je ne suis pas certaine que ce soit uniquement ce que vous lui ayez appris. Vous lui avez aussi enseigné la compassion humaine.

Le contrôle. Il devait conserver son contrôle. Il aurait tellement voulu se laisser tomber entre ses bras. Il essaya de sourire.

– Non. (Elle noua ses bras autour de sa taille, remonta les mains jusqu'à ses épaules et l'attira tout contre elle en chuchotant :) N'insistez pas, Luke. Je sais que ça fait mal. Mais vous retrouverez la joie plus tard. Comme le veut l'équilibre du Cosmos.

Il baissa alors sa garde, la serra contre lui et pleura. Immobile, elle resta là. En le voyant ainsi, elle retrouvait peut-être un équilibre par rapport aux souvenirs qu'elle avait de lui. Enfin, apaisé, il la conduisit jusqu'à la table holographique.

– Comment... commença-t-elle. Je veux dire : vous avez réussi à tuer les larves des Trichoïdes ?...

– C'était donc ça ? Comment savez-vous ?

– Nereus m'en avait inoculé une. Il a appelé un médic pour m'en débarrasser.

– Mais j'avais la Force.
– A la taverne, vous avez été superbe. Je ne l'oublierai jamais.
– Qu'est-ce que j'aurais pu faire d'autre ?
Elle le fixa. Des mèches de cheveux couleur de miel flottaient autour de son visage, dans le souffle des ventilateurs du *Faucon*.
– Votre monde est merveilleux, dit-il. Je suis si heureux de l'avoir connu.
– Je n'ai aucun désir de le quitter. Jamais plus.
– Bakura va dépêcher un envoyé auprès de l'Alliance, dit-il, s'accrochant à un dernier espoir. Vous êtes parfaitement en mesure de représenter votre monde.
– Luke, quand ce jour sera venu, je nommerai quelqu'un d'autre. J'ai beaucoup de travail à faire ici. Eppie a besoin de moi, ainsi qu'oncle Yeorg. Je suis une Captison. J'ai été élevée comme ça...
– Je... je comprends.
– Faites-vous des prisonniers de guerre ?
– Non, jamais. Cela ferait de nous des menteurs, et nous ne serions pas loyaux envers nos objectifs. Chaque soldat de l'Empire que nous renvoyons vers sa planète parlera de l'Alliance aux autres... C'est pour ça que nous les laissons repartir quand ils sont entre nos mains.
– Luke ?...(Elle posa doucement les doigts sur ses épaules.) Je suis désolée.
Il sentit alors en lui cette douceur qu'il avait espérée. Trop tard. Il se tourna vers elle et s'ouvrit pleinement à la Force, en espérant que la sensation allait persister. Cette fois, elle ne leva pas ses défenses.
– Pourquoi ? demanda-t-il. Ceci était une victoire de l'humanité.
Elle rougit.
– Luke, je veux être votre alliée. Votre alliée lointaine.
Il rejeta un sentiment de solitude qui risquait de la renvoyer vers une autre défaillance émotionnelle. Il ne devait plus penser à une vie solitaire.
– Lointaine, répéta-t-il en lui effleurant doucement le visage. Mais vous pouvez être proche, une seule fois...
Elle s'abandonna entre ses bras. Il l'embrassa, il goûta les pétales tièdes de ses lèvres, il but sa présence.

Et, avant même qu'elle puisse briser cet instant, ce souvenir, il la repoussa.

– Je vais vous raccompagner, dit-il.

Ensemble, ils remontèrent la coursive.

Le médic les attendait en haut de la coupée.

– Commandant, je pense que vous avez besoin de quelques soins. Je vous assure que je suis politiquement neutre.

– Au revoir, murmura Gaeriel.

Il lui prit la main. *Que la Force soit avec vous, Gaeriel. A jamais.* Longtemps après qu'elle eut disparu dans un dernier tourbillon de jupes, il resta le regard fixe. La brise soulevait des bouffées de cendre. Les derniers commandos impériaux avaient suivi le commandant Thanas.

Luke fit face au petit médic impérial.

– Ça ira, lui dit-il en se frottant le front. *Et on y retourne!*

– Viens, Junior, lui jeta Yan, appuyé contre une paroi. Utilisons les services de ce bon docteur, pendant qu'il est là...

Luke accepta de s'allonger. Il inspira à fond tandis que le médic lui sondait les poumons et sa jambe bloquée. C'était une bonne chose que Thanas et sa garnison ne sachent pas que le *Dominant* n'était pas vraiment une menace. Car son équipage consistait en tout et pour tout en deux jeunes Calamari excités – ceux qui n'avaient pas eu droit depuis le début à une permission au sol.

Sous la surveillance du commandant Thanas, grade par grade, un millier d'hommes de l'Empire montèrent à bord d'un ancien vaisseau de ligne bakuran. Bakura désirait que l'Empire s'en aille. L'annonce avait été faite la veille, deux heures après la mort de Nereus. Il ne restait plus guère que la moitié de ses hommes, ici, sur le point de s'embarquer. Certains étaient morts, d'autres avaient déserté. D'autres encore avaient disparu durant la nuit : les hommes de Skywalker tenaient leur promesse, c'était évident. Mais il nota cependant l'absence de deux superviseurs médicaux et de l'officier météo. Tout le matériel de guerre – y compris les cuirasses des commandos – avait été laissé aux mains des Bakurans, afin de former le noyau de leur première unité de défense. D'autres forces identiques se joindraient bientôt à la flotte rebelle.

Mais, après les combats, il ne restait que de rares chasseurs Tie. Luke s'en inquiéta.

Deux Bakurans montaient la garde derrière lui – un homme et une femme. La dernière unité impériale venait d'embarquer.

– Remontez la coupée! lança Thanas d'un ton sec, militaire.

Il restait au garde-à-vous. Les regards des Bakurans devaient lui brûler le dos. Dans le cockpit, un pilote de combat pencha la tête et Thanas le salua tout en lui faisant signe de décoller. Puis il recula.

Dès que les moteurs furent lancés et que la navette quitta le sol, il se replia avec les gardes bakurans.

Il était libre... peut-être. Il plongea la main dans sa poche gauche. Sans cesser de saluer. Un Bakuran se mit en position de tir.

Lentement, il sortit son couteau pliant. Sans se soucier du garde, il trancha ses galons rouges et bleus, les arracha et les glissa dans sa poche.

Puis, il se tourna vers le garde.

– Conduisez-moi au Premier ministre Captison. Si vous devez remettre en service un croiseur de la classe *Carrack*, vous allez avoir besoin des conseils d'un spécialiste. Je le connais bien.

Le Bakuran abaissa son fusil-blaster.

– Sous les ordres de l'Alliance, commandant?

Thanas hocha la tête.

– Oui, soldat. Sous les ordres de l'Alliance. Je passe à l'ennemi.

– Mais... Euh, oui, commandant. Suivez-moi.

Thanas lui emboîta le pas en direction d'un landspeeder.

Un chasseur Tie faisait partie du butin de l'Alliance. Luke Skywalker monta à bord... largement désapprouvé par le médic.

Comme ils approchaient du croiseur ssi-ruuvi, récemment réparé et rebaptisé *Sibwarra* (bien que l'équipage persistât à l'appeler le *Flutie*, nom qui lui resterait sans doute), il prit les commandes. Comparé à une aile X, c'était comme de piloter une caisse de chargement sans bouclier. Le chasseur oscillait, déviait et accélérait comme un rat pris au piège, mais il basculait sans cesse, instable dans tous les plans vectoriels.

Mais ce n'était pas l'envie de piloter un chasseur Tie qui l'avait motivé – il devait retourner sur le pont du croiseur ssi-ruuvi pour un ultime coup d'œil. Il avait l'impression que la couleur des ténèbres envahissait toujours son esprit, tant il avait été près d'y succomber. Combien de fois encore devrait-il y renoncer ? Au fur et à mesure qu'il grandissait dans la Force, la tentation se ferait-elle plus forte ?

Il engagea le chasseur dans une baie. Peut-être la même que Yan avait utilisée pour poser le *Faucon* ? D'un pas rapide, il gagna la passerelle et s'immobilisa un long moment sur le seuil de l'écoutille, guettant le moindre signe d'activité.

Tout lui semblait étranger, mais pas réellement hostile. C'était un lieu de métal et de plastique. Pourtant, les parois grises paraissaient hantées par la présence de Dev. Ses années de trahison et de servitude. Et par toutes ces énergies vitales humaines que Luke avait libérées.

La lumière persistait. De même que l'obscurité. Et il devrait choisir au coup par coup.

Il arpenta tout le croiseur. Trois heures plus tard, il le quitta la conscience claire. Il ne restait à bord aucune énergie humaine captive.

Yan porta un doigt à son oreille et fit signe à Luke de s'installer derrière Chewbacca. Quand sa main retomba, il grogna à l'intention du Wookie :

– Peu m'importe ce que tu as fait. Les circuits d'enregistrement doivent être ouverts en permanence.

Chewie cogna sur une paroi. A l'évidence, ce bon vieux *Faucon* recommençait ses bêtises.

– Que se passe-t-il? demanda Luke, heureux de se mêler à leur dispute.

– Message radio, relayé à longue distance. Maximale, je pense. Ackbar, sans doute. Codé. Et j'ai dû me taper le décodage, parce que monsieur le velu, ici présent, avait désactivé la réception automatique et que...

– Ackbar?

Leia posa la main sur son épaule, et il entrecroisa ses doigts aux siens, heureux de cette consolation.

– Oui, Ackbar, grogna Yan. Il a parlé de « Groupe impérial de bataille » ou je ne sais quoi. De « petites choses » et que nous devions « faire vite » si...

– Nous en avons semé beaucoup trop au large d'Endor, dit Leia. Les éclaireurs d'Ackbar ont probablement détecté un groupe qu'ils nous croient capables de liquider. L'Empire est encore vaste. Nous ne pouvons qu'accélérer sa chute.

– Parfait, dit Luke. Alors, c'est le moment de foncer. Sitôt que nous?...

Il guetta la réaction de Yan.

– Mais bien sûr, Junior. Leia, tu ferais bien de te sangler. Luke a un travail à finir. Ça ne va prendre qu'une minute.

– Maîtresse Leia, intervint C-3PO qui se trouvait avec D2. Puis-je vous raconter comment j'ai rallié le *Faucon* en tenue de commando impérial et...

Luke retourna au sas principal, où Chewbacca avait déposé le corps de Dev. Il se pencha et promena les doigts dans le châle de Gaeriel. Chewbacca l'avait noué autour de la tête et des épaules de Dev, après avoir enveloppé le reste de son corps dans une vieille couverture. Dev et Gaeriel... Il les avait perdus. L'un et l'autre. Pourtant, ils lui avaient tous deux appris quelque chose. Et ils resteraient à jamais dans sa mémoire.

– Merci, souffla-t-il.

– Prêt, Luke? demanda doucement Leia dans son comlink.

Il s'écarta du sas et, automatiquement, la paroi se referma avec un léger sifflement.

– Une minute, dit-il.

Il revint rapidement dans le cockpit et regarda par la baie.

Leia lui serra la main. Il enclencha le déverrouillage du sas et, dans le même temps, inversa la poussée des moteurs latéraux. Le *Faucon* accéléra et le corps de Dev Sibwarra plongea vers Bakura. Il finirait dans une trace de feu, claire et ardente, dans la haute atmosphère.

Luke attendit jusqu'à la seconde où il surprit le météore, bref comme un éclair de vie. Rien, à vrai dire, dans le courant du temps. Mais tout, dans le champ de la Force.

Achevé d'imprimer en janvier 1998
sur les presses de l'Imprimerie Bussière
à Saint-Amand (Cher)

POCKET - 12, avenue d'Italie - 75627 Paris Cedex 13
Tél. : 01-44-16-05-00

— N° d'imp. 2673. —
Dépôt légal : janvier 1998.

Imprimé en France